江神二郎の洞察

有栖川有栖

英都大学に入学したばかりの一九八八年四月，ある人とぶつかって落ちた一冊——中井英夫『虚無への供物』——が，僕，有栖川有栖の英都大学推理小説研究会（EMC）入部のきっかけだった。アリス最初の事件ともいうべき「瑠璃荘事件」，著者デビュー短編「やけた線路の上の死体」，アリスと江神の大晦日の一夜を活写した「除夜を歩く」など，全九編を収録。昭和から平成へという時代の転換期を背景に，アリスの入学からマリアのEMC入部まで，個性的なEMCメンバーたちとの一年を瑞々しく描いたファン必携の傑作短編集，待望の文庫化。

江神二郎の洞察

有栖川有栖

創元推理文庫

THE INSIGHT OF EGAMI JIRO

by

Alice Arisugawa

2012

目次

江神二郎の洞察

探偵小説が大好きだった亡き岳父に

瑠璃荘《るりそう》事件

1

僕、有栖川有栖《ありすがわありす》の大学生活がいかなるものになるかを決めたのは一冊の本だった。というと、自分を深い部分から変えてしまうような書物との運命的出会いを想像されるだろうが、そうではない。

ある本が落ちたのだ。

ある人にぶつかって。

落ちたのは中井英夫《なかいひでお》の『虚無への供物』。ブックカバーは掛かっていなかった。

体がぶつかった相手は大学院生か、助手か、まさか若作りの助教授ではあるまいな、という風貌の男性だ。涼しげな顔をして、肩まで長髪を垂らしていた。

時は、四月のよく晴れた昼下がり。

場所は、新入生を勧誘する声やらアジ演説——これもある種の古典的なサークルの勧誘活動だろう——が渦巻くキャンパスのまん真ん中。人でごった返している。僕がうっかり粗相をしてしまったのは、客引きのようにまとわりついてくる誘いから逃れようとしたせいだ。

突き当たってしまったのはこちらの不注意のせいで、先方には非がない。すぐに「すみません」と謝り、落ちた分厚い文庫本を拾い上げようとして、自分の愛読書だと気がついた。おっ、と思う。しかも、擦《こす》れた傷が目立つ表紙の端がめくれ、繰り返し読んだ跡が顕著だった。

「その本、かなり読み込んでありますね」

「もう七回目かな。年に一回以上読み返してるね」

「僕も二回読んでます」

これまで二度読んだことがある、の意だ。張り合うわけではないが、同好の士であることを表明してしまった。

「中井英夫が好き？」

その人は、僕から本を受け取りながら訊いてくる。好きな作家や本について、見ず知らずの人と話す機会などめったにない。もう少しだけ会話が続くことを望みながら、「最高です」と答えた。

「うちにくるか？」

何のことかと思ったところで、丸めて脇に挟んでいたポスターを広げて見せる。その人も新入部員を物色中だったのだ。

「こんなサークルがあったんですか」

僕は、まじまじとポスターに見入った。こういうサークルに所属しているのなら、読み古した『虚無への供物』を持ち歩いていても不思議はない。

「興味があるようやったら、ちょっと覗《のぞ》きにきたらええ。君は履修登録にきた新入生やろ？」

「はい、これから登録です」

そして、僕が手にしていた履修案内に目を留めて「法学部か」と言う。

「うちの部員は経済学部生と文学部生だけやから相談にはのれんな。——学生会館の二階にラウンジがある。そこが溜まり場やからよかったら案内しよう。一時間後にここで待ってる」

英都《えいと》大学推理小説研究会と僕は、そうやってつながった。


名前というのは覚えやすいことが第一の条件だという父のために、小さい頃は随分と苦労したものだ。癖のある名前は心の重荷になる、と察してもらいたかった。ちなみに父の名は一《はじめ》で、書き応えのない軽さが不満だったというが、だからといって息子に重いものを背負わせなくてもよさそうなものだ。

これまで幾多の修羅場をくぐってきて、物事を素直に見られなくなった多くのミステリファンのためにお断わりしておくが、僕は男だ。顔をお見せできればこんなことを断わるまでもないのだが。まあ、「これがヒトです」と宇宙人の教科書に載りそうな月並みな顔で、お見せするほどでもない。

縁あって京都の一私立大学に今春入学するなり、誘われるがまま推理小説研究会などという何をするのか定かでないサークルに入部してしまった。どうしてそうなったのかは前述のとおりで、成り行きというか、アクシデントみたいなものだ。

入部したとたんに中堅部員のように扱われ、キャンパス内のわずかな隙間を見つけて勧誘ポスターを貼って回ったりさせられた。だが、四月の終わりになってもわが部の門を叩く物好きな新入生は一人も現われなかった。

「ミステリの研究会って、そんなにイメージが暗いか?」「どういう活動をしているのかを訊きにくる奴もおらん」「日本の若者はどないなっとんねん」と先輩たちは愚痴ったが、とりあえず僕一名を捕獲したことに満足しているようでもあった。

そんな有り様だから、五月の連休が明けた頃には、英都大学推理小説研究会一九八八年度のフルメンバーは僕を含めて四名であることが確定的となり、拙《つたな》いポスターは剝がした覚えもないのに、いつしかすべてなくなっていた。自然に剝がれ落ちてゴミになっただけだろうに、それについても先輩たちは「モサドの工作員のしわざや」「いや、モリアーティ教授の手下やろう」と実に子供じみた冗談を飛ばし合うのだった。

居心地はよかった。まるで漫才コンビのような経済学部二回生の望月周平《もちづきしゅうへい》、織田光次郎《おだこうじろう》の両先輩はいきなり親しみやすかったし、最初に「うちにくるか?」と僕を誘った文学部哲学科四回生で部長の江神二郎《えがみじろう》先輩は兄貴というところか。学年は三つ違うだけなのに江神さんの年齢は七つも上だった。それだけ齢《とし》が離れていると、落ち着いた人という印象が先に立つのは当然ではあるが、江神さんはおそらく二十歳の頃からこんな感じだったのだろう、という気がする。二年浪人した事情はおろか、四回生になってからも留年を重ねている——だから、現在は六回生という言い方もできるらしい——理由も知らない。成績不良や怠惰が原因だとは思えないので、ちょっと心惹かれる謎だった。

ミステリアスな家族というのは困った存在だが、摑みづらいところがある友人やら先生やら叔父というのは面白い。謎めいた先輩というのも、そばにいてかなり楽しめるということを、僕はこの推理研に入って知った。

とは言え、江神さんは奇矯《ききょう》なふるまいで周囲の度胆を抜くわけでもなく、哲学用語をまぶした形而上学的《けいじじょうがく》な議論を吹きかけてくるわけでもない。風貌や風体《ふうてい》にもエキセントリックなところは皆無だった。自然に弛《ゆる》くウェーヴした長い髪を肩まで垂らした長身の先輩は、どこにいても風景に溶け込むかのようだ。もの静かで、穏やかで、黙っている姿がナチュラルに男っぽい。役どころとしては二枚目だが、映画ならともかく、もしも彼が小説の登場人物だったら、台詞《せりふ》が少ないせいで他のキャラクターに食われてしまうかもしれない。

望月、織田は「部長は長老やから」「老賢者で名探偵やから」とからかうが、部長を慕い深く信頼していることは明らかだった。

「名探偵ということは、推理力や観察力がすごい、と？」

江神さんが不在のある時、学生食堂でコロッケ定食を食べながら尋ねてみると、エラリー・クイーン狂の望月はメタルフレームの眼鏡を光らせて「まぁな」と笑った。

初対面の際、僕はこの人のことをナルシストなのではないか、と想像した。眼鏡が気取った感じに見えたのと、自分の語りに軽く酔っているように思えたからだ。しかし、眼鏡は単によく似合っているだけで、楽しげに話す人なのだとじきに判った。話し好きなだけでなく聞き上手でもあり、僕はサークル内では彼と話している時間が最も長い。自然とそうなるのだ。

「怪しい事件を解決したことでもあるんですか?」と重ねて訊く。

「そういうわけやないけど、事件に遭遇したら解くかもな」

細長い望月とは対照的に短軀《たんく》で短髪の織田の方は真顔だ。こちらの先輩の第一印象は押しが強くて、僕の苦手なタイプではないかと危ぶんだ。バイク乗りでハードボイルドファンという趣味も距離があったから。ところがこれまた思い違いで、男らしくさっぱりしながら、時には乙女も怯《ひる》むほど繊細な気遣いをしてくれる人だった。望月との掛け合いの間は絶妙で、台本を書いて示し合わせているのでは、と疑いたくなることもあった。

「何て言《ゆ》うか……あの人は、常に冷静で問題解決能力に秀《ひい》でてる。見習いたいわ」

「確かに簡単にパニックになるタイプからは遠そうですけど、問題解決能力に長《た》けてるんやったらさっさと卒業するか大学院に進んでるんやないですか」と口走ってから後悔した。「……すみません。別に、部長のことを馬鹿にしてるんやないんです」

いいっていいって、と二人は僕を慰めた。

「それは当然の疑問やな、有栖川君」望月は言う。「江神さんがずるずる留年する理由は判らん。学生のうちに長大な小説を書き上げようとしてて、それがまだ完成してないからやないか、とか俺らも色々と想像はしてるんやけど、いまだに真相は明らかになってない。小説を書いてることは事実や。原稿を見せてもろたことはないけど、本人がそう話したことがある。君も題名を聞いたやろ。『アカシカンサツジンジケン』」

勧誘された日に、江神さんがぽろりと洩らしたのを聞いている。ミステリファンだから、『明石館殺人事件』ではなく『赤死館殺人事件』だと瞬時に判った。エドガー・アラン・ポオが『赤死病の仮面』で描いたような館で殺人が起きるのか。そそられるではないか。

「面白そうですね。けど、原稿を見てないんやったら、『小説を書いてることは事実』とは言えんのやないですか?」

「お、鋭い。ほんまやな」

望月にからかわれているようだ。

「本当のところは知らんのや。いわゆるモラトリアムなんかなぁ」

織田が醒めた口調で言うのに、望月は真顔で応える。

「モリアーティ教授からの連絡を待っている、という説もある」

「ないない」

雑談の見本のような会話をしながら食べ終わりかけた頃、織田が「噂をすれば」と遠くを目で指す。江神さんだった。カレーライスをのせたトレイを持って、こちらに歩いてくるところだった。

「明日の午前中には雨が降る」

僕の隣に座るなり、部長は小さく呟《つぶや》いた。まるで予言のように。

「降らないでしょう。京都にはこのところずーっと乾燥注意報が出てるんですよ。天気予報でも今週末まで晴れです」

望月が返すと、江神さんは涼しい目で言う。

「昼飯、賭けるか？」

無茶苦茶に唐突だ。きっと罠だな、と思ったのに、望月は無防備だった。

「江神さん、ここのところ金欠なんでしょ。一か八かは危険ですよ。でも、せっかくの挑発やからお言葉に甘えて、降らない方にA定食を賭けさせてもらいます」

部長は、ちらりと織田を見る。こちらも乗った。降らない方に、あさってのB定食。君はどうする、と無言で問われた僕は「降る方にB定食」と即答した。

「よし、成立したな。明日、モチは俺にA定食を奢《おご》れ。信長《のぶなが》は有栖川君にB定食や。ご馳走さま」

信長とは、名古屋出身で織田姓の男の仇名だ。その彼が抗議した。

「感じ悪いなぁ。明日にならんと判らんでしょう。その言い方やと、もう結果が出てるみたいやないですか」

「確実やないか。——どう思う？」

江神さんはカレーを口に運びながら僕を見た。多分、この答えで間違ってはいないだろう。

「確実ですね。江神さんも僕も、明日の午前中、世界中のどこに雨が降るかまでは特定してません」

望月と織田はのけぞった。

「今の、聞きました？」

「あれで世間に通るとでも？」

世間では通らなくても、推理研では通るのだった。

しかし、これでは名探偵というより詭弁《きべん》家だな、と思ったのだが――。江神さんの真に特殊な能力の片鱗《へんりん》に僕が初めて接したのは、その数日後のことだった。

2

江神さんにA定食を奢らされた翌々日の午後、望月は浮かない顔で学生会館二階に現われた。学生会館とは、烏丸通《からすまどおり》を挟んだキャンパスの斜め向かいにある建物だ。ゆったりとしたピロティから中に入ると、一階が食堂。二階には生協の書籍部、自習室、喫茶室と学生の憩いの場となるラウンジがある。三階はホールで、四階は大手サークルの部室が占めている。

推理研は同好の士が寄り集まっただけの任意団体だから、当然のこと部室なんて贅沢なものは与えられていない。大きなテーブルとベンチが並ぶラウンジの奥を溜まり場にしていた。そことて安住の地ではなく、ぼやぼやしていると席がなくなるのだから椅子取りゲームだ。その時は、部長以下三名が顔を揃えていた。

「機嫌が悪そうやな。どうしてん？」

望月がショルダーバッグをどすんとベンチに置いて嘆息《たんそく》したので、相棒の織田がすかさず尋ねた。自転車でも盗まれたのか、と思ったら違った。

「濡れ衣を着せられる、というのがどれだけ不愉快なものか判った。実に嫌なもんやな」

濡れ衣とは聞き捨てならない。愛飲しているキャビンをくわえたままの江神さんが、わけを話すように言った。ちょうど火を点けようとしていたのだ。

「うちの下宿で盗難事件があって、俺に嫌疑が向けられてるんです。もちろん、こっちには何の覚えもありませんよ」

「盗難って、何が？」

穏やかならぬ話なので織田も難しげな表情になった。

「誰かの財布から一万円札が抜き取られた、とかいう事件やないぞ。真相は悪戯《いたずら》に類することやろう。それでも名誉に関わることには違いがない」

「せやから、何が盗まれたんや？」とせっつかれて、望月は空洟《からはな》をすすった。

「講義ノート。俺の隣の部屋の門倉《かどくら》という奴が、サークルの先輩から借りたノートやそうや」

大学に入ったばかりで前期試験も経験していない僕には、それがいかほど大切なものか見当がつけにくい。しかし、キャンパス周辺の店でノートのコピーを製本した小冊子が千円前後で販売されているのを目にするので、それなりの経済的価値があることは理解していた。

「先輩から借りた、という点が問題なんや。サークルの共有財産になってる大事なノートとか言うてな。ちなみに、そのサークルというのは……」

冤罪の不安に怯《おび》える男は、人差し指を体の陰に隠しながら二つ向こうのテーブルをそっと示した。画用紙を折って三角柱にした表札が立っていて、ＥＰＡとある。男が五人、女の子が二人座って談笑しているが——

「ＥＰＡって、何をしてるサークルですか？」

「テーブルを並べてるからって、うち同様の弱小サークルと思うなよ、有栖川君」織田が諭《さと》すように言う。「ああ見えて学内では有名な団体で、テレビや週刊誌の取材を受けたこともある。あそこにいてる女の子は、ファンなんやろうな」

だから、何のサークルなのだ？　軽音楽関係にも見えないが。

「ＥＰＡというのは、英都大学プロレス協会の略や。学園祭になったら明精館《めいせいかん》の前に特設リングをこしらえて派手に興行をする。プロ顔負けのフライング・ボディ・アタックも出て、けっこう本格的や」

織田の説明に、望月が補足する。

「門倉恒二《こうじ》はリングネームをコージー門倉というて、正統派の〈技のプロレス〉を担当してる。がっしりした体格で、腕っぷしも強い」

「まずいのを敵に回したな」

江神さんの口許には微《かす》かに笑みが浮かんでいた。

「胸ぐらを摑んで揺すられたりはしてませんよ。趣味は荒っぽいけど、粗暴な男やない。ただ、『頼むから返してくれ』と懇願されて、げんなりしてるんです。下宿の他の連中も、俺が盗ったと決めつけてるみたいやし。ここまで人望がなかったのか、と自己嫌悪に陥ってます」

篤《あつ》い人望を一身に浴びるタイプではなかったとしても、望月がそう簡単に盗人扱いされるとも思えなかった。

「疑われるには何か理由があるんですか？」

「あるには、ある」容疑者は忌々《いまいま》しそうだ。「事件が発生した当時、下宿におったんは門倉と俺だけやった。他の人間はみんな外出してたから」

「他の人間というのは、どんな人です？」

まだ彼の下宿に遊びに行ったことがないので、他の人間というのが何人ぐらいなのかも見当がつかない。

「うちの下宿に入居してるのは全部で四人。門倉の他に下条《しもじょう》さんと高畑《たかはた》、それから俺や。全員がうちの学生で、高畑だけが文学部。あとの二人は俺と同じ経済学部」

織田が「学年は？」

「門倉と高畑が二回生で、下条さんが三回生。盗まれたのは釜田《かまた》先生の貨幣・金融理論のノートや」

「それやったらお前も俺も履修してる講義やないか。釜田さんの試験は楽勝やと聞いてたけど」

「ああ、お前にも忠告しようとしてたんやけど、去年あたりからそうでもないらしい。細かい問題がいくつも出るから要注意なんやそうや。毎回出席して真面目にノートをとらんと落ちるぞ」

そういう講義だとしたら、盗まれたノートの価値は高いわけだ。

「気をつけよう。――事件当時に下宿におったんが被害者とお前だけやったと言うたな。それで、お前が犯人でもないのにノートが消えたということは、門倉がなくしただけなんやないのか? サークルの共有財産を紛失しましたでは言い訳が立てへんから、盗難に遭《お》うたことにしてるんやろう」

僕も織田と同意見だった。しかし、望月は気怠《けだる》そうに首を振る。

「それはみんなでさんざん言うた。『人を疑う前によく捜せ』とか『酔っ払《ぱろ》うて、どこかに忘れてきたんやろう』とか。しかし、断じてそんなことはない、と門倉は言い張る。『狭い部屋中を隈なく捜したけどノートはどこにもない。帰ってきてから、ぺらぺらとめくって見たからよそに置き忘れてきたはずはない。ノートが勝手に歩いて逃げたんでもない限り、盗まれたとしか考えられん』ってな」

「酔っ払うて、と言うたな。被害者は酔ってたんか?」

「新歓コンパで酔うて帰ってきたのは認めてる。それで、つい、うたた寝をしてしもうたんやな。目が覚めたら鞄から出してそのへんに置いたノートがなくなってた」

「部屋に鍵は掛けてなかった?」

「そう。門倉はこんなふうに想像してる。うたた寝をしてる間に、誰かが用事で部屋を訪ねてきた。声を掛けても返事がないので、施錠されてないドアを開いてみると、すやすや寝息を立てる彼と講義ノートが目に入る。そこで、これはラッキーとそいつは北叟笑《ほくそえ》んでノートを失敬した。つまり、出来心による犯行やな。それは理に適《かの》うてると思う。昨日の夜、彼が先輩からノートを借りてくることを予測できた人間はいてへんから」

「プロレスマニアが寝てる間、下宿におったんがお前だけやとしたら……俺でも疑うな」

「おい」と望月はテーブルを拳で叩いた。「心安らぐ憩いの場であるここで、そんな棘々《とげとげ》しい言い方をせんといてくれ」

棘々しい言い方でもなかったのだけれど、織田は「すまんすまん」と詫びた。ここで煙草を揉み消しながら江神さんが口を開く。

「下宿の大家さんも留守やったんか?」

「江神さーん、大家さんが講義ノートを盗むわけないでしょう。純粋に可能性の問題として考えてるんですか?」

はっきりさせてもらいましょう、と言うように望月は腕を組んだ。

「大家さんが意外な犯人かもしれん、と指摘したいわけやない。お前が無実やという証言をしてもらえんのかな、と思うただけや」

「残念ながらそれは無理です。うちの大家さん、昨日から明日まで九州に旅行に出てるんです」

「そうか」部長は灰皿から立ち上る煙を扇《あお》いで散らす。「あったはずのノートがなくなってるのが確かで、お前が犯人でないとしたら不可解やな。ノートが歩くはずはないから、鼠《ねずみ》がくわえていったか」

「今日は冗談は抜きでお願いします。うちは安下宿ですけど、鼠は出ないんです。窓から飛び込んできた鷲《わし》が摑んで飛び去った、ということもあり得ません。たかがノート一冊のことですが、この消失の謎は手強いですよ」

「本格ミステリマニアのお前も五里霧中か」

「ええ、濃霧の中ですね。こんなおかしなことを経験するのは初めてです」

クイーンは『神の灯』で大きな屋敷を一夜にして消してみせたが、そのトリックが当て嵌《は》まるわけもない。たかがノート一冊といえど難問だ。

「これは推理研に与えられた試練かもな」部長は大真面目に言う。「警察の介入を要請するような事件でもないから、自力で解決するしかないやろう」

「となったら、現場を見る必要がありますね」

正直なところ、僕は少しばかり面白がっていた。面白がっていたというのが不謹慎なら、好奇心を掻《か》き立てられたと言い換えてもいい。

「現場検証か、ええな」望月は言う。「ぜひお願いしたいもんや。よかったら、これからどうや?」

四講目の憲法に出るつもりだったのだが、自主休講することにした。早々からそういう癖をつけるのはよくない、とは思うのだが、この展開では仕方がないだろう。部長と織田は、もとより午後から出る予定の授業はなかったと言う。

「よし、決定。さっそく行きましょう」

望月はバッグを肩に掛けて、勢いよく立ち上がる。しきりに深刻ぶっていたのに、彼自身も面白くなってきたぞ、と感じている気配があった。

「それはそうと」織田が向こうのテーブルをちらりと見て「大事なノートを盗んだと疑われてるのに、よう平気でEPAのテーブルの横を通ってこられたな」

「ええ度胸やろ。——いや、そうやない。今日は門倉が学校に出てこんと知ってたから平気だったんや。せやけど、あいつの方も大変やな。ノートをなくしました、と先輩に言うのが相当つらいみたいや。まさか殴られるわけでもないやろうに」

殴られはしないまでも、ペナルティとして新技の実験台ぐらいはさせられるかもしれない。

EPAの傍《かたわ》らを通りざまに、僕は横目でその場の様子を観察した。テーブルの上にはプロレス雑誌やらメモが散乱している。そこに描かれているのは、新しい覆面のデザインらしかった。

「コージーさん、ほんまに今日はこないんですね」

「がっかりやわぁ」

女の子たちが不満そうに唇を尖らせ、部員の一人が「あいつはバイトがあるって言うてるやないの」と宥《なだ》めている。門倉恒二は人気レスラーらしい。彼の名前を耳にして、望月は歩調を速めた。

3

望月周平の下宿は、烏丸今出川《いまでがわ》のキャンパスから歩いて十分とかからないところにあった。自家焙煎《ばいせん》珈琲という看板を掲げたコーヒーショップの角を曲がってすぐだ。大学に接した相国寺《しょうこくじ》の裏手で、通学時間が短いのみならず環境もすこぶるよい。木造モルタル二階建ての建物そのものは、本人の言うとおり安下宿風ではあったけれど。

瑠璃荘《るりそう》。

玄関のドアの上には、そう書いたプレートが掲げられていた。言われてみれば、外壁がほんのり瑠璃色をしているようだ。

「洒落《しゃれ》た名前ですね」

「ああ、これか」望月は苦笑する。「すかしてるやろ。ときわ荘とかいう方が似合《にお》うてるのにな。壁の色は汚れて変色してるだけやから、そこから採った名前やないぞ。どうしてこんな名前がついたのかに関しては、住人の間で諸説ある。大家さんの初恋の人がルリ子さんだったんやろうとか、この漢字が読めんような学生は入居させんというテストになってるんやろうとか。本人に訊いたら『意味なんかあらへん。思いつきや』という返事やった」

「これから僕らが調査するのは、瑠璃荘事件ということですね」

「それだけ聞いたら山荘で起こる華麗な連続殺人みたいやな。しかし、実態はあまりにも日常的でささやかな事件や」

「でも、不可能興味はありますよ」

「好きやな、君も」

言われてしまった。否定はしないけれど。

玄関を入ってすぐ左側が階段だった。その奥に空き部屋が一室。右側は大家さんの居住空間になっている。大家さんの領域に入るには鍵が必要で、家の中に家があるという感じだ。六十代半ばの大家さんは数年前に奥さんを亡くして、現在は独り暮らし。たまに友人や親戚と旅行に行くのが唯一の道楽で、帰ってきたら下宿人たちに気前よく土産を配ってくれるのだそうだ。この下宿以外にも駐車場をいくつか持っていて、生活は楽らしい。今回の事件で犯行の動機がなく完璧なアリバイのある彼について、これ以上の知識は不要だ。

「この時間に誰かいてるかな」

望月は先に立って階段を上る。二階に上がった正面は共同のトイレ。廊下を挟んで左右にふた部屋ずつがあり、彼の部屋は右手の奥だった。

「ちらかってるぞ」

本人はそう言ったが、普通の男子大学生の部屋としてはまずまず片づいている方ではないか。流し台に洗いものが溜まっているが、せいぜいここ一日分ぐらいだろう。本や雑誌が床に散っているのは仕方がない。窓は東向きで、家並みの隙間から青々とした東山《ひがしやま》連峰が望めた。

ついつい壁の本棚に目がいってしまう。クイーンやカーの名作がきれいに揃っているのは、すべて生家から持ってきたからだろう。まず本に興味を示す僕を見て、望月は「大したもんはない」と言った。

「俺の本棚なんか、暇がある時ゆっくり拝ませてやる。それよりも今は瑠璃荘事件に集中してくれ。――コーヒーぐらい淹《い》れるわ」

流し台のカップを水でざっとゆすいで、彼は湯を沸かし始めた。大阪の自宅から通学している僕には下宿そのものが珍しくて、なおも室内をきょろきょろ見回してしまう。壁にはオバケのQ太郎をキャラクターにしたJRの〈Qきっぷ〉や、角川書店の〈横溝正史《よこみぞせいし》フェア〉などのポスターが貼ってある。

「これ、どうしてん?」

織田に訊かれて、「うん、ちょっと」と言葉を濁す。酔うとポスターを剥がして持ち帰る悪癖があるらしい。どうして可愛い女の子が写ったものを盗らないのか、と僕が尋ねると、「それは照れ臭い」とのことだった。

「本人は無実を主張してるけれど、やっぱり怪しいわな。この部屋の人間に盗癖があるのは確かなんやから」

織田のコメントに住人は反発した。公共のスペースに貼られているポスターが愛されて盗まれることは一つの栄光なのだ、という理屈だ。そう言われてみれば、壁のオバQは幸福そうに笑っている。

「事件の概要について、もう少し詳しく話してくれ」

デザインがまちまちのコーヒーのカップ――うち二つは学校の近くのドーナツ屋の粗品だ――を受け取りながら、江神さんが話を本題に移した。望月は、瑠璃荘の住人についての説明を繰り返す。

「たいてい大家が管理人の部屋を一号室と称しますけど、うちは違うんです。これも大家さんの思いつきだか気まぐれだかで深い意味はありません」

彼が暮らすここが一号室。隣の二号室が被害者の門倉恒二の部屋だ。廊下を挟んで一号室の向かいが三号室で、文学部二回生の高畑紀行《のりゆき》の部屋。その隣の四号室の住人が経済学部三回生の下条謙太《けんた》である。四人とも入学以来ここに下宿しているので、気心はよく知れているという。

「気心が知れると遠慮もなくなっていきますからね。時々、摩擦が起きることもありますけれど、大きな諍《いさか》いはありません」

江神さんは、そういう望月の言にどことなく歯切れの悪さを感じたらしい。

「小さな諍いはあったんやな?」

「ええ。でも、ほんまに小さなことばっかりですよ。友だちを連れてきてやかましかったとか、貸したレコードを返してもらおうとしたら又貸しされていたとか。そんなもんです」

「それで険悪な関係になる、というほどではないわけか」

「相性がよく合う、あまり合わない、というのはありますよ」

「たとえば?」

「下条さんと門倉とは、しっくりいってなかったかな。音楽がうるさい、と向かいの部屋の門倉が何回かクレームをつけていました。下条さんが無神経というより、門倉が神経質すぎるんですけどね。隣の部屋の高畑が平気な時でもあいつは文句をこぼしてました。せやから下条さんの方も煙たがってたみたいです」

「高畑紀行と門倉との仲はどうなんや？」

「普通ですかね。高畑はおとなしい男なんです。誰に対しても距離を置くタイプで、門倉とぶつかるようなことはなかった。彼は大家さんの甥っ子なんで、叔父さんのお客さんである下宿仲間に気を遣っているのかもしれません」

「肝心のお前と門倉は？」

望月は灰皿を江神さんに勧めながら答える。この灰皿もドーナツ屋の粗品らしくロゴマーク入りだ。

「仲悪くないですよ。ただ、連休中にちょこっとだけ言い合いになったことがあるんです。これがまた、実にくだらないことで」

言いにくそうだ。あまりにもくだらない原因なのだろう。

「客観的事実をしゃべれよ」と織田が促した。

「しゃべれと言われたら隠しはせんけど。——その時も大家さんは日帰り旅行中で、下条さんは郷里に帰ってた。高畑もあいにく友だちと遊びに出てて、ここには二人だけやった。と、俺が宵の口にトイレに入って用を足してたら、門倉がどんどんと激しくノックするんですよ。『早くしてくれ』と。そうは言われても、こっちにも都合がありますからね。『待ってくれ』と応えて、しかるべき時間をかけて出たら、すごい形相《ぎょうそう》をして怒ってる。よっぽど切迫してたんでしょう。『ごめんよ』と謝ったのに、そのことを根に持って——」

「え、今年二十歳になる男二人がそれだけのことで喧嘩？」

僕は啞然《あぜん》とした。

「トイレを出てからこの部屋にやってきて、『危ない目に遭わせやがって』と詰《なじ》るんや。理不尽やろ。摑み合いになったわけやないけど、お互いにくだらんことで腹を立ててると自覚してるだけに、かえって気まずいもんやで」

馬鹿馬鹿しすぎる。

「さ、帰りましょうか」

織田が立ち上がるふりをした。

「待てや。見捨てんといてくれ。そんなトラブルが元で泥棒の嫌疑をかぶせられたままでは、俺は生涯浮かばれん」

「ははぁ。つまり、そういうトラブルがあったがために、モチさんが嫌がらせでノートを奪った、と疑われているんですね」

「そうなのだよ、有栖川君。動機も充分あるということや。しかもラウンジで話したとおり、直接的には俺にしか犯行の機会がなかったことが災いしてる」

「犯行の機会があったのがお前だけ、というのは致命的な状況に思えるな」

座り直しながら、織田が厳しいことを言った。江神さんは煙草に火を点ける。

「人間関係はおよそ判った。事件当時の様子について聞こう」

望月は順を追って話しだした。

昨日のこと。大家さんは別府《べっぷ》・由布院《ゆふいん》へ二泊三日の旅に出ており、学生たちはみんな授業に出たりアルバイトに出掛けたりなので、日中の瑠璃荘はずっと空っぽであった。そういう場合も玄関には施錠しないので不用心のようだが、各人の部屋の戸締まりさえしっかりとしておけば大丈夫、ということらしい。

望月は五講目を終えてから、家庭教師のアルバイトに向かった。相国寺の境内を通り抜けてすぐの烏丸寺之内《てらのうち》だから、行きも帰りも徒歩だ。中学二年の教え子にみっちり中間テスト対策を伝授した後、「焼肉でよければ食べていきなさい」と言われて夕食のお相伴《しょうばん》に預かったまでは「ものすごくハッピーやった」。久しぶりの焼肉をご馳走になり、鼻歌混じりにてくてくと歩いて瑠璃荘に帰ってきたのは九時四十五分頃だった。彼は部屋に戻ると、昼休みに生協の書籍部で買った文庫本を開き、十一時頃まで読みふけっていたのだそうだ。そうやって平穏のうちに一日が終わろうとしていたのだが――

「十一時過ぎに、がやがやと廊下がうるさくなりました。どうかしたのか、と思って顔を出してみたら、顔をほんのり赤くした門倉が騒いでいる。『先輩から借りてきたノートがなくなってる。誰か知りませんか?』と。下条さんと高畑は『帰ってきたばかりやから、知らん』『よく捜したんですか?』と言うだけです。門倉は俺を見るなり、『望月、お前が持っていったんか? 見せてやってもええから返してくれ』と言い寄ってきました」

まったく覚えがない望月が「そんなノートは知らない」と答えると、プロレスマニアの態度がにわかに硬化した。とぼけるのもいいかげんにしろ、と言うのだ。どうやら泥棒呼ばわりされているらしいと気づき、今度はミステリマニアが声を荒らげる番だった。

「それから押し問答ですよ。無断で持ち出しただろう、そんなもの知らん。それの繰り返し。どうして俺が犯人だと思うのか根拠を訊いたら、『ついさっきまでうたた寝をしていて、目が覚めたらノートがなくなってた。その間、この瑠璃荘におったんはお前だけや』とぬかしやがるんです。だから俺が犯人だと」

「下条と高畑はいつ帰ってきたんや？」

江神さんが要所で質問を挟む。

「高畑は八時、下条さんは九時二十分ぐらいにバイト先からいったん戻ってきたんやそうです。その後、下条さんが高畑に借りていたカセットテープを返しに行って部屋で少しだけ話し、九時四十分頃には誘い合わせて銭湯に出掛けています。門倉が帰ってきたのは九時半頃らしい。下条さんと高畑がゆっくり湯につかり、風呂屋にあったゲーム機で遊んで帰宅したのが十一時。門倉が目を覚まして、ノートがなくなっていることに気づいたのもほぼ十一時。大きな声で話しながら二人が帰ってきたので、彼は廊下に飛び出して『俺のノートを知らないか？』と問い質《ただ》したんですよ」

「待て。時間がやたらと出てくるな。話がこんがらかる」

織田が不平がましく言うと、望月はルーズリーフを出してきて時間表をしたためる。本格ミステリの作中によく挿入されるアレだ。こんなふうになった。

8：00　高畑帰宅。

9：20　下条帰宅。高畑の部屋にテープを返しに行く。
9：30？　門倉帰宅（トイレに行ってから、すぐにうたた寝）。
9：40　下条・高畑銭湯へ。
9：45　望月帰宅（読書）。
11：00　下条・高畑帰宅。
その直前、門倉が目覚めてノートがないことに気づく。

「ほら、これだけのことや。何も複雑なところはないやろう」

よく見てみた。この表が正確だとしたら、誰の目にも怪しいのは望月だ。ノートが瑠璃荘に持ち込まれた九時三十分から九時四十分までの間は下条と高畑もこの下宿にいたわけだが、どうやら両名は互いにアリバイを証言し合えるらしい。したがって、九時四十五分に帰宅した望月だけがノートに手を伸ばすことができたことになる。

「外部から侵入した人物の犯行ということは？」

僕に思いつくのは、それぐらいだ。

「玄関に鍵が掛かっているわけやないから、誰かが入ってくることは可能や。しかしなぁ、問題のノートが門倉の部屋にあったことを知っている人間は、それを貸した先輩だけなんやそうや。まさか、その先輩が犯人やとは言わんやろう？」

「いや、もしかしたら――」

しつこいぞ、と怒られるかと思ったら、望月は喜んだ。

「頼もしいやないか。なるほど、その先輩がやったんかもしれん。盲点やったな。親切ぶって貸しておいて盗む。そして『どうしてくれる。金で解決しようか』と脅迫する——てなわけないやろ」

随分長く乗ってから突っ込むものだ。

「ありませんか？」

「ああ、ないね。親切な先輩は西宮《にしのみや》から通うてるんや。門倉にノートを渡した後、四条河原町《しじょうかわらまち》で別れてちゃんと家に帰ってるからアリバイが成立する。ほんまに帰宅したか疑うんやったら、西宮まで調査に行くか？」

「いえ、そこまでは」

「下条と高畑がグルやったら犯行は可能や。お前の名誉を汚すための謀略という線は考慮せんでもええのか？」

織田の指摘は僕の仮説よりも現実味があったが、望月はこれも強く否定する。

「この二人に嵌められる理由はない。軽い悪戯のつもりやったんが大騒ぎになって引っ込みがつかんようになった、ということもあり得ない。この二人は、あんな名演技でとぼけられるほど器用やないんや」

当人たちを知らない僕には、何とも判断できない。

ここで江神さんが新しいキャビンを一本抜き、フィルター部分で時間表の一点を指した。

「門倉が帰宅した時刻は九時三十分やったらしいけど、どうしてこの表では疑問符が打ってあるんや？」

それには僕も引っ掛かっていた。望月はあっさりと答える。

「本人がはっきりと記憶していないからです」

「しかし、これは重要なポイントやぞ。明確にしておく必要がある」

「ええ。ですから、推測によってほぼ明確になっているんです。門倉は帰ってきてすぐ、トイレに入っています。その時、電球が新しいものに取り換えられていたんです」

どういうことだ？

それを訊こうとした時、誰かがドアをノックした。

4

「あれ、お客さんか。ごめん」

顔を覗かせたのは、あまり血色のよくない痩せぎすの男だった。顎の先に中途半端な鬚《ひげ》をひとつまみ生やしている。僕たちに遠慮したのか、すぐにドアを閉めようとするのを望月が止めた。

「何か用事ですか、下条さん？」

四号室の下条謙太だった。

「いいんだ。また後で」

意味ありげな目配せは来客の前では出せない話題、つまりノート盗難事件のことを示しているようだった。

「昨日の件でしょ。それやったら、ちょうどええ。ここにいてるのは推理小説研究会のメンバーで、捜査会議をしてるところやったんですから。さぁ、どうぞ」

下条は少しためらってから、「そうか?」と入ってきて、江神さんの横に座った。望月が僕たちを順に紹介する。

「下条です。望月君には、いつもお世話になっています」

瑠璃荘最年長の下宿人は、鯱《しゃちほこ》張って挨拶した。初対面の人間の前で緊張しやすい性質なのかもしれない。静岡の出身だそうだが、混じり気のない標準語を話す。

「そんなに硬くならんといてくださいよ。殺人事件の捜査でもあるまいし、雑談みたいに気楽にしゃべってただけです。これから核心部分に突入するところやったんで、下条さんにも証言してもらえたら助かります。――ほら、こんな時間表を書いてみたんですけれどね」

例の表を差し出す。下条は深刻そうな顔つきでそれを受け取った。

「昨日の夜も、門倉がこんな表を書いてみせたな。それと一緒だ」

「ええ、新事実が判明したりしてませんから、あれと同じ内容にしかなりません。下条さんがノックする直前、門倉が帰ってきた時刻について説明してたんですよ」

本人が酔っ払っていて記憶が確かでないのに、どうして帰宅時刻が推測できるのか、という点について聞くところであった。彼がトイレに行ったとかどうとか。

「あいつが何時に帰ってきたのかは、俺も気がつかなかった。マッチョなレスラーのくせに、すーっと泥棒か能役者みたいに歩くからな」

能役者を泥棒と並べるのは失礼だろう。

「他人の生活音がやかましいと文句つけるタイプですから、自分から率先して音をたてないようにしているんですよ、あいつ。酔ってても、それだけは守る」

「ただ、俺よりも後から帰ってきたのは確かだろ」

「トイレのことがありますからね」

住人同士で納得し合っている。そのトイレのこととは何か？　こういうことだ。二階のトイレの電球が、昨日の午前中から点滅するようになった。ふだんなら「電球が切れかかっていますよ」と報告して取り換えてもらうのだが、あいにくと大家さんは旅行に出て不在だ。それで下条がバイトの帰りに電器店に寄り、新しい電球を買ってきたのだという。

「俺が帰ってきたのは九時二十分だ。それははっきりと覚えている」彼は断言する。「トイレに直行して、すぐに電球を換えた。ついでに用を足して部屋に戻ったよ。それから、高畑に借りていたビリー・ジョエルのテープを返しに行って――」

「しばらく高畑と話してたんですよね。その間に門倉が帰ってきた」

「らしい。俺たちは顔を合わせてもいないけれど」

「彼もまた、帰ってきてすぐトイレに直行した」

「ああ。電球が点滅していなかったので、『下条さんが取り換えてくれたんやな、と思った』と話してたな」

「で、トイレから出ると、部屋に戻ってじきに寝てしまった。下条さんと高畑とは九時四十分頃に風呂に行って、それと入れ違いに俺が四十五分頃に帰ってきた」

「らしいな。すれ違いだから、そう証言することはできないけれど」

正確を期す下条の返答は慎重だった。望月はそのことを不服に思わず、むしろ満足しているようだ。

「はい、ありがとうございました。これで江神さんたちに事件の概要が理解してもらえたでしょう。──ね？」

僕たちは頷《うなず》いた。瑠璃荘事件と命名してはみたものの、証人たちの口から出てくるのは、トイレの電球だの銭湯だの、あまりにも所帯じみた事物ばかりだ。素人探偵が遭遇できる事件なんて、この程度なのかもしれない。

「被害者の帰宅時刻に疑問符が打ってあった理由は判った」江神さんは言う。「つまり、彼が九時三十分頃に帰ったというのは、あくまでも推測にすぎへんわけや。その帰宅時刻に錯誤があったら、事件の様相は大きく変化する」

僕もそう思う。たとえば、下条よりも前に高畑が電球を取り換えていたとしたら、門倉が帰宅してトイレに入ったのが九時十分頃だった可能性も出てくる。そうすれば、高畑も、九時二十分に帰ってきた下条も容疑者に加えなくてはならなくなるではないか。

「何か言いたそうやな、有栖川君」

望月はそんな気配を察したようだ。下条に嫌疑をかけることになるな、と気兼ねしながらも、思ったままを話した。静岡出身の経済学部生は、怒るでもなく頷く。

「有栖川さんだったっけ？　あなたが言うことは判るよ。しかし、高畑は電球を換えていないんだな。当人がそう言っているだけでなく、彼にはそれはできなかった」

「どうしてですか？」

「うちのトイレの電球はね、大学の生協なんかじゃ販売していない型なんだ。河原町通の量販店ならば扱っているんだけれど、あいにくとそこは改装中でここ数日は閉まっている。つまり、不便なことにこの近所では手に入らないんだよ。俺が換えの電球を買ってくることにしたのは、三条京阪《さんじょうけいはん》のケーキ屋でアルバイトをしていて、仕事帰りに大きな電器店に立ち寄れるからさ。望月と高畑の家庭教師のバイト先はここの近所だし、門倉はサークルの新歓コンパがあると言っていたしね」

彼のアルバイト先がケーキ屋とは「え？」と言いかけるほど意外だったが、そんなことに気を散らしている場合ではない。

「高畑さんも家庭教師をしているんですか？」と訊く。

「そうや」望月が答えた。「このすぐ近くでな。職住学近接の生活をしてる、いたって行動半径の狭い男や」

「そういうわけで、換えの電球を買って帰れたのは俺しかいないんだよ」

下条は噛んで含めるように言った。ここで今度は織田が発言を求める。

「ええかな。門倉さんはかなり酔うて帰ってきたんやろ。ひょっとして、自分が電球を取り換えたのを忘れている、ということはないか？　いや、馬鹿げた仮説かもしれんけれど、コンパは河原町であったんやろ。そしたら彼も換えの電球を調達することができたはずや」

苦しいな。いくら酔っていても、自分が電球を換えた記憶を完全になくしたりしないだろう、と僕は首を傾げる。しかし、望月は明確な反証を挙げた。

「大胆な仮説やけど、それはない。もし仮に酔っ払ってて覚えていない、ということがあったとしても、電球を取り換えたんやとしたら、古い電球が手許に残る。ところが、そんなものは彼の部屋にはなかったんや。まさか、酔ったまま遠くに捨ててきたのも忘れてる、ということはないやろう」

なるほど、と納得した織田だが、すぐさま次の仮説を提示した。

「そしたらやな、門倉さんは酔っていたあまり、電球が点滅しているのに気がつかんかった、というのはどうや？」

およそ、それもありそうにない。したたか酔っていて、電球が新しいものに換わっていたか否か記憶していないということはあっても、点滅していたものを点滅していなかった、と錯誤することは考えにくい。

「非現実的やな。そんな錯覚はせんやろう」

望月は鼻から溜め息を洩らした。織田は抵抗を試みる。

「可能性ゼロとは断定できへんのやないか？　何かの偶然で、点滅していた電球が点いたままやったと錯覚したのかも」

「たとえば、どんな偶然ですか？」

僕は意地悪く尋ねた。

「それは……」と五秒ほど考えて「うん、たとえばやな、この下宿の前に停まった車が何かの合図のためにパッシングしたとする。そして、その明かりがトイレの窓から射し込んだ。車のライトのチカチカという点滅と、トイレの電球のチカチカがちょうどうまい具合にずれてたら、ずっと明かりが点いたままやったと錯覚するということも――」

「あるか。そんな偶然は小栗虫太郎《おぐりむしたろう》の小説にも出てこんわ」

望月は叩きつけるように打ち消した。真面目に言ったわけでもないからか、織田はにやにや笑っている。

「門倉が勘違いをしてるんじゃないか、と疑うんだったら本人の話を聞いてもらったらいい。呼んでこよう」

下条が立ち上がったので、望月は慌てた。

「ちょ、ちょっと。あいつ、バイトに出たんやないんですか？」

「いいや、いるよ。イベント会場の設営に行く予定だったのが中止になったって。そんなに焦らなくてもいいじゃないか。顔を合わせるなり逆上して襲いかかってきたりしないって」

下条は宥めるように言って廊下に出ていく。望月は門倉と対面するのを恐れているというより、ひどくバツが悪そうだった。

「俺、外に出てようか」織田が言う。「お前が窓から投げ出されたら、下で受け止めてやるから」

さっきから無言の江神さんは涼しい顔で何本目かの煙草をふかしている。煙草を吸いにきたみたいで、彼が問題解決能力に長けているというのは幻想だったのか、と僕は思いかけていた。

ドアが開く。

5

筋骨隆々としたレスラーが眦《まなじり》を決して僕たちを見下ろす光景を脳裏に描いたのだが、現実は大きく異なった。コージー門倉こと門倉恒二は確かに立派な体格をしていた。身長は一メートル八十五センチはあるだろう。ボディビルダーほどではないが、胸板は広くて分厚く、袖から伸びた両腕はいかにもたくましい。太く濃い眉も男性的だった。それでいて顔立ちにどことなく甘い感じが漂っているので、女の子のファンがつくのも判る。いかり肩を揺すりながら大股で入ってきた彼は、望月をにらみつけて詰め寄るのかと思いきや――

「なぁ、望月。ええかげんに返してくれ。あれをなくしたら、ほんまにやばいんや。もう気がすんだやろう。これ以上やったら洒落にならんぞ」

アマチュアプロレスラー――おかしな表現だ――は揉み手をして哀願した。拍子抜けで、おかしくなった。しかし、このままノートが出てこなかったら、「おとなしい俺も最後には怒るぞ」と大爆発しそうな危険な雰囲気も感じる。

「俺は盗ってない」望月は毅然《きぜん》と応じた。「お前があんまり疑うから、昨日、この部屋を家宅捜索させたやないか」

そんなことまでしていたのか。ノートは出てこなかった。それでも門倉は納得していないのだ。

「俺が眠ってる間にどこか離れたところに運び出したかもしれんやろう。ただちに疑いを解かれへん」

彼は憮然《ぶぜん》としたまま言い返し、僕たちを遠慮がちに瞥見《べっけん》した。

「部外者がたくさんいてるな、と思うてるみたいやな。ここにいてるのはサークルの先輩後輩や。俺の冤罪《えんざい》を晴らすためにきてもろうて相談してたところや」

「お前、推理小説の研究会とかに入ってたな」

コージーは値踏みするように僕たちを見回した。頭脳集団には見えないね、と思っているのかもしれない。「立ってないで座れよ」と下条に促され、壁際に離れて座る。不貞腐《ふてくさ》れている様子だ。望月の援軍が三人もきているので、怒りを発散しかねているのかもしれない。彼はぼそりと言う。

「お前を疑うのには根拠がある」

「判る」と望月は認めた。「それについては、みんなにも詳しく話した。けれど、俺はやってない。どこかに見落としがあるんや」

「ないな。考え尽くしたやないか」

「いや、ある。お前が寝ている間に、外部の人間が入ってきた可能性が残ってる。ふらっとやってきた友だちがノートを目にして悪戯心を起こしたとか」

「蒸し返すな。ずっと起きて本を読んでたお前自身が、『外から誰か入ってきたんやったら俺が気がついたはずや』と言うてたやないか。ノートを盗むつもりのない奴がふらっとやってきたんなら、ごく普通に階段を上ってきたはずやからな」

望月は、自分で自分を追い込む証言をしていたようだ。やはりノートが持ち込まれてから消えるまでの間、この瑠璃荘にいたのは被害者と望月の二人だけということか。

「君を呼んだのは、トイレの電球の件について確かめたかったからだ。コンパから帰ってきた時、トイレに入ったら電球が換わっていたんだろ？」

下条に訊かれて、門倉は頷く。

「何回訊かれても答えは同じですよ。酔ってはいましたけど、そのへんの記憶は確かなんです。電球は点滅してなかった」

「もしかしたら」と僕は思いつく。「門倉さんが帰ってきた時、電球はまだ新しいものに換わっていなかったのかもしれません。切れかかった古い電球って、チカチカと点滅してたかと思うと、しばらくはそのまま点いてたりするやないですか」

レスラーは僕の顔も見ずに一笑に付した。

「そういう状態やなかったよ。朝から激しく点滅して、今にも切れそうやったんやから。それに明るさで判る。トイレに入って電気を点けた瞬間、眩《まぶ》しかったんや。それで『ああ、下条さんが取り換えてくれたな』と思った。電球が換わっていたことについて疑問の余地はない」

とても説得力があり、僕は黙るしかなかった。

「確認したいんやけど」江神さんが穏やかに割り込む。「君は間違いなく先輩から講義ノートを借り、自分の部屋に持ち帰ったんやね？」

「ええ、間違いありませんよ。部屋で少し見たのを覚えてます」

門倉は顔を伏せたまま答える。シャイなのだ。畳の目でも数えているのだろうか？

「ノートは確実に瑠璃荘に持ち込まれたんやとしたら……」

何を言おうとしているのか、と注目していたら、江神さんは不意に質問の矛先を下条に転じた。

「電球を取り換えた後、古い方のはどうしました？」

「割って捨てました」

江神さんは、微かに唇を歪《ゆが》める。それはまずい、と言うように。

「そうか、割ったか。いつ？」

「部屋に戻ってすぐですよ」

「何かに叩きつけて割った？」

「いいえ。電球を割ったら、パンって大きな音がするじゃないですか。あの破裂音が大嫌いなので、ビニール袋に入れた上、布団にくるんで膝で押し潰したんです」

「布団でくるんで、か。なるほど。それやったら向かいの二号室でうつらうつらしてた門倉君の耳に届かんかったとしても不思議はない」部長は一人で納得していた。「高畑君の話も聞きたいな。彼は今どうしてるんや？」

望月に尋ねたのだが、答えたのは門倉だった。

「授業でしょう。必修の講義がある日みたいですよ。今日も家庭教師に行くはずだから、授業が終わったらそのままバイト先に回って、帰ってくるのは遅くなるんじゃないでしょうか」

「それは残念やな。出直してくるしかないか」

江神さんの言いようは悠長に聞こえた。高畑から何を聞きたがっているのか見当がつかないが。

「出直すって、夜にまたくるということですか？」

まどろっこしい展開に望月は不満げだ。部長はその肩に右手を置いた。

「これ以上、事態が悪化することはないんやから心配するなって。お前の名誉は守られる。

——多分」

「多分って……大丈夫かなぁ」

6

織田は、カップを鼻の高さまで持ち上げて恍惚《こうこつ》として言う。

「うーん、香りも芳醇《ほうじゅん》でええな。こういうコーヒーは久々に味わう」

「お前に判るのか？」望月が突っ込む。「ここのキリマンジャロの素晴らしさが」

「コーヒーを語らせたら、俺は結構うるさいんやぞ」

「大きな声で語るということか？」

「付き合いきれんね、お前とは。そんな不真面目な態度やから、つまらん事件に巻き込まれるんや」

二人のやりとりを無視して、江神さんは窓の外を見つめたままでいる。この時間になると通り過ぎる人影はめったになく、街灯と瑠璃荘の二階にぼぉっと灯《とも》った明かりも、どことなく侘《わび》しげだった。

僕は空腹を覚えてきた。七時過ぎにサンドイッチをつまんだが、一人前を四人で分けたのでほとんど腹の足しになっていなかった。早いところ決着をつけて、牛丼でも食べに行きたい。自家焙煎珈琲は確かにおいしかったが、コーヒーでは飢えは癒せないのだ。

「モチ」と顎の先を小指で擦りながら、江神さんが言う。顔は窓の外を向いたままだ。

っていないのに、すぐ店を出ていかないではないか。オーナーらしい貫禄だ。やはり、六時半から待つ必要などなかったのだ。


「誰かくる。あれが高畑紀行か？」

「はい」と望月は頷いて、腰を上げた。「呼んできます」

ようやく張り込みは終了らしい。時計を見ると八時。やはり、六時半から待つ必要などなかったのだ。

瑠璃荘に入りかけていた人影に駈け寄った望月は、こちらの方を指差して何か言っている。疲れてアルバイトから帰ってくるなり、「講義ノート盗難の件で訊きたいことがある」とコーヒーショップに誘われるのは迷惑なことだろう。高畑は渋っているようだったが、最後には望月に背中を押されながら僕たちの許にやってきた。

童顔で小柄。癖のない髪を銀行員のように七三に分けていて、いかにも実直そうだ。望月に空いた椅子を勧められると、参考書や問題集が詰まっているのであろう大きなリュックを背中から下ろし、そっと足許に置いて座った。

「推理小説研究会って、本を読むだけでなく実地に探偵したりもするサークルなんですか？」

僕たちが自己紹介を終えると、高畑は誰にともなく尋ねた。

「いやいや」望月は否定する。「あくまでも推理小説を研究するサークルで、探偵愛好会ではない。ただ、今回の盗難事件の状況が推理小説的に不可解なもんやから、みんなの知恵を借りようというだけのことで……。それより、注文はどうする？　腹がへってたらサンドイッチでも」

「あ、ええのか？　それでは、お言葉に甘えてブレンドとミックスサンドを」

そう聞いただけで腹が鳴ってしまった。江神さんは、ウェイトレスにミックスサンドを二人前オーダーしてくれた。なんと人間ができた先輩だろうか。

サンドイッチがくると、高畑は神経質に量を調節しながら塩を振りかけ、ぼそぼそと呟く。

「サークルの先輩後輩に真相究明の手伝いを頼みたくなる望月の気持ちは判るよ。しかし、今さら僕の話を聞いたからって、解決に結びつくような新事実は出てこんと思うなぁ。知っていることは洗いざらいしゃべったんやから」

「そう言うなって。お前かて、犯人も判らずノートも出てこないままやったらすっきりせえへんやろう。容疑がかかってるのは俺だけやないんやし」

高畑はサンドイッチにかぶりつく直前に手を止めた。

「心外やな。僕は容疑の圏外やろう。下条さんと一緒に風呂に行ってたっていうアリバイがあるんやから。疑わしいのはお前だけやないか」

「冷たい言い方をするなぁ」と望月はのけぞる。「すると何か、お前も俺が犯人やと思うてるわけか？」

返事次第では険悪なムードになる、と心配したのだが、高畑はただちに前言を修正した。

「それは違う。お前がそんなことをするはずがない、と僕は思うてる。ただ、状況があまりにも不利やからたった一人の容疑者というポジションに立たされている、と言うただけや。それは誤解せんといてくれ」

「俺が犯人でなかったら、誰の犯行やと思う？」

「残る可能性は外部の人間のしわざか、あるいは門倉の狂言しかない。けれど、どっちも現実味がなさすぎる。僕にはさっぱり判らんね」

江神さんは静かだった。黙ったまま、高畑の顔を斜め前から見つめている。彼の話が聞きたいと言い放ち、その帰りをここで一時間半も待っていたくせに、積極的に質問をしようとしないのが不自然だな、と思っていたら――

「君、さっき電器店で会ったね？」

意味不明のことを尋ねる。高畑はきょとんとした。

「え……。いつ、どこの電器屋です？」

「電球を買ってたやろ？」

間が空いた。ほんの三秒ほどだろうか。それは非常に多くのことを僕に考えさせた。

江神さんはずっと僕たちと行動をともにしていたから、高畑紀行と電器店で出会ったというのは出まかせだ。だから、「いつ、どこ」と訊き返されても無視して、畳み込むように次の問いをぶつけたのだ。おそらく「電球を買ってたやろ？」という質問こそが本命なのだろう。どうして鎌を掛けてまでそんなことを知りたがるのか意図が不明だが。

ただ、それが高畑にとって答えづらい質問であることは明らかになった。イエスかノーかですむ返事に三秒もかかるのはおかしい。

「……はい」

「買《こ》うた品物はリュックの中に入ってるんやね。またどこかの電球が切れたから？」

ここでも二秒ほど間を置いて「いいえ、そうやのうて、予備のつもりで買っただけです。またトイレの電球が夜中に切れたりしたら不便なんで、それに備えておこうと」

「ああ、なるほどね。それは気が利いてる」

江神さんは口許に笑みを浮かべるが、目は笑っていない。これは世間話でも雑談でもないのだ。高畑もそれを察知したのか、表情を硬くする。そんな彼に対して、部長は急に饒舌《じょうぜつ》になって語り始めた。

「外部の犯行やとか門倉君の狂言やとか、そんな仮説にはまるでリアリティがない。犯人はきっと瑠璃荘の内部にいてる。犯行の動機は、ちょっとした悪戯心やったんやろう。ところが思わぬ偶然から、望月のしわざとしか思えない状況ができたため、ややこしいことになった。『お前が隠したんやろう、出せ』『俺やない』という形の騒動に発展して、犯人としては『実は自分がやった』と言い出しにくくなったわけや。いつどうやってノートを返そうか、と犯人は悩んでると想像する。ノートを処分したりしてないんやったら、夜中に郵便受けにでも突っ込んでおくのが無難か。そうしたら誰がやったか有耶無耶《うやむや》のうち事件に決着がつく。たかが悪戯やから、それでええとも言えるけれど、望月の気は収まらんやろうな」

「当たり前ですよ」当事者は即座に反応する。「そんなことになったら、俺は限りなく黒に近い灰色のままやないですか。断じて承服できん結末です。それに……」

「それに、何です」と僕が訊く。

「内部犯行ということは、高畑か下条さんが犯人やったということになる。その二人のアリバイがどうしたら崩せるのかが知りたい」

織田が溜め息をついた。

「お前自身が事件を楽しんでないか？」

百円ライターを掌《てのひら》で弄《もてあそ》びながら江神さんが続ける。

「高畑君がいちばん早くに瑠璃荘に帰ってきた。次に下条君が帰宅して、トイレの電球を取り換えた。その後、門倉君が酔って帰ってきて、高畑君と下条君は連れ立って銭湯に出掛けた。そして最後に望月が帰ってきて、高畑君と下条君が戻る前に犯行が行なわれたから、望月がノート盗難事件の唯一の容疑者になった、ということやな。しかし、望月だけにアリバイがない、と断定する根拠はいたって薄弱と言わざるを得ない。何故ならば、門倉君が帰宅した時刻すなわちノートが瑠璃荘に持ち込まれた時刻が不明確やからや」

「門倉さんが帰ってきた時刻とノートが瑠璃荘に持ち込まれた時刻が別々やった、と言うんですか？」

僕にはそう聞こえた。

「そうやない。門倉君がノートを携《たずさ》えて帰ってきたことは動かしようがないやろう。俺が言いたいのは、門倉君の帰宅した時刻はこれまで思われていた九時三十分より早かった可能性もある、ということや。本人は酩酊してて、何時に帰ってきたか自分で判ってないんやから。そうやろ？」

訊かれた望月は「ええ、そうですね。せやから俺もみんなの当日の行動表を書いた際に、あいつの帰宅時刻に疑問符をつけたんですから」

「これはいたって簡単な事件や。その帰宅時刻が前にずれるのはどういうケースか、という点に絞って考えたらええだけやないか。門倉君の帰宅が九時三十分と推定された根拠はたった一つ。彼が帰ってすぐトイレに入った時、電球が新しいものと取り換えられていた、ということのみ」

「それはそうですけど」織田が解せない様子で「下条さんが電球を取り換えた時刻は、はっきりしているわけでしょ。九時二十分と。門倉さんの帰宅はそれ以前ではないわけやから、仮に九時三十分を九時二十一分に修正したところで、モチが怪しまれる根拠はなくなりませんよ。そのあたりの時間帯も、下条さんと高畑さんは一緒にいた、とお互いにアリバイを証明し合うてるんですから」

「そう。しかし、門倉君が帰ってきたのが九時二十分よりもさらに前やったらどうなる？」

その時間に瑠璃荘にいたのは、八時に帰宅した高畑紀行だけだ。江神さんは、眼前にいる男を容疑者の輪に引きずり込もうとしているようだ。それに気づいたか、高畑は強い調子で反問する。

「そんなことが、どうして言えるんですか？　彼が帰ってきた時、トイレの電球は取り換えられていたんですよ。電球を取り換えられたのは下条さんだけでした。その彼の帰宅が九時二十分やったんですから」

「電球ぐらい誰でも取り換えられる」江神さんは言い切った。「換えの電球さえあればね」

「事情をよくご存じないんですね。あの日、僕は新品の電球なんか買っていません」

「換えの電球が、新品である必要はない」

高畑の視線が真横に飛んだ。窓の外で何か動いたのか、とその先を追ったが、人通りのない道に街灯が立っているだけだ。反射的に目をそらしただけらしい。

「俺が何を言おうとしてるのか見当がついたみたいやな、高畑君。君は、『僕には新しい電球を買いに行く時間的余裕がなかった』と主張したかったんやろう。けれど、換えの電球は新品でなくてもよかった。少々使い古したものに取り換えても用は足りるからな。――大家さんの甥である君は、階下《した》の部屋の鍵を預かってるね？」

本人が黙ったままなので「そうです」と望月が答える。「せやけど俺、そんなこと、江神さんに言いましたっけ？」

聞いていない。僕の記憶にもない。

「言うたも同然やろう。連休中に門倉君と揉めたエピソードを話した時、お前はこんなふうな表現をしたな。『大家さんは旅行中。下条さんは帰省中。高畑もあいにく友だちと遊びに出てて』。高畑君がいたら、トイレの奪い合いをしなくてすんだ、という言い方や」

「ええ、彼がおったらトイレの争奪なんかせんでも……」

望月は愕然《がくぜん》とした顔になった。何事かに思い当たったようだが、僕には判らない。

「どういうことですか、モチさん？」

「そうか、そういうことか。鍵を預かってる高畑さえいてくれたら、階下に行って大家さんの居住空間にあるトイレが使えた。せやから、トイレの争奪をした時に彼がたまたま外出中やったんで、『あいにく』と言うたんや」

江神さんが後を引き継ぐ。

「階下にもトイレがあること。そして、大家さんが不在の時にそこに出入りできるのは鍵を預かっている高畑君だけであること。その二点にさえ気づいたら、真相は見えるやろう。彼は電器店になんか行かなくても、換えの電球を入手することができたんや。階下のトイレの電球をはずして二階に持って上がればよかった。そして、切れかかっていた電球と交換する。階下のトイレの分は、大家さんが旅行から戻ってくるまでに新しいのを買うてきて取りつけておくつもりだったんやろう。――そのために今日、バイトの帰りに電球を購入してきたわけや」

「そうか。電球はいつでも交換できたんや。こんな簡単なことに誰も気がつかんかったとは」

望月が自分たちの迂闊《うかつ》さに呆れているようだったのを、江神さんは慰める。

「誰も気がつかなかったと言うても、お前と門倉君と下条君のたった三人や。たまたまその三人が揃って可能性を見落としただけのことやないか。たまたま、な」

「あのぅ」僕が割り込む。「一階のトイレと二階のトイレの電球が同じタイプのものかどうか未確認やと思うんですけど」

「ああ、そうやな。俺は蓋然性《がいぜんせい》でしゃべっただけやと認めよう。しかし、高畑君は図星を指されて困惑してるように見えるぞ」

「図星です」

大家の甥はうな垂れて、手つかずのミックスサンドが盛られた皿を見ていた。コーヒーもひと口飲んだだけだ。じたばたと否定したりはしない。階下のトイレの電球を取りはずしたりしていないと言い張っても、これから見に行こう、と言われたらたちまち嘘がばれるからなのだろう。

「えーと、待ってくださいよ、江神さん」織田が額に片手を当てて「下条さんが九時二十分に電球を新しいものと取り換えるより前に高畑さんが階下の電球と取り換えていたのだとしたら、下条さんが取りはずして叩き割ったのは……」

「まだ使える電球だったことになる。彼がそれをすぐに割らず、保管してくれてたら高畑君と面談するまでもなく真相は明らかになっていた」

「もったいないことをしましたね。いや、そんなことより、高畑さんが一階のトイレの電球を二階のトイレに取りつけて急場をしのごうとしたんやとしたら、結局どういうことになるんです?」

「門倉君の帰宅時刻が九時三十分だったという前提が崩れる。そう推定した根拠は、彼が帰ってきた時にトイレの電球はすでに取り換えられていた、というささやかな事実だけやったからな。もしも、高畑君が電球を取り換えたのが八時台だったとすると、門倉君が帰宅した時刻は九時とか九時十分頃やった可能性も出てくる。つまりレスラーは、下条君よりも早くに自分の部屋に帰ったわけや。すると、どうなる? そう。ノートを投げ出して眠る門倉君と高畑君が瑠璃荘で二人っきりになった時間帯が存在した、ということや。——講義ノートを持ち去って隠したのは、君やな？」

言葉で答える代わりに、彼はリュックから一冊の大学ノートを取り出してテーブルに置いた。表紙に〈貨幣・金融理論・ＥＰＡ共有財産〉とある。

「江神さんのおっしゃるとおりです」

犯人は、ぽつりぽつりと自供を始めた。

「暗くなってきてからトイレに行こうとして、電球が切れているのに舌打ちしました。何とかならないか、と考えて思いついたのが、階下のトイレの電球を借用しよう、というアイディアです。それが八時半頃でした。いつ門倉が酔って帰ってきたのかは知りません。九時過ぎに彼の部屋の前を通りかかった時、ドアが少し開いていたので、九時には戻っていたんでしょう。このノートの表紙が目に留まりました。サークルの共有財産と書いてありますよね。それを目にして、つい悪心《わるごころ》が起きたんです。これを隠したら門倉は大慌てするだろうな、と。少しばかり困らせてやろう、と思って持ち出しました。目を覚ました彼は『俺のノートを知らないか？』と騒ぐ。僕たちは『知らないね。どこかで落としてきたんだろう』と撥《は》ねつける。そんな場面を期待していただけで、まさか誰か一人が犯人扱いされるとは思っていませんでした。トイレの電球がいつ取り換えられたかが問題になるやなんて……。すまん、お前には申し訳ないことをした」

「謝罪する前に、どうして門倉を困らせようとしたのか、もっと詳しく説明をしてもらいたいな。あいつと喧嘩でもしたんか？」

「それは……言いにくい」

高畑は初めて黙秘権を行使した。むっとして望月は詰め寄る。

「この期《ご》に及んで、言いにくいはないやろう。俺に多大の迷惑をかけたんやから、詫びる気持ちがあるんやったら吐け」

「そのうち話す。悪いけど、ちょっとそこらを歩いて頭を冷やしてくる。そのノートを門倉に返しといてくれ」

彼はテーブルの上に千円札を置いて立ち、僕たちが呆気《あっけ》にとられている間に旋風のように店を去った。ドアが閉まってから、望月が勢いよく立ち上がる。

「追いかけて聞いてきます」

江神さんは「希望どおり頭を冷やさせてやれよ」と制したが、彼は止まらなかった。その後ろ姿が窓の向こうに消えていく。部長は肩をすくめてサンドイッチに手を伸ばした。

「なかなか論理的に犯人を追い詰めましたね。名探偵っぽかったやないですか」

織田が面白がっている。ミックスサンドを頰張る江神さんは、黙って首を二度ばかり振っただけだった。

あまりにも事件が小さく日常的で、難解な連続殺人事件の真相を見破る名探偵と比するのは無理がある。しかし、確かに解決の手際は鮮やかだった。〈英都大学推理小説研究会の名探偵〉ぐらいの称号は授けてもよさそうだ。

ふた皿のサンドイッチを三人でぱくつきながら、僕たちは望月が戻ってくるのを待った。十分経ち、十五分が過ぎ、まさか相国寺の境内で殴り合いでもしているのではあるまいな、と心配しかけた頃にドアが開いた。望月が、どこかさばさばした顔で入ってくる。鼻血を流しているでもなく、服が泥まみれということもない。和解して帰ってきたようだ。

「どうでした?」と僕が尋ねると、彼は急に表情を険しくした。

「俺の分のサンドイッチがないやんけ」

織田が「それはさて措き——」

「勝手に措くな。——まぁ、ええか。事件の解決祝いに〈満洲楼《まんしゅうろう》〉のラーメン定食でも食べに行こう。今日は奢ります。皆さんにお世話になったので」

気前のいい発言に、僕たちは「太っ腹」だの「大人の風格」だのと煽《おだ》てて応えた。

「高畑君はどうした?」

江神さんが尋ねると、大人は皿に残っていたパセリをつまみながら、

「つまらないことをした、と反省していました。夜の散歩をしながら門倉への謝り方を考えて、それから瑠璃荘に帰ると言うてました。動機も聞き出してきましたよ。言いにくいはずです。いじましい嫉妬が原因ですからね」

告白したところによると、高畑は同じフランス語のクラスにいる女の子に想いを寄せていた。お茶に誘うところまでは漕ぎ着け、さらに親密さを深めようとしたところで恋に障害が発生した。そのガールフレンドが、マスコミで紹介されたコージー門倉の雄姿にすっかり魅了されてしまったのだ。

「大ファンになった、ということのようです。しかし、それだけでも高畑は面白くなかった。彼女がコージー贔屓《びいき》になったと知っても、『実は僕と彼は下宿が同じなんや』てなことは言いませんでした。彼を紹介して欲しい、とか頼まれたら大変ですからね。門倉の方からその女の子にちょっかいを出したわけやないんですよ。それでも、高畑にしたら何かしら腹が立って鬱鬱としていた。そんな時に、これを」とノートを見て「傍らに置いて無防備に眠りこけてる門倉を見て、発作的に犯行に及んだという次第です」

あれしきの事件にそれしきの動機、という感じだった。ともあれ動機も判明し、瑠璃荘事件はすっきりと解決したわけだ。

「しかし腹へったぞ。ラーメンや、ラーメン」

望月が景気のいい声で言うので、江神さんが伝票をすっと取る。「ここは俺が出す」と。金欠でも奢ってくれるのか。後輩たちは「タニマチ」「パトロン」と持ち上げた。

店を出ると、雲間から月が覗いていて、気持ちのいい夜風が吹いている。右手を見ると、東山連峰のシルエット。ああ、自分は京都にいる。京都の大学生になったんだな、とあらためて実感した。そして、ほんの数ヵ月前までは知らなかった愉快な人たちを先輩と呼んでいる。仄《ほの》かな喜びが込み上げてきた。

「しかし、高畑の奴、ぼやいてたな。『うまいこと誘導されて自白したけれど、江神さんの推理はまったく非論理的や』と」

望月が言う。先ほどは織田が、論理的に犯人を追い詰めた、と部長を褒め上げていたのだが。

「どこが非論理的なんですか？」と僕は尋ねる。

「『推理の前提がおかしい』と言うんや。高畑が一階のトイレの電球を二階に持って上がった可能性を指摘したのは慧眼《けいがん》やけれど、本当はそれだけでは犯人が絞り込めんやろう。この俺が犯人である可能性は留保されたままやからな」

「つまり、モチさんは犯人ではない、ということが推理の前提になっているけれど、それは無根拠やと？　でも、根拠はあるでしょう。モチさんが真犯人やとしたら、わざわざ僕らに相談を持ちかけへんはずです」

「ところがそれが白々しい演技かもしれんやないか。わざわざ先輩や仲間まで巻き込んだ俺が、実は意外な犯人という手もあり得るぞ」

「ミステリの世界ではそうですけど、現実は違います。名探偵も他人を信じることができる。江神さんは、望月さんを信じたんですよ」

望月と織田は顔を見合わせた。変なことを言っただろうか？

「信じる……」

「モチ。お前、ミステリに毒されてそういう概念は忘れてたやろ」

「お前こそ。それにしても、妙に新鮮な響きや」

織田が、僕の背中を平手で叩いた。

「ええこと言うやないか、アリス」

推理研に入って、アリスと呼ばれたのはそれが最初だった。どうやら今日は記念すべき一日らしい。

　支払いをすませた江神さんが出てきた。雲が晴れて、その髪に、肩に、瑠璃色の影が射す。こんな先輩ができるとは思わなかった、と思いながらその顔を見ていると、部長はキャビンをくわえて言った。

「何かついてるか、アリス？」

ハードロック・ラバーズ・オンリー

降り始めた雨の中、交差点を渡りかけたその人の赤い傘は、とても鮮やかに映った。思いがけないところで知った顔を発見した僕は、慌ててその後を追おうとしたのだが、人の波に行く手を阻まれる。土曜日の河原町は、いつもどおりの賑わいだったから。呼び止めようとして、その人の名前を聞いたことがないことに思い至る。

「すみません。ちょっと、そこの赤い傘の方!」

思い切って大きな声を出してみた。まだ傘を広げた人はごくわずかだったし、赤い色の傘を手にした人は周辺にいなかったので、振り返ってくれるものと確信した。なのに、その人は何の反応も見せず、かえって歩調を速める。信号が黄色に変わったからだろう。

「あの、ちょっと、待ってください!」

もう一度叫ぶと、いくつもの顔がこちらを向いたが、肝心のその人だけはやはり僕の呼びかけを無視した。赤信号が点灯し、車の流れが進路を断つ。僕は照れ隠しに小さく肩をすくめた。

「どうかしたんか?」

後ろから長髪を肩に垂らした江神さんが尋ねてきた。学生会館のラウンジで土曜日の午後だというのに予定がないことをぼやいていたら、「河原町にでも出るか」と付き合ってくれたのだ。新刊書店や古書店に寄って、ぶらぶらするだけの散歩だった。うちのサークルらしい活動だとも言えるか。

先輩は僕の視線の先をたどり、交差点の向こうを見やっている。赤い傘はもうどこにもなく、後を追うことは諦めるしかなさそうだった。

「すみません、一人でさっさか歩いて」とまず詫びる。

「それはええけど——もしかして、今のは十年ぶりに見つけた初恋の人か？」

そんなロマンティックなものではない。彼女があるところに忘れたものを持っていたのでそれを渡したかったのだ、ということを伝えると、先輩は「ふぅん」とだけ言う。

「信じへんのですか？」

「いいや」と笑って「けど、あれだけはっきり無視されるのはわけがありそうやな」

「僕の声を聞いた彼女が、『あ、嫌な男に見つかった。はよ逃げよう』って早足になったみたいでしたもんね。ところが、その推理は的はずれですよ。相手は僕の声を聞いたことがないんですから」

「知り合いやないのか？」

「三、四回会っただけです。お互いに声も知りません。しゃべったことはあるんですけどね」

江神先輩はわずかに眉間《みけん》に皺を作った。わざとわけが判らないようにしゃべるな、と言いたいのだ。推理小説研究会などというサークルの先輩後輩なもので、ふだんから謎掛けめいた話し方をしてしまう。

「歩きながら話しましょうか」

その店の存在を知ったのは、大学生活にも慣れてきた五月の中頃。昼食を一緒にする相手をつかまえそこねた僕は、一人で学生食堂のランチを掻《か》き込んでから、余った時間を潰すために校門を出た。新緑が萌える向かいの京都御所の木陰でぼけっとしようか、それとも新しい喫茶店でも開拓しようか決めかねつつ、今出川通を東にふらふら歩いていたのだ。その雑居ビルの一階のよく繁盛しているパン屋はふだんから目に留めていたが、二階の窓ガラスに coffee & music とあるのには初めて気づいた。

〈マシン・ヘッド〉

音楽喫茶の類《たぐい》らしい。とすると、店名はディープ・パープルの名盤のタイトルから採ったものだろう。モーツァルトの弦楽四重奏曲やマイルス・デイビスのトランペットよりヘヴィーなロックが好きな僕は、試しに入ってみるか、という気になった。薄汚れた店でまずいコーヒーを飲まされるだけかもしれないけれど、あらかじめ覚悟していれば腹も立たない。

狭くて急な階段を上り、分厚そうなドアの前に立つと、中から聞き覚えのあるエアロスミスのナンバーが洩れ聞こえていた。ドアには、窓ガラスにあったのと同じ文字の他に、極太のフエルトペンでこう書かれている。

HARD ROCK LOVERS ONLY

ハードロック好き以外はお断わりだぜ、というそのメッセージが店側からのものなのか、常連客の落書きなのか判らない。いずれにしても、自分は客になる資格を満たしているようなので、ためらわずにドアを開けた。

大音響がたちまち襲いかかってきた。まさかそこまで、というレベルだったので、思わず足が止まる。そんな僕に向かって、カウンターの中の店員が〈いらっしゃいませ〉と声を掛けてきた。もちろん、その声が聞こえたのではなく、正確に言うと、彼の唇がそのように動くのが見えただけなのだが。

あまり齢《とし》が違わないであろうアルバイト風の店員が〈どうぞ〉と掌《てのひら》で示すので、僕はスピーカーから一番遠い奥の窓際の席に向かった。

〈ご注文は?〉

と相手が言ったのかどうか唇を読み取れなかったが、テーブルに水を置きながら訊くことといったら他にないだろう。シャウトしても無意味そうだったので、ごく普通の声で「コーヒー」とオーダーした。いくら唇の動きが似ているからといって、このケースで相手が「雑煮」と勘違いするはずもない。一分ほどで、ちゃんと希望のものがきた。

まずまずの味だな、と満足してから、僕はおもむろに店内を見渡した。二人掛けのテーブルばかりが七つ。客は僕以外に三人で、てんでばらばらに掛けている。腕組みをしながら足の爪先でリズムをとっている男。ギターがチョーキングされるたびに自分の頸《くび》を絞められたように顔をしかめる男。テーブルを一つ隔てた席には、楚々《そそ》とした仕草でコーヒーを飲んでいる女性。

いずれも大学生風だった。ここは立地からして、うちの大学ご用達の店なのだろう。

童女のように前髪を切り揃えた彼女の方にちらりちらりと視線を投げた。他人の目に無防備な様子の女の子を盗み見るのが趣味だという男もいるだろうが、僕は違う。つい視線がそちらに向いたのは、すさまじい音量の中で、彼女がいかにも涼しげな表情をしていることに興味を惹かれたからだ。

心ここにあらずで考え事でもしているのだろうと思っていると、お気に入りのフレーズに反応したか、時々、音に合わせて頷《うなず》くように軽く頭を上下させる。どこか玄人《くろうと》っぽい聴き方に見えた。バンドをやっているのかもしれない。ブラウスに薄いニットのベスト。ピアスや指輪などの装飾品をまるでつけていない彼女の雰囲気はいかにもおとなしく、髪を振り乱してギターをかき鳴らすタイプには見えないけれど。

その彼女の顎がふと上がり、目が合った。

僕は目をそらし、カウンターを向く。コーヒーを運んできた店員はびっしりとCD、LPが詰まった棚の前で立ったまま音楽雑誌をめくっていたが、僕がそちらを見ているのに気づくと何やら口をぱくぱくさせ、壁の貼り紙を示す。そこには〈リクエストをお申しつけください〉とあった。エアロスミスなんてポピュラーなものが鳴っているぐらいだから通ぶる必要もないのだろうけれど、的をはずしたものを頼んで一座の顰蹙《ひんしゅく》を買うのを恐れ、僕は首を振った。次にかけるアルバムが決まっていないのか、店員は紅一点の客にも同じ身振りで希望を訊くが、彼女も黙って首を振る。

また目が合う。僕たちは微《かす》かな笑みを交換した。リクエストをいちいち訊かれるのも落ち着かないね、とお互いの目が語った——のだと思う。

どのお客からもリクエストがなかったので店員は無造作に一枚選んでプレーヤーにのせ、ジャケットが見えるようにカウンターに立てかけた。バンド名が読めないが、脳天にドリルを打ち込むようなデスメタル系の曲だ。窓ガラスがびりびりと顫《ふる》え、カップの中に漣《さざなみ》ができようかという演奏が始まるなり僕は思わず耳をふさぎたくなったのに、やはり彼女は平然としたまま、こっくり頷いたりする。見かけによらず、筋金入りのハードロック・ラバーなのかもしれない。

しばらく音の奔流に身をひたしていた。仮性の難聴になったのか、どんな音が鳴ろうが驚かなくなった頃、彼女が不意に僕のテーブルに寄ってきた。腕時計を嵌《は》めていない自分の左手首を指して、何か言う。察するに、〈何時ですか?〉と尋ねているのだろう。腕時計を突き出して見せると、彼女の唇が〈ありがとう〉と動く。そして、ショルダーバッグを肩に掛けて立ち上がった。初めて会った日は、それだけだった。

講義の空き時間にちょくちょく〈マシン・ヘッド〉に行くようになったのは、何もその彼女にひと目惚れしたせいではなく、ロック嫌いなら一分間とそこにいるのが耐えられないようなその店が、妙に居心地よく感じられたからだ。体全体でロックを体感できることが愉快だったし、ドアにあった言葉が象徴するその場所の閉鎖性も楽しんでいたのだろう。

彼女を見かけたことは、確か四回。二度目は離れた席から目顔で〈こんにちは〉を交わしただけだったが、隣合った席に掛けた三度目は、僕の方から話しかけた。〈バンドをやっているんですか?〉と。大きな声で尋ねたのだが通じなかったので、リクエスト用に卓上に用意されているメモ用紙に質問を書いたのだ。彼女は僕のペンを取り、同じようにメモ用紙に書く。〈いいえ。どうしてそう思ったんですか? 楽器も持っていないのに〉僕は少しバツが悪く感じながら、〈何となく〉と答える。出鱈目なことを問いかけてナンパするつもりもなかったのだが、ロックの海の底で筆談をするのが面白くなって、僕たちは他愛もない質問をいくつか交換した。彼女はやはり大学生だったが、意外なことに百万遍《ひゃくまんべん》にある国立大学に通っているとのことだった。〈わざわざここまで遠征してくるんですか?〉と問うと、〈ここが好きだから〉というしごく当然の回答が返ってくる。僕が頷いていると、彼女はいったん置いたペンをまた取り、こう書き足した。

〈ハードロック・ラバーだから〉

〈筋金入りの?〉と書いてみせると、彼女は微笑《ほほえ》みながら何か言った。〈多分〉と言ったのだろう。

四度目はつい十日ほど前。ただし、僕が店に入った時、彼女はレジで精算をしているところだったので、〈こんにちは〉と二人とも口をぱくぱくさせただけだった。店内はいつになく客が多く、今しがたまで彼女が座っていたテーブルしか空いていなかった。だから、彼女が砂糖入れの陰に遺《のこ》した忘れ物に気づくことができたのだ。

「もしかして、そのハンカチを持ち歩いてるのか？」

江神さんが訊くので、僕はバッグからそれを出して見せた。

「これを渡そうとして慌てたんか。大袈裟な奴やな。今度、その店で顔を合わせた時でええやないか」

そう言われればそうなのだけれど。

「とにかく、そんなわけやから、彼女と僕はお互いに相手の声も知らないんです」

「さっき『そこの赤い傘の方』てな呼び方をしてたな。名前も聞いてなかったわけや」

「下心がなかった、ということですよ。ハンカチを持って歩いてるのは、純然たる親切心からですしね」

実は、有栖川有栖などという個性的すぎる名前を説明するのが面倒だったせいもある。

「純然たる親切心ねぇ」

「ええ。つれなく裏切られましたけれど」

拗《す》ねたように言うと、まぁまぁと先輩は宥《なだ》めてくれる。雑踏の中だったし、急いでいたから、呼ばれたことに気がつかなかっただけだろう、と。そうかもしれない。だが――

「せやけど、耳には届いたはずや。街角のミステリーです」

「納得してないな。双子の妹やったとでも思うか？」

あまり冴えた解答ではない。

「違うでしょう。着ていたものも髪型も僕が知っているままやったから。もしかして」

推理小説ファンの悪い癖が出てきた。

「彼女はこのハンカチを僕から返されると不都合なことが……」

「まさか」

江神さんは一笑に付した。

「いや、判りませんよ。このハンカチにまつわる深い深い事情があるのかも」

「もしも、それが呪われた王家のハンカチやったとしてもおかしい。聞き覚えのない声で、『赤い傘の方』と呼びかけられただけでは、何のことか判らんかったはずやないか」

「……そらそうですね」

理屈だ。ということは、やはり注意がよそにいっていて、耳に入らなかっただけだと考えるしかないか。

「またあの店で会《お》うた時に渡します」

そう言ってハンカチをしまいかけた僕に、先輩はぼそりと呟《つぶや》いた。

「他にありそうなことは——彼女、耳が聞こえへんのかもしれんな」

今度は僕が「まさか」を言う番だった。耳が不自由な女の子がわざわざ遠方の音楽喫茶を選んでコーヒーを飲みにきたりはしないだろう、と思いかけて——考え直す。

〈ここが好きだから〉

〈ハードロック・ラバーだから〉

もしも聴覚が失われていたとしても、彼女は音楽を満喫できたのではないか。あの店でなら全身でロックを味わうことは可能だった。軽く頷くように首を振る彼女は、音を体で受け止めていたのかもしれない。その細かな所作の一つ一つが、これまで考えてもみなかった色を帯びていく。カップを持つ手、ペンを僕から受け取る手、そうではないと小さく振る手の指が、とても豊かな表情を持っていたことにもようやく気づき、すとんと腑に落ちた。証拠も、それを確認するつもりもないけれど。

音楽は、いや、どんなものでも、僕が考えているよりもずっと広く、愛されることに向かって開けているのかもしれない。

先輩は、不意に黙り込んだ僕の様子を訝《いぶか》ることもなく生欠伸《なまあくび》を噛み殺しており、雨の町には傘の花が数を増しつつあった。梅雨入りを告げる柔らかなその雨音は届かずとも、傘から手に伝わる六月の鼓動は、ハードロック・ラバーの彼女にもきっと聞こえていることだろう。

やけた線路の上の死体

1

気がつくと、電車の中で飲むつもりだったコーラを半分以上空けてしまっていた。最初のひと口がもう汗となって顎へと伝わっている。

「ほんまに暑いな」

愉快ならざる思いを声にして吐き出してみるが、僕が不快なのは盛夏の暑さのためばかりではない。約束の時刻を過ぎても現われない無教養な先輩たち――時間にルーズな人間に教養があるなんて認められない――に対する苛立《いらだ》ちも不快感の三割は占めているのだ。

僕は大阪環状線《おおさかかんじょうせん》に連絡する階段から、三つの見慣れた顔が駆け上がってくるのを今か今かと待っている。ここ天王寺《てんのうじ》駅の阪和《はんわ》線一番ホームには僕たちの乗るべき〈くろしお4号〉がとっくに入線し、海水浴や帰省に向かう学生、家族連れが次々に乗車していっている。電車のモーターの熱気でホームに陽炎《かげろう》がたつ中、青い波白い波が躍るトレインマークだけが素晴らしく涼しげだった。

発車時刻の十時にあと二分となった時、やっと待ち人が姿を見せた。三人は転げるように走ってくるのだけど、からくも間に合ったというスリルにキャッキャと喜んでいる様子だった。両腕を広げて飛行機の真似なんかしているのもいる。

「アリス、すまん、待たせたな」

江神さんが汗で頰に張りついた長髪を耳の裏へ掻《か》き上げつつ、白い歯を見せて言った。

「鉄拳制裁は後回しにです。はよ乗らな指定券がパーですよ」

〈くろしお〉専用の一番ホームに入るには、特急券を見せて今一つ改札口をくぐらねばならない。発車のベルが鳴りだしたものだから僕たち四人は特急券をひらひらさせて、疾風のごとくそこを走り抜けた。

何とかセーフだったが、おかげで無用の汗までかいてしまった。ただでさえ炎暑なのに。

僕たちは座席を回転させて、四人向かい合わせに座る。こういう場合、進行方向に顔を向けた席の窓側が〈上座〉になるだろうから、そこを江神二郎部長に勧める。望月周平、織田光次郎の二人がさっと並んで着席したので、僕は部長の隣に「失礼します」と掛けた。

「『失礼します』は堅苦しいな。上司と部下みたいやないか。俺はたかがサークルの先輩で、しかもうちは体育会系やない。推理小説研究会という自由の楽土やぞ」

江神さんはそう言うが、自然に出た言葉だ。部長と新入部員という関係だし、年齢が七つも離れているのだから。

「自由の楽土か。さすがに江神さんはええこと言う。言い得て妙やな」

僕の真正面で望月周平が賛意を表わす。部長は本気で言ったのでもないだろうに。望月は細身の長身でどちらかと言えば色白く、およそ運動部には縁がなさそうなのだが、ことミステリに関しては硬派だ。先日も僕がピーター・ディッキンソンを一冊も読んだことがないと話したら、「推理研の部員にあるまじき不勉強やな。たるんでる。明日までに何か読んでこんかったら御所を三周や」と体育会系ぶりを発揮した。

「アリスの自宅は阿倍野《あべの》やったな。この近くやろ。お前のことやから早《はよ》うきてたんやないか?」

江神さんにはお見通しか。自宅は駅から徒歩十分のところで、充分な余裕を持って家を出ていた。

「三十分ぐらい前にはホームにいましたよ。先輩方を待たせるわけにはいきません」

「今日は指定席を取るという貴族的な贅沢をしてるんやから、発車までにホームにきたらよかったんや。それが合理的な態度やろ」

望月の横で、織田が言った。彼らにしたところで、何か計算違いがあってぎりぎりになったはずなのに、早くにきて待っていた僕に落ち度があったかのようだ。やんわりと抗議しようとしたら、彼は人懐っこい目になって両手を合わせた。

「すまん。赦《ゆる》せ、アリス。俺が寝坊して京都駅での集合に遅れたんや。いやぁ、昨日の晩に読みだしたパーカーが面白うてやめられずに、つい夜更かしを」

ロバート・B・パーカーのスペンサー・シリーズは、織田のお気に入りだった。偏狭な本格ミステリマニアの望月にすれば、「あんなん、私立探偵が主人公というだけでミステリやない」

なのだが。

長身で細身の望月に対して、織田は短軀《たんく》でがっちりしている。頭髪も、望月の方は江神さんほどではないが散髪代を節約してやや長め、織田は常にさっぱりと短く刈り込んでいた。ともに経済学部なのは共通していたが、出身地は南紀と名古屋で接点はない。ミステリファンとしても読書傾向が大きく違い、何かと対照的なのだが、この二人は馬が合った。僕は彼らの掛け合いが好きで、よく笑わせてもらう。

最近の傑作は、バイク好きの織田が買った新しいヘルメットに関するやりとりだ。俺はミステリファンだぜ、とアピールするため——よせばいいのに——、ライダーは檸檬《れもん》色のメットに黒いクエスチョンマークを描いた。丁寧な仕上がりだったが、それを見た望月は冷ややかに言ったのだ。「何や、それ」。織田は「ミステリの象徴や。あかんか?」「あかんの極みや。そんなん被ってたら、『僕は誰で、どこに向かっているんでしょう?』って自問自答してるみたいやないか。まるで記憶喪失の人や」。端《はた》で聞いていて腹筋が痛くなった。

思い出すとまた笑いそうだったので、顔を伏せた。

「確かに貴族的やな」江神さんが言う。「ひと夏に二回も旅行の計画があるやなんて、豪勢なもんや。われわれにしては、な」

「感慨ひとしお。込み上げてくる熱いものがありますね」

調子よく望月が合わせた。どういうことかと説明すると——

この弱小サークルにも夏合宿という年中行事があった。運動部ではないから、どこかに泊まり込んで肉体の鍛錬に励むわけではなく、単に親睦のために旅行をする。少人数だから平素より親しく睦《むつ》んでいるのだけれど、とにかくたまの遠出をして遊ぶわけだ。

今年はどこに出掛けるか、六月に入ってから討議が重ねられた。望月の下宿、名前だけは麗《うるわ》しい瑠璃荘でビールを飲みながら議論白熱するうちに、誰が言いだしたか「山に行きたい気分。キャンプなんてものを体験してみたい気分」という声があがり、「われわれが行っても罰は当たらないのではないか。青春を謳歌してもいいではないか。させろ」となった。織田の叔父さんからテントなどのキャンプ用品を借りられそうだと聞いた望月が「よし、山や。海際育ちの俺は、山を目指す！」と叫んで結論が出た。「どうせ行くんやったら信州」ということに決まり、旅費稼ぎのアルバイトに精を出すよう江神さんの勅令《ちょくれい》が下る。

それだけでも推理研にとっては一大イベントなのだが、七月初旬にもう一つの夏の旅企画を望月がもたらした。彼の実家のお母さんは、昨年来「機会があったら、あんたがいつもお世話になってるサークルの人を連れてきなさい」と言っていたそうだ。京都から近い町でもなかったので、息子は「来年の夏にでも」と適当な返事をしていたのだが、母は本気だった。キャンプの予定を立てたことだし、それはまた来年に、と思いつつ望月が「実はこうで」とみんなに打ち明けたところ、「せっかくのお招きやから行こうか」ということになった。

何故だかその頃、僕たちは揃って激しい旅心に捉われていたらしい。「お前が入部してくれて賑やかになったからや」と織田は言っていた。かくしてひと夏に二度の旅という貴族的な計画ができたわけだ。

そして今、〈一九八八年度　第一次夏合宿〉と称して望月の実家がある南部《みなべ》という町へ向かっている。まず特急で白浜《しらはま》まで行き、観光の後、五駅引き返して七時過ぎに南部に着く予定だった。

「二月の観梅を除いたら何もない町やけど、泳いでのんびり骨休めするくらいはできるから」

望月は、彼の崇拝する名探偵エラリー・クイーンを真似て、鼻眼鏡ならぬ銀縁眼鏡を気取って拭きながら言った。

「お前の家も梅干屋なんか?」

すっかり関西弁に染まった名古屋人が言う。この人の順応力は大変なもので、彼が名古屋弁らしきものを口にするのを聞いたことがない。望月に言わせると「環境に影響されやすいだけなのだが。

「うちは雑貨屋や。お前何回言うても忘れるな」

「聞いたことがあるような気もするけど、重要でない知識は躊躇《ちゅうちょ》なく捨てるようにしてるからな。それが現代人の知恵や」

「お前のメモリーの容量が小さいだけやろ。あるいは他者への無関心が原因や。改めた方がええ」

「大袈裟なことを言う奴やな。しかも的はずれや。俺は他者への生き生きとした関心に満ちてるぞ」

「ほぉ。では訊こうか。さっきお前の横を年配の紳士が通り過ぎたな。明るいクリーム色のジャケットを着てて、ほら今、五つ向こうの座席でこっち向きに座ってる人や。白い口髭を生やしてる。あの人の職業や人となりが判るか？」

旅の始まり、夏休みの始まりの解放感のためか、二人の掛け合いはふだんにも増してテンポがよかった。長老の江神さんは車窓を見やったままで、望月らにかまわず時折「もう岸和田《きしわだ》か」などと呟《つぶや》いていた。

「シャーロック・ホームズごっこか。そんなもん、他者への関心の度合いと関係ないやないか」

「人間への健全な興味があったら某《なにがし》か推理できるやろ。見抜いてみい」

言い募られて、織田は投げやりに答える。

「退役軍人やな。日清日露の戦争で武勲があった。それを自分史にまとめて自費出版したことがある。白浜在住で、大阪まで孫の顔を見に行った帰り。家で待つのは口やかましい妻と猫二匹。うち一匹はシャム猫」

「無茶苦茶を言いやがって。クリスティの小説やあるまいし、何が退役軍人や。真面目にやれ」

「んなもん、判るか。降参するから模範解答を教えてもらおうやないか。貴族院の元議長とか適当なことを言うなよ」

そう返されることは想定外だったらしく、望月は口ごもった。用意の悪い人だ。

「ベテランの弁護士やな」

前屈みになり、あたりを憚《はばか》るような小声で江神さんが言ったので、僕たちは「えっ？」となる。

「誇り高い弁護士や。神戸で同窓会だか謝恩会だかがあって、その帰り。肩か腰の痛みが目下の悩みで、和歌山市内の家で愛妻が待っている。ペットを飼ってるかどうかまでは判らん」

「冗談でしょう」望月が疑いのまなざしで言う。「まさか、ほんまに推理してしゃべってるんやないですよね」

「適当なことを並べただけやない。これぐらい初歩やないか」

江神さんと僕の席からは紳士を見ることができない。その人が先ほどデッキへ行って戻ったのは記憶の隅にあるが、六十代後半ぐらいの男性だということしか認識していなかった。後で話題に上るとは思ってもみなかったから、それも当然だろう。誰かが傍《かたわ》らを通ったことすら覚えていない場合もある。

「デッキから戻ってくる時、スーツの襟に向日葵《ひまわり》を象《かたど》ったバッジを付けてるのが見えた。弁護士の印や。金メッキが剝げて黒ずんでたから、相当なキャリアや。年恰好からしてもベテランやと容易に推測できるけどな。あのジャケットはお堅い仕事向きやないから、プライベートでどこかへ行ってたんやろう。電車に乗り込む際、〈神戸土産〉と書いた紙袋を棚に上げてるのを見た。ずり落ちかけた中身の箱に熨斗《のし》が掛かってて、〈なんとか会記念〉とあったから、同窓会らしきものに出たんやろう。弁護士バッジというのは、業務中には付けておく義務があるけど、プライベートの場で付ける必要はない。失うと大変やから、はずす人が多いにも拘《かか》わらず常にバッジを付けてるということは、えらいご自慢なんやろう」

「それで誇り高いベテラン弁護士ですか。肩か腰の痛みに悩んでいる、というのは？」

望月は身を乗り出す。

「横を通った時、湿布の匂いがした」

「ああ、どこかでそんな匂いがしたような気もします。和歌山市内で愛妻が待ってる、という根拠もあるんですか?」

「ここから先で弁護士が大勢いるのは和歌山市内やろう、という憶測にすぎん。愛妻もほぼ当てずっぽうや。あの人、テレホンカードを財布から出しながらデッキに歩いていった。電話をかけてたんやな。ごく短かったから、仕事や込み入った用件の電話ではない。『予定どおりの電車に乗ったぞ』というコールらしい。そんな電話をかけるのは愛妻家やろう」

「恐妻家かもしれませんよ」と織田。

「表情が穏やかで機嫌がよさそうやった。命じられて義務でかけた電話ではなかったと思う」

望月が、感に堪えぬという面持ちでかぶりを振った。

「向日葵のバッジが窓際の席からよう見えましたね。棚の土産の熨斗まで見たって……。嘘っぽいけど、全部とっさに作った話やとしたら、それも大したもんです」

ここで僕は証言せずにいられなくなった。ホームで先輩たちを待っている時、後ろから年配の男性同士の会話が聞こえてきた。「じゃあ、私はここで」「ありがとう。日弁連の件は、また後日に」というものだ。日弁連なんて、そうそう街中で耳にする言葉ではない。

「江神さん、それだけの観察力と推理力があるんやったら探偵事務所を開いたらええんやないですか。世のため人のために」

織田が言うと、部長は「卒業できたら考える」と笑う。どうして大学に留まっているのかを尋ねようかと思ったが、もう今さら訊けなくなっていた。会って三ヵ月の僕でさえこうなのだから。

紀ノ川《きのかわ》を渡り、望月と織田にとってタブーなのも無理はない。

和歌山駅に着いた。誇り高いベテラン弁護士（推定）に注目していると、棚から紙袋を下ろし、腰のあたりを擦《さす》りながら下車する。江神さんは、少しだけうれしそうだった。

紀三井寺《きみいでら》駅を過ぎたあたりで列車が激しく横揺れし、「きゃっ！」という悲鳴とともに、僕の席の傍らを歩いていた女性が膝の上に倒れ込んできた。

「すみません！」

帰省する女子大生風の女の子だった。立ち上がろうとしたが、座席の背もたれの把手《とって》を摑みそこねて、再び僕の膝に偉大なヒップを委ねる。

「ごめんなさい！」

ワンピースの裾の乱れを直しながら、逃げるように彼女は立ち去った。

「おうおう」織田が目尻を下げて「この旅行、ええことがありそうやないか」

「楽しい冒険が待ってる前触れですかね」

僕が合わせると、江神さんがまた口を開く。

「鼻の下を伸ばしてるけど、今のは化粧がうまい男や。喉仏があったやないか」

女装した男だと瞬時に見抜いたのか。三人の後輩は啞然《あぜん》とするしかない。

海南《かいなん》を過ぎ、海へ出た。

2

「星空を仰《あお》ぎ横たふ惨死体」

縁側で望月がぼそりと詠んだ。口を半開きにして夏の夜空を見上げている。さっきまで垂れ込めていた雲が晴れてきた。

「お粗末やね、下手」

相方が詰《なじ》ると詠み人は「そうかなぁ」と素直に自作を省みている。

江神部長は仰向けになって読書中だ。何を読んでいるのかと見たら、テネシー・ウイリアムズの戯曲『やけたトタン屋根の上の猫』。真夏にどうしてそんな暑苦しい題名の本を読む気になれるのだろう。

僕は犬や猫を見る目で先輩方のそんな様子を観察していた。すっかり頭の中が空っぽになったような気分だ。

と、「ごめんなさい」と言いながら、望月の母上が四片《きれ》の西瓜《すいか》を持ってきてくれた。

「あ、どうも、どーも」

織田が頭を掻きながら盆を受け取った。江神さんも怪物めいた動きでむっくりと起き上がる。

「ども」

「今日も暑い一日でしたね。晩になってもむしむしすること」

望月の製造元とは思えぬほど色白で、上品な顔立ちの母堂だった。五年前にご主人——つまり望月の親父さん——と死別し、女手一つで望月雑貨店を守りながら一人息子を京都の私大へやった。実家が御坊《ごぼう》市の素封家でそれなりの援助はあるらしいが、強き母だ。

「白浜はどうでした？　雨に降られなさったでしょ」

「まいったわ、あれには」望月は西瓜の種をわざわざ庭へ吐き捨てながら、「四時くらいやったかな。ちょうど三段壁《さんだんべき》におったんや。急にスコールもどきのが降りだしたんで焦った焦った」

「おかげで断崖に凄みが出て見ごたえがありました。はっは……はっ……」

織田は美人のお母さん相手に緊張気味らしく、見ていて面白い。

驟雨《しゅうう》というやつで、傘を荷物ごと駅のロッカーに入れて見物して回っていた僕たちは、土産物屋に飛び込んでかき氷と栄螺《さざえ》の壺焼きを食べつつ、一時間ほど雨宿りをさせられてしまった。

「けど、雨が上がってからまた今夜の蒸し暑いこと。クーラーがないんで寝苦しいでしょうけど、我慢してやってください」

「いやぁ。はは」

織田が意味もなく大声を発した時、隣の家の裏木戸が開く音がした。続いて「行ってくる」という男の太い声。

「あーれ、滝目《たきめ》さん。何かあったん？」

母上が声を掛けた。垣の向こうで立ち止まった隣人は四十半ばのずんぐりした男だった。開襟シャツの白さだけが暗い中にぽっと浮かび、妙な感じだ。

「鉄道事故や。上りが人を轢《ひ》きよってな。自殺らしいがかなわんで。――おっ、周平君、帰っとったんか」

「はい、お久しぶり」望月が西瓜から顔を上げた。「滝目さんも大変やね」

「仕事やから文句は言えんわ。ほな」

男が去ると母上が柱時計を見上げ、「早いけどもう、お布団敷きましょうか」と言って立ち上がった。八時半だった。

「虫歯があんまり痛むからって、自分の歯を拳銃で撃ち抜いた男の話、知ってるか?」織田が西瓜の汁をジーンズで拭きながら言った。「あんまり暑いから、かっとして電車に飛び込むっていうのはどうや?」

「意外な動機で結構ですね」

誰も相手にしないようだったので僕が応答した。

いつもより早起きしたせいで、三人とももう瞼《まぶた》が重くなりかけているようだった。

「今の滝目さんていう人は刑事か何かか?」

早食いの江神さんが本から顔を上げずに尋ねた。いつの間にか西瓜を平らげて読書に戻っている。

「紀州新報《きしゅうしんぽう》という新聞の記者をしてはるんです。俺が小学生の頃、白浜のホテルで殺人事件がありました。根掘り葉掘り捜査の進行状況を質問して困らせたことがあります。今は田辺《たなべ》支局に通うてるんやったかな」

警察や新聞記者よりも先に事件を解明しようと奮闘する小さな素人探偵の姿がありありと想像できた。

「新聞記者のお兄さんからお話が聞けたやなんて羨ましい話ですよ」僕は言った。「クラスで同好の士を集めて少年探偵団ごっこなんかしませんでしたか?」

織田が指を鳴らして「したした。揃いの手帳持って歩いたりしてな」

「マーク決めてバッジを作ったりね」

「夜中に家抜け出して集まったりな。することもないのに」

しばし想い出話に花が咲いた。それが一段落したところで、望月が小学生時代に起きた白浜の事件の顚末《てんまつ》を尋ねてみる。

「愛欲のもつれか何か忘れたけど、痴話喧嘩が原因の月並みな結末やった。ロマンの欠けらもなかったな」

小説に描かれる殺人と現実のそれを混同した発言だ。ミステリファンの習い性か。

「それはそうとキャンプの準備、ええんかな?」

望月が織田に顔を向けて訊く。

「すべて順調や。任せとけ」

目的地は長野県と群馬県に跨《また》がる矢吹《やぶき》山と決まった。前日に松本《まつもと》まで行って織田の母方の叔父さん宅に泊めてもらい、用具も借りて翌日にキャンプ場を目指すという段取りになっていた。われわれの合宿は色んな人のお世話になることで成立する。

去年の今頃は、読みたい本も我慢して受験勉強に勤《いそ》しんでいた。その埋め合わせなのか今年は遊びの予定が目白押しだ。

「ええ月が出てるぞ」

江神さんは本を閉じ、軒先から覗《のぞ》く上弦の月を見上げていた。

翌日——唯一のスケジュールは海水浴だった。歩いて十分ほどの砂浜で充分泳げるのだけど、車でもう少し気分の出る所まで行くことにした。朝食後、テレビのモーニングショーを見ながら一服つけてから、望月雑貨店のライトバンを借りて出発した。免許取得ずみの織田が運転手を務める。

「ねぇ、江神さん」ステアリングを握った織田は王に謀議を吹き込む臣下のような目をしつつ「昨日の鉄道事故の現場を見に行きませんか？　今朝聞いたところによると岩代《いわしろ》の先やそうです。ちょうど景色もええし、泳げる浜もありますよ」

江神さんは頷《うなず》いて、

「予定変更か。ええぞ。それにしても、なんでこのメンバーが動く周りで災いが起こるんやろな」

雨男という言葉があるが、事件男というのはあまり聞かない。僕が入部する以前から、遠征

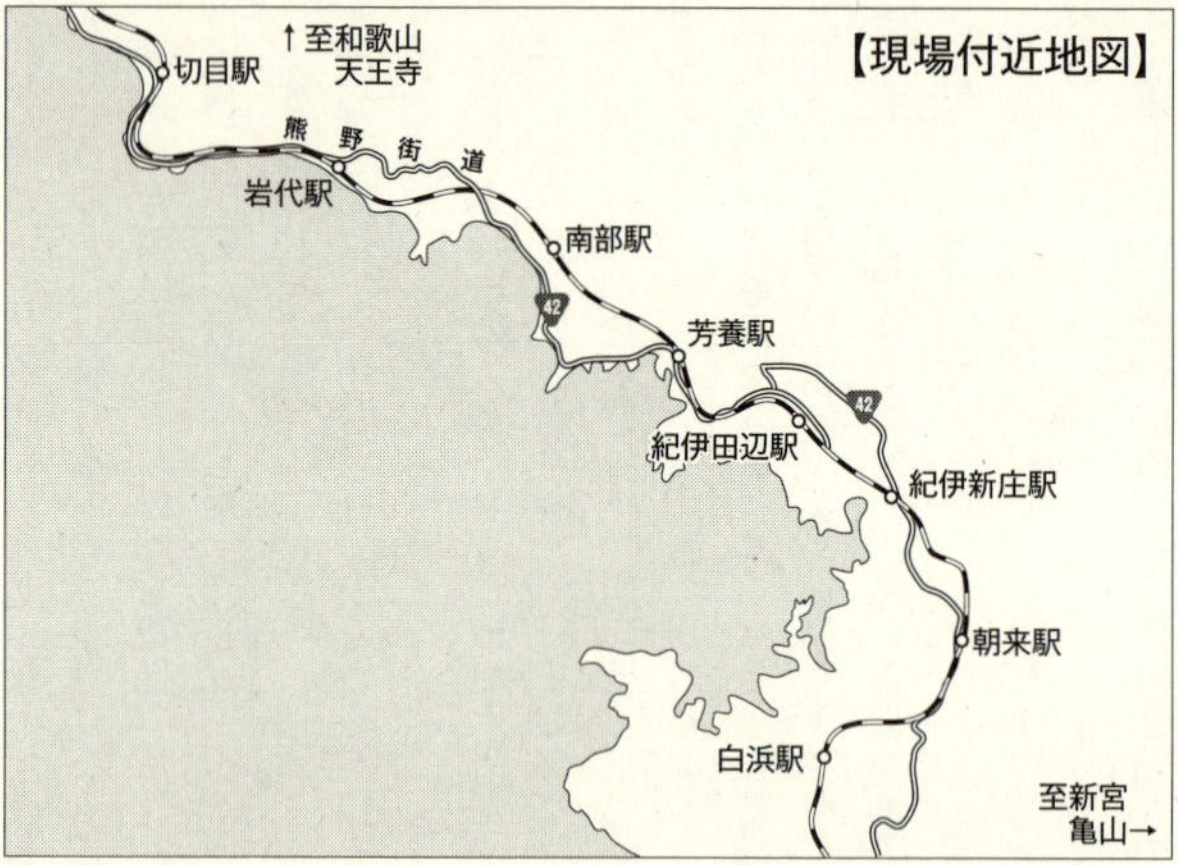

するたびに何らかの事件に遭遇してきたそうな。この冬には滋賀県水口《みなくち》の織田の父方の伯父さん宅へ遊びに行き、その夜、近くの豊臣秀吉《とよとみひでよし》ゆかりの名刹《めいさつ》が不審火で全焼した。と言っても江神さんらの犯行でないのははっきりしていた。忍者の里、甲賀《こうが》の水口らしく織田家にはどんでん返しなど、からくりが施されており、三人は夜更けまで、それで遊び騒いでいたため、アリバイが成立したのだという。もっとも彼らが警察にアリバイを訊かれるはずもなかったのだが。

それにしても、本当にこのサークルが行く先先で災厄を招くのだとしたら、僕たちが旅行に出ることはいかなる犯罪に対して、構成要件該当性を持つのだろうか、というつまらぬ疑問が新米法学部生の頭をよぎった。

南部の町の海岸通りであり、熊野《くまの》街道の国道42号線は、南部川を渡ると紀《き》勢《せい》本線の上を乗り越して山際へ出る。梅林が丘陵の斜面に広がっているのが遠望された。梅の多い地は不毛として、税を軽減した田辺藩の政策に乗じて農民が梅の木を植えまくったのだ。それが今日、日本一の梅の産地となって、観光客まで呼び込むのだからこの地の人々はしたたかだ。

朝の海が開けた時、子供じみた歓声が口々にあがった。昨日も特急列車の窓から太平洋の青く雄大な弧に見惚《みと》れたが、今見る海の圧倒的な感動にはとても及ばなかった。清らかなまでの空の青と、たくましいまでの海の青が視界を支配し、その中で夏の光が乱舞していた。この風景に標題を与えてやるなら、〈歓喜〉をおいて他にないだろう。地元っ子は、清少納言《せいしょうなごん》が『枕草子』の中でこの浜に賛辞を贈ったことを解説しつつ、どうだ見たか、と得意そうだった。

「停まってみようか。事故現場も急カーブのある所とか聞いたから、ちょうどこのあたりのはずです」

ライトバンを降りると、僕たちは風に向かって立った。輝く海を見た驚きはじきに薄らいでいったが、その構図の中のあらゆる動きの単調さが、いつまでもこのまま眺めていたいという心地よさを誘う。旅に出てよかった、という単純な感慨が胸を少し熱くした。

「ああ、やっぱりここか。ほら、見えますよ」

眼下を走る鉄路を見下ろして、望月が興味の対象の転換を促した。砂浜に沿って走る紀勢本線のレールは、目の下で鋭くカーブしていた。カーブの先端は僕たちの方を向き、そのあたりを中心に一団の人々が作業中だった。軌道上に屈み込んで何やら検証しているらしき人や、線路際の叢《くさむら》にまで入って何かを拾い集めている人たちの中に、昨夜縁側で見た紀州新報の滝目記者の姿を発見した。

「まだ肉片の回収してるんやろうか。日が昇らんことにはできへんかったのかもしれませんね」

「それにしては大袈裟やと思えへんか、アリス？　人もやけに多いし、新聞記者がまだ現場で取材したりしてるとこみたら、ありきたりの鉄道事故や自殺とは違うぞ」

望月が言うのももっともだ。

話し声は伝わってこない。僕たちは下界を睥睨《へいげい》する神々のように、黙ったまま人間たちの動きを見ていた。天王寺行の快速列車が近づいてくるのが見える。線路敷内の人々は山側の上り線路上に避難した。アイボリーに青帯の列車が身をくねらすようにして急なカーブを駈け抜けていくと、人々はすぐまた作業の続きを始めた。

ここでお断わりしておく。紀勢本線の起点は三重県の亀山《かめやま》、終点が和歌山であるため、和歌山を経由して大阪方面へ向かう列車の方が下りとなることに注意されたい。

額の汗を拭きつつ土手を見上げた滝目が僕たちを見つけて、おやっというように一瞬動きを止めた。望月が手を振ると苦笑らしきものを浮かべつつ、それに応える。物好きな連中だな、と内心呆れているのだろう。

「殺人事件だったら色々話を聞けそうやな」

織田の言葉に望月は、もちろんと言うように頷いた後、「んん？」と下の様子を見て妙な声を出した。

ボロに近いものをまとい、髪も髭も伸び放題の男が、巡査に連れられて現われた。四十歳ばかりだろうか。大勢の人の中に引き出されて当惑しているように見える。刑事が歩み寄って男に何やら尋ねていた。

「あのおっさんを知ってるんですか？」

「知ってる。苗字は判らんけど名前は重治《しげじ》って言《ゆ》うんや。俺が中学生くらいの時に南部に流れてきてな。見た目には得体が知れんけど悪さをするでもない、おとなしいおっちゃんなんや。ちょっと頭に障害があるらしいて、町のあちこちで施しを受けて暮らしてた。案外行動半径は広いみたいやったけど、おっちゃんこんなとこまで出張《でば》ってきてたんか」

「けど、どうしたんや？　巡査に引っぱってこられてたやないか」と織田。

「さぁ」

何を話しているのか聞こえないのだから埒《らち》が明かない。「行こうか」と江神さんが号令を掛けた。そうだ、海水浴にきていたのではないかと思い出す。

ライトバンまで戻ったところで振り返ると、望月だけがまだ線路を見下ろして立っていた。

「おい、行くぞ、小林《こばやし》少年！」

江神さんが呼ぶと、望月はようやくこちらを向いた。いささか不満げに。

水を吸った新聞紙になったように体が重い。昼食を挟んで四時間、海と砂と太陽と戯れて僕たちは南部に帰ってきた。望月雑貨店の店先で、花の種の什器《じゅうき》にうっかり足を掛けて織田が転んだ。車を返してから、昨日は駅からすぐ望月家に直行したため、印象すら持てていない町をぶらりと見て歩くことにする。

快い疲労感のせいか、四人とも押し黙ったままだった。時折望月が「これが俺の母校」などと指差すが、それに合いの手を入れるのも面倒だった。風もなく、日射しは悪意を抱いているかのごとく厳しい。海岸沿いの国道をバスが白い埃《ほこり》を舞い上げながら走り、僕たちの顔をしかめさせた。少し沖合いに亜熱帯植物を茂らせた小さな島が浮かんでいる。

裏道に入ると、創業何百年と見える時代劇のセットめいた梅干工場が、夏の陽に身を焼いていた。どこにも人の気配がない。通り過ぎざまに、ふと左手の路地に目をやり、理髪店のあの三色のポールがぽつんと立っているのを見て僕はうっとりした。人一人が通れるほどの幅しかない路地に面した床屋の唐突の出現が、シュルレアリスムの名画か、あるいは炎天下の白日夢かと思えた。

子供が駈けてくる靴音がする。

「学校が始まったら先生に言いつけたる!」

かん高い叫び声をあげて、少女が右から左へ走り去る。その声は、風もないのに、海のはるか沖まで流れていくかのように長く尾を引き、耳に残った。

駅前では新聞を配る勤労少年の像がさらしものになっている。

この南の町は、幻想でいっぱいだった。

「そしたらやっぱり他殺やってんね？」

望月はわが意を得たりとばかりに滝目の首肯《しゅこう》を求めた。

3

その夜、昨日と同じ縁側に取材から帰った滝目を引っぱり上げ、事件のあらましを聞くことにしたのだ。記者はランニングシャツ一丁になり、注《つ》がれたビールを喉を鳴らして飲み干してから、

「そういうこと。轢いた列車の運転士が、被害者は線路の上に寝転んでたと言うてるから、最初は自殺かと思われたんやが、調べてみるとどうにもおかしいんや。死体が損傷された後であっても、轢死《れきし》か、それとも轢断《れきだん》される前にもう死亡してたかは死体の生活反応を調べたら判る。下山《しもやま》事件を持ち出すまでもなく、このくらい推理小説のファンやったら知ってるわな」

生活反応というのは、人間が生きているゆえに起きる反応のこと。

「ええ。そしたら生活反応がなかったんですか？」

織田も膝を乗り出してきていた。滝目は団子鼻の頭の汗を手の甲で拭いながら「そう」と答えた。

鉄道事故で生活反応あり、とされるのは筋付着部出血があったということである。つまり、

車輪に轢断された部位を通る筋の末端が骨に付着する部分で出血があれば、それは生前の損傷であり、逆に筋付着部出血がどこにも見られないとなると、死後轢断と判断されるわけである。――ちなみに下山事件で争点となったように、死後轢断か否かの判定が困難という微妙なケースも時にはあるという。

「被害者は轢断される前にもう死亡してた。それを誰かが運んできてレールを枕に寝かせた、ということになる。本当の死因は後頭部に加えられた鈍器の一撃による脳挫傷《のうざしょう》。死亡推定時間は昨日の午後五時から七時の間。列車に轢かれたのが午後八時六分。仮に自分で自分の頭を殴って自殺したんやとしても――もちろん不可能ですけど――死体を八時前に現場まで運んだ人物がいるわけやな」

「まだ他にも、他殺であることを示す状況があるんですか?」

江神さんが尋ねた。新聞記者から同時進行形で事件の話を聞けるということに部長も興味を覚えだした様子である。

「話をするのに不便ですから被害者の名前を言いましょう。桑佐亮助《くわさりようすけ》という四十五歳の男性です。田辺市で小さな運送会社を経営していました。会社の経営状態は良好で、自殺するような理由は見当たらないということをまず言っておきます」

江神さんが話に加わった途端、滝目の口調が丁重になった。見るからに部長が僕たちより年長であるせいだけでなく、その貫禄と落ち着きのせいだろう。

「他殺の疑いを招いたものは、桑佐氏の自宅で見つかった遺書です。ありきたりの便箋《びんせん》に赤インクの殴り書きで『私は孤独だ。妻のもとへ行く』とだけ書かれていました。桑佐氏は昨年夫人に病気で先立たれ、子供もなく独り暮らしでした。ですからこの孤独、というのがひょっとすると氏を蝕《むしば》んでいたのでは、と考えられないこともないのですが」

「が？」

「内容でなく、遺書の用紙そのものに奇妙な点があったんです。警察によると、遺書に使われた便箋と抽斗《ひきだし》の中の便箋とではメーカーが異なっているんですよ。遺書を書いたのが最後の一枚だったとしたら、その便箋の表紙が残っているはずなのにそれもない」

「変ですね」

聞き手は江神さんになっていた。

「ええ。書斎の机の上に皺一つない便箋が一枚、そこに赤インクで記された遺書、というのはなかなか見た目に迫力がありそうですけど、犯人はいささか抜けていますね」

「どうして遺書を自宅の書斎の机の上に置いてたんでしょうか？　自殺だったら線路脇に置くなりするものではないんですか？」

「それは人により様々ですよ。大した問題ではありません。ま、この便箋の件で遺書の信憑性はまったくなくなりました。筆跡鑑定ができないほどの殴り書きというのもいかにも怪しい。自殺宣言である遺書が偽造となると、他殺と見るしかありません」

滝目はいったん話をやめ、二杯目のビールを自分で注いだ。軒先の風鈴がもの憂《う》げに鳴る。

「他殺を示すものはたくさんあります。当日、桑佐氏は事業拡張のため月末に取引先の人間と会う約束を取っていました。また、昨日は五時になると用があるらしく、一番に退社したそうですが、その後の行動が不明です。判っているのは六時前後に何者かによって殺害されたこと。これは検視の結果です。そして、八時六分に紀勢本線の急行列車に轢かれたということ。退社後、帰宅したのかどうかもはっきりしません。桑佐氏の家は市内の扇ケ浜《おうぎがはま》というところにあるんですが、近所の人の話を聞いても、昨日は帰ってくるのを見た覚えはない、とのことです」

「いったん帰宅した可能性もあるわけですね?」

「はい。近所の人の目に触れず帰宅することもあり得ます」

江神さんは黙って考え込んだが、やがて旅行鞄を引き寄せ、大判の時刻表を取り出した。

「用意がよすぎるやないですか」僕が言う。「そんな嵩張《かさば》って重たいもん、わざわざ持ってきたんですか?」

「うちの大家さんが『春先の号やけど、かまへんよって持っていき』って貸してくれたんや。携帯するのが義理やろう。――桑佐氏の死体を列車が轢いたのは八時六分でしたね?」

滝目は頷く。

「そうです。新宮行の上り急行〈きのくに18号〉が轢いたんです」

「その〈きのくに18号〉の一つ前の上り列車が現場を通過したのは……これやな。天王寺発紀伊田辺行の普通列車。列車番号で言うと346M。こいつは切目《きりめ》発19時18分岩代発19時25分ですから現場を通過するのが七時二十二分くらいですね。この列車が通過した後で死体は線路上に放擲《ほうてき》されたわけか。――下りの方を見ると〈くろしお23号〉が八時ぐらいに現場を通過していま

すけど、その時はどうだったんでしょうか？」（時刻表参照）

「〈くろしお23号〉の運転士は、『死体はなかったように思う』と証言しています。『なかった』と断定する自信はないんです。もし本当にその時死体がなかったのなら、犯人が死体を担いで

紀勢本線・阪和線 下り（新宮—天王寺）（その2）・阪和線 快速 下り

列車番号	311D	4311D	2341M	23M	903D
列車名	急行 きのくに19号 ⊗	急行 きのくに19号		L特急 くろしお23号 ⊗	急行 紀州3号 ⊗
季節・臨時					
行先	天王寺 難波	難波	紀伊田辺	天王寺	紀伊勝浦
前の掲載ページ					162
名古屋発	…	…	…	…	1320
亀山〃	…	…	…	…	1430
津〃	…	…	…	…	1446
多気〃	…	…	…	…	1512
新宮発	1647	…	1716	1750	1802
三輪崎〃	レ	…	1722	レ	レ
紀伊佐野〃	レ	…	1725	レ	レ
宇久井〃	レ	…	1728	レ	レ
那智〃	1705	…	1734	レ	1822
紀伊天満〃	レ	…	1737	レ	レ
紀伊勝浦着	1708	…	1739	1807	1825
紀伊勝浦発	1708	…	1740	1808	…
湯川〃	1712	…	1745	レ	…
太地〃	1716	…	1749	レ	…
下里〃	レ	…	1753	（自 3両）	…
紀伊浦神〃	レ	…	1759		…
紀伊田原〃	レ	…	1805		…
古座〃	1737	…	1816		…
紀伊姫〃	レ	…	1822	レ	…
串本着	1745	…	1826	1838	…
串本発	1746	…	1831	1842	…
紀伊有田〃	レ	…	1838	レ	…
田並〃	レ	…	1841	レ	…
田子〃	レ	…	1846	レ	…
和深〃	レ	…	1850	レ	…
江住〃	レ	…	1857	レ	…
見老津〃	レ	…	1901	レ	2313M
周参見〃	1831	— —	1925	レ	2008
紀伊日置〃	レ	…	1936	レ	2016
椿〃	1847	…	1944	レ	2024
紀伊富田〃	レ	…	1951	レ	2031
白浜着	1856	…	1954	1936	2035
白浜発	1907	…	1955	1937	2038
朝来〃	レ	…	2000	レ	2043
紀伊新庄〃	レ	…	2005	レ	2048
紀伊田辺着	1918	…	2008	1946	2051
紀伊田辺発	1920	…	…	1948	2055
芳養〃	レ	…	…	レ	2100
南部〃	1928	…	…	レ	2104
岩代〃	レ	…	…	レ	2110
切目〃	レ	…	…	レ	2116
印南〃	レ	…	…	レ	2120
稲原〃	レ	…	…	レ	2125
和佐〃	レ	…	…	レ	2133
道成寺〃	レ	…	…	レ	2138
御坊着	1956	…	…	2016	2140
御坊発	1956	…	…	2016	2140
紀伊内原〃	レ	…	…	レ	2143
紀伊由良〃	レ	…	…	レ	2149
湯浅〃	2012	…	…	レ	2159
藤並〃	レ	…	…	レ	2203
紀伊宮原〃	レ	…	…	レ	2207
箕島〃	2024	— —	— —	レ	2212
初島〃	レ	（白浜から連結・全車自由席）	…	レ	2215
下津〃	レ		…	レ	2218
加茂郷〃	レ		…	レ	2222
冷水浦〃	レ		…	レ	2226
海南〃	2038		…	レ	2230
黒江〃	レ		…	レ	2233
紀三井寺〃	レ		…	レ	2237
宮前〃	レ		…	レ	2241
和歌山着	2049	┐	…	2054	2244
和歌山発	‖	2052	…	‖	…
紀和〃	‖	2056	…	‖	…
和歌山市着	‖	2059	…	‖	…
難波着	‖	2201	…	‖	…
和歌山発	2059	…	…	2056	…
天王寺着	2205	…	…	2146	…

阪和線・紀勢本線 上り（天王寺—新宮）（その2）（下りは165ページ）**阪和線 快速 上り（その2）**

列車番号	2344M	346M	1348M	308D	2346M
列車名				急行 きのくに18号 ⊗	
季節・臨時					
行先	周参見	紀伊田辺	御坊	新宮	新宮
天王寺発	…	1650	1720	1800	…
和歌山着	…	1741	1815	1853	…
難波発	…	‖	‖	‖	…
和歌山市発	…	‖	‖	‖	…
紀和〃	…	‖	‖	‖	…
和歌山着	…	‖	‖	‖	…
和歌山発	…	1750	1818	1855	…
宮前〃	…	1753	1821	レ	…
紀三井寺〃	…	1757	1824	レ	…
黒江〃	…	1801	1829	レ	…
海南〃	…	1804	1831	1906	…
冷水浦〃	…	1808	1835	レ	…
加茂郷〃	…	1812	1839	レ	…
下津〃	…	1816	1843	レ	…
初島〃	…	1820	1847	レ	…
箕島〃	— —	1823	1850	1920	— —
紀伊宮原〃	…	1828	1854	レ	…
藤並〃	…	1832	1858	レ	…
湯浅〃	…	1837	1903	1930	…
紀伊由良〃	…	1846	1912	レ	…
紀伊内原〃	…	1852	1917	レ	…
御坊着	…	1855	1921	1946	…
御坊発	…	1856	…	1947	…
道成寺〃	…	1858	…	レ	…
和佐〃	…	1904	…	レ	…
稲原〃	…	1910	…	レ	…
印南〃	…	1914	…	レ	…
切目〃	…	1918	…	レ	…
岩代〃	…	1925	…	レ	…
南部〃	…	1930	…	2016	…
芳養〃	…	1934	…	レ	…
紀伊田辺着	…	1938	…	2025	…
紀伊田辺発	1910	（天王寺・和歌山間 125H）	…	2025	2033
紀伊新庄〃	1917		…	レ	2037
朝来〃	1921		…	レ	2044
白浜着	1927		…	2037	2050
白浜発	1927		…	2042	2054
紀伊富田〃	1934		…	レ	2101
椿〃	1944	…	…	2053	2107
紀伊日置〃	1951	…	…	レ	2115
周参見〃	1959	— —	— —	2108	2123
見老津〃	…	…	…	レ	2133
江住〃	…	…	…	レ	2137
和深〃	…	…	…	レ	2144
田子〃	…	…	…	レ	2148
田並〃	…	…	…	レ	2154
紀伊有田〃	…	…	…	レ	2157
串本着	…	…	…	2144	2204
串本発	…	…	…	2144	2204
紀伊姫〃	…	…	…	レ	2209
古座〃	…	…	…	2153	2214
紀伊田原〃	…	…	…	レ	2225
紀伊浦神〃	…	…	…	レ	2231
下里〃	…	…	…	2211	2237
太地〃	…	…	…	2214	2239
湯川〃	…	…	…	2217	2242
紀伊勝浦着	…	…	…	2221	2246
紀伊勝浦発	…	…	…	2222	2247
紀伊天満〃	…	…	…	レ	2250
那智〃	…	…	…	2225	2252
宇久井〃	…	…	…	レ	2259
紀伊佐野〃	…	…	…	レ	2303
三輪崎〃	…	…	…	レ	2306
新宮着	…	…	…	2240	2312
多気着	…	…	…	…	…
津〃	…	…	…	…	…
亀山〃	…	…	…	…	…
名古屋〃	…	…	…	…	…
次の掲載ページ					

「国鉄監修　交通公社の時刻表」一九八三年七月号

現われたのは八時頃から八時六分までの間と、限定できるんですけど」

江神さんは再び頭の整理のために沈黙した。

「まとめるとこうやね」と望月が咳払いをしてから「被害者の桑佐亮助は、七月十九日午後五時に会社を出た。用事がありげだったのは犯人と会う約束があったからかもしれん。で、五時から七時までの間に某所で——これは自宅の可能性もある——頭を殴られて殺される。そして犯人は、自殺に偽装するため七時二十二分から八時六分までの間に死体を岩代、切目間の見通しの悪い急カーブ地点の線路上に横たえさせておいた、と」

「けどやっぱりこの犯人は間抜けやね。死亡推定時刻と列車に轢かれた時刻との間に一時間もズレがあったら、生活反応がどうこういう以前に自殺やないと判ってしまうのに」

織田が言うと滝目は、

「いえ、それはこうも考えられます。犯人は桑佐氏の頭を殴打して昏倒させ、気絶したままの被害者を線路の上に置いておくつもりだったのが、つい手加減を誤って殴殺してしまったのかもしれません」

「なるほど」と織田は納得した。「ところで他殺やとなると、容疑者はもう浮かんでるんですか?」

「二人浮かんでいます。——おい、周平君、熱心やな」

手帳を広げてせっせとメモを取っている望月をからかって一人声高に笑ってから、記者は話を続ける。

「まず、被害者の唯一人の親族で、彼の甥にあたる田切秀作《たぎりしゆうさく》、三十歳。父親の遺産を全部つぎ込んで天神崎《てんじんざき》にペンションを建てたんですがこれがはずれましてね。天神崎というのは自然保護のためのナショナルトラスト運動が起こってる所で、保護団体による土地の買い取りが進んでるんです。商売に向かなくなったんですね。高利の借金まみれになって破滅の瀬戸際までいき、先日、女房が愛想をつかして出ていってます。資産家の桑佐氏が死んでくれれば、田切だけが相続人ですから万々歳なわけです」

遺産相続人で多額の借金がある、というだけで疑われている。潔白だったら気の毒なことだ。

「もう一人は池尻章《いけじりあきら》。四十二歳。この男は桑佐運送の元経理担当者で、五百万円ばかりの金を着服したのが発覚し、先月解雇されました。警察に突き出さなかった桑佐氏の温情に感謝するどころか、ひどく氏を逆恨みしていたそうなんです。酒を飲んでは『あの野郎、今にみとれ』とわめきちらしたり。以前から反《そ》りが合わなかったそうです」

「動機は二人とも充分」と呟きながら望月がメモを取る。

「動機だけではありません。実は昨日、六時半から七時頃までの間に、この二人は前後して、桑佐氏宅付近をうろついているところを目撃されているんです」

「そら怪しい！」

織田が大きな声を出した。

「近所の煙草屋のお婆さんの証言なんです。六時半頃に田切が、七時頃に池尻が、それぞれ桑佐氏の家の方へ行って帰ってくるのを見たそうです。二人は、行ったことは認めたものの、鍵が掛かっていたので面会は諦めてすぐ帰った、と言ってます」

「どちらも徒歩だったんですね？」

僕も質問をしてみる。

「はい。桑佐氏宅が犯行現場だとしたら、死体を運び出すのに車が必要だったと思われるんですがねえ」

「訪問の用件は何ですか？」

「話をつけに行った、とこれまた二人とも同じ回答です。彼らはお互いに相手を知りませんし、前後して訪ねたのは偶然なんでしょう。前日まで桑佐氏が大阪へ出張していたので、帰ったところへ押しかけた、ということらしい」

「それで田切秀作と池尻章の昨日の行動はどうやのん？　それを聞かな」

望月がシャープペンシルの芯をなめながら新聞記者気取りで尋ねると、滝目も手帳を開いた。

「えーと、田切は朝から最後の伝手《つて》を頼って金策に奔走してたんですが失敗。夕方四時過ぎぐらいから六時半までの行動がはっきりしません。六時半頃桑佐氏宅を訪ねたものの留守らしかったので面会を諦め、七時から七時半まで紀伊田辺の駅前の食堂で夕食。八時少し前には行きつけの〈夜想曲〉というスナックに現われ、十時近くまでそこにいたそうです」

「つまり桑佐氏殺害は可能だったけれど、死体を現場まで運ぶ機会はなかったわけか。田辺から岩代の先の現場まで電車で十五分、車なら二十分はかかるやろうから」

ぶつぶつ言いながら、望月はせっせとシャープペンを走らせている。

「そういうことやな。——池尻の方は近所の印刷工場でアルバイトをしているんですが、彼も五時になるとさっさとあがっています。その後七時に桑佐氏宅を訪れるまでの二時間の行動が不明です。本人はパチンコ屋のハシゴをして五千円すったとか言っています。扇ケ浜まで行ったものの桑佐氏がまだ帰宅していないと思った彼は、怒鳴り込むつもりだったのが馬鹿馬鹿しくなってすぐに帰ったそうです。八幡神社近くのアパートに戻ったのが七時半過ぎで、隣人の証言があります。その後は外出もしていません」

「池尻章も殺害は可能やったけど、死体を岩代の先まで運ぶことはできんかったわけやね。どっちもアリバイ成立ということか」

望月は難しげな顔になって手帳をにらんでいる。今度は刑事気取りか。

「警察の調べでは、他に動機のある者はまだ浮かんでいません。厄介なことに、彼らに共犯者がいる形跡もないんです。田切の女房は一昨日から和歌山市内の実家に帰ってるし、池尻は離婚していて独り者ですから、内助の功もなかった。ただこの二人、金に困りながらも自動車だけは手離しとらんのです。死体の運搬には車が必要だったでしょうから、ここでも彼らは犯人の条件を満たしています」

「難事件やないですか」

織田が感心したように言う声にかぶせて江神さんが、

「急行が死体を轢いたあの場所は人家もなくて淋しげなところでしたけど、死体をレールの上へ転がしてるのを目撃した人なんかはいないんですか?」

「見つかってません。最近あの辺の浜に掘っ立て小屋を建てて住みついた浮浪者がいたんで、呼び出してその男にも訊いてみたんです。そしたら昨日は岩代の駅の方までもの貰いの出張したら帰るのが遅くなって、何も知らんとのことでした」

「浮浪者って重治のおっちゃんやろ？　あんなところに移ってたんか」

望月が言うのに「そうや」と応えると、滝目は膝を叩いてから立ち上がった。

「ああ、ようしゃべった。疲れたけど、おかげで事件のおさらいができた。また明日は早うから田辺署へ顔を出さんならんので、もう失礼させてもらいます」

僕たち、少年探偵団一同、頭《こうべ》を垂れて謝意を表した。ポロシャツを着ながら記者はひと言加える。

「そうそう。被害者のもじけた腕時計の針は八時一分で止まってたそうです。急行に轢かれたのが八時六分ですから、少し遅れていたようです。では、おやすみなさい」

帰りかけた滝目の背中に江神さんが待ったをかけた。

「これは推察なんですが」

「何ですか？」

江神さんは言いにくそうに「和歌山で『もじけた』っていうのは『壊れた』という意味ですか？」

4

田辺市を貫流する会津川《あいづがわ》が田辺湾に注ぐ河口扇ケ浜に、扇ケ浜公園という瀟洒《しょうしゃ》な公園がある。熊野水軍出陣の地を示す碑が明るい海を背に立っており、噴水や花壇も立派なものだ。桑佐宅はその海岸通りに面している平屋の屋敷だった。見越しの松に囲まれ、独り暮らしには広すぎるように思う。

近所に煙草屋は一軒しかなかった。七十歳くらいのお婆さんがのんびりと店番をしていたが、僕たち四人に店を取り囲まれる形になると眉根に皺を寄せ、眼鏡の奥から僕たちを粘っこく見上げた。

「キャビンください」

江神さん愛飲の銘柄を望月が指定する。いきなり聞き込みを始めず、まず形式的な買い物をしてから本題に入ろうという手だ。望月は、わざともたついて小銭を出しながら切りだす。

「近くの桑佐さんとかいう人が殺されて騒ぎになってるけど、この店の人が犯人を見たんですってね?」

お婆さんはなおも警戒の色を見せながら、

「そら、私が見たんや。と言うても犯人やどうやらまだ判っとらん」

「ラッキー」と小声で織田が言った。

「刑事ドラマみたいですね。それでどういうものを見たんですか？　そういう話、好きなんですよ」

お婆さんは上目遣いのままで、風体《ふうてい》怪しい四人の若い衆を順々に見ながら話す。

「別に。ただ桑佐さんの家の門をくぐった者を別々に二人見た。その二人ともに見覚えがあったんで刑事さんに教えただけや」

「田切さんに、池尻さんですね？」

江神さんが頭の真上くらいで言ったので、お婆さんはぎくりとしたらしい。

「よう知ってなさる。二人とも何べんか桑佐さんとこへ出入りするのを見かけとったし、桑佐さんから名前も聞いたことがあったんで知っとった。隠さんならんと思とったことやのに……あんたら私服の刑事さんか？」

「体制側とはむしろ正反対の人間ですが」江神さんは大仰な言い方をしてから「そうではないんですが、桑佐さんに以前お世話になったことがあり、事件に非常に関心を持っている者です。――お伺《うかが》いしたいのはその二人についてなんですけど、何かおかしな様子はありませんでしたか？」

意識的に急に早口になった江神さんに、お婆さんは圧倒されたようだ。

「何も気がつかなんだです。田切さんの方は伏目がちで陰気な顔をしてました。池尻いう人は肩をいからせて不機嫌そうに歩いてました。見覚えのある人やったんで、首を伸ばして桑佐さんの家の門をぐぐるまで見てたんですよ」

「田切さんが六時半頃、池尻さんが七時頃でしたね？　どちらか、大きなトランクか何か持っていませんでしたか？」

「池尻さんは手ぶらでした。田切さんは薄っぺたい手提げ鞄を持ってましたけど、あれには死体は入りませんの」

このお婆さん、意外と頭の回転が速そうだ。

「ごもっとも」江神さんは苦笑した。「二人は桑佐さんの訪問にどれくらい時間をかけましたか？」

「さて、どっちも二分や三分は門から出てこなんだようです。いえ、ここに座ってたら門から出てくるところは見えませんけど、二人ともこの店の前をまた通って引き返していきましたから……ええ、二、三分でしたなぁ」

江神さんは軽く下唇を噛んで聞いていた。

「そうですか。どうもありがとうございます。キャビンをもう二つください」

聞き込みを終えると、猛烈な暑さをしのぐ場所を求めて町を歩いた。田辺市は人口約七万の南紀の小都市だが、最近改装されたとおぼしき中央通りは広々としており、町はこのくらいの規模が適当なのではないだろうか、という気がした。街路に面した軒並みは低く、それもすっきりとしていていい。

望月は僕たちを闘雞《とうけい》神社に案内した。源　義経《みなもとのよしつね》に応援を乞われた熊野別当湛増《べっとうたんぞう》が迷い、この神前で赤白の鶏七羽ずつで闘鶏を行なって源平のいずれにつくか決断を下したという。真夏の境内に人影はなかった。

田辺市はまた、武蔵坊弁慶《むさしぼうべんけい》の出生地とも言われており、いたるところに「弁慶」の文字が見える。駅前広場に立つ薙刀《なぎなた》を構えた銅像が町のシンボルだが、飲み屋の並んだ繁華街は弁慶通りと命名されているし、バーから美容院まで〈弁慶〉という店名が見られる。陽光がいっぱいの南国の町に、この豪傑のイメージは微妙なバランスで調和しているようだった。

「ここにしよか」

江神さんが足を止めた喫茶店も〈弁慶〉という名だった。しかし、この店名の由来、他の弁慶とは毛色が変わっていたのだ。店の前に、駅の構内で見かける色灯式の信号機が置いてあったのにおやっと思っていたのだけど、ドアを開けて店名の本当の意味が理解できた。

入ってすぐ右手側に入場券の自動販売機があり、その横に実物の〈きいたなべ〉の駅名標が立っていた。奥に目をやると壁一面に鉄道の写真や行き先標示板《サイドボード》、駅長の帽子、腕章、タブレット、鉄道地図等々が飾られ、壁際の長い陳列台の上には線路が延びて、その上に精巧な模型が置かれている他、パンチ、ストップウォッチ、記念切符、古い時刻表、それと何故か小さな鋸《のこぎり》が一挺並んでいた。

「うわぁ」

鉄道ファン向けの店なのだ。大阪や京都の街中で遭遇したなら、「ちょいと面白い店ではないか」という程度だろうけど、旅先のことだけに意外性満点だった。

僕たちはきょろきょろしながら奥まった席に着き、なおも店内をなめ回すように眺めた。注文を聞きにきたウェイトレスはそんな四人の様子にふくみ笑いを洩らした。

「ははぁん、この店の名前の〈弁慶〉ていうのがちょっとしたミスディレクションを含んでいるのが判るかな、ワトソン君」

望月が眼鏡をはずして耳の裏の汗を拭き拭き、挑戦するように僕を見た。

「判りますよ。田辺が武蔵坊弁慶の出生地やからやのうて、明治時代にアメリカから輸入されて北海道を走った蒸気機関車〈弁慶号〉にちなんだ名前やて言いたいんでしょ」

僕が斬り返すように即答すると望月は、

「ちぇっ、知ってたか。豆知識の男やな。こんなんやったら先に信長に訊くんやった」

「アホぬかせ。俺かてそのくらい判っとったわ」

飲み物がきた。渇いた喉を潤してほっとすると、望月が殺人事件の方へ話を持っていった。

「田切と池尻の二人しか捜査線上に浮かんでないけど、犯人は他にいてるんやないかな。あの二人のアリバイはどうやら完璧やぞ」

「判りませんよ。まだスナック〈夜想曲〉へも池尻のアパートへも聞き込みに行ってないやないですか。証人がグルになってるのかもしれへんでしょ」

警察の捜査の不備を発見する自信があって言ったのではない。単に望月を乗せるのが面白くて反論しているだけだ。

「いや、警察はそのへんは確認しとるやろ」

「お前、警官嫌《コップヘイター》いのくせに今回はやけに警察の肩を持つんやな」と織田が言う。

「別に肩を持ってるわけやないわ。けど、桑佐亮助の商売仇《がたき》なんかの中に犯人がいてるんやないやろか。アリバイのある人間にばっかり嚙みついても徒労やで」

「それはルール違反やぞ。容疑者のサークルの中から犯人を特定できんのか、エラリー・クイーンマニアのくせに」

「しかし、このままではデッドロックに乗り上げたままや」

「デッドロックの『ロック』は岩やない。錠のことや。言葉遣いがおかしいぞ」

「お前の考えはどうなんや、逆らうばっかりしやがって」

「今考えてる」

実のない議論にしかならないことは最初から判っている。僕はいち抜けて、陳列台の鉄道模型を観賞することにした。江神さんはというと、さっきから壁に掛かった電車の写真に見入っている。この人そんなに電車が好きだったのかしら、と意外な気がした。

「熱心にご覧いただいてますね」

不意に声を掛けられた。見るとこの店のマスターらしい四十前の女性が微笑しながら立っていた。ママさんと言うべきか？　いやいやそれではスナックではないか。ハスキーな色っぽい声に少し戸惑いつつ、

「ええ。立派なコレクションやなと感心してたんです。これだけ集めるのは大変やったでしょうね」

マスター——としておこう——は大きく頷いて、

「十年以上かかってます。お金も時間もたくさんかかりました。中には国鉄さんに内緒でもってきたのもあったりして」

偏見を承知で、女性の鉄道ファンは珍しいと思った。世の鉄研——鉄道研究会に女性の姿を見た記憶はないし、嘘か誠か、「僕、電車が好きです」などと初対面の挨拶をすると、女の子を逃がしてしまうとか。ミステリと似ている。

「一つ伺っていいですか?」そう言って織田が陳列台の鋸を指した。「あれはどういう関係なんですか?」

マスターの顔がほころぶ。

「判る人には判る、と思って飾ってます。鉄道写真を撮影に行く一部のファンがあれを持っていくので」

「電車の写真と鋸の関係……判らん」

望月が首を捻った。

「石北《せきほく》本線の常紋《じょうもん》トンネルや伯備《はくび》線の布原《ぬのはら》信号所付近には、いい角度で鉄道写真が撮れる場所があります。そこに立てば、なるほどと思われるでしょうね。見晴らしはすこぶるよし、あたりには切株が五つ六つ、七つ八つ」

僕たちは声をあげて笑った。鉄道マニアというのはとんでもない奴らだ。ミステリマニアと同じくらいイカれている。

「それは初耳でした。——ところで、私もお尋ねしたいことがあるんです」

江神さんが真顔で言いつつ、さっきまで見入っていた一葉の写真を示した。

「これは紀勢本線を走ってる特急〈くろしお〉ですね。この電車、他の電車と比べて特殊な型の車両やないですか？」

いきなり何を言いだしたのかと思い、僕もその写真を見た。那智《なち》の砂浜沿いを快走する〈くろしお〉を俯瞰《ふかん》で撮った写真だ。

「どうしてそう思われるんです？」

逆にマスターから問い返されると、

「二日前これに乗ったんですけど、その時からおやっと思う点がいくつかありました。外から見て、まず車高が低い。中へ入ると確かに天井が低く、四人が向かい合わせに座るとやけに窮屈なんです。さして脚の長くない四人やのに」

マスターはふんふんと頷いて聞いている。

「それに、座席の背もたれに把手がついてるんですよ。バスやあるまいし、あんなもの特急列車で初めて見ました」

「そしてよく揺れたでしょ？」

「ええ。揺れましたね。車内販売のおばさんもコーヒーを注ぐのに苦労してたし、乗り物酔いしたらしい人も見かけました。美人がよろけたり。——で、今この写真を見ていてもう一つ気がついたことがあるんです。この列車、屋根にパンタグラフしかついてない」

言われてみるとそのとおり。電車の屋根に普通はついてるごちゃごちゃした出っ張りがなく、ほとんど平らなのだ。

「観察力が鋭いですね。と同時に、電車のことにはお詳しくないとお見受けします。この列車は三八一系電車と言います。またの名を振子《ふりこ》電車」

「振子電車?」

その言葉には何となく聞き覚えがあった。

「車体が振子のように右に左によく揺れるところからのネーミングです。どうしてわざわざそんな揺れる列車を作るかというと、カーブを高速で通過するためです。ご承知のように自動車でも列車でも、カーブを通過する際には遠心力を受けて、車体がカーブの外側へ押されるようになります。あまり急なカーブを高速で通過しようとすると、遠心力によって外側へころんと倒れてしまう。だから減速するわけですけど、鉄道の場合、レールにも工夫が施されています。カーブでは土を盛って、二本のレールのうち外側の方が高くなるようにしてあるんです。競輪場のバンクと同じですね。そうすると列車を内側へ傾け、遠心力を相殺《そうさい》することができます。この傾斜を専門用語でカントと言います」

江神さんは真剣そのものといった表情で、マスターの説明に聞き入っている。

「ところが、カントをつけたからと言ってもやはりカーブでは減速しないと危険ですし、相殺される量を超えた遠心力によって乗客が不快感を覚えます。そこで——」

振子電車が開発されたのだ。

「振子電車というのは、カーブを通過する際、自ら内側へ車体を傾斜させる機能を備えた電車なんです。台車と車体の間にコロが内蔵されていること、クーラー類を屋根から床下へ移し、車高を低めて重心が下げられていること、車体をアルミ製にして軽くすることによって、カーブで遠心力を受けると、ゆらりと車体だけが内側へ傾くという仕組みです。そうすれば、カーブも高速のまま安全かつ快適に通過できるわけです」

「カーブを高速のまま……」

「ええ。〈くろしお〉が揺れるのは和歌山から南だけですよ。急なカーブが少ない阪和線の区間内では傾きません」

説明を聞き終えると、何がうれしかったのか江神さんは満足げにお礼を述べる。

ちなみに振子電車とやらは〈くろしお〉の他に中央本線の〈しなの〉、伯備線の〈やくも〉の各エル特急にも使用されているという。僕は通学の折、天王寺駅で〈くろしお〉、大阪駅で長野《ながの》行きの〈しなの〉を見掛けることもよくあるのに少しも気に留めたことがなかった。

「色々と勉強になりました」

江神さんは伝票を取って立った。僕はもう少しゆっくりして、マスターの旅行の話なんかも聞いてみたかったのだけど、部長がさっさとレジに向かったので従わないわけにはいかない。

一歩外へ出るなり暑さが飛びかかってきた。

「現場へ行ってみよう」

「え？　けど江神さん、まだ田切と池尻のアリバイの裏を取ってませんよ」

望月が狼狽《ろうばい》したように言う。

「アリバイの裏は警察がちゃんと取って確認済みやて、さっきお前が言うたやないか。それより轢断現場や」

江神さんはライトバンを駐《と》めた紀伊田辺駅裏の方へ歩きだした。慌てて続こうとして、何もないところで織田が転んだ。


三十四度の猛暑の中、レールの上に立つと、スニーカーの底から熱さが伝わってくる。炎天下では線路が飴のように曲がってしまうというのもなるほどと思える。

「昼間は自殺しようにも、こんな熱いレールの上に寝られんわな」

織田が口を半分開いたまま呟くように言った。望月は周囲に目を配り、霊感の訪れを待っている様子。江神さんはしばらく海の方を見やって考え込んでいたが、やがて望月の肩を叩いた。

「モチ、あそこにいてるの、重治のおっちゃんとやらやな?」

五十メートルばかり彼方に彼はいた。渚に流れついた戸板や木切れを寄せ集めて作ったらしき掘っ立て小屋が、砂浜と線路の境の塀際に頼りなく立っている。その前で見覚えのある浮浪者が何やら作業中だ。手ごろな流木を拾ってきて、歪《ゆが》んだ小屋につっかえ棒をしようとしているらしい。

「そうです。けど、あのおっちゃんは事件に関係ないでしょう。まさか……」

江神さんは望月を掌《てのひら》で制した。

「ちょっとあの人に尋ねたいことがあるんや。さっきの煙草屋のお婆さんやないけど、四人で取り囲んだりしたら威圧感を与えるかもしれんから、俺一人で行ってくる」

そう言うと、部長は低い塀をひらりと飛び越え、英都大学カレッジソングを口笛で吹きながら渚の男へと歩み寄っていった。

重治は最初、外敵の侵入かと思ったか、怯《おび》えたように後ずさりした。と、江神さんはにこやかなスマイルを浮かべつつ、――後ろ向きだがきっとそうだろう――流木を拾い上げて、重治が苦心しながら行なっていた小屋の補強作業を手伝い始めたではないか。

「ひゃあ。ようやるわ」

「あの人、スキンシップを重んじる情緒派なんやな、案外」

織田と望月が感心している。

傾いでいた小屋が真っすぐになると、二人は大きな身振りで喜びを表現した。それから小屋の陰に座り込むと、江神さんの方から何やら熱心に話しかけていった。

僕たちは成り行きをじっと見守る。話を引き出すのが難航しているらしいことは、遠目にも窺《うかが》えた。十分ばかりたった。途中、上りの〈くろしお〉が通り過ぎていった。やがて江神さんは煙草を二箱渡し、一礼して立ち上がった。

「お、収穫あったんかいな」

「うん。けど何を聞いたんやろ?」

江神さんはカレッジソングをハミングしながら、戻ってきた。

「どうでした？」と訊くと、

「喜べ、アリス。だいたいのとこ判ったぞ。もう一回、田辺へ戻って探すもんがあるけどな」

「もう判ったって……何を聞いたんです？　何が判ったんです？　何を探すんです？」

「まあ待て、モチ。説明するやないか」

太陽の照りつける熱い線路の上で、江神さんの説明が行なわれた。〈読者への挑戦〉もないままに聞かされた解答に僕たちは拍子抜けしながらも納得した。そして、国道沿いのドライブインから紀州新報の滝目記者に電話をし、被害者桑佐亮助の体重を調べてくれるよう依頼すると、ライトバンを田辺へと駆った。

5

蚊取り線香を三つ並べてあるのだがまだ足りない。吸血鬼どもは、羽織ったジャケットの袖口からもズボンの裾からも侵入してくるし、鼻の頭に攻撃を加えるという屈辱的な挙にまで出るのだ。

「腹立つなぁ、もう、こいつら」

舌打ちしながら毒づきたくもなる。

「もうちょっとの辛抱や、あと十分」

江神さんに言われて月明かりに腕時計を翳《かざ》すと、七時五十分だ。

「あと十分で何が判るんでしょうね。犯人がここへ現われるんですか？」

滝目記者は半信半疑でいるらしい。江神さんの方へ顔を向けたまま、耳の横に飛来した蚊を片手で握りつぶした。

「犯人は現われません。しかし、見て決して損のないものをご覧いただけると思います」

ここは例の急カーブの死体轢断現場だ。山側の上り線路脇の叢で、腹這いになって無用の献血をしながら、僕たち三人は五分前からじっと待っていた。

月の光を受け、二条の鉄路が鈍く輝いている。蚊の羽音と地虫の声に交じって、波の音が妙に遠く聞こえていた。

「それで江神さん、犯人は誰なのかご存じなんですか？」

「田切秀作です」

滝目は「わっ」と奇声を発し、ズズッと盛り土からずり落ちた。彼はゆっくり這い上がってきながら、

「よくあっさりと言えますな。して、その根拠は何ですか、根拠は？」

江神さんは首を振って目にかぶさってくる髪を払った。

「遺書です。皺一つない一枚の便箋。田切は五時過ぎに約束していた桑佐亮助氏と会い、六時頃某所で殺害し、六時半に桑佐宅へ偽造した遺書を持ち込んだんです。死体のポケットから鍵を抜き取っておいたでしょうから、それを使って中に入った。書斎の机の上に一枚の便箋を置

いて出てくるのに二、三分もあれば充分だったでしょう」

「それは判りますが、池尻氏にも同じことができたんではないですか？」

「できません。皺一つない遺書が池尻の無実を証明しています。――細かいことですけど断言しますよ。一枚の便箋を、皺一つつけないように持ち歩くことは、手ぶらでは不可能です」

「……はぁ」

「もう一つ。池尻氏は七時半過ぎにアパートに帰り、以後外出をしなかったそうですね。それに対して田切は、七時から七時半まで食堂で夕食、八時少し前に行きつけの〈夜想曲〉というスナックに現われた。そこですよ。田切には七時四十八分のアリバイがないんです」

「はぁ……いや、それはどういう意味です？　七時四十八分の時点とやらでの所在は不明でも、ここまで死体を運べなかったことに違いはない。三十分弱の間に現場と田辺を往復するなんてとても――」

「しっ！」

　江神さんは、人差し指を唇に当てた。

　海側の下り線路を列車が近づいてくる。レールが鳴りだした。僕は背筋がぞくりとする。

　振子電車〈くろしお23号〉がこちらへ向かってきている。小さなカーブに時々見え隠れするが、闇の中に狐火のように浮かんだトレインマークが、ぐんぐん近づいてくる。

　線路脇の僕たちに向けられたものなのか、警笛が空気を裂く。列車は高速のままで僕たちの伏せている急カーブ地点に差しかかり、しなやかに車体を傾けた。

「あれを！」

江神さんが指した。遠心力によって、列車の屋根から何やら黒い塊が邪険に放り出された。それはかなりの重量で、どさりと音をたてて山側の線路上に落ちた。

「やった！」

僕は思わず叫んで立ち上がった。

「見ましたか？　今の、見ましたね？」

江神さんも興奮気味だ。滝目記者は眼前で起こったことの意味がよく理解できていないようで、「はぁ」とだけ言った。

江神さんと僕はしばし陶然《とうぜん》として、漆黒の闇へ消えてゆく赤い尾灯を見送った。

「時、まさに八時一分。桑佐氏の腕時計は今のように〈くろしお23号〉の屋根から振り落とされた時に壊れて止まったんですよ。八時一分の意味を考えると、時刻表に解答があったんです」

「はぁ」

「池尻氏がシロなのがお判りになりましたか？　今の〈くろしお23号〉は七時四十八分紀伊田辺発なんです。犯人はアリバイ工作のために死体をあの列車の屋根に乗せた者、すなわち田辺駅付近における、七時四十八分のアリバイのない田切だということです」

「はぁ、なるほど。……えっ？」

江神さんも立ち上がった。

「アリス、死体を線路から下ろそう」

「はい」

死体は、ズダ袋に六十キロ分の土を入れたもので代用された。僕と江神さんは「よいしょ」とそれを線路上から除去した。

「モチも信長もうまいことやってくれたみたいやな」

「大成功ですね」

Vサインを交わす僕たちの横で、滝目記者はやっと状況が呑み込めたらしく「はぁはぁ、そうか」と唸りだした。

実験の成功を祝福し合う僕たち三人の前を、あの〈きのくに18号〉が轟然《ごうぜん》と通り過ぎた。


翌日夜――

またも望月家の縁側である。滝目記者と望月のお母さんを交え、本当は未成年者が飲んではいけない生ビールをぐびぐびやりながら、僕たちは江神探偵の謎解きに耳を傾けていた。

「田切と池尻氏の二人を目撃した煙草屋のお婆さんの話で犯人は判明しました。この二人以外に犯人はあり得ない、という仮の前提の下にですけど。――犯人は桑佐氏の家まで彼を殺しに行ったんではないのは明らかでしょう。死体を運び出すトランク類も用意してなかったし、それだけの時間もなかった。考えられるのは偽物の遺書を置きに行った、ということだけです。聞くと池尻氏は手ぶらで、田切は手提げ鞄を持っていた。田切なら皺一つない遺書を持ち込めたわけです」

望月が手を挙げた。「質問」

「何や？」

「エラリー・クイーン・マニアとしてはそこのところが気になるんですよ。犯人が遺書を桑佐宅へ持ち込んだのが六時半から七時までの間と、どうして判るんですか？　ずっとそれ以前かもしれんやないですか。かなり恣意《しい》的ですよ。そこが確定しないと推理の土台が崩れます」

江神さんはおもむろに説明を加えた。

「なんで判るって、桑佐氏を殺したのが六時頃やろ。その死体のポケットから鍵を抜き取って家に忍び込んだんやから、六時半や七時頃になるやないか」

「あらかじめ合鍵を作ってたのかもしれませんよ。そんなものを使わずにどうにかして忍び込み、早いうちに偽の遺書を持ち込んでおいたのかも」

蓋然性《がいぜんせい》の低そうな仮説を立てて抵抗するが、江神さんは泰然としていた。むしろ面白がっている。

「そしたらお前向きの論理を一つご覧にいれようか。田切はなんでのこのこ被害者の家にまで出向いて下手くそな偽造の遺書を持ち込んだと思う？　事前にあのカーブのあたりに石の重しでもつけて置いとったらよかったやないか。あんなところ、人が通ることもないのに」

望月は「ふむ」と考え込む。おもちゃを与えられた子供のようだ。

「言われてみたら変ですね。なるほど、そこが謎か」

「謎は、いつも剝き出しの形で転がってるわけやない。何が本当の謎なのかを見極めて抽出してこそ探偵や」

江神さんの教えに、望月は感じ入った様子だ。メモはしないが。

「私もそれを変に思ってたんですよ。要領の悪い奴やなと思って。なんでです？」

滝目が早く答えを知りたがったので、部長は謎解きにかかる。

「事件当日、田切は午後四時まで最後の望みをかけて金策に走り回っています。その後一時間ブランクがあって、五時過ぎには桑佐氏と会う約束を取っていたようです。四時から五時までの一時間は計画的に空けておいたのでしょう。最後の金策に失敗し、伯父殺し決行を決意した彼が遺書をあの急カーブ地点に置きに行こうとした時、予期せぬことが起こったんです」

滝目の頭の回転はよかった。

「雨か！」

「おっしゃるとおり。突然の雨が彼の計画を狂わせてしまったんです。八時前に鉄道自殺したと思われる死体の脇に、雨に打たれて傷み、インクもにじんだような遺書が置いてあれば誰の目にも不審に映るでしょうから、彼は現場に遺書を残すことを断念したんです。死体の懐中に入れてもよかったのかもしれませんが、拙《つたな》くともせっかく作った遺書ですから、車輪に轢かれて紙屑みたいになってしまうことを嫌ったのか。あるいは鉄道自殺する人間は懐中に遺書を入れたりしないだろう、という田切の思い込みからかもしれません。その点、池尻が犯人だとすると、彼は定刻五時まで仕事がありますから、もし線路脇に遺書を残そうとするなら、前日の夜しかチャンスはなかったはずです。とすると、雨に打たれた遺書を残すことになっていたでしょう」

滝目は顎を撫でながら頷いた。

「そうですね。しかし、犯行後は雨が上がっていました。それから置きに行くこともできたのでは?」

「雨が上がってからも曇っていましたから」

まずいタイミングで降ったりやんだりすることを恐れたのだろう。江神さんは続ける。

「アリバイ崩しについては轢断現場が急カーブだったということから、およそ見当はついていました。桑佐氏の腕時計は八時一分で止まっている。時計が遅れていた、などとひねくれて見ずに、八時一分に何が起こったのかを考えました。と、下りの〈くろしお23号〉が現場を通過した時間ではないかと思いついて、そこから推論を進めたんです。犯人が列車の屋根に死体を捨て、それが急カーブで振り落とされる場面の出てくるミステリは内外にいくつか作例がありますが、こんなふうにアリバイ工作に利用されたことはありません。また、それらの作品で死体を運ぶのはいつも蒸気機関車に引かれた客車列車でしたけど、この事件では最新式の振子電車でした。客車列車よりずっと高速でカーブを通過します。それは遠心力を軽減するための仕掛けですから、屋根の死体を落下させやすいわけではありませんけれど、普通の電車にある邪魔なものが屋根から取り払われているから、死体の投下がしやすかったでしょう。SLやディーゼルカーではなく電車なので、架線を避けて死体を落とす注意が必要ですが」

「死体を列車の屋根で運ぶ。その発想はありませんでした。推理小説を読まないもので」

恐縮する場面でもないのに、滝目は頭を掻いた。

「そうそう頻繁《ひんぱん》に使われる手でもありません。――さてこのトリック、はたしてうまくいくかどうか疑問に思いました。ですから滝目さんにお目にかける前に、夕方四人で実験してみました。本当に昨日は、何度も現場と田辺を往復しましたよ。実験は成功しました。ダミーは列車に振り落とされ、ちょうど山側の上り線路上に落ちたんです。――そこで、当然犯人も僕たちと同じように実験したんではないか、と考えたんです。ところがこの実験、一人ではできない。田辺側で列車の屋根にダミーを落とす者と、線路に落ちたダミーを片づける者と二人は必要です。後者は省略してもいいですけど、そうすると当然列車妨害が発生し、後になって『はて、あのカーブでは以前にもおかしなことがあったぞ』と怪しまれる危険が生じます」

「そこで重治のおっちゃんに目をつけたんですか?」僕が尋ねた。

「そうや。――現場付近の住人であるあのおっちゃんが、弁当でももらって何も知らんと手伝ったんではないか、と思ったんです。ところが聞いてみると違うんですね。事件の五日ほど前、あの急カーブ地点で線路の上から重たげな砂袋をどけている人間がいるのを、彼は目撃したと言うんです。それは三十歳くらいの女性で、彼が見たのはその女が線路の上から砂袋を下ろすところと、中身の砂を浜辺へ捨て、袋を持って立ち去るところです。この女の正体は誰あろう――」

「田切の女房ですか。そうつながるんやな、ふむふむ」滝目は頷いている。「すると事件前愛想をつかして実家へ帰ったというのは芝居で、女房に嫌疑がかからないように田切が出ていかせたというわけですか。騙されたな」

「重治のおっちゃんは、事件当夜のことを刑事にうるさく訊かれても『その日は遅く帰ったから何も見てない』と答えるしかありませんでした。警察は事件のあった日以前のことを尋ねてみるべきでした。よく気のつく証人ではないんですから。

　残る問題はどこから死体を列車の屋根に落としたか、だったんですけど、これは紀伊田辺駅に行ってみるとすぐに判りました。駅の南部寄り、構内を出てすぐの所を歩道橋が跨いでいるんですが、柵が壊れているし、人もめったに通らない。それに駅を出てすぐですからまだ列車はスピードが出ないうちにその橋の下を通る。死体を落とすのに実に都合のいい場所なんですよ。七時三十分に駅前の食堂を出、駐めてあった車のトランクから死体を持ち出し、七時四十八分に死体投下。急いでスナックに駆けつけると八時少し前。夕方、計ってみたら時間的にもぴったり符合しました」

「短時間でよく調べましたな。しかも自分たちだけで。お見事です」

　滝目は、まいりましたと言うように頭を下げた。

「犯行現場は山の中だったらしいです。詳しいことは田切が少しずつ自供し始めていますから、じきにはっきりするでしょう。一件落着です」

「いやぁ、田切いう奴はミステリファンらしいな。電車の屋根を利用するやなんて『××××』か『○○○○』あたりを読みよってんやろうな」

「あの遺書に皺一つないことに気づくべきやった。何かおかしいとは思てたんやけど」

望月と織田が口々に言っている。

僕は話を終えてひと息つき、煙草をくわえた江神さんを尊敬の念を込めて見ていた。〈英都大学推理小説研究会の名探偵〉だとは思っていたが、ここまでやるとは思っていなかった。この手際は限定なしの〈名探偵〉だ。

「今夜は皆さん最後でしたな。おかまいもできませんで」

望月のお母さんがビールの追加を運んできた。そして江神さんの横に座ると、ビールを注ぎながら褒め称える。

「立派な先輩に恵まれて周平は幸せです。お手柄でしたなぁ」

「いや、こら確実に警察から感謝状が出ますよ。刑事にスカウトされかねません」

滝目が手を打って言う。江神さんは勘弁してもらいたがった。

「無断で線路に立ち入ったりしていますから、叱られるだけでしょう。このことは内緒にしておいてください。推理小説好きの読者から匿名の投書があった、という形のままにして」

「本当にそれがご希望なんですか？　しつこく口止めしますね」

「お願いします」

望月と織田は何も言わなかった。江神さんらしい、と思っているのかもしれない。

「江神さんたちは明日お帰りか。淋しいね、望月さん」

記者に言われて、お母さんは「そらもう」と言う。

「こんな男前に囲まれて、ここ数日、ほんまに幸せでした。皆さん、ぜひまたいらしてください」

お世辞はさて措き、僕たちはさんざんお世話になったお礼を言った。

「殺人事件の話はもう終わりにして、後で来週のキャンプの予定の確認を――」

江神さんが言いかけた時、ボンと鈍く大きな音が響いた。高いところで大砲が打ち鳴らされたかのようだ。

「今日は小学校で花火大会やった」

お母さんが簾《すだれ》を巻き上げた。

真っ赤な大輪の菊花が夜空いっぱいに広がり、続いてまたボンときた。隣の家で子供が「お姉ちゃん、早く早く！」と縁側に呼んでいる。

「ふわぁ」

「こらええわ」

見上げるみんなの顔を、花火は赤く、青く染めた。江神さんも無邪気な歓声をあげている。

キャンプの予定が控えているのに、今が夏のピークのように思えて僕は言った。

「夏盛りですね」

桜川のオフィーリア

1

春がきていた。

いつもより早く。

風は柔らかな光をはらみ、あまねく山河に行き渡ってすべての輪郭をにじませる。

四月の初め。この高原の山里では、まだ冬が長い尻尾を引きずっているのが常だったのに、その年は違った。

三月に入って以来、ぽかぽかと暖かい日が続いた。木々は例年よりも早く芽吹き、山々の雪は解け、焦茶色の大地があちこちで覗《のぞ》いた。人々は冬用の重いコートを春物に着替えて、「今年はいつもより……」と口々に言った。朗らかに。

桜が咲いた。

白い残雪の山を背景にして、淡いピンクが里を彩った。平年より二週間も早く開花したため、新一年生は桜咲く小学校の校門で両親と記念写真を撮ることができた。

平和な里の春。

悲劇の予兆は、どこにもなかった。


外が騒がしい。

畳に寝転がってミッチ・トビン・シリーズ三作目を読んでいた彼は、何事かと窓辺に寄った。隣の爺さんが「いがんしたっちゃー」と、自転車に乗った男に話しかけている。呼び止められたのは町営の〈ふれあいランド〉に勤めている男だ。耳を澄ますと、およその話が聞き取れた。桜川《さくらがわ》で死体が見つかったらしい。遊泳禁止の川で子供が溺れたのか、とさらに聞き耳をたてると——

「——ちゃんが」

よく知った名前が出てきて、愕然《がくぜん》とした。嘘だろう、と思う。

「宮野《みやの》さんに報せに行ぐから」

〈ふれあいランド〉の職員は爺さんを振り払い、東へ去った。中腰になってペダルを漕いでいる。

何かの間違いだ。

そう思いたかったが、思い当たる節もある。早まったことをしたのではないか、と。

彼はどたどたと階段を駈け下り、庭のマウンテンバイクに跨《また》がった。桜川のどこに行けばいいか判らないが、とにかく行ってみよう。本当に死体が揚がったのなら、人が集まっているに違いない。

歯を食いしばって急坂を上る。ギアをトップに入れても苦しい。赤松や楡《にれ》の木立が、視野の両側をぐんぐん流れていった。

十分ほどで谷沿いの道に出たが、立ち木が繁茂しているため、ろくに川が見えない。とりあえず川上の麦刈橋《むぎかりばし》まで行ってみようか、と方向を転じかけたところ、一台のライトバンが土埃《つちぼこり》を巻き上げながら川下に走っていった。〈デイリー宮野〉の車だ。

こっちか。

川下へ向かうことにした。今度は急な下り坂なので、恐ろしいほどスピードが出た。時折、木立が切れて川面《かわも》が覗く。せせらぎの音だけは、ずっと右手に聞こえていた。

白髪橋《しらかみばし》が見えてくる。対岸のたもとあたりで数人が欄干《らんかん》にもたれ、何かを見下していた。あそこまで行けば様子が判る。

コンクリート橋に着いて野次馬たちの視線をたどると、岩場に人の固まりがあった。制服姿の駐在がいる。屈んでうな垂れているのは、足許の溺死体を見分しているのだろう。人垣のみならず川中の大きな花崗岩《かこうがん》が邪魔な上、百メートル以上の距離があるため、それ以上のことは判らない。あの近くまで行ってみなければ。

それにしても——

美しい眺めだった。

朝方は頭上を覆っていた雲が去り、春の陽光をたっぷりと浴びた川面は、きらきらと黄金色に輝いている。流れの中ほどにある岩が波を砕き、跳ね上がる白い飛沫《しぶき》も目を刺すほどの光を放った。その川面からひんやりと涼しい風が吹き上げ、頬を撫でる。水の匂いを含んだ風だ。

彼は対岸に向かう。あの岩場のあたりに続く径《みち》なら、よく知っていた。獣道のようなものだが、小学校時代の担任だった教諭に連れられて下ったことがある。先生お気に入りの釣り場だった。おそらく今、川岸にいる駐在らもそこから下りていったのだろう。

覚えている場所までマウンテンバイクを駆った。〈デイリー宮野〉のライトバンが路肩に駐《と》まっていた。それに並べて自転車を置くと、隈笹を掻《か》き分けながら足場の悪い径をたどった。灌木《かんぼく》の枯れ枝が張り出していて、その先で頬を切ったりする。途中からは、転がり落ちるように下った。

瀬音が間近に迫り、その中に男たちの声が聞こえてきた。

「かわいせじゃが本署の者がくるまで、このままに――」

「毛布ぐらいは掛けてやって――」

彼の足音に、集まっている男たちは口を噤《つぐ》んで振り向いた。駐在とまともに目が合う。くるな、と怒鳴られるのかと思ったが、彼の父親ほどの齢《とし》の巡査は哀しげな表情で顔を伏せた。

一団の男たちを押し退けて、前に出る。地面に少女が横たわっていた。

冷たい。

とっさに、そう感じた。

少女の顔も、髪も、ブラウスも、スカートもぐっしょりと濡れ、全身から冷え冷えとした死の気配が立ち上っていた。

「われのクラスメイトだな？」

駐在の問いを無視したつもりなのに、自然と顎が上下した。

「助からん。もう……この世には、いたらんよ」

死の一語を、からくも避けてくれた。

しかし、こんなに明白な死を前にして、そんな配慮が何になるというのか。

彼は、食い入るように級友の亡骸《なきがら》を見つめた。つい昨日も道端で出会っている。ほとんどすれ違っただけだが。「よお」と声を掛けると、力のない笑顔が返ってきた。機会があれば、どうかしたのか、と話を聞いてみるつもりだった。しかし、それはもう永遠にできない。

後ろから名前を呼ばれた。かつて岩魚《いわな》や山女《やまめ》の釣り方も教えてくれた先生だ。いつものように迷彩柄のフィッシングベストを着ていた。しっかりと両肩を摑まれる。

「おらが見つけたんよぉ。今日もいつもの頃合にここにきてみたら、そこに宮野がな……」

遺体は、川岸に近い浅瀬に乗り上げていたそうだ。

頭を川上に向けて、清冽《せいれつ》な流れに洗われていたそうだ。

長い髪とスカートの裾が、ゆらゆら揺れていたそうだ。

その周りを、上流で散って流れてきた山桜の花びらが包み、甘い香りが漂うようだったという。この世のものとは思えぬほど美しい様だったとも。

「不憫《ふびん》で、かわいせで――」

われに返ると、教え子を岸に引き揚げた。その体は冷えきっていて、脈を取らずとも心臓の鼓動が停止していることは明らかだった。医者よりもお巡りだ、と駐在所に走った。三十分ほど前のことだ。

少女が引き揚げられた跡が岸辺に遺《のこ》っていた。彼女が横たわり、清流に洗われていた浅瀬のあたりには、次から次へと桜の花びらが運ばれてきている。雪解け水が注ぐ川の中は、刺すように冷たかっただろう。

彼の目から、涙が溢れそうになった。

その時。

急峻《きゅうしゅん》な斜面の上に、友人の姿を見つけた。騒ぎを聞きつけてやってきたのか。

くるな、と叫びたかった。

早くこい、とも。

駈けてくるその顔は、遠目にも紅潮していた。

「どうして、こんな……」

彼は、泣きながら友人の名を呼んだ。

2

秋がきた。

九月も終わりに差しかかっているのだから、とうにきていたのだろう。けれど、僕はまだ残酷な季節に囚われたままだ。目を閉じると強烈な夏の光が瞼の裏側に甦り、目を開くと周囲の何もかもが偽物の風景のように感じられる。こんなに簡単に時が過ぎ、季節が移ろっていいものだろうか?

いいのだ。

僕の身に何が起きようが、周りで誰が死のうが、世界には微塵《みじん》も関係がない。しばらく、このまま魂をどこかに置いたまま生きてみよう。勝手に時間は過ぎていくのだから、流れのままに漂うことにした。時は川のようなもの。意識せずとも、気張らずとも、ひたすら前へ前へと進んでいく。そして、流れの先にはすべてを呑み込む滝壺が待っているだけなのだ。

定期券が切れているのを忘れていたので、やむなく切符を買った。畜生。大阪に比べて、初乗り運賃が高いぞ、京都市営地下鉄。

今出川駅で降りて地上へ出ると、そこはすぐ、わが英都大学の西門だ。二講目が始まるのは五分後。それに間に合うよう電車に揺られてやってきたのに、足は教室に向かわない。

烏丸通を挟んでキャンパス斜め向かいにある学生会館。その二階のラウンジを覗いてみると、いつものテーブルに江神二郎部長がいた。ベンチに長々と横になっていて顔は見えないが、床に投げ出された足からすると、江神さんなのだろう。眠っているのか?

近寄ってみると、ぱっちりと目を開けていた。天井を見ていたのだとか。

「はぁ、天井ですか。腕組みをして」

「思索に耽《ふけ》っていたわけやない。純粋に天井を見て、ぼんやりしてただけや」

むくりと起き上がり、顔にかぶさった長い髪を両手で掻き分けた。六月から鋏《はさみ》を入れていないので、どんどん長くなる。夏場もこれで乗り切ったのだから、まだ伸ばすつもりかもしれない。

「授業はどうした、アリス？　自主休講か。相手はしてやれんぞ。お前がくると思うてなかったから、人と会う約束をしてしもたわ」

「ここに誰かくるんですか？」

「よかったら一緒に会うか？　お前とも微《かす》かに関係がある人間……というのは強引か。しかし、糸のように細い縁はある」

もって回った言い方をするので、どんな人物がやってくるのか見当がつかない。

二十六歳の先輩は、いつもどおり穏やかな目をしていた。ただ齢をくっているためではなく、そのまなざしのせいで長老と呼ばれるのだ。人が死に、殺し殺されたあの山でも、そう呼ばれていた。推理小説研究会のメンバーでキャンプに行ったら連続殺人に巻き込まれただなんて、洒落《しゃれ》にならない。その部長が名探偵よろしく犯人を突き止めただなんて、もうまったく――

江神さんが僕の肩越しに視線を投げた。待ち人がきたのかと思ったら、違った。やってきたのは望月、織田の両先輩だ。このコンビも、今日の午前中には必修の授業があったはずなのに。

「休講です」

「ほんまもんの休講」

デコの望月とボコの織田は口々に言って、ベンチに座った。二人とも目に輝きが乏しく、動作が気怠《けだる》い。僕もあんなふうなのだろう。あの山を下りてから、大声で笑う気分になれないのは同じか。あそこでのことは、話題に上らない。

「なんや、みんな揃うたんか。ええタイミングとも言えるかな。あいつにフルメンバーを紹介できる」

「あいつって誰ですか、江神さん。ついに宿敵モリアーティ教授の出現ですか?」

細いメタルフレームの眼鏡を拭きながら望月が言うのに相方の織田が何か突っ込もうとしたが、言葉が出てこなかった。漫才コンビの復活まで、まだ時間がかかりそうだ。

〈あいつ〉は、まもなくラウンジの入口に現われた。九月も末だというのに上はTシャツ一枚、渋紙色のジャケットを肘に掛けて、ジーンズにスニーカーという出で立ちの男だ。頭髪は江神さんと対照的なスポーツ刈りで、額にサングラスをのせている。来訪者と部長は、同時に手を振った。近寄ってきた顔を見ると、口許や顎に不精髭がぱらぱらとあって男臭い。

「二年前とまったく変わっていないな。陣取ってる場所も、お前も」

親しげな話し方だった。江神さんの友だちか。ということは、もしかしたら——

「後輩を紹介しよう。そっちが経済学部の二回生で——」

まず望月周平と織田光次郎が。

「こっちが法学部の一回生で、有栖川有栖。ミステリを書きたいらしいけど、これはペンネームやなしにれっきとした本名や」

次に僕が。

「こいつは二年前に文学部を卒業した石黒操《いしぐろみさお》。専攻は新聞学で、このサークルを作った張本人でもある」

「俺が江神を誘ってできたんだ。今は雑文ライターをしている。よろしく」

気さくな口調で後輩たちに話しかけ、僕の隣に座った。重そうなショルダーバッグは、どすんと床に置く。

「これが今のフルメンバー？　野郎ばかりだけれど、四人いたら上々だな。まだ存続してるだけ立派立派。とっくに消えてなくなってるかと思ってた」

入部して五ヵ月になるが、このサークルの来歴について何も知らなかった。知らなかったことに、初めて気づいた。望月と織田はおよそのことは聞いていたらしく、石黒操に「お噂はかねがね」などと挨拶している。

創部メンバーは、江神さんと彼の他にもう一人、勧誘のポスターでふらふらと迷い込んだ工学部生がいたらしい。長らく三人での活動が続いて、二人が卒業したのと入れ替わりになった望月が第四の部員だった。

「午後から大阪で仕事があるんだ」

石黒は、東京でフリーランスのライターをしていた。午後の仕事とは、大阪在住の人形作家へのインタビューなのだそうだ。

「久しぶりに京都で途中下車したよ。お前と会うのは卒業以来だな。生きてることを確認したから安心した」

「お前こそ、ちゃんと東京で生活できてるみたいやな。人並みの恰好をしてる」

創部メンバーの二人は、さすがに砕けた調子で話す。

「一応、筆だけで食えてる。コーヒーでも奢《おご》ろうか。知ってるか？　社会人はコーヒーを飲みながら歓談したりするんだ」

石黒が言うので、僕たちは貴重品の入っていない鞄類を席に残したまま、ラウンジ横の〈ケルン〉に移動した。学生プライスの喫茶室で、もちろんセルフサービスだ。

石黒が「ここによく座った」という席に着いた。彼と江神さんは、五対一ぐらいの比率で近況を語る。部長は「こっちは相変わらず」と言っていたので、夏の合宿中に経験したことを打ち明けるつもりはないのだろう。自分が話したくないからというよりも、僕や望月や織田を気遣ってのことかもしれない。

「雑文ライターとおっしゃいましたけれど、取材で色々なところに行ったり、めったに会えないような人から話が聞けたりするんでしょうね」

織田の発言には、不用意な言葉が入っていた。石黒は、まずそれを指摘する。

「雑文ライターの雑文はよけいだけれどね。俺が自己紹介でそう言ったから仕方がないか、はは。――うん、仕事を通して色んなことができるのは確かだな。不安定な暮らしぶりだけど、面白いよ。江神に比べりゃ真人間とはいえ、おとなしく満員電車に乗って会社に勤められるタイプじゃないし。俺のキャリアじゃまだそんなに大物に会ったりする機会は少ない。渋めのアーティストや妙な研究家が多いな。サブカルチャー系の媒体しか付き合いがないから。ああ、そうだ、これだけは親切心から忠告しておこう。推理小説研究会で学んだあらゆることは、社会に出てからまるで役に立たない。そのつもりで」

「役立つと思ってませんよ」

「そもそも学べることもないし」

望月と織田が、間髪を容れずに返した。

「君たちは俺より賢明ということか。しかし、江神のそばにいたら不思議な体験ができるだろ。こいつの推理力を盗み取れば、将来、役に立つ場面がないとも限らない。世の中は謎に満ちているからな」

「不思議な体験って、どういうことですか？」

思わず尋ねた。まさか殺人事件によく巻き込まれる、という意味ではないだろうけれど。

「有栖川君もそのうち目のあたりにするよ。こいつは、普通に考えたら答えが出ないような問題を妙にするっと解いてしまうんだ。易者かカウンセラーになれ、そうしたら繁盛する、と勧めたことがある」

すでに何度か目撃していた。

「探偵はどうですか？」

易者やカウンセラーなら適性を発揮する人間は珍しくないが、探偵となると稀だろう。名探偵と言う方が正確なのだが、冗談になりそうで自重した。

名探偵。その言葉も、実は今は鬱陶《うっとう》しい。それは悲劇の幕引き役。あえて意地悪い表現をするなら、悲しみを養分にする屍肉喰らいだ。

「探偵？　それは考えたことがなかったけれど、いいかもしれない。世の中は謎に満ちているから仕事に不自由しないかもしれないぞ」

同じフレーズが繰り返された。彼は、その実例を紹介する。

「先日、東京の小劇場で活躍している役者にインタビューした時のことだ。俺が差し出した名刺をしげしげと見つめて、彼はこう訊いてきた。『あなた、本物？』。何のことか判らなかった。もちろん本物のライターで、これこれの雑誌のこういう記事をまとめるためにインタビューのお願いにあがった、企画書はこれだ、と提示しても、まだ疑わしそうにしている。何か不都合でもあるのか、と訊いたら、わけを話してくれたよ。『この前、偽者にやられた』と言うんだ」

役者曰《いわ》く、ひと月ほど前に事務所に丁寧な電話があり、インタビューの依頼を受けた。約束の時間に相手はこざっぱりとした身形《みなり》をして現われ、その態度は紳士的だった。質問はいたって的確で、陳腐なものがまったくない。自分の公演をよく観ていてくれて、理解も深いことが伝わってきたので役者はうれしくなり、ふだんはファンに明かさないことまで積極的に語ったという。

「インタビューにしても調子が出る時と出ない時がある。だから、相手が調子よくしゃべれるように仕向けるのがインタビュアーの腕の見せどころなんだ。その意味では、その時のインタビュアーはほぼ理想的と言っていい仕事をしたわけだ」

役者は気持ちよく語って、「雑誌が出るのを楽しみにしています」と本心から言った。ところが、発売日が近づいても連絡がない。通常は、遅くともゲラという校正刷りができた段階で当人に内容のチェックを頼むものなのに、梨の礫《つぶて》。おかしいなぁ、と思っているうちに雑誌が出た。掲載誌が届くのが待ちきれなくて、彼は本屋で立ち読みをしてみた。すると――

「載っていなかった」

彼のインタビュー記事がないどころか、話に聞いていた誌面の構成とはまるで違っていた。合点がいかない彼はもらった名刺にあった番号に電話をしてみたが、現在使われていない、というメッセージが返ってくる。やむなく雑誌の編集部に連絡して、意外な事実が判明した。そんな名前の編集者はうちにいないし、ライターを派遣した覚えもない、というのだ。

「偽者だったんだよ。役者はそうとは知らず、大いに熱弁をふるったわけで、これはどういうことだ、と本人は悩んだそうだ。考えているうちに謎の答えは見えてきたんだけれど」

「時間泥棒ですね」織田が反応した。「どれだけ忙しい役者さんなのか知りませんけれど、時間を奪われた、という被害が発生しています」

望月も黙っていない。大先輩を前にして推理マニアぶりたいのか、さらにひねくれた見解を示した。

「ミステリ的に解釈したら、偽のインタビューは陽動作戦でしょう。インタビューと称して役者さんを誘《おび》き出し、時間を潰させているうちに、共犯者が彼の家に侵入して何かを探る、とか……」

石黒は、にやにやして聞いていた。

「やっぱりこういう人種が集まってるんだな。謎を聞いたら解いてみたくてたまらなくなる。しかし、残念ながら真相はもっとシンプルなものだったよ。——有栖川君、何か意見は？」

二人の先輩が出した仮説を避けるならば、ごく当たり前の答えしか残っていない。

「偽者は役者さんの大ファンで、ただ会いたかっただけやないですか？」

正解だった。望月、織田は拍子抜けしている。

「そのとおり。大ファンだから、彼についてよく知っていて、理解も深かったわけだ。いい質問ができたのも当然だよ。そいつは、憧れの人に会って根掘り葉掘り突っ込んだ話を聞くためには、それなりの雑誌のインタビュアーを装うしかない、と考えて実行したんだな。彼の目論《もくろ》みは見事に達成された。そのことに思い至った役者は、怒るどころか感心した。ただ、二時間ばかり盗まれたことはいいとして、『あのインタビューが雑誌に載らないことが惜しい。最高の出来だったんだ。できれば録音したテープをダビングしてもらいたい』と言って残念がっていたよ」

時間泥棒ではなく、インタビュー泥棒だったのだ。

「盗んだり盗まれたりするのは、形のあるものや時間だけとは限らない。ミステリの中だけじゃなく、現実にもおかしなことがあるだろ。——なぁ、江神」

部長はコーヒーを飲み、静かに笑うだけだった。

「そんなことより、まだええのか？　時計を気にしてるみたいやけど」

「二時に梅田《うめだ》だから大丈夫。俺が時計を気にしてるって？　ああ、誤解だ。時計にちらちら目をやっていたんだとしたら、それは犬や猫のグルーミングみたいなもんだ。どう切り出したものかな、と迷っているデリケートな話があるんでね」

石黒は、そういう形で口にしにくい話題があることを打ち明けた。彼が躊躇《ちゅうちょ》していたのは、江神さん以外の人間が同席しているからかもしれない。望月もそう思ったらしく、「お邪魔ならば……」と言う。

「うん、席をはずしてもらうタイミングを計っていたんだ。だけど、君たちと話しているうちに迷いが生じてね。一緒に聞いてもらってもいいか、その方がいいんじゃないか、と思えてきた。まだ会ったばかりだけれど、江神の仲間ならば大丈夫か、と。むしろ、君たちの意見も聞くべきかもしれない」

深刻な話なら、わざわざ聞きたいとは思わない。自分が抱えているものが充分に重くて、他人の心配事まで取り込むのは嫌だ。それが正直な気持ちだったが、真っ向から「お断りします」とは言いかねた。石黒が口にした「江神の仲間」という言葉がうれしかったのかもしれない。

石黒だけはラウンジからバッグを持ってきていた。それをまさぐってA4サイズの茶封筒を取り出し、テーブルに置いたところで一座を見渡した。ついさっきまでの打ち解けた表情は消え、憂いすら漂っている。

「これから話すことは、内密に願いたい。秘密にしておくべきことではない、と言われるかもしれないけれど、最終的な結論は俺が下して、責任を取る。だから、口外しないでくれ」

もったいぶった前置きだな、としか思わなかった。しかし、茶封筒の中身を見せられた途端に、白けた気分はふき飛ぶ。八つ切りの写真だ。

ライターは、小さく深呼吸をしてから言った。

「この女の子は、死んでいる」

3

被写体は、十六、七歳ぐらいの少女に見えた。この女の子が死んでいると聞いて、二つの解釈が交錯する。彼女がすでに亡くなっていてこの世にいないということなのか、あるいは……。

「宮野青葉《あおば》というんだ、その子。俺の同級生で、十七歳で死んだ。この写真は、彼女の死に顔――デスマスクだよ」

石黒の説明を江神さんが遮《さえぎ》った。

「死んでるようにも眠ってるようにも見える写真やけど」

「こんな状態で眠ってはいないだろ。ほら、こういう写真もある」

二枚目、三枚目が茶封筒から出てきた。どの写真にも同じ少女が写っている。

宮野青葉は、川の中に身を横たえていた。浅瀬らしい岩場に仰向けになっていて、その体を清流が洗っている。かろうじて顔だけが水面に出ているという状態だ。肩まである髪とスカートの裾のなびき具合から、頭が川上を向いているのが判った。

「確かに、川の中で昼寝をする人間はいませんよね」

織田が不真面目な言い方をしたのは、この場の緊張をほぐすためだろう。江神さんも難しい顔になり、眉間に皺を刻んでいる。

「きれい……ですね」

一方、望月は恐る恐るの発言だ。僕は、大きく頷《うなず》いていた。不謹慎《ふきんしん》の謗《そし》りを受けてもかまいはしない。

「きれいとしか言いようがありません」

どの写真も、驚くほど美しかった。

一枚目は、少女の首から上を撮ったもの。石黒が言ったとおりデスマスクだ。そっと目を閉じて、安らかそうだ。睫毛《まつげ》についた水滴にまでピントが合っている。口許はわずかに弛《ゆる》んでいて、今まさに微笑《ほほえ》もうとしているかのようだが、愛らしい唇からはあるべき色が失われ、頰の白さと区別がつかない。その蒼白の頰には、ひと筋の黒髪が貼りついていた。自然光らしい光が、やや右から当たっているのか、形のいい鼻梁が短い影を作っている。髪と左の頰と顎を飾っている薄桃色は、桜の花びらか。

二枚目には、少女の全身が収まっていた。撮影者は岸に立っているのだろうが、その影は画面から慎重に排除されている。美しい死者は、ブラウスの上に萌黄色《もえぎいろ》のベストを着て、大きなチェック柄のスカートを穿《は》いていた。その裾が濡れてまとわりつき、太股の形が露《あら》わになっている。丸い膝が愛らしいし、靴下の白さが鮮やかで眩《まぶ》しいほどだ。脱げてしまったのか、どちらの足も靴は履いていない。その体のあちらこちらに、やはり桜の花びらしきものがまとわりついていた。

三枚目。これも岸からのショットで、画面の右上に頭が、左下に爪先がくる構図だ。川面と飛び散った水の輝きが、命のない少女の姿を神々しいものにしていた。少女が欠けていて、ただ川面を写しただけでも作品になりそうな写真だ。左上には、対岸の白っぽい岩場がピンボケで写っていた。

「この写真を撮ったのは、プロのカメラマンですか?」

僕が尋ねた。最初の質問としては間が抜けていたかもしれない。

「プロではないけれど、写真が好きな男が撮った。なかなかの腕前だろ?」

「はい。――つまらないことを訊いて、すみません」

「いや、つまらないどころか、むしろ核心に触れた質問だよ。この撮影者は、まず間違いなく俺の友だちでね。だから、頭を抱えているんだ。あいつが何故、こんな写真を持っていたのかが判らない」

望月と織田は、黙ったまま三枚の写真を何度も代わる代わる見ていた。どう反応していいものやら、と困惑の様子だ。

「死に顔だけ見せられては、彼女も浮かばれない。生きている時の写真は、これだ」

最後の一枚は、雑誌のグラビアらしきもののカラーコピーだった。確かに彼女は生きている。わずかに頰をふくらませ、口許から前歯を覗かせて、はち切れそうに笑っていた。視線はまっすぐにカメラに向けられているため、どきりとしてしまう。黒水晶のように艶《つや》やかな瞳がキュートだ。そして、なんて幸せそうなのだろう。生きている喜びを満喫しているその笑顔に接するだけで、こちらにも幸福が飛び移ってきそうだ。明るい表情を引き立てているのは、斜めから当たった陽の光だ。あたかも天国から射しているかのようで、少女の後れ毛を美しく輝かせていた。

はあ、と織田が吐息をついている。その息に手を翳《かざ》したら、さぞや熱いだろう。

「これはもう、美少女と呼んで拝むしかないやろう」

相方の望月は、やや冷静だった。

「待て。可愛いことは誰もが認めるやろうけれど、世に言う美少女とはちょっと違うんやないか？　表情が最高に素晴らしいんや。美少女グランプリの歴代クイーンを集めても、こんな写真が撮れる保証はない、というぐらいに」

彼に賛成だ。女の子たちが憧れる奇跡のベストショットに近いのかもしれない。

「雑誌のコピーらしいな」

江神さんは、写真自体の素性に興味を示す。

「写真雑誌のコンテストに応募して、佳作に入選したものだ。実物は切り抜きなので、それを傷めないようコピーしてきた。撮影者は、前の三枚とは別人。よく撮れているよなぁ。これが出た時は近郷で評判になって、電車で遠くから彼女を見にくる奴まで現われたよ。実際、可愛い子だったけれど」

織田はコピーを手許に引き寄せて、まだうっとりと見つめていた。死に顔を先に見せられていなかったら、紹介して欲しい、と言いだしたかもしれない。

「どういうことか、ちゃんと話せよ。これだけ見せられても判らん」

江神さんの言葉に、石黒は「そうだな」と座り直した。数秒の間は、話す順序を考えるために使ったのだろう。

「被写体の名前は言ったな。場所を説明しなくちゃ。俺の故郷は、長野県木曾《きそ》福島《ふくしま》の西北、開《かい》田《だ》高原の奥にある比良野《ひらの》という山里だ。冬は雪に埋もれてしまうようなところさ。ま、カントリーサイドだな。写真に写っているのは、そのはずれの渓谷を流れる桜川。くねくね蛇行しながら十二キロほど流れて、末川《すえかわ》に合流して木曾川に注いでいる。けっこう急流で水量もまずまず豊かだ。三枚目を見てもらうと、川幅の見当がつくんじゃないかな。このあたりで、およそ十メートル。ただし両岸に岩場があるので、谷の幅は二十メートル以上ある。木曾川には、浦島太郎が玉手箱の蓋を開けた〈寝覚《ねざめ》の床《とこ》〉という景勝地があるけれど、このへんのことを地元では〈寝覚の座布団〉とふざけて言う」

ささやかな渓谷で、観光客がやってくるほどの規模ではなさそうだ。

「そのあたりの水深は五十センチから二メートルぐらいか。ところによって、ひどく深さが違うんだ。流れも速いから泳ぐのは危ない。子供の頃、絶対に川に入るな、と親たちにきつく言われたよ。止められなくても怖くて泳げたもんじゃないんだけれどね」

石黒は、覚悟を決めたかのように早口でまくしたてた。なお勢いづいてしゃべろうとするのを望月が止める。

「ちょ、ちょっと待ってください。そのあたりって、もしかしたらUFOの名所やなかったですか？　人類協会の本部に近かったような……」

「神倉《かみくら》」と横から織田が言うと、石黒は頷《うなず》いた。

「そうだよ。UFOに乗って神様がやってくるのをお迎えする、という話題のスーパー新興宗教。あのヒューマン・スピーシーズ・ソサエティーの総本山は、比良野から高山《たかやま》方向へ抜ける道をはずれた神倉というところにある。まるでSFの未来世界みたいで、すごいことになっているよ。バブルでしこたま儲けた信者が湯水のごとく寄進をしているおかげでね。教祖の女王様？　もちろん、そこにいる。俺はまだお目に掛かっていないけれど、いつか本格的なルポをしてみたいな」

話が逸れている、と思ったが、あながち横道でもないらしい。

「実は、宮野青葉の家族は熱心な人類協会の会員だった。そのことが彼女の死に影を落としている、とも噂されたよ」

「まさか、協会に殺されたと？」

「そうじゃない。青葉は自殺したんだ。事故か他殺ではないか、という疑いも出たんだけれど、最終的に警察は自分で川に身を投げた、という結論を下した。人類協会にまつわる悩みも原因の一つだったと言われている」

結局は、人が死んだ話だ。僕の気分はゆっくりと沈んでいったが、今さら中座するわけにもいかない。覚悟を決めて、しばらく聞いてみよう。

「俺や彼女が十七歳の春だから、九年前のことだな。四月の初めの日曜日だった。その朝、青葉の家族は娘がいないことに気づいた。夜のうちだか未明だかに、こっそり家を出たらしい。そこで心配してもよさそうなものなのに、両親も兄も『どこかへ行っとるんじゃろ』と平気だった。そういうところはあの家らしいんだけれどね。昼になっても午後になっても、彼女は帰ってこなかった。そして、三時半頃になって、写真の浅瀬で発見される。発見者は、釣りにやってきた小学校の先生。皮肉なことと言うべきか、天の慈悲深いはからいと言うべきか、青葉や俺の担任だった人だ。遺体が揚がった直後、現場に飛んでいったら先生が茫然《ぼうぜん》としていた。悲しくてたまらない様子だった」

「どこから川に身を投げたのか、判っているんですか？」

「ポイントを衝いてくるね、望月君。それが、特定できていない。上流に架かった橋のどれか、とされたけれど、橋の上に靴が揃えてあったり書き置きが遺されていたわけじゃない。また、橋に血痕がついているなど、事件を暗示するものもなかった」

捜査員にすれば、投身した現場が不明というのは歯痒《はがゆ》かっただろう。

「死亡推定時刻は、午前五時から八時ぐらい。発見されるまで七時間半から十時間半ほども、青葉の亡骸は独りぼっちだったことになる。上流の橋から飛び込んだとしても、現場まで一キロから二キロしかない。何時間もかかるはずはないように思うだろうけれど、それがそうでもないんだ。あちこちに岩場があり、川底の地形も複雑だから、どこかに遺体が引っ掛かって、しばらく留まっていたんだろう。あるいは、たちまち浅瀬に打ち上げられて、そのまま十時間以上も人目に触れずにいたのかもしれない。小さな渓谷ではあるけれど、道から岩場が見える場所は限られているからな。先生が日課どおり釣りに出掛けていなかったら、翌日まで見つからなかった可能性もある」

江神さんは、キャビンのパッケージを取り出した。

「遺書もなく、どこから飛び込んだかも特定できんままか。それでも自殺と断定された根拠は？」

「消去法ということかな。まず、事故の線は考えにくかった。渓谷に沿った道と川の間には木立が続いていて、崖から足を踏みはずして岩場に落ちるなんてあり得ない。昆虫好きの子供でもあるまいし、珍種の蝶々を追いかけているうちについ、というはずもないさ。次に他殺。これについては、後々まで無責任なことを囁《ささや》く輩《やから》もいるにはいた。人類協会がらみで青葉の家が恨みを買っていたのではないか、とかな。しかし、青葉自身は誰にも憎まれていなかった。変質者のしわざと言う奴もいたけれど、不審者の目撃情報はないし、まるで根拠がない。警察が他殺説を退けたのは、遺体に攻撃を加えられた形跡がまったくなかったからだ。体中に大小の傷がついてはいたけれど、それらは暴漢に手首を摑まれたとか、殴られたというものではなく、流されながら川底や岩場にぶつかったり擦れたりしてできたものだとみなされた」

酷《むご》いことをする川だ。

「専門家の鑑定だから、信じるしかないだろ」

「でも、それだけで他殺説を打ち消すのは早計やないですか？」望月が言った。「犯人は被害者の隙を衝いて、いきなり橋の上から突き飛ばしたのかもしれません」

「突き飛ばされて、彼女がころりと落ちたって？　うん、なくはない話だ。でも、そうだったとしても、橋の手摺《てすり》にぶつかった跡が体のしかるべき部位に遺るものなんだそうだ。とにかく、法医学的には他殺を示唆するものはなかった。だとすれば、自殺になるよな」

「お前はそれで納得したのか？」

ライターは、もどかしげに頭を搔いた。

「そこなんだ、江神。彼女は幼馴染みで、子供の頃からよく知っている。俺は家庭の事情で九歳から十五歳まで東京に移っていたけれど、比良野に帰ったら高一、高二とまた同級生だ。青葉が自ら命を絶ったとは考えたくない。客観的にどうかと訊かれたら、それまた困る。人がどういう時に自殺という行為を選ぶのか、ハムレットみたいにうじうじ悩んだ経験はあれど、実行したことのない俺にはよく判らない。だから、自殺したはずがない、とも言えないんだ」

「言葉尻を捉えるようですが、ハムレットは自殺していないのでは」と望月が遠慮がちに言う。

「ああ、もちろん知ってる。『生きるべきか、死ぬべきか。それが問題だ』の台詞《せりふ》が有名だから名前を出しただけさ。――宮野青葉は、オフィーリアに譬《たと》えられた。桜川のオフィーリアと」

小川で溺死したハムレットの恋人だ。ミレイ、ヒューズ、ルドン。流されゆく悲劇の娘を、多くの画家が描いている。なるほど、桜川のオフィーリアか。僕は、あらためてテーブルの写真を見た。最初に言い出した者は、この少女の死を悼み、召された香魂《こうこん》を慰めようとして、そんな文学的な比喩を持ち出したのかもしれない。

「川で死んでいるのが見つかったからオフィーリア、というだけでもないんだ。彼女が精神的に追い込まれた背景は、あの悲劇といささか似通った部分もある。話の順序としてそれは後回しにして……」

「九年前に自殺でけりがついたんなら、お前が何を悩んでるのかが判らんな。こいつの出所が問題なのか?」

江神さんが、写真の一枚にそっと触れる。ハムレットではないが、まさに「それが問題」だった。

「穂積《ほづみ》という同郷の友人がいる。おっと、名前を言っちまったけれど、まぁいいか。こいつとも比良野小学校からの付き合いで、高校では青葉のクラスメイトでもあった。写真が好きな奴で、東京の写真学校に進学したんだけれど、どこかで挫折したらしい。二年前に街でばったり合ったら、建材メーカーに勤めていた。『お前もこっちにきていたのか』と連絡先を教え合って、たまに飲むようになったんだけれど――」

その穂積が苛酷な営業のノルマに耐えかね、過労で倒れた。入院した彼のことを両親は心配したが、父親も郷里で病に臥《ふ》しており、母親は東京に出られない。そこで石黒が空いた時間に見舞い、世話をしてやることになった。

「営業上の付き合い酒が祟って、肝臓をひどくやられていた。かなり重い症状が出ていたし、ガールフレンドの一人もいない男だから面倒をみてやっているんだ。独り身は俺も同様だから、『逆の時は頼むぞ』と言ってやったよ。そのうちお袋さんが上京できるようになったので、俺は穂積の部屋をざっと掃除してやることにした。世話焼きだからね。着替えやら何やらを取りに行く必要があったので鍵を預かっていたんだ。口笛を吹きながらちらかったものを押入に片づけているうちに、しくじった。色んな形のものをパズルのように組み合わせて収納していて、積み上げた箱のバランスが崩れたんだな。もとは一番奥にあったのが床に落ちて中身が散乱した。その中に、あんなものが交じっていたというわけさ」

「切り抜きもか?」

江神さんは、ちらりとコピーを見て尋ねる。

「そうだ。プラスチックのフォルダーに入れて後生大事に保管してあった。それだけなら、青春のほろ苦さを嚙みしめつつも、にやりと笑うことができた」

しかし、三枚の写真を見てしまった。

「びっくりしたよ。明らかに彼女が陸に揚げられる前に撮られた写真だからな。こんなものを撮影する機会は誰にもなかった。撮れたとすれば、それは……」

その先は口にできなかった。

撮れた者がいたとすれば、彼女を殺害した犯人だ。

「デリケートな話になってきたな」

江神さんは、指に挟んでいた煙草をようやくくわえた。

4

石黒操の話——

穂積の部屋で思いがけないものを見てしまった俺は、それを自分の家に持ち帰って、じっくりと見ながら考え込んだ。これは何なんだ？　どうして穂積はこんなものを隠し持っているんだ？　まいったよ。

写っているのは確かに宮野青葉だ。これは遺体じゃない。モデルとして演技をしているだけだ、と思おうともしたけれど、そんなわけはないよな。俺は、岩場に引き揚げられた彼女を見ているから本物の死に顔だと判るし、そもそも青葉はそんな変なモデルなんかしないさ。雑誌のグラビアを飾った写真だって、スナップにすぎないんだ。その出来があまりによかったので、撮った奴がコンテストに応募しただけで。ちなみに、それも俺や穂積の遊び仲間で、高見沢《たかみざわ》という奴なんだけれどね。

どう考えても、本物の遺体写真。誰が撮ったものかは定かでないけれど、おそらく穂積で間違いないだろう。あいつほどのカメラの腕前がなければ撮れない写真だし、あんなものを現像してくれる写真屋はないから撮影者自身がプリントしたはずだ。それも、あいつならできる。すぐ病院に飛んでいって、穂積に質《ただ》したかったよ。「おい、どういうことなんだ？」と。ところが、奴の病状は芳《かんば》しくなくて、それも憚《はばか》られる。悩ましくて悶々とした。

青葉が死んだ日のことを思い出してみた。俺は、午前中から穂積や高見沢と一緒にいたんだよな。何をしていたのか、聞いて笑わないでくれ。弁当まで持って裏山に行き、UFOの写真を撮ろうとしていたんだ。あの地域ではよくあることながら、「怪しい発光体を見た」という目撃者が現われたんで、カメラを携えて出掛けた。もちろん、いつもどおりのデマで空振りだったけれどね。

結局は、弁当を食べに山の上にいったようなものさ。いい景色だったなぁ。曇ってたけれど、春霞が掛かった風景がきれいで、穂積はレンズをとっかえひっかえしながら、盛んにシャッターを切っていた。俺と高見沢も、インスタントのカメラで、それなりにパチパチと。UFOは撮れなかったけれど、楽しむことはできた。

下山して、別れたのが三時頃。家に帰って、タッカー・コウの『蠟《ろう》のりんご』を読んでいた時、青葉の遺体が見つかり、騒ぎが起きた。そして、俺が川岸に駆けつけたのに少し遅れて、穂積も飛んできたんだ。

そこまで思い出してから、また考えた。穂積がこれらの写真を撮ったとしたら、それはいつか？　三時に別れた後というのは、ちょっと考えにくい。川岸に下りていく理由も必然性もないから、たまたま発見したなんてこと、ないだろう。あいつが撮ったのなら、午前中に俺や高見沢と会う前だ。その時点で、遺体があそこにあるのを知っていたことになる。

穂積が殺したのか、という疑念が頭から離れなくなった。そうでなければ、川を流れてきた遺体のありかを知っているはずがないだろ。いや、もしもあいつが青葉を上流の橋から突き落としたんだとしても、それがちょうどあの浅瀬に流れ着くなんてことは到底予測できるもんじゃない。だとすると、あの岩場こそが犯行現場ということになる。穂積は、何らかの手段を用いて青葉を早朝のうちに呼び出し、あそこで襲いかかって、彼女の顔を水に浸けるかして殺害した。そんな馬鹿な、と思うよ。自分でも嫌になるような想像だけれど、恐ろしいことにこれなら辻褄《つじつま》は合うんだ。

動機？　そんなものは判らない。

確かめたくなった。俺の頭に浮かんだのは馬鹿な妄想にすぎない、と。手始めにしたことは、上京してきた穂積のお袋さんからのヒアリングだ。さりげなく、さりげなく、青葉が死んだ時のことに話題を振った。あの日の朝、あいつがどんな様子だったかを知るためだ。全然さりげなくなかったかもしれないけれど、お袋さんは「もう十年近くになるんかね……」と言いながら、話に乗ってきてくれた。田舎の一大事件だったからな。

穂積は、青葉のことを心配していたそうだ。理由？　さぁ、そこに人類協会がからんでくる。彼女の家は、人類協会の会員だった。特に両親と兄は熱心で、神様——すなわち人類を救済に導いてくれる宇宙人——が天から降臨するのを待ち望んでいた。彼女自身はそうでもなかったらしいけれど、家族がそんなだから半ば強制的に会員にされてしまっていたんだろう。家族は、ゆくゆくは比良野を出て、協会の本部がある神倉に移住することを希望していたようだ。

それだけなら宮野家の勝手だが、どの宗教団体も布教活動というのをやるだろ。青葉の両親は、高見沢の母親をターゲットにして、「一緒に神倉に引っ越して、ご降臨をお迎えする準備をしましょう」と強く勧めていた。これが奏功して、高見沢のお袋さんは、ふらふらと信仰の道に足を踏み出した。それに怒ったのが息子だ。あいつの家は母一人子一人だもんで、唯一の肉親を強奪される気がしたんだろう。高見沢本人へのアプローチはなかった。奴はＵＦＯが好きなオカルトファンではあったんだけれど、宇宙人と宗教を結びつけた人類協会のことは「見え透いた金儲けで、ただの詐欺集団」と毛嫌いしていたから、脈がないと判断されたんだろうな。

およそのことは俺も知っていたよ。高見沢は宮野家を憎んで、罪のない青葉のことまで恨んでいた。例のスナップを撮った頃は、「写真、撮ってやろうか。こっち向いて笑えよ」なんて気軽に声を掛けていたのにな。放課後、高見沢が青葉に八つ当たりしているのを見たクラスメイトが何人かいる。えらい剣幕で、「親父が遺した山が目当てか。インチキ教団に巻き上げられてたまるか。お前らだけでここを出ていけ。お袋にかまうな。さっさと神倉に行けよ」と。かわいそうに、青葉はおろおろして涙ぐんでいたそうだ。穂積はそれを聞いて、彼女に同情していたんだな。俺もちょこっと高見沢に注意したんだけれど、「ほっといてくれ」と怒られた。青葉が死ぬ数日前のことだよ。

川を流されゆく娘は、死の直前に「神倉に行け」と罵《ののし》られていた。な、まるで『ハムレット』の第三幕第一場だろ。「尼寺に行け」だよ。高見沢と青葉は恋仲だったわけではないし、暗殺だの王位簒奪《さんだつ》だのは絡《から》んでいないけれど、お袋さんに手出しされて悩んでいた高見沢をハムレットとすれば、青葉はオフィーリアだ。さしずめ穂積と俺は、ホレイショーの役どころかな。青葉のことを気遣っていたとしても、穂積に何ができたわけでもない。ただ、なりゆきを見守っているしかなかっただろう。引っ込み思案の男だったしな。そんな男が営業マンになって無理をするから体を壊すんだ。——それはいいとして。

穂積は、青葉の死に相当なショックを受けて、ひどくふさぎ込んでいた。それは身近にいた俺もよく知っていたことだけれど、お袋さんによると、家でもしばらくは腑抜けみたいになっていたそうだ。それぐらいしか聞けなかったな。

お袋さんが出てきたので、穂積の看護はお任せすることができた。ちょうどそこへ大阪での仕事が舞い込んだものだから、俺は居ても立ってもいられなくなって、ここへくる前に比良野に行ってきたよ。そうさ、東京から大阪へ行く途中で京都に降りたわけじゃなくて、昨日は実家に寄ってきたんだ。今朝は一番の特急で木曾福島を出た。

青葉が引き揚げられた岩場に花を供えてから駐在さんに会って、色々と訊いた。駆け出しながらこっちはプロのライターなんだし、もともと地元の子なんだから、調査はすいすいと捗《はかど》ったよ。先生が教頭に出世したおかげで塩尻《しおじり》に行ってしまって、会えなかったのが残念だったな。結論として、穂積と青葉の死がまったく無関係だと証明することはできなかったけれど、初めて知る事実がいくつかあった。

たとえば、青葉の遺体はいつからあの場所にあったのか、という点について。どうやら午前中に、すでにあそこに流れ着いていたらしい。白髪橋のたもとで写生をしていた素人画家の証言があったんだ。その人は、隣町から弁当を提げてやってきて、渓谷の風景を描いていたという。写生をしていたのは午前十時から午後二時半にかけて。その人は「ずっとあの浅瀬を含めた風景を描いていた。まさか女の子の遺体だとは夢にも思わなかったけれど、川中の大きな岩の陰にちらりと黒いものが覗いていた。それは、ちゃんと絵にも描いてある」と言って、自分の絵を警察に見せているんだ。その黒いものは青葉の頭部だ。画家は、色の変わった石が転がっている、と思っていたんだな。

警察がその絵と実際の風景を照合してみたところ、両者の間にズレがあって、画家が遺体をそれと知らずに描いていたことが立証された。当日の天候は晴れたり曇ったり。画家が写生をしていた時間帯は、ずっと曇っていた。そのせいもあって、遺体だと判らなかったのも無理はないそうだ。「私、知らず知らずのうちに遺体を描いていたんですね」と、本人は気味悪がったとか。

絵の現物は見られなかったけれど、白髪橋のたもとから浅瀬を見てみたよ。季節が違うから、緑が濃く、風も爽やかだった。あとひと月もしたら紅葉で谷が燃えだす。その頃になると、またどこからか素人画家がやってきて、あの橋のたもとで絵筆を走らせるのかもしれない。

付近をうろうろして、あらためて気づいたのは、青葉が打ち上げられた場所を見下ろせるポイントはごく限られている、ということだ。限られているというよりも、ほとんど白髪橋のたもと付近しかないんだ。それだって画家がずっと写生をしていても見逃したほどだから、ごく一部が覗くだけなんだよな。

まるで、青葉が大勢の人の目に曝《さら》されることを嫌って、ひっそりと岩陰の浅瀬に身を隠したみたいだ。あのあたりは小学校時代によく面倒をみてくれた先生がお気に入りの釣り場だったしな。先生に見つけてもらいたかったのかもしれない。

青葉の家族はどうしたかというと、一年前に神倉に引っ越していた。知らなかったのかって？　いやぁ、ここ二年ほど実家に帰っていなかったので、噂を耳にすることもなかったんだ。それがいきなり顔を出したから、うちの親は何事かと驚いていたよ。その親からもあれこれ聞き込んだんだけれど、宮野家の長男は、青葉の死について本当に自殺だったのか疑っていたらしい。妹が自殺するなんて信じたくなかったんだろう。「遺書もないのに、どうして警察は自殺にしてしまったんだ。考えたくないけれど、よからぬ男に襲われて、逃げようとしてどこかの橋から転落したんじゃないか」と言って。「妹には自殺をするだけの理由がなかった」と引っ越すまで言い続けていたそうだ。

その点については、俺も同感なんだな。ただ、宮野家の内情を詳しく知らないから、むしろ家庭内に原因があったんじゃないか、と想像している。青葉は、人類協会に入れ込む家族についていけず、そのことについて叱責されていたのかもしれないだろ。できるものなら彼女の兄貴に会って、それはどうなんだ、と問い詰めたい気分だったけれど、神倉まで出向く時間はなかった。行っても、あの町で面会がかなう保証もないし。

高見沢？　あいつは名古屋で働いている。だから会えなかったんだけれど、電話をしてみた。久しぶりだったので驚いていたよ。「実家に帰ったら、お前のことをふと思い出して」てな調子で切り出して、青葉のことに話を持っていくとだな、これが嫌そうにするんだ。テレビ電話だったら、顔をしかめているのが判ったかもしれない。「つらい記憶を掘り返すなよ」と言うのを宥《なだ》めて、「あの日は穂積と三人で山へ行ったのを覚えているか？」と訊いたら、「そうだったかな」とぬかしやがる。つらい記憶だから、無意識が忘却を進めたのかもしれない。「UFOがこないので、山頂で弁当を食って帰ったじゃないか」なんて話しているうちに、ようよう思い出した。いや、白ばっくれるのを諦めただけかもしれないな。ともかく、話が通じるようになったので、当日の穂積についてそれとなく尋ねてみたんだ。あの日、高見沢は穂積の家に寄ってから、二人で十時頃に待ち合わせ場所にやってきた。だから、穂積の家に行った際に、何か変わった様子はなかったか知りたかったんだ。

俺は、鎌を掛けてみた。「お前と穂積がきた時、おかしな雰囲気があったぞ。俺の悪口でも叩いてたんじゃないか？」と訊いたら、「ああ、思い出した。そうじゃなくて、穂積が俺に説教しやがったんだ」と言う。高見沢が青葉につらく当たることに対して、反省を促したんだそうだ。「『宮野に謝れよ』と言うから、おせっかいな奴だと思った。だけど、確かに青葉に非があるわけではないから、一応は『判った』と応えておいた」と聞いて、やるせなかったな。その頃、もう青葉は死んでいたんだ。謝る機会がなくなったことについて、奴も苦い思いをしたらしい。最後に「思い出させるな、馬鹿野郎」とどやされたよ。

高見沢の話は、俺をますます惑わせた。もしも、穂積が青葉を殺したんだとしたら、死んでいると判っている相手に謝れ、と高見沢に促すはずがないし、そんなふうに彼女を思いやる気持ちがあったら殺すわけがない。でも、頭にかかった疑いの霧はやっぱり晴れないんだ。

だって、こんな写真を持っていたんだぞ。撮ったのも、まず間違いなく穂積だ。あいつほどの腕がないと撮れない写真だし、他の誰かからもらった、なんて考えられないからな。

なぁ、江神。お前はどう考える？

望月君や織田君や、有栖川君も思うところがあれば言ってくれ。

5

ミステリで言えば、ここで問題編が終わったわけか。だとすれば、あれこれ推理を巡らす時間がやってきたわけだが。

とてもそんな気分ではなかった。考えたくないのではなく、その必要を感じない。僕には、石黒が何に悩んでいるのかが判らなかった。彼にとっての謎は、僕の目には何の不思議もない自明のことに映る。いくらか真相が見えにくい部分はあったけれど。望月と織田も何か言いたげで、もしかすると僕と同様なのかもしれない。

友人のことを真剣に案じるあまりなのだろう。石黒の目は曇っている。真相は明らかではないか。穂積を疑うことはないではないか。

江神さんは、落ち着いた口調で問いかける。

「いくつか確認してええか？」

「何でも訊いてくれ」

二人はわずかに身を乗り出し、顔を近づけた。

「位置関係が判らん。お前らが山から下りてきて別れた場所と、白髪橋とは離れてるのか？」

描いた方が早いと判断したライターは、ルーズリーフにペンを走らせた。ごく簡単な地図なので、口で説明することもできただろうけれど。

「これが白髪橋だ。こっちが川下で、右岸のここが遺体の見つかった浅瀬。川上にあるのが麦刈橋という。俺たち三人が別れたのは、二つの橋の中間あたりで、川の右岸だった。橋と橋の間は、およそ七、八百メートルというところか」

「で、めいめいが帰った方向は？」

「俺の家は左岸だから、麦刈橋を渡って、こう。高見沢は橋を渡らずに、そのまま川上にある家へ。穂積の家は、白髪橋の二百メートルほど川下にある。この道をまっすぐ歩いていったから、遺体のある浅瀬のすぐ上の道を歩いていったことになるな」

「しかし、その道を歩いても浅瀬は見えへんわけやな？」

「うん、まるっきり見えない。他のどこよりも浅瀬を見にくい」

「白髪橋のたもとまでくれば、かろうじて見えた？」

「そう。けれど、川や岩場は見えても、遠すぎて遺体はちゃんと見えなかった。さっきも言っただろ？」

「距離は問題やない」

「え？」

聞き手が逆になった。

「会ったこともないのに気安く呼ばせてもらうけど、穂積が遺体を見たとしたら、お前らと別れて帰る途中、白髪橋に差しかかった時しかないな。時間は三時過ぎ。写真にも光がたっぷりで、空が晴れてから撮ったことが明らかやった。朝のうちに撮られたもんやない。撮影されたのは、写生をしていた素人画家が退場した少し後だ。絵に描きたくなるような風景なんやから、カメラを構えたくなったんやろう」

ああ、そういうことか。

江神さんの言おうとしていることが、すべて理解できた。望月や織田も、代わる代わる頷いている。ただ一人、石黒だけが取り残されていた。

「朝のうちに遺体を見つけながら放置していたのなら、高見沢に平気で『宮野に謝れ』とは言えんやろうし、それ以降は曇天やったし、お前らと行動をともにしていた。彼が遺体と遭遇する機会は、帰りに白髪橋まできた時しかない。――ここまでは判るか？」

石黒は力強く頷いた。

「判る。完璧なロジックだ」

「そこで穂積がカメラを構えた蓋然性《がいぜんせい》は……高いとも低いとも決めかねるけれど、彼がファインダーを覗いても不思議はない。オフィーリアは見えたか？　距離があって、肉眼では無理だっただろうな。しかし、あれは何だと思ったなら、彼は持っていた道具を使ったはずだ。インスタントカメラには縁のない道具を」

石黒も、やっと理解した。眉間を揉みながら、溜め息をつく。

「望遠レンズか。確かにあいつは、色んなレンズを……」

「山頂で、とっかえひっかえしながら撮ってたんやろ？」

「ああ。こんな大きなのも持ってた。あれを使って橋のあたりから見れば、浅瀬に横たわっているものが遺体だと判ったかもしれないな。それだけじゃなく、青葉だということも……」

判ったのだ。もしも、ただ人が倒れているのが見えただけなら、そのまま警察に通報しただろう。

「それで、あいつは岩場まで下りてみたわけか。しかし、それならどうして人を呼ばずに、青葉の遺体をそのままにしたんだ？　写真を撮ってる場合じゃないだろうが。あまりにも薄情だよ。青葉は、冷たい雪解け水に浸かっていたのに」

「どうしてだろうな。その答えは、想像することしかできない」

「俺には想像もつかないね」

やけにあっさりと言うものだ。僕は黙っていられず、口を挟んだ。

「どうしても写真が撮りたかったんでしょう。青葉さんの遺体をそのままにしておいたのは、穂積さんにとってつらいことだったと思いますけれど、『もう少しだけ我慢して欲しい』という気持ちだったのかも……。時間がくれば、先生が釣りにやってくるのが判っていましたから」

石黒は、ゆっくりとこちらを見て、声に出さずに僕の言葉を繰り返していた。先生が釣りにくるのが判っていた、と。

「そりゃ判っていただろうけれど、だからって青葉を放って立ち去るのはひどいぞ。俺にはできない」

「写真を撮ったからですよ。穂積さんは、自分が撮った写真を守りたかったんだと思いますよ。警察に通報したとしても、『君、カメラを持っているね。何を撮ったのか見せなさい』と言われるわけもないんですが、もしもそんなことになったら、と考えると怖かったんでしょう。どうしても独占したかったから」

「青葉の死に顔がそんなに大事か？」

「ええ、大事です。どんなものよりも大事だったはずです」

思わず熱くなってしまった。

大事ではないか。奇跡のような偶然で手に入れたもの、絶対に二度とは撮れない写真なのだから。

「……青葉に惚れていたらしいのは、グラビアの切り抜きを見て判ったよ。彼女に八つ当たりをした高見沢に説教をしたそうだし。だけどなぁ。そこまで死に顔に拘《こだわ》るのは異常じゃないか？　常軌を逸している」

望月と織田が、ぼそぼそと囁き合っている。江神さんの声が飛んだ。

「そこの二人。何か言いたいことがあるんやったら、はっきり言え。そういう態度では社会に出てから苦労する、と石黒先輩に叱られるぞ」

「はぁ」と織田が頼りない声を出して、短髪の頭をぼりぼりと掻く。

「ぼんやりと判る気がするんです。――高見沢さんが撮って投稿したという写真は、いつ雑誌に掲載されたんですか？」

石黒は、カラーコピーを引き寄せる。

「青葉が亡くなる二ヵ月ばかり前だよ。それが何か？」

「二ヵ月。そんなに時期が離れてないな。その写真は、かなり評判になったんですよね。それを見た穂積さんは、どう思ったんでしょう？」

「『よく撮れているなぁ』と感心していたさ。写真にかけて、あいつは学校中でナンバーワンを自負していただろうから、落ち込まないよう慰めてやったよ。『妬《や》くな。高見沢が撮った生涯最高のまぐれだ』と言って。それぐらいの気は利く」

「鈍すぎますよ」望月が言った。「失礼しました。でも、妬くなと言う方が無理です。妬けないはずがない」

石黒は、四人の部員を等分に見た。自分だけがまだ判っていないらしい、と察したようだ。

江神さんが口を開く。

「モチがさっき言《ゆ》うたとおり、あの写真の素晴らしい出来栄えの大部分は、被写体の生き生きとした表情に起因している。それが、まぐれの正体であり本質や。あれを見て判ることは、被写体が撮影者に限りない信頼と好意を寄せているということ。それがあればこそ、まぐれは生まれたんや。とすると、他の撮影者にはものにできない写真ということになる。たとえどれだけ高度な撮影技術や卓抜したセンスがあったとしても。――穂積は、彼女のことが好きだったんやろ？　そうやとしたら、慰めの言葉は見つからんな」

穂積が写真に精通していれば、思い知ったに違いない。宮野青葉が高見沢に惹かれていることと、自分はあのように青葉を撮れないことを。

「二人は恋仲だったわけではない、とお前は言うたけれど、彼女の方からは想ってたんや。『神倉に行け』は、本当にハムレットからオフィーリアへの絶縁の宣言になった。宮野青葉は、その言葉に背中を押されて生きる力を見失ったのかもしれん。――ただし」

江神さんは人差し指を立てて強調する。

「悩める乙女が自殺したのかどうか、断定することはできん。朝まだきに家を出て、蹌踉《そうろう》としているうちに不注意から川に落ちた、という可能性も残ってる。何しろ、オフィーリアなんやから」

ハムレットの錯乱に心を傷めたオフィーリアは、精神のバランスを崩した挙げ句、川辺の柳に花環を掛けようとしたところ、枝が折れて命を落とす。桜川の少女も、予想もつかない悲運に見舞われたのかもしれない。

「青葉は高見沢に惚れていて、穂積は青葉に惚れていた、か。そうかもしれないな。高見沢も罪な奴だ。けれど、あいつが電話で怒鳴ったのも、彼女が死んでから思い当たることがあったのかもしれない。それにしても、穂積は……」

周りに人が増えてきたせいか、石黒は写真を封筒に収めた。それ以上はできないほど丁寧に扱いながら。

江神さんが続ける。

「穂積は、宮野青葉の遺体の第一発見者になった。その時、カメラを携えていた。だから、撮った。偶然が与えてくれた最後のチャンスを無駄にせず、畢生《ひっせい》の傑作を」

「そして、独占したんだな。それであいつは満足だったんだろうか？」

「生きている宮野青葉を最も魅力的に撮れたのは、好意を寄せられていた高見沢やろう。しかし、生きるのをやめた彼女を最も美しく撮れたのは、彼女を最も愛している自分しかいない、と確信できたのなら、心のどこかは満たされたやろう」

インタビュー泥棒の話を思い出す。盗んだり盗まれたりするのは、形あるものや時間だけとは限らない。穂積は殺人者ではなかったが、愛した少女の死に顔をこっそりと盗んでいたのだ。

「そういうものなのか、写真は……」

「さぁな。カメラすら持ってない俺の言うことや。適当に聞いとけ」

石黒は思わず失笑した。

「そういえばお前とカメラって似合わないな。けれど、今の話は謹聴に値したよ」腕時計を見る。「一緒に飯でも食えたらいいんだけれど、待ち合わせの場所に不案内なんで早めに移動するよ。ありがとう。おかげで気が楽になった」

時間を気にしながら話していたらしい。

「それで……どうするんですか？」

織田が尋ねた。

「写真と切り抜きは、元どおりにしておくよ。見なかったことにするしかないだろ。俺は、世話好きの上に繊細で几帳面な男だから、指一本触れていない状態に戻しておく自信がある」

また時計を見た。これも自分を落ち着かせるためのグルーミングなのかもしれない。

「それにしても、俺は相当な間抜けなのかな。君たちみんなが気づいたことを、一人だけ見逃していたようだ。いや、俺が鈍いんじゃなくて、君たちが江神の薫陶《くんとう》よろしきを得たのか？」

「門前の小僧の推理ですね。推理研はヴァージョン・アップしたんですよ」

望月の言葉に、「そうらしい」と頷いていた。

友人を案じて冷静さを欠いていた石黒よりも、僕たちの方が理性的に問題を扱えたからだ。死んだ宮野青葉のことを真剣に考えることができたからだ。そして、この夏の体験があったからではないか。

無常な〈時〉という川は、人を流れの果てへと運んでいくが、宮野青葉は彼方《かなた》にたどり着けずに浅瀬に乗り上げてしまった。僕たちは江神さんとともに、その体をそっと流れに戻してあげられたのかもしれない。

名探偵は、屍肉喰らいではない。そんなことを可能にする特別な手の持ち主なのだ。

そして、真犯人の正体を暴いて白日の下に引き出すばかりでなく、時には、真犯人の不在を明らかにもする。

「また会おう。今日のところは、失礼」

腰を浮かした先輩に、望月が最後の質問をする。

「タッカー・コウの『蠟のりんご』って、面白いんですか？」

ショルダーバッグとジャケットを一緒に左肩に掛けた石黒は、悪戯《いたずら》っぽく笑った。

「ああ、もちろん。あれを読まずしてミステリは語れない。――じゃあ」

望月は唸った。

「んー。信じてええのかなぁ、あの人」

「信じてやれよ、あいつはこのサークルの創造主やぞ」

「でもね、江神さん。おそらく、今のコメントはちょっと言いすぎてるような……と言うてる間に読んでみます。このところ、ミステリから遠ざかってたし」

去っていく石黒。

その背中に、見たこともない桜川の幻が重なった。美しい川の幻影が。

少女の亡骸は桜の花びらとともに流れてしまい、もうない。

四分間では短すぎる

1

十月の声を聞いてから、涼しい日が続いている。

車内の乗客らの服装も秋色が深まったようだ。女性の恰好にはワイン色をあしらったものが目につく。今年の流行色ということだが、あれはさる機関が「二年後はこの色でいこう」とファッション業界の都合で決めた上で計画的にはやらせるのだという。そんなものか。何が流行するかを見定めてから服を作っていたのでは間に合わない。

ふだんは京都まで阪急で通学しているから、JRの快速に乗るのは久しぶりだ。高校時代の担任が交通事故に遭い、茨木《いばらき》市内の病院に入院したので、同窓生二人と見舞ってから学校に向かっている。

阪急の茨木市駅まで歩いてもよかったのだが、阪急で大阪方面に戻る友人たちとしゃべるのが億劫《おっくう》になり、彼らと早く別れるべくわざわざJRにしたのだ。そんなことをしたら定期券は使えないし、京都駅から四条までよけいに地下鉄代がかかるというのに。どうせ茨木市駅で東と西に分かれるのに。仲がよかった二人だから一緒に見舞いにきたのに。

「なんか口数少ないな。先生の怪我も大したことなかったんやし、元気出せよ、有栖川」

そう言われた僕は、曖昧な笑みを返すだけだった。

——最近の俺は、また暗いぞ。夏のことを思い出すとつらい、か。ええかげんにせえ。

自分を叱っていたら、後ろの方で誰かが怒鳴った。

「だいたい今の世の中、おかしいんじゃ！」

首を捻って見ると、首にタオルを巻いた中年の男が、ドア脇の手摺にもたれて一人でくだを巻いている。さっきまでぶつぶつと呟《つぶや》く声が聞こえていたのだが、彼の中で何かが弾けたのだろう。

「政治家が公開されてない株を賄賂《わいろ》にもらうわ、国民の生命財産を守るべき自衛隊の潜水艦が船にぶつかって民間人を殺すわ、どうなっとるんや。こんなことしとったら国が滅ぶわ」

憂国の士であったか。鬱陶《うっとう》しいのと同じ車両に乗り合わせてしまった。これもバイオリズムが下降している証拠だ。

「テレビは朝から晩までくだらん番組ばっかり流すし、街にはアホ面さげた奴ばっかりへらへら歩いとる。天皇陛下がご病気で臥《ふ》しておられるというのに」

先月十九日に吐血した天皇の病状がどうなのか、よく判らない。一時は危篤状態だったとも言う。世間には自粛ムードが広がりつつあり、プロ野球の優勝チームは恒例のビールかけができないのではないか、とも囁《ささや》かれている。

「世の中、右を向いても左を向いてもおかしい。なんでこんなふうになったんや。いつからこんなふうに――」

男は悪態をつき続けた。近くにいる乗客はたまったものではないだろう。周囲の人間にからまないことだけが救いだ。

「淋しいんやな」

僕の隣に座っている銀髪の老婦人が、ぽつりと呟いた。独り言だ。

「淋しいから、相手もおらんのにわめいてはる」

迷惑なおっさんだ、と不愉快に思っていたが、老婦人は同情を寄せているらしい。そう言われると、男の声が仲間からはぐれた狼の遠吠えのように聞こえてくる。もしも僕が孤独な境遇にあり、愚痴をこぼす相手もおらず、明日に希望もなく、そのまま老いていくことに苛立《いらだ》ったなら、電車の中であのようなふるまいに及ぶかもしれない。あるいは一日中テレビの画面を罵《ののし》りそうだ。誰にも届かない言葉というのは哀しい。どんなつまらない言葉でも、聞いてくれる人がいることは幸せだ。

男は、京都駅に着くまで無内容な演説をやめない。大勢の乗客が降りても彼は扉の脇に立ったままで、空いた座席に座ろうとはしなかった。

ホームの時計を見ると、二時五十分。三時からの講義には間に合わない。その次は四時四十五分から始まる一般教養の日本史。まめに出席している奴がいるので、ノートを写させてもらえる。登校する意欲が湧いてこなかった。

そんなことなら電車賃を使って京都まで出てこなくてもよさそうなものだが、授業以外の目的がある。今夜は、わがサークルの部長の下宿に部員が集うことになっているのだ。何のために？　江神二郎部長曰《いわ》く、「無為に過ごすため」。

暇な大学生がささやかな飲み会を開くだけなのだが、まったく無為の集まりというわけでもない。見当がついている。可愛い後輩の有栖川有栖にどうも元気がないので、馬鹿話でもして気分転換をさせてやろう、という趣旨なのだろう。たった三十分ほど一緒にいただけの友人から「元気出せよ」と言われるぐらいだから、先輩たちも気に懸けてくれているらしい。ありがたくも申し訳ない。

無為の会は午後七時から。会場である江神さんの部屋に集合することになっている。それまで四時間もあるので、時間潰しと言っては教授に失礼だが、やはり授業に出るのがよさそうだ。

改札を抜けたところで、しくじりに気がついて舌打ちする。近所のおばさんに頼まれ、二週間前から短期の家庭教師をしていた。中学二年の男の子が大の苦手にしている英語を教えてあげなくてはならない日なのに、完全に忘れていたのだ。どうかしている。

今からでも連絡をしなくてはならない。駅の出入り口の脇に公衆電話があったが、あいにく五台すべてがふさがっていた。かけようとしたらふさがっているもの、何？——公衆電話。

やむなく左から二つ目の電話をかけている男の後ろに並んだ。そこを選んだのは、早く空きそうな気配を感じたからだ。他の電話をかけている者は、手帳やら追加のテレホンカードを手にしていて長引きそうだった。

左端の電話の主は「はい、ではそういうことで」などと話を切り上げにかかっていて、今にも通話を終えそうだったのだが、そちらには別の男が並んでいた。ダークグレーのスーツを着た四十がらみの男で、右手に十円玉を準備している。僕も手帳を取り出して、電話番号がメモしてあるページを開いた。

二つの電話がほぼ同時に空き、僕とスーツの男はほぼ同時に受話器を取った。こちらはメモを見ながら、あちらは何も見ずに番号をプッシュしている。家庭教師先のおばさんは、たまたま電話機の近くにいたのだろうか。ワンコールで出たので、ちょっと驚いた。僕と隣の男は、まったく同時に話し始める。

「有栖川です。……あ、はい。いえ、こちらこそ。……はい、そうなんですけれど、実は急に学校の用事が入ってしまいまして、すみませんが今日は行けなくなってしまったんです。……はい、勝手をして申し訳ありません」

「急に学校の用事」と口にしながら、少し心が痛んだ。うっかり忘れていて遊びの予定を入れていた、と弁解するべきなのに。言葉は、本当でないことも伝える。

「……え？　はい、すみません。今日の分は、来週のどこかで埋め合わせさせてください。幸《ゆき》宏《ひろ》君の都合もあるでしょうから、また明日お電話します。すみませんでした」

何度も謝ってから受話器を置いた時、左隣の男はとうに電話を離れて、すたすたと改札口の方に去っていた。通話時間は、ものの十秒もなかったのではないか。何の電話だったのだろう？

気まずい思いで話しながらも、僕の耳には彼の声がはっきりと届いていた。

「四分間しかないので急いで。靴も忘れずに。……いや……Aから先です」

しゃべったのは、これだけ。何のことやら判らない。

男の姿はまだ見えている。改札口脇の黒板の前に立ち、両手を腰にやって板書されたものを読んでいる。それから近くにいた駅員を呼びとめた。

2

京都の大学なのだから、と日本史の講義は京都を中心としたものになっている。鶴のように痩せた初老の教授は、いつものように熱のこもった授業をしてくれた。本能寺《ほんのうじ》で織田信長が無念の死を遂げる様を、まるで見てきたように語っている。槍を振り回す身振りも派手に、「是非に及ばず」などと。まるで講談だ。

なかなか面白い講義なのだが、集中できなかった。つい二時間ばかり前に聞いた男の言葉が頭にこびりついてしまったのだ。いったいあの電話は何だったのか？　どうでもいいことなのに気になって仕方がない。

授業が終わると、さっさと校門を出て西へ向かった。江神さんの下宿までは歩いて十五分ほどだ。途中でコンビニに寄り、菓子類を調達する。買ってくるものの役割分担は決まっていた。

細い路地が入り組んだ西陣《にしじん》。言わずと知れた高級絹織物西陣織の町だ。時代の流れで往年の賑わいは失われたとはいえ、紅殻《べんがら》塗りの格子造りの家並みは昔の面影を何とか保っていて、よそとは違った空気が漂っている。コンビニのビニール袋を軽く振りながら、僕は路地の奥へと進んだ。

江神さんのねぐらは、エアコンも入っていない年代ものの下宿屋だった。当節、お値段はかなり格安だろう。枯れた老人のような佇《たたず》まいだったが、窓の下の犬矢来《いぬやらい》は風格があって美しい。下駄箱に靴をしまって上がる。入ってすぐ左手が階段で、二階の一番奥が江神さんの部屋だ。何度かきているので勝手はよく承知している。

ドアをノックすると、部長のものではない声が「はい」と返ってきた。開けてみると、もう先輩たちが顔を揃えていた。といっても三人だけだが。

「ウェルカム。支度はできてるぞ」

望月周平が大きく両腕を開く。六畳間の中央に宴《うたげ》の品々が並んでいた。めいめいが持ち寄った焼き鳥、ビフカツやコロッケなどの揚げ物、ハムとソーセージの盛り合わせ、枝豆、シーフードサラダ、そしてビールやチューハイなどの酒類。貧しい学生の宴は、この程度のものだ。飲み会なのに大皿におにぎりが山盛りなのがおかしい。

僕の視線の先をたどったのか、織田光次郎が言う。

「このおにぎりは、どこにでもあるもんやない。食欲旺盛な後輩のために、江神さんが階下《した》の厨房を借りてお作りになったもんや。めったに口にできんわ」

望月と織田は、経済学部の二回生。四人しか部員がいないサークルの中にあって、名コンビを形成していた。長身と短軀《たんく》、本格ミステリファンとハードボイルドファン、和歌山県人と愛知県人という幾多の壁——でもないか——を越えて友情を育んでいる。

「へえ、それはありがたいですね。心していただきます」

本棚にもたれるように座っていた江神部長は、畳に両手を突いて体を起こした。そして、肩に掛かる長髪をバサッと後ろに払った。文学部哲学科四回生。色々あって、今年で二十六歳。色々の中身については、まだ聞く機会がない。いつも冷静沈着にして温厚だが、それが謎めいて見えるという人だ。

「たかがおにぎりと侮るなよ。特上の鮭や梅を握り込んであって、それなりに豪華なんや」

「そう言われてみたら、米粒の奥から光が射しているような気が——」

「射すか」織田が言う。「それより、はよ座れ。ほら、ここ」

彼と江神さんの間のスペースに落ち着いた。やたらと本が多い部屋なので、畳が見えている空間は限られている。それを作るために移動させた本が机の上で摩天楼と化し、マンハッタンのような眺めを現出させていた。

蔵書にはミステリが多いが、専門の哲学書も目立つ。西洋哲学と東洋哲学が半々。現代思想だの今はやりのポスト・モダニズムだのは見当たらない。このところ増殖しているのは道教の関連書か。時代錯誤の長髪といい、流行と無縁の人だ。

「まずは乾杯やな。無為の会やから、その後は朝までだらだらと過ごす」

盆の上に伏せていたグラスをひっくり返しながら江神さんが言うと、望月がすかさず尋ねた。

「無為にだらだら、ですか。ということは、われわれの研究対象について語るのも不可ですか?」

「研究対象って何や?」

「真顔で問い返さんといてくださいよ。うちは英都大学推理小説研究会ですよ。ミステリの話はしてもええのか、と訊いてるんです」

「したかったらしたらええやろ。ミステリは無為なもんや。ただし、ミステリとは何かみたいな話は禁止。老子《ろうし》も言《ゆ》うてるやろ。『道《タオ》は常に無為にして、しかも為さざるなし』」

「何のことか判らんけど、ミステリに意味を与えるべからず、ですか。諒解しました。それでいきましょう。――注《つ》ぎます」

グラスがビールで満たされ、〈無為〉に乾杯をした。『虚無への供物』ならぬ〈無為への乾杯〉だ。

「アリス、何か面白い話をしてくれよ」

織田に言われて、右肩をカクンと落としてみせる。

「いきなりですね。もうですか。シェヘラザードやあるまいし、そんなふうに言われても困ります」

いや、困らないかもしれない。

「『四分間しかないので急いで。靴も忘れずに。いや、Aから先です』」

「あん？」

「――という言葉の裏に、どんな意味が隠されてると思いますか？」

織田はぽかんとしていたが、望月が身を乗り出してきた。入れ食いだ。

「おいおい、それは何なんや？　オリジナルの問題を用意してきたんやったら大したもんやぞ」

「残念ながらオリジナルやありません。これは四時間ぐらい前、実際に聞いた言葉です。京都駅の構内で公衆電話をかけてて」

「もういっぺん言うてくれ」

リクエストに応えて復唱した。

「正確に再現すると『四分間しかないので急いで。靴も忘れずに。……いや……Aから先です』。こうです」

「『いや』の前後に間があったわけや。それは、電話の相手が何かしゃべってたんやろうな」

「はい、そんな感じでした。一言一句、正確に記憶しましたよ。何の話をしてたのか気になって、何回も頭の中でリピートしてましたから」

「何についてしゃべってるのか判らんけれど、四分間では短すぎるわけや」

望月がそんなふうに言い換えた理由は明らかだ。ハリイ・ケメルマンの名作短編『九マイルは遠すぎる』に引っ掛けたいのだ。

「四分間では短すぎる、とは言うてません。『急いで』やから、間に合うんですよ」

「急がなあかんのやろ。普通にするには短すぎるということやないか。これは……挑戦する甲斐が……ありそうやな」

そこで望月は、ゆっくりと部長を見る。目顔で〈この謎に挑むのは今日の会の趣旨に反しませんね？〉と打診しているかのようだった。それしきのことで許可を求めなくてもいいのに。

「やってみるか」

江神さんが言ったので、望月は満足そうだ。

「のっけからこんな面白い話題を振ってくれるとはなぁ。感謝するぞ、アリス。俺は前から、このメンバーでいっぺんやってみたかったんや。『九マイルは遠すぎる』ゲーム」

「モチさん、あの短編が好きですからねぇ」

『九マイルは遠すぎる』は、アメリカの作家ハリイ・ケメルマンのデビュー作にして代表作だ。一九四七年に〈エラリー・クイーンズ・ミステリ・マガジン〉誌上で発表された。非常にユニークな着想による本格ミステリの傑作であり、それが書かれた経緯はミステリファンの間でちょっとした伝説となっている。

こんな物語だ。〈わたし〉は、友人で英文学者のニッキイ・ウェルト教授と〈推論〉について話しているうちに、「十語ないし十二語からなる一つの文章を作ってみたまえ」と言われる。「そうしたら、きみがその文章を考えたときにはまったく思いもかけなかった一連の論理的な推論を引きだしてお目にかけよう」と。そこで〈わたし〉が出し抜けに返した言葉が――〈九マイルもの道を歩くのは容易じゃない、ましてや雨の中となるとなおさらだ〉。

ウェルト教授はこれだけの文章に込められた意味を論理的に掘り出していき、ついには思いがけない事実に到達してしまう。

文句なく面白い。加えて興味深いのは、作者自身が明かしたこの小説の成り立ちだ。〈九マイルもの道を――〉という文章はケメルマンが発案したものではなく、ある朝、新聞の見出しにあった文章なのだ。当時、教師をしていた彼は、「この文章から可能な推論を引きだしてみたまえ」と生徒に促してみたところ、芳《かんば》しい反応が返ってこなかった。実験的授業は失敗したわけだが、この文章がケメルマン先生の脳裏にこびりついてしまう。ああでもない、こうでもない、と論理を弄《もてあそ》んだ末に天啓が訪れ、見事な解答を摑んだ時には十四年の歳月が流れていた。なんと気の長い話であろうか。ケメルマン先生は延々と〈九マイル〉の謎を解こうと遊んだわけで、まるで十四年かけた謎と答えの隠れんぼだ。

「『九マイルは遠すぎる』ゲームですか。推理研の頭脳が試されますね」

「真価を発揮するチャンスやないか」

望月による僕への事情聴取が始まった。

「まず、その言葉がどういう状況で発せられたものなのか、詳しく聞かせてもらおうか。四時間前というと午後三時ぐらいやな。どこでどんなふうに耳にした?」

簡潔に説明すると、次は「それはどんな男やった?」とくる。

「暗いグレーのスーツを着てて、年齢は四十歳ぐらいやったと思います。顔までは覚えてませんけど、目立った特徴はありませんでした。どこにでもいるようなおっさんです」

「おっさん。中年男性に対して、敬意を欠いた表現やな。人品卑しからぬ紳士ではなかったわけや」

細かいところを衝く人だ。

「いえ、ものの弾みで言うただけで、別に人品卑しげな人ではありませんでした。ごく普通の中年男性ですよ」

「職業の見当はつくか？」

「全然つきません。スーツ姿なので会社員やないですか」

織田は揚げ物をぱくつき、江神さんは枝豆をつまみながら一杯やっている。このゲームに熱心なのは望月だけのように見えるが、あとの二人も望月と僕のやりとりを聞きながら推論を巡らせているのかもしれない。

「ところでお前は、なんでその言葉に引っ掛かったんや？」

これは愚問だろう。

「なんでって、わけが判らんやないですか。他人が電話で話していることですから意味不明なんは当たり前ですけど。何について話をしているのか想像力を刺激される言葉でしょう。四分間しかないから急げ、靴も忘れるな、Aから先。言うてることがバラバラです」

「順に見ていこうやないか。まず〈四分間〉の意味するところを考えよう」

焼き鳥を頰張りながら、ここで織田が口を開く。

「四分間と言えば、松本清張《まつもとせいちょう》の『点と線』やな。あの有名な〈空白の四分間〉」

「あれか」望月はビールをひと口飲む。「確かに有名や。印象に残るトリックでもある」

「ミステリとしてはおかしいけれど」

一言居士《いちげんこじ》の眉間に皺が寄った。聞き捨てならない、と言うように。

「何がおかしいん？　お前、読み間違えてるみたいやな」

「おかしいやないか」

「繰言はいらん。どこがどうおかしいのか、理路整然と説明せんかい」

迫られた織田は剣士になったがごとく、手にした串をまっすぐ望月の胸許に突きつけた。

「時間もたっぷりあることやし、説明してやろう。論理的に」

3

望月にとってエラリー・クイーンはカリスマである。彼にとって論理的であること、それはエラリー・クイーン的であること。だから、これはとんでもない挑発だった。

「論理的ときたか。軽々に遣《つこ》うてもらいとない言葉やけど、ほんまに論理的に説明できるんやろうな」

「ああ。ただし、『点と線』の根幹部分に関わるから、未読の人間の前ではできん。モチ、お前『点と線』は読んでるな？」

「訊くな、そんなこと。ここに『点と線』を読んでない人間がいてるわけないやろ。ねぇ、江神さん?」

部長が「去年、読んだ」と答えたので、望月は呆れ顔になった。

「昭和三十三年の作品ですよ。社会派推理の元祖で、清張ミステリの代表作で、古典的名作ですよ。時代に遅れすぎでしょう。アリスでも二十年前に読んでますよ」

まだ十九歳なのに。

「二十年前は生まれてませんって。――せやけどモチさん、誰かて名作を読み残してることもありますよ。ことに『点と線』クラスの作品になると、読まんうちにトリックや真相を知ってしまうこともあるから」

江神さんは微苦笑して、自分が作ったおにぎりに手を伸ばす。

「というわけで、ここにいる全員が読んでる。心置きなく語れ」

望月は腕組みをして反り返った。織田はビールをひと口飲んで、溜め息をつく。

「みんな読んでるのなら遠慮はいらんな。未読の人間がおったら、俺の話が一段落するまで席をはずしてもらうところやった。けっこうしゃべるぞ。小説でいうたら、一節分ぐらい。〈『点と線』のトリックの一部と犯人を明かされたくない方は、次の節まで飛ばしてお読みください〉と断わり書きを入れなあかんところや」

「何をごちゃごちゃ言うてるねん。さっさと始めんかい」

「まず復習からや」織田は、僕を見た。「〈空白の四分間〉について、どこまで覚えてる、アリス?」

中学時代に読んだきりだが、だいたい記憶している。魅力的な〈空白の四分間〉というフレーズは読む前から知っていた。

「『点と線』はアリバイ崩しの代名詞のようになっていますけれど、作品の眼目は男性Aと女性Bを別々に毒殺してから死体を寄り添うように並べ、心中に見せかけることです。そのために犯人は、AとBが深い仲であるかのように周囲に思わせる必要があって、偽装工作を施します」

二人の死体が発見されるのは、福岡県の香椎《かしい》海岸。情死行なのだから、AとBは一緒に旅立っていなくては不自然だ。

「犯人は、馴染みの料亭の女中二人を夕食に誘ってから、『このまま別れるのは淋しいから、駅で見送ってくれ』とか頼んで、女中たちに東京駅のホームまでついてきてもらうんでしたね」

「十三番線ホームや」と織田が言ったので、少し驚いた。そんな細部まで覚えているとは。よほど『点と線』に思い入れがあるのか？

「そこで犯人は、二つ向こうの……」

「十五番線ホーム」

「を指して、『おや、あそこにいるのはBさんじゃないか』てなことを言う。女中たちが見ると、確かに男と連れ立ったB。そのホームに停まっているのは博多行きの寝台特急〈あさかぜ〉です」

『点と線』は、「旅」誌に連載された。当時走り始めたばかりの優等列車を作中に出すことは、同誌の希望に副《そ》ったものだったらしい。〈空白の四分間〉というネタ自体、編集部が提供したものだった。

「犯人は、AとBを巧みに操って、同じ列車で九州に行くようにしむけていたんですね。そして、二人が一緒にいる現場を第三者である女中たちに目撃させた。すると、後日にAとBが並んで服毒死しているところが発見された際、『そういえば、二人で寝台特急に乗るところを見かけました。できてたんですねぇ』と証言させることができるわけです」

さて、〈空白の四分間〉とはどういうことか？　今も昔も、東京駅にはひっきりなしに電車が出入りする。事件当時の時刻表によると、〈あさかぜ〉が発車する十五番線ホームを十三番線ホームから見ることが可能なのは、一日のうちにたった四分間しかない。それ以外の時間は常に別の列車が邪魔をして、二つ離れたホームは見通せないのだ。犯人は、時刻表上のわずかな空隙をトリックに利用したことになる。

「お前が何を言おうとしてるのか、だいたい判るわ」

望月は泰然としていた。理屈っぽい話なら負けない、という自信の表われか。

「〈空白の四分間〉については、発表まもない頃から難癖がつけられてきた。まず、問題の四分間に女中たちをホームにさりげなく誘導するのが容易ではない」

織田と僕は頷《うなず》く。

「また、その四分間にAとBを十五番線ホームに立たせるのも難しい。同じ列車に乗せるだけでも骨が折れるのに、そこまでロボットみたいに操れんやろう、というわけやな」

「まず無理や。それが証拠に、どうやってAとBをコントロールしたのか、作者はまったく書いてない」

強く言われても、望月は涼しげな顔のままだ。

「無理と決めつけるなよ。不可能ではないやろう。言葉巧みに、ということや」

「言葉っていうのは、そんなに便利なもんかな」

「できた、というお話や。そう思うて読むのが正しい。清張先生、推理小説にリアリズムを注入したとされるけれど、無茶もしてるんや。それでこそ推理小説」

望月は、本格ミステリの熱烈な信奉者だ。その彼が、横溝正史を筆頭とするそれまでの本格ものに見られたリアリティの欠如を「馬鹿らしい」と批判した清張の側に立つことが意外だった。

「いや、不自然すぎる」

織田は譲らない。

「もの判りが悪い奴やな」

「不自然なもんは不自然や。ええか、犯人が女中らと有楽町《ゆうらくちょう》で待ち合わせをしたのは午後三時半や。それから食事。で、たかが鎌倉の別宅に行くだけやのに『見送って』と頼み、十三番線ホームに上がったのが六時前」

「よう覚えてるな」

さすがに望月も驚いている。

「実は、三日前になんとなく読み返したところなんや。それで、これは推理研で議論すべきことやと思うて頭に叩き込んであった。——とにかく俺が言いたいのは、これや。女中たちは四時には店に出なければならない、とかいう設定になってたけど、それにしても晩飯が早すぎる！」

言われてみれば、そうかもしれない。〈あさかぜ〉と〈空白の四分間〉を作中で使おうとしたために生じた無理だろう。

「少々早かったとしても、あり得ることや。別にええやないか。小説は楽しむためにあるんやから固いことばっかり言うな。俺はな、あの〈空白の四分間〉というのが、なんか好きなんや。豆知識と言うてしもたらそれまでやけど、ああいう現実の裂け目みたいな時間をミステリに投げ込んだ作者に好意を抱く。そこに多少の無理があったとしても、そこがまたミステリ的やないか」

なるほど、だんだん理解できるようになった。望月は、推理小説にリアリズムを持ち込んだ清張作品を、ロマンティックに解釈し直そうとしている。そんな自分の態度に確信があるから、織田の反論を一蹴してしまえるのだ。一方の織田は、本格ミステリへの思い入れが少ない分、清張のリアリズムが弛《ゆる》んでいるところをよしとしない。

「晩飯が早いのはええとしよう。それでもAとBを女中らに目撃させるのは至難の業《わざ》やぞ。〈あさかぜ〉が十五番線ホームに入線してから発車するまで、何分あると思う？　なんと四十一分間や。もし、犯人と女中らがずっと十三番線ホームにおったんやとしたら、AとBの姿を見る機会があってもおかしくないかもしれん。しかし！　犯人に与えられた時間はたった四分間。これは短すぎる。その四分間にA、B、自分、女中が所定の位置に立たん限り、トリックは成立せん。なんでそんな困難に挑んだんや？　俺やったら何か理由をこしらえて、十四番線ホームから女中に見送ってもらうわ」

作者がそうしなかったのは、〈空白の四分間〉という実在した現象を使いたいがためだ。それを承知しているはずなのに、織田は追及をやめようとしない。

「要するに、〈空白の四分間〉というネタが、トリックと嚙み合《お》うてないんや。嚙み合《お》うてないどころか、トリックを台無しにしてる」

何か言おうとする望月にかまわず、織田はなおまくしたてた。

「そもそも東京駅でのアクロバティックな偽装工作は、本来必要がない。AとBの死体が発見された時、地元の刑事たちは即座に情死という見方をしたぐらいやから、それで充分だったんや。せやのに無用の工作をしたがために、『十三番線ホームから十五番線ホームが見通せるのは、一日のうちで四分間しかないらしい。その四分間にAとBが知人らに目撃されたというのは、話ができすぎていないか？』と疑われだすんやから、本末転倒もはなはだしいやないか」

「疑われたのは結果論や」

「プロ野球の解説者みたいなこと言うな」

「犯人は、よかれと思うてやったんや。至難の業とか言うけれど、AとBや女中が思いどおりに動かせんかったとしても、それで殺人計画が破綻するわけやない。駄目でもともと。やってみて、うまくいった、というお話やないか。刑事に疑われたのは結果論……というより、そこでミステリとしての面白さを見出して楽しめよ」

「エラリー・クイーンのファンが、それでええのか？」

「もちろんや。――アリス、ここまで聞いて、どう思う？」

何故か僕に訊いてくる。部長の裁定を仰げばよさそうなものなのに。その江神さんはというと、彼らの応酬を聴いているのやらいないのやら、黙々と枝豆を口に運んでいた。

「引き分けですね。信長さんの不満は筋が通っていますけれど、モチさんはそれをあらかじめ理解していました。なので、びくともしていません」

信長とは、もちろん織田のことだ。単なる仇名で、この人のご先祖が本能寺で「是非に及ばず」と言い残したわけではない。

「結果論ねぇ」織田は顎を撫でる。「作中の刑事が、〈空白の四分間〉を知って、女中に見送られた人物に疑いの目を向ける、という設定も非論理的なんやけどな。俺やったら正反対のことを考えるわ」

まだ続きがあるようだ。「どんなことです？」と訊かずにいられない。ここからが本題なのかもしれない。

「一週間前に、エラリー・クイーンの『ニッポン樫鳥の謎』を初めて読んだ」

望月が「ほお」と言った。「それはまた、どういう風の吹き回しや？」

「バイトの空き時間にふらっと本屋に入ったら、他に買う本がなかったんや。久しぶりにクイーンでも読んでみよか、と思うただけでな。それを読み終えた翌日に、『点と線』を再読したんや。そうしたら蒙《もう》を啓《ひら》かれることがあったぞ」

「今度は『ニッポン樫鳥の謎』のネタを割るのか？」

「ほんの一部だけやから、ネタバラシというほどやない。あの小説の中盤で、名探偵エラリーが面白いことを言う。現場の窓ガラスが割れてたことについて」

その作品も中学時代に読んでいるが、織田が何を言おうとしているのか判らない。

「屋敷の高いところにあり、鉄格子が嵌《は》まった窓のガラスに犯人が石を投げて割ったかのような状況がある。どうしてガラスを割らなくてはならなかったのか？　エラリーはある実験をする。庭からいくつも石を投げて、ガラスを割ろうとしたんやけど、その結果はどうやった？」

ああ、覚えている。

「なんぼやっても、はずれるんです。大リーグのエースが投げても当たるもんやない、というのが実験の結果でした」

「正解。そこからエラリーが導いた結論は、〈犯人が意図してガラスを割った、ということはあり得ない。ガラスが割れたのは事件と無関係だ〉。実に論理的やな。万人を納得させるロジックや」

「ふむ。それがどうした？」

警戒した表情を見せながら、望月は新しい缶ビールを手に取る。

「お前が信奉してやまないエラリー・クイーンのロジックを『点と線』の〈空白の四分間〉に

当て嵌めてみろ。A、B、女中たちを自在に操り、思ったとおりの時間——たった四分間や——に思ったとおりの位置に立たせることができるか？　エラリーなら断言するな。〈犯人が意図してそうしたということは、あり得ない。女中たちがA、Bを見かけたのは偶然だ〉」

織田は、得意げに望月を見返した。文字どおり胸を張っている。

「『点と線』は、とてもトリッキーな作品や。しかし、とてもロジカルな作品に仕立てようとしたら、真相は反転する。AとBは本当に恋仲であり、情死したのだ、と」

今度は、ちらりと織田が僕を見る。彼に軍配を上げたくなったが、それでは望月が機嫌を損ねそうだ。

「えー、大変興味深い考察でしたけど、僕が提供した四分間の謎について推理してもらえますか？」

「そっちを始めよう」

江神さんが乗ってきた。

4

「四分間しかないから急がなくてはならない。そんな状況は無数に考えられる。湯を注いだカップ麺ができるまでに何かをやってしまえ、と急かしてるのかもしれんし、隣の家に行っている誰かが帰ってくるまでに何かをすませろ、と命じているのかもしれん」

いや、それはおかしい。

「江神さん、前者はアリですけれど、後者はナシですよ。隣の家から誰かが帰ってくるのにかかる時間を四分間と限定するのは変です。そういう時は、〈四、五分しかない〉と言うでしょう。〈五分間しかない〉という表現だったら、切りがいいからアリかもしれませんけど」

「ええ着眼点や、アリス。四分間という半端な時間が意味ありげやな。四、五分ではなく四分間と言い切ったところがポイントやろう。そう言えば『九マイルは遠すぎる』でも半端な数字に着目してた」

織田が唸っている。

「四分間から何を連想する？　情けないけど、俺は三分とか四分とか聞いたらカップ麺ができるまでの時間ぐらいしか浮かばんわ」

「色々あるやろ。たとえばボクシングは一ラウンド三分間戦って、一分間休憩する。合わせて四分間や」

望月が軽い調子で言うと、相方は首を振った。

「ボクシングの話をしてたとは思えんな。〈靴も忘れずに〉って、休憩中にボクシングシューズを脱ぐわけでもないやろ。〈四分間しかないので急いで〉というのも意味が通らん」

「『たとえば』って言うたやないか」

出題者である僕も参加する。

「フィギュアスケートのフリーの規定時間って、四分間やなかったですか?」

「女子が四分。男子が四分三十秒や」と望月が教えてくれる。「フィギュアスケートも靴に関係があるけど、やっぱり〈急いで〉は合わんな。〈Aから先〉というのは、演技の内容を指してるとも取れるんやけれど」

もっと言ってみよう。

「歌や演奏にかかる時間ということは? それやったら、きっかり四分間と決まっていますよ。……これも〈急げ〉はないか。靴とも関係がない」

ここでは織田のフォローが入った。

「簡単に諦めることはないんやないか。さっき江神さんが言うたみたいな状況なのかもしれん。『四分間の演奏が終わるまでに何かを急いですませろ』、『ちゃんと靴も片づけておけよ』という意味かもしれへん。演奏時間がちょうど四分間という曲は、調べたらたくさんあるやろう」

「現代音楽に何かあったな」望月が呟く。「四分間、演奏者が何もせずピアノの前に座ってるだけとかいうふざけた曲」

江神さんが知っていた。

「ふざけた曲は言いすぎやろ。ジョン・ケージの『四分三十三秒』のことやな。三つの楽章に分かれてて、すべてが休止と指定されてる無音の音楽。易経によって決めた時間やとも言われてる」

「出ましたよ、蘊蓄《うんちく》が」望月は楽しげに笑った。「無為の会にふさわしいですね」

「四分間から連想されるものなんか無数にあるわ」織田はさっきと言うことが変わっている。「推論を進めるやなんて、無理みたいやぞ」

「狭い部屋で男四人が激論を戦わせてると、暑苦しいな。空気を入れ換えよう」

江神さんは煙草と灰皿を持って立ち、窓を開けた。そして窓枠に腰掛け、片膝を立てて一服ふかす。なかなか絵になっていた。

「〈四分間しかないので急いで〉。この言葉を虚心に聞いてみよう。どんな情景が思い浮かぶ？」

部長に言われて、僕は反射的に目を閉じた。そして、具体的なイメージを描いてみようとしたのだけれど、うまくいかない。と、織田の声がした。

「時限爆弾をセットしたんですよ。それが四分後に爆発するから、早く逃げろと指示している……。どうですか？」

「えらい非日常的な場面やな」

「せやけど江神さん、ボクシングやフィギュアスケートよりは整合性がありますよ。〈靴も忘れずに〉ということは、指示している相手が靴を脱ぐ必要のある場所にいてるんですよ。『急いで逃げろよ。慌てすぎて裸足で飛び出したりせんように注意しろ』。〈Aから先〉は、起爆装置に関係が……いや、避難経路のことかもしれません」

大胆な仮説だ。パズルのピースがきれいに嵌まったような感覚まではなかったが。

江神さんは僕に訊く。

「どうや。そんな切迫した雰囲気はあったか？」

ここで目を開けた。

「いいえ。用件だけを伝えて、さっと切り上げた感じはありましたけれど、時限爆弾の爆発まであと四分というたら、すごくスリリングな状況やないですか。そこまでの切迫感はありませんでしたね」

「ちっちゃい爆弾やったりして」と織田。

「納得がいかんな」望月は、にべもない。「誰が何のためにどこを爆破しようとしてるんか知らんけど、爆発の四分前にそんな電話をわざわざかける必要がない。それぐらい事前に打ち合わせをしてあったはずや。却下」

二人とも負けん気が強い。特にコンビ内で言い合いになった時は。却下と退けられて素直に引く織田ではなかった。

「爆発は、電話の相手のいてるところから遠く離れた場所で起きるとも考えられる。にも拘《かか》わらず『急いで逃げろ』と指示したのは、そこに留まっていると爆破グループの一味であることが発覚する危険があったからやないか？　『計画どおり四分後に爆発する。だから、怪しまれないうちにすぐ逃げろ』ということや」

「今日、爆破事件なんかあったか？」

「人知れず爆発してるのかもしれんやろ。明日の朝には大ニュースになる」

「推論というより空想やな」

「空想を交えんと、やってられんわ。あれだけの言葉の意味を考えるやなんて、雲を摑むような話なんやぞ」

「まぁな」望月は認める。「『九マイルは遠すぎる』にしても、雲を摑むような話やった。それでもウェルト教授が事実を突き止められたのは、ある前提を設定したからや。問題の言葉は、この街の近くを歩くことについて語ったものだ、と」

そうでもしなければ話の進めようがないから、反則だとは思わない。〈六月に日本に観光旅行に行き、なんとか山からかんとか山までハイキングをするが、ガイドブックによると距離が九マイルあるから疲れそうだな。ましてや日本は雨季にあたるらしいから降られたら大変だ〉という話をしていた可能性もあるのだが、そんな可能性まで考慮していたらキリがないではないか。

「もう一つ訊かせてくれ」

江神さんは、煙草の灰を落としながら言う。

「何ですか?」

「スーツの男は、電話を終えた後で改札口に向かったんやな。そのまま電車に乗ったのか? いや、そこまで見届けられたわけはないな。改札をくぐったか?」

「それも見ていません。改札口の脇の黒板を見てから、駅員に話しかけているのを見かけただけです」

さっきはそこまで話していなかったので、望月に非難されてしまう。

「それを早《はよ》う言えよ。貴重なデータやないか」

「黒板を見たら、どうなんです?」

「いや、聞いたばっかりやから、そこまで……」

歯切れが悪くなった。

江神さんは微《かす》かに首を傾げて、何やら考えている様子。短い沈黙を破ったのは、織田だった。

「〈四分間しかないので急いで〉やろ? 時限爆弾より日常的なシチュエーションを思いついたわ。半端な時間をはっきり口にする必然性もあるぞ」

江神さんは「言《ゆ》うてみい」

「電車の乗り換えですよ。各停から快速に乗り換えるのか、JRから近鉄《きんてつ》に乗り換えるのか知りませんけど、『四分しか余裕がないから、急いでくださいよ』と指示してるんです。望月周平先生が突っ込む前に言いますけれど、〈靴も忘れずに〉と〈Aから先〉は、ひとまず棚上げです」

江神さんは、ふうと紫煙を夜空に吐いた。

「アリス、どうや?」

「これは自然な発想ですね。時限爆弾の何倍もしっくりきます」

「モチは?」

「その部分だけ取れば、納得しましょう」

よし、と部長は頷く。

「実は、俺は最初から電車の乗り換えについて話しているみたいや、と思うてた。しかし、自分だけに浮かんだイメージかもしれんので、黙って様子を窺《うかご》うてたんや。そうしたら、信長から乗り換え説が出て、アリスとモチの同意も得られた。乗り換えについて話してると仮定して、推論を進めてみようやないか」

異議はない。

「ポイントが鉄道ミステリに切り替わるみたいですね」望月は思い出したようにウィンナーを取る。「それでもかまいませんけど、よけいややこしくなりませんか？　どこでどんな乗り換えをしようとしてるのやら、推理しようにも手掛かりがない」

「そうか？」

江神さんが微笑《ほほえ》むので、不思議な気がした。望月が案ずるとおり、推理の手掛かりはないと思うのだが。

「おっ、ここから盛り上げてくれそうですね。期待してしまいますよ。正座して聞かせてもらおうかな」

と言いつつも、織田は膝を崩したままだ。

すぐに華麗な推理が始まるのかと思ったら、江神さんはもったいぶった。

「モチは『九マイルは遠すぎる』ゲームと言うたけど、ちょっと違うんやないかな。ケメルマンの小説では、純粋に短い文章だけを材料にして推論ごっこをしたのに対して、われわれは〈四分間しかないので〉云々という言葉以外のデータも使《つこ》うてる。発言者がスーツ姿の中年男性だったとか、それが短い電話として語られたとか、彼が電話をかけた後でどんな行動をとったとか」

「『九マイル』よりデータが多い、とは思います」望月はウィンナーをぱくつきながら言う。

「けれど、ものは考えようで、ヒントが多いクイズとも言えるし、ピースが多いパズルとも言えます。謎の対象が言葉だけでなく、行動も含むという意味では、都筑道夫《つづきみちお》の『ジャケット背広スーツ』にも似ていますね」

「それ、読んでないわ」

織田が言った。挙手までしなくてよさそうなものだが。

もちろん都筑ファンでもある僕は読んでいる。その短編の執筆経緯と狙いについては、『黄色い部屋はいかに改装されたか?』というエッセイ風評論集の「私の推理小説作法」に詳しい。ある時、作者はこんな情景を地下鉄の構内で目撃する。サングラスをかけた一人の若者が、上衣二着を右手で抱えるようにして階段を下ってきたのだ。はて、と作者は考える。彼はどうして上衣を二着、それも剝き出しのまま手にして歩いているのか? 彼自身が着ているものと合わせると、上衣が三着。そこから「ジャケット背広スーツ」というタイトルが生まれた。

都筑道夫は、その謎を元にして、安楽椅子探偵ものの〈退職刑事〉シリーズの一編として、実に凝った短編を書き上げる。作中では謎に少しだけアレンジがされ、謎の男の手が汚れていたこと、時計を見上げて「三時四十分か。まだなんとか間にあうな」と呟くことの二点が加えられた。

ちなみに『黄色い部屋はいかに改装されたか?』は僕にとって座右の書の一つで、「本格推理小説の必須条件のひとつに、結末の意外性が数えられているが、私はぜんぜん信用していない」という一節など、いくつもの箇所に赤い傍線を引いたほどだ。初心《うぶ》なビギナーはいざ知らず、ミステリの結末に驚くなんてめったにあるものではない。そんなものより大事なのは、都筑道夫が提唱した〈論理のアクロバット〉。僕流に言い換えると〈論理の意外性〉——といったミステリ談義に脱線している場合ではない。

閑話休題。

「『ジャケット背広スーツ』ゲームと言い換えてもかまいませんよ。どっちでもええ。とにかく盛り上がりましょう」

力水をつけるかのように、望月はチューハイを缶のまま呷《あお》る。

「それで江神さんは、四分間の乗り換えがどこでどんなふうに行なわれたと思うんですか?」

尋ねたら、訊き返される。

「今日、お前はJRで京都にきたんやったな。ダイヤは乱れてなかったか?」

「正常運転でしたよ。事故があったとかいうアナウンスも聞いた覚えがありません」

「覚えてないだけで、京都駅で流れてたかもしれんな?」

「……ええ、まぁ」

煙草を吸い終わっても、部長は窓辺に掛けたままだ。夜風が気持ちいいのだろう。

「改札口の脇の黒板というのは、ダイヤの乱れについて報せるために立つ場合が多い。どこかで正常運転してない電車があったんやないかな」

今日は全国的に好天らしいから集中豪雨でどこかの線が不通ということはあるまい。大地震があったようでもない。人身事故や列車故障でダイヤが混乱することはあるだろうが。

「東海道《とうかいどう》本線はダイヤどおりでしたから、新幹線ですか？　あるいは山陰《さんいん》本線？」

「俺は湖西《こせい》線やと思う」

山科《やましな》駅で東海道本線と分かれ、その名のとおり琵琶湖《びわこ》の西岸を通って北上する線だ。近江塩津《おうみしおつ》駅で琵琶湖東岸を走る北陸《ほくりく》本線と合流して、日本海に面した敦賀《つるが》に向かう。名前に本線とついてはいないが、京阪神と北陸地方を結ぶ最短ルートなので、朝から晩まで特急〈雷鳥〉が高架の線路を快走しまくっている。

「決めつけますね。根拠はあるんですか？」

借問《しゃくもん》いたす、とばかりに織田が言った。右手に大きなおにぎりを持ったままなので、『猿蟹合戦』の挿絵みたいだ。

「経験的に言える。湖西線は、しょっちゅう〈強風のため、運転を見合わせております〉になるやないか」

正直なところ、がっかりした。それなりの蓋然性《がいぜんせい》はあるが、不確かすぎる。

「その男は、黒板を覗《のぞ》き込んだ直後に、駅員に声を掛けたんやろう？　湖西線の運行状況を気にしていたと推測される。それはすなわち、電話の相手に与えた指示が役に立たなくなるからや。アリスがさらに男を観察してたら、男は同じ相手に『湖西線のダイヤが乱れています。予定変更です』と電話をかけ直したかもな」

部長が続けると、望月は勢いよくかぶりを振った。弾みで眼鏡がずれる。

「根拠が薄弱です。もっと慎重にいきたいですね。それを第一歩にしたら、おそらく二歩目で立ち往生しますよ。——もしかしたら江神さんは、最近、堅田《かたた》にあるうちの大学のセミナーハウスに行ったんやないですか？　それで湖西線のことが頭にあるだけやったりして」

「あそこには何年も行ってない。俺の直感に賭けて、勇気ある第一歩を踏み出してみる気はないか？」

そこまでおっしゃるのなら、という空気になった。もとよりゲームだし、最初の第一歩がなければ第二歩もない。

「よっしゃ。そうとなったら時刻表がいるな。湖西線で四分間の乗り換えという列車を探してみよう」

大家さんがよく時刻表を買っているそうなので、それを借りることになった。江神さんが階下に降りていくと、望月がコンビニの袋をまさぐり始める。僕が調達してきたスナック菓子を見分しようとしているのだ。

「おっ」

妙な声をあげて、チョコレート煎餅の袋をつまみ出す。

「これはこれは。カカオの風味と塩味が奇跡的なブレンドをみせる近江製菓の〈あまから王国〉やないか」

「全国的にコンビニですごく人気があるんですけれどね。モチさんの口に合いませんか？」

「いやいや、とんでもない。よう買《こ》うてきてくれた。ナイスな選択や」

ゲームは、しばし中断した。

江神さんが握ってくれたおにぎりを食べる。どれも美味だ。

5

江神さんが借りてきたのは、『交通公社の時刻表』の一九八八年三月号だった。表紙は、青《せい》函《かん》トンネルから出てくる寝台特急の写真で、〈JR線全国ダイヤ改正号〉だの〈津軽海峡《つがるかいきょう》線開業〉だの〈瀬戸大橋《せとおおはし》線（4月10日）開業〉だのといった文字が躍っている。

「見た覚えがある表紙ですね。南部に持っていったやつやないですか？」

「懐かしいやろう。これしかなかった。ちょっと古いけど、三月十三日に全国的なダイヤ改正をしたから、臨時列車を除いたら今もこれと変わってないはずや。こいつにもういっぺん働いてもらおう」

ダイヤは変わっていない、この時刻表で調べられない現在の臨時列車は考慮に入れない、ということがゲームのルールとして採択された。

「湖西線で乗り換えに四分間を要する列車があるかどうか、調査開始や」

江神さんから大判の時刻表を手渡された僕は、さっそく任務にとりかかる。しかるべきページを開き、まず下りの一番列車から当たっていたら、横から顔を突き出した望月に止められた。

「そんな早い時間の列車は無視してええやろう。お前が問題の言葉を聞いたのは午後三時頃だったんやから、それ以降をチェックすべきやないか？」

「ああ、そうですね」

ページをめくり、あらためて作業を始める。すると——午後三時から六時にかけて、普通列車は一時間に二本しか運行していない。また、特急〈雷鳥〉は西大津《にしおおつ》駅を出ると、敦賀駅まで停車しないことを知った。これでは普通から特急に乗り換えることができない。よく見ると臨時列車の〈雷鳥〉には堅田駅で停まるものもあったのだが、四分間で乗り換えられる列車は存在しなかった。

不都合な事実を報告すると、米粒を口許につけた織田はこんなことを言う。

「東海道本線から湖西線への乗り換えのことやないか？」

「違いますね。湖西線に山科駅発という列車はありません。すべて東海道本線の京都大阪方面から乗り入れるので、そういう乗り換えはないんです」

「そしたら新幹線からの乗り換えやろう」

「アホ」と詰《なじ》ったのは望月だ。「お前、非常識やぞ。名古屋と京都をしょっちゅう行き来してるくせに、大津に新幹線が停まらんことも知らんのか」

相方はびくともしない。

「火急の用でもない限り、いつもバイクで走るか在来線を利用してるもんでな。快速を乗り継いだらちょうどええ時間なんや。カーター・ブラウンが一冊読めるぐらいで。京都と名古屋を新幹線で行き来するやなんて、ブルジョアのすることや」

なおも責めるのかと思ったら、望月はくるりと僕に向き直った。

「ええこと思いついたぞ、アリス。上りの普通から下りの普通へ、あるいは下りから上りへの乗り換えという可能性もある。なんでそんなことをするかは訊くなよ。それに該当する列車を探してみてくれ」

下りと上りのページを交互に見ながら調べてみる。なかなか見つからない。駄目かと思ったら、それらしいものを一つ発見した。

「ありました。堅田発15時18分の上り列車です。下りに堅田発15時22分発というのがあるので、乗り換え時間が四分」

「どれ」

開いた時刻表を恭《うやうや》しく差し出す。

「あかん、これやない」

「どうしてですか?」

渡したものが僕に返された。

「よう見てみい。他の駅は発車時刻しか載ってないけど、堅田駅の欄には列車が到着する時刻も掲載されてる。お前が言うた上りは堅田着15時17分やないか。残念ながら、堅田発15時22分の下りに乗り換える時間は五分間ある」

「うっかりしてました」と言ってから、はたと思いつく。「いや、待ってください。これは大判の時刻表やから、そこそこ大きな駅については到着時刻も載っていますけれど、ポケット判の簡易な時刻表には堅田着の時刻は載ってないはずです。例の男は、大判ではない時刻表を見て〈四分間しかない〉と言うたんかもしれません」

望月は考え込んでしまった。

「うーん、その可能性は残るな。発車時刻しか載ってない時刻表を見たんやとしたら……」

「せやけど、そいつがどんな時刻表を見たかまでは推測のしようがないぞ。ここで考えても無駄や」

と言いつつ、織田が僕から時刻表を奪う。しかし、少し見ただけで興味を失ったようだ。

時刻表は、窓辺の江神さんへと渡っていった。部長は火の点いていない煙草をくわえたままページをめくっていたが、やがて何度か小さく頷く。

「信長、貸してみろ」

「どうかしましたか?」と尋ねた。「あの男がどんな時刻表を見たのかが判ったら、シャーロック・ホームズばりにすごいと思います」

「そんなことを推理できるわけがない」

「ふむふむと頷いてたやないですか」

「それは別の理由でや。——男がどんな時刻表を見たにせよ、堅田駅で上りから下りに乗り換える際の注意をしていたとは考えられへんな。たとえ上りが堅田着15時18分やったとしても」

望月は怪訝《けげん》そうだ。

「なんでです？」

「堅田駅は特急列車が通過するから、退避するためにホームが二面で、四番線まであったと思う。普通列車は内側のホームで発着するんやったかな。そのへんはここで自信を持って言えんけれど、とにかく乗り換えるのは隣のホームまで移動したらええだけや。〈四分間しかないので急いで〉と注意するほどのことはない」

「お年寄りとか、脚が丈夫でない人にとっては隣のホームまで四分間でも余裕がないのかもしれませんよ」

望月は抵抗を試みるが、形勢は不利だ。四分あれば、かなりゆっくり歩いても隣のホームに移れそうだ。障害を抱えていて難渋していたら、駅員が助けてもくれるだろう。

「そういう人に〈急いで〉と言うのは、優しさを欠いてるんやないか？」織田が絡《から》む。「俺やったら〈四分間あるので、焦らず気をつけて〉とか言うわ」

「その男がどれだけの優しさを持ち合わせてるのかも不明やろ。脚が不自由なんやのうて、重い荷物を運んでるのかもしれんし」

「色々と条件をつけてきたな。そこまでして堅田駅に拘《こだわ》らんでもええやろう」

「それを言うんやったら、湖西線だの乗り換えだのに拘泥《こうでい》する必要もないな。初めからやり直すか？」

僕は、さっきの部長の仕草が気になっていた。

「江神さんは、何か思いついたんやないですか?」

「ちょっとな。——もうしばらく自分で考えてみたらどうや」

時刻表を差し出すので、腰を上げて受け取った。江神さんは、ずっと湖西線のページを見ていたようだ。同じものを見ながら何を発見したというのか?

訝《いぶか》りながら細かい数字をたどり、駅名や特急名も読んでいるうちに、「あっ」と声が出た。

望月と織田が、同時にこちらを向いて「なんや、アリス?」とユニゾンで訊く。

僕は、時刻表に目をやったまま言った。

「堅田駅から京都方面に向かって、一つ目が雄琴《おごと》です。次が叡山《えいざん》。一つ飛ばして西大津。さて、飛ばされたのは何という駅でしょう?」

「知るか」と織田。

「ヒント。〈から〉で始まります」

ここで望月が絶妙の回答をしてくれた。望んでいた以上のものだ。

「から……唐橋《からはし》か?」

有名な瀬田《せた》の唐橋が頭にあって、つい口に出たのだろう。瀬田の唐橋といえば、歴史上、幾多の戦乱でポイントとなった東海道の要衝《ようしょう》。それが湖西線の沿線にあるわけないのだが。

「いえ」

わざとそっけなく応えてから、黙って江神さんを見る。さすがと言うべきか、こちらの意図を完璧に汲んでくれた。

「唐崎《からさき》だったでしょうか？」

丁寧語での回答だ。

「ええ、唐崎です」

「それがどうした？」

不可解なやりとりに望月はちょっと不満そうだったが、織田は何か察したらしい。低く唸ってから「そうか！」と叫んだ。

「なんや、お前まで。びっくりさすなよ」

織田は、相方の肩をパシンと叩く。

「モチ、お前、今日は調子が悪いな。今のを聞いたら判るやろ。やっぱり湖西線でよかったんや。――俺からも訊いたろ。叡山の次の駅は何や？」

「今聞いたわ。唐崎やろ？」

「ええ、唐崎です。エー唐崎です。……〈Aから先です〉」

やっと通じた。

「……まいった」望月は天井を仰ぐ。「そこに嵌まるんか。江神さんは、その駅の存在を知ってましたね？」

「安楽椅子探偵に専門知識を持ち込むのは卑怯か？　たまたま覚えてたんやから使うしかないやろう。堅田のセミナーハウスに行ったことがあるんやから、お前も必ず通ったはずなんやけれどな」

「通った駅の名前を全部暗記してるわけないやないですか」

後日に知ったこと。瀬田の唐橋は歌川広重《うたがわひろしげ》の浮世絵『勢多夕照《せたのせきしょう》』などでも知られた近江八景の一つだが、唐崎もまた明媚《めいび》な『唐崎夜雨《からさきのやう》』で八景に数えられているのだった。

織田は腕まくりをする。

「ええ感じになってきたな。ここから先は一気呵成《いっきかせい》にいきたいわ。それにしても〈四分間〉が謎やな。〈靴〉も気になるんやけれど」

江神さんは、ようやく煙草に火を点ける。

「湖西線の時刻表を見てて、気がついたことがあるんや」

そう聞いた望月と織田は、僕の左右から時刻表を覗き込む。

「四分間の乗り換えは、湖西線にない。しかし、別の意味の四分間ならいくつもある。唐崎のすぐ近くにもな」

そこまで仄《ほの》めかしてもらったら、さすがに気がつく。たとえば、さっき僕がトレースした上り列車は唐崎発15時27分、西大津着15時31分。つまり、江神さんが言おうとしているのはある駅から次の駅までの所要時間だ。指摘されてみると、堅田—雄琴、蓬莱《ほうらい》—和邇《わに》、永原《ながはら》—マキノなど、他にも該当する箇所が散見した。

江神さんは、あの謎めいた台詞《せりふ》にいくつか言葉を補ってみせる。

「次の駅まで四分間しかないので急いで。靴も忘れずに。……いや、唐橋ではありません。ええ、唐崎です。——唐橋云々は、さっきのモチの間違いを引用しただけや。実際のやりとりではまったく別の言葉が入ったんやろうけどな」

「第二歩か第三歩ぐらいまで踏み出せましたね。ここから先が正念場です」

望月の目が爛々《らんらん》と輝きだした。

「四分間しかないので急げって、どういうことでしょうね？　電車に乗ってしもたら貨物のごとく運ばれるだけで、急ぎようがないやないですか。遅刻しそうやからと電車の中で走るのはギャグ漫画や」

「車内で何かせえ、ということやろうなぁ」

織田の呟きに、望月は食いつく。

「そうか！　窓から身代金を投下させようっていうんやな」

これはまた、すごい飛躍だ。しかし、僕も同じことを考えたのは内緒にしておこう。

「まだ調子が出えへんのやな、お前。『電車が次の唐崎駅に着くまでの四分間のうちに、身代金の入った鞄を窓から投げ落とせ』って……犯人はどこで待ちかまえたらええんや？　線路の両側にびっしり並んで千人がかりで待機してるとでも？」

脳天にハンマーを振り下ろすような言い方。さすがに望月はバツが悪そうだ。

「アリスの話によると、男の通話はごく短かったみたいやないか。それでつい脅迫電話めいたもんを想像したんや。——お前はどう思うんや？」

「さぁな。とにかく四分でするには忙しい行為や。ただし、ボクシングでもフィギュアスケートのフリー演技でもないことは確かや」

「『カップ麺を作っておけ』でも『一曲歌え』でもなさそうやな」

僕も何か言わずにいられない。

「やばいブツの受け渡しやないでしょうか？　覚醒剤とか拳銃とか」

それだと面白いのだが、あの男とやばい取引とを結びつける根拠が見つからない。

江神さんが「靴」と言う。

「ここで〈靴も忘れずに〉というカードを切るべきやないか。四分間でするには忙《せわ》しないけれど急げば可能で、かつ電車の中でできること。そして、どうやら靴が関係しているらしい」

「おい」と望月が相方を小突いた。「湖西線の普通列車にトイレはついてたか？」

「俺も同じことを訊こうとしたところや。都市間輸送をしてる電車以外には、たいていトイレがついてるわな」

僕も参加する。

「以前に乗った時、戸惑うたことがあります。湖西線って、ボタンを押して乗客がドアを開閉するような車両が走ってるんですよ。都会の仕様とは違います」

トイレがついていたら、どうなるか？　そう、着替えができる。

「『車内のトイレで着替えろ』という指示か。『靴も忘れず履き替えろ』」

織田がはしゃぐのを、望月が止める。

「喜ぶのは早い。まだ先があるぞ。謎の男Xは、誰に、何のためにそんな指示をするのか……。なんでやと思います？」

推理研の頭脳に助言を求める。江神さんは耳の横あたりに煙草を立てて、静かに微笑んでいた。

「俺が正解を知ってるわけやないけど、ただの着替えにしては念が入ってるな。靴まで履き替えさせるやなんて、これはもう、ほとんど変装や」

「犯罪の臭いがしますか?」

「まだそこまでは、いや、ほのかに漂ってきてるかな。誰かの目をごまかそうとしてるんやから。——ちなみに、電話を受けた人物Yは女やと思う」

「性別まで判ります?」

「Yが男やとしたら、変装まがいの着替えとはいえ、Xが靴の履き替えまで指示するのは念が入りすぎてるやろう。ところが女の場合は、服が変われば靴もがらりと変わる。靴を履き替えなかったばかりに変装がばれることを警戒するはずや」

ごもっとも、以後、Yは女性ということで進めよう。

「歩いてきた道を振り返ってみよう」

江神さんの言葉に、望月は鞄からノートを出してメモの用意をした。この場の司祭となった部長は、これまでの推論をあたかも本を朗読するようにまとめていく。

「アリスが目撃した男Xは、年齢不明でおそらく女である人物Yに京都駅の公衆電話からある指示をした。その内容は、西大津駅から湖西線に乗って隣の唐崎駅まで行け。電車が西大津駅を出たら急いで着替えろ。靴も忘れず履き替えるように。——Xが電話をかけたのが午後三時頃。Yはそれを聞いてから電車に乗ったものと思われる」

織田が質問を挟む。

「西大津駅から乗るように指示した、と考えてええんですか？　湖西線の電車って、全部京都駅発です。Yは京都から乗ったのかもしれませんよ。あるいは、京都と西大津の間の山科駅かも」

「京都や山科から乗ったんやったら、わざわざ唐崎駅の手前で慌てて着替える必要がない。〈四分間しかない〉にならんやないか」

ここで僕の頭脳に奇妙なことが起きる。どうしてこんなことが、と不思議に思うほど些細《ささい》な記憶が甦ったのみならず、それが一つの推論につながったのだ。

「僕は、手帳を見ながら『今日は家庭教師を休ませてください』という電話をかけていたんです。隣の男は、何も見ずに番号を押していました」

先輩方は、今になって何を言い出したのか、という顔をしている。

「たまたま電話機の近くにいたのか、僕の相手はすぐに受話器を取りました。男の電話が通じたのもほぼ同時で、二人揃って話し始めましたから」

「何が言いたいんや？」と織田に訊かれる。

「男の相手も、すぐに電話に出た感じやったんですよ。まるでその電話を待ちかまえていたように。——いや、そのことはひとまず脇に措いて。僕はメモを見ながら電話番号を押し、男は暗記している番号を押していたにも拘わらず、電話が通じたのは同時。男がプッシュした電話番号の方が長いからそうなったんですよ。僕が電話をした先は大阪市内です。男がかけた先が京都市内だったら、プッシュする回数は大阪の市外局番より二つ少ないはずなのに、そうではなかった。男が電話をした先は京都市外です」

やはりＹは、西大津駅から電車に乗り込んだのだ。

江神さんは一服ふかして、また話し始める。

「残っている謎。Ｙは何のために着替えなくてはならないのか？　どうして自宅や駅のトイレなどで着替えないのか？　唐崎で下車した目的は何なのか？——他にもあるやろうけど、主だったものはこのあたりかな」

望月は、古い映画に出てくる新聞記者のごとくボールペンを振りながら言う。

「わざわざ車内の狭いトイレで着替えるということは、自宅や駅のトイレではまずいんですよ。着替えというより変装でしょ。車内で変装。これは尾行をまこうとしてるみたいやないですか。Ｙは、同じ電車に乗っている誰かを振り切ろうとしてるんです。——俺、冴えてきてないか？」

目が合ったので、「はい」と言ってあげた。

「ええんやないか、モチ」江神さんも評価する。「Ｙと同じ電車にＺなる人物が乗るらしい。そのことをＸは予測していて、Ｚを振り切るためにＹに変装を指示した。Ｚは、Ｙとは別の車両に乗るんやろうな。そうでなかったら、トイレで変装して出てくるところを見られてしまうから。別の車両に乗って、Ｙに張りついているらしい。尾行のようでもあり、警護のようでもあるな。尾行ならＺはＹと敵対的な関係、警護なら友好的な関係ということになるけど、さて、どっちやろう？」

「敵でしょう」織田が言う。「Xは不倫関係にある人妻Yを呼び出してるんです。ZはYの旦那が雇った探偵か何か」

監視されていても止まらないぐらいの関係なら密会の域を超えている。もはや張りついた人間なんか気にしなくていい事態だと思われる。

「味方ですよ」望月が言う。「Xは誘拐犯で、Yは身代金を運んでいるんです」

「Zは刑事か?」

織田が訊く。

「いいや。刑事やったら何人もが張りつくやろうから、トイレの変装ぐらいでは振り切れられへんやろう。ZはYの身を案じ、不測の事態に備えて別の車両に乗ったんや」

「そんなことを誘拐犯のXが予測できるか?」

「あるかもしれん、と警戒しての指示だったんやろう」

そこは納得しづらい、と言ったら「なんで?」と反問された。

「つまり、えーと。……なんか不自然です。そこまで警戒するんやったら、警察に通報されてるかもしれん、と疑いそうなもんです。その点については、Xは心配してないんですか?」

望月は部長を見る。またも援護の要請か。江神さんは、白い歯を見せて笑った。何かを達成した人間の表情だ。

「かなりパズルができてきたやないか。アリスが聞いた言葉の裏に隠されてたのは、こういう事態や。――Xは人質をとって、Yに電車で身代金を運ばせている。その悪党Xは、Yが警察に通報しているのではないかという心配はせず、そのくせ監視がYに張りつくことは予想している。何故か？　Yの身辺で何が起きているのかを、Xは正確に摑んでるんや。つまり、Yの身近にXと内通している共犯者が存在する」

思いもかけない物語が一気に浮上した。これが怒濤《どとう》のクライマックスというものか。僕は興奮してきた。

6

「やっぱりXは誘拐犯なんですね。それやったら、さっき僕が思い出したことにも符合します。Yは、待ちかまえていたみたいにすぐ受話器を取った。誘拐犯からの指示がくるのを電話機の前で待っていたんでしょう」

賛同してもらえるかと思ったら、江神さんは急に慎重になる。

「誘拐犯というのは無根拠な決めつけや」

「さっきから江神さんは人質って言うてますよ」

「正確に言うと、人質的なるもの、や。XがYの子供を誘拐して身代金を要求しているとは限らん。モノが人質代わりになっているのかもしれんやろう。あるいはコトだという可能性もある」

「何だと思いますか？」

「そこまではなぁ」

「唐崎で下車してから、Yはどうしたんでしょう？」

「Xもしくはその一味から次の指示が伝えられて、それに従《したご》うたんやろう。その具体的な内容までは推測のしようがない」

かなりトーンダウンしてきた。推論ゲームもこのへんが終着点か。

「しかし、憶測を述べるなら」おっと、もう少し続くらしい。「唐崎駅で下車してもすぐに乗り換える列車はないし、駅から出るしかない。もたもたしてたら、Zが次の駅で降りて引き返してくるおそれがあるからな」

「はあ、引き返してきますか」

「Yの姿が車内から消えたことに気がつくまで、そう時間はかからんやろう。次の叡山駅に着くまでに失策を知り、すぐ下車してタクシーで唐崎方面にUターンしてくるかもしれへんやないか。Xは、早くYを唐崎から移動させようとするはずや」

「Xは、どんな形で次の指示をするつもりやったんでしょうね」

「Yと同じ列車に乗っていて、唐崎で一緒に降りたのかもしれんな。そして、Zを振り切ったところでじかに接触した」

時刻表を見てみる。ダイヤどおりに運行していたとしたら、Xは電話をかけた後すぐに改札をくぐり、京都発15時30分の列車に悠々と乗れる。この列車が西大津駅を出るのが15時41分。それにYとZが乗り込んできて、XとYは15時44分に唐崎駅で下車したということか。もし強風でダイヤが乱れていたとしても、この時間が後ろへずれるだけだ。

「駅近くに車が用意してあったんやないかな。Xの仲間が車で待っていたかもしれへん。Xあるいは XとYの仲間は、Yを車に乗せていずこかへ走り、身代金を受け取ってから、山中ででも降ろして逃走した——というのはどうや?」

ふう、と僕は吐息をついた。

「よくそこまで話を創りますね。小説家になれますよ、江神さん」

ゲームの燃料が尽きたようだ。

「ひと息入れようや。頭を無為に使いすぎて、くたびれたわ」

織田が言った。時計を見たら、もう十時を過ぎている。三時間ほど推論ゲームで遊んでいたのか。

望月がテレビを点け、僕に〈あまから王国〉を勧める。江神さんと織田は、すでに生温《ぬる》いであろうビールを注ぎ合っていた。

テレビのニュース番組は、天皇の容態が芳しくないことを報じている。その前で、無為の会がだらだらと続く。電車の中で出会った憂国の士がここに乱入してきたら、逆上して暴れるのだろうか? それとも、人恋しげに、淋しい目で僕たちを眺めるのだろうか?

僕の中に、力が恢復していた。無為であることを宣言した宴、怪しいロジックを弄んだゲームのおかげだ。「元気出せよ」と一度も言わずに、先輩たちは僕の憂さを払ってくれた。感謝しなくてはならない。

「ゲーム終了やな。出題者として、感想はどうや?」

江神さんに訊かれ、率直な講評を述べる。

「思っていた以上に楽しめました。それらしい推理が組み立てられたんやないですか。駄洒落《だじゃれ》に頼った部分もありましたけれど」

「それは仕方がない。俺も苦しかったんや」

苦しかった、は大袈裟だろう。

「せやけど心残りもあります。もしも僕らの推理が当たっていたとしたら、どこかで誰かが身代金を奪われたことになるのに、僕らは何をすることもできません。その犯罪は闇から闇に葬られてしまうんでしょ。正義が実現できませんでしたね」

「X一味が身代金をせしめたかどうかは判らんやないか。土壇場でへまをしたかもしれん」

「答え合わせができたらええのに。完全にすっきりするに至っていませんから」

〈あまから王国〉という言葉が聞こえた。〈近江製菓〉がどうの、〈脅迫〉だの〈一億円を要求〉だの。はっとしてテレビを観ると、どこかの警察署の前で人が群れている。瞬くカメラのフラッシュ。頭から上着をかぶった男が、両側から警察官に挟まれて建物内に連行されていく。

「これ、何ですか?」

誰も応えてくれない。アナウンサーの声に耳を傾けると——三日前、〈近江製菓が販売している菓子に毒物を入れる。やめてもらいたければ一億円を払え。払わぬ場合は二日以内に必ず被害者が出る。警察に通報したら脅迫の事実をこちらからマスコミに洩らし、製品の信用を徹底的に破壊する。そうして近江製菓を血祭りにあげた上、次なるターゲットを脅すまでだ〉という脅迫電話があったらしい。

主犯の男の名前がテロップで出た。自称・グラフィックデザイナー、武島和行《たけしまかずゆき》、三十歳。他に男女一名ずつ共犯者がいるそうだが、姓名の発表はない。

近江製菓は、社内の動きを逐次把握しているらしい犯人の脅迫に怯《おび》え、要求を呑むと回答したが、それは表向きのこと。内密に通報したため、警察が身代金の受け渡し現場で犯人を逮捕したのだという。それが今日の午後五時過ぎで、場所は名神高速道路の大津サービスエリア。近江製菓の本社は大津だ。Xに操られ、Yが身代金とともに西大津駅から電車に乗り込んだ、と僕たちは推理した。

空想と現実がゆっくりと重なっていく。絵に描かれた薔薇《ばら》が、風にそよぐのを見たような気分だ。

「……これやないですか?」

呻《うめ》くように僕が言うと、望月が食べかけの〈あまから王国〉を頭上に掲げた。

「そう。近江製菓といえば、これや」

「違いますよ。さっきまでの推論ゲームで僕らが導いた仮説は、大筋でこの事件と一致してるやないですか」

事件は電光石火の解決をみたようで、犯人グループの一人として近江製菓総務部の男性社員も事情聴取を受けており、逮捕されるのは時間の問題らしい。自分の会社を卑劣な方法で脅すとは。社内での処遇に不満でもあったのか。

「ちょっと、何ですのん、うわ、これ、すごいことになってきましたよ！」

総務部員に気づかれないように警察に報せる一方、身代金の運び役に警護——Zだ——をつけたのだとしたら、よけいなことのようだが、それは獅子身中の虫である総務部員の目を欺くためだったのかもしれない。

騒ぎたてる僕を、望月や織田はおかしそうに見ている。どうしてそんなに冷静でいられるのか、と思っていたら、二人がこらえかねたように噴きだした。

「何がおかしいんですか？」

身をよじって笑いながら、望月が「あんまりうまいこといったから」と言う。織田はひっくり返り、両足でバタバタと畳を叩く。

長老にして賢者の江神さんにすがるしかない。振り向くと、手刀を切るような仕草で「すまん」と言った。

「お前がくる前に、この事件の第一報が六時台のニュースで流れたんや。近くで起きた事件やけど、大きな被害が発生したわけでもないから、いきなりこの話題になることもなかったけれどな。すると、乾杯したすぐ後でお前が〈四分間しかないので急いで〉の謎を投げてくれた。その時、モチが俺に目顔で言いよった。『これをさっきのニュースにつなげてみましょう』と。

簡単ではなさそうやったけど、推理研らしい座興やから『やってみるか』と応じたんや」

あのアイ・コンタクトはそういう意味だったのか。

「そうしたら、信長が『点と線』の話を持ち出した。意図するところは、何となく判った、『このネタでしばらく議論をしますから、江神さんはその間に推理をでっち上げてください』やろ?」

体を起こしながら、「はい」と織田は言う。

「四分間つながりでちょうどええか、と思うたんです。そっちも〈四分間では短すぎる〉という話ですから。俺とモチが言い合《お》うてる間、江神さんがずっと黙ってたから、『ああ、考えてる考えてる』と喜んでいました」

そして『点と線』談義が落ち着いたところで、江神さんは「そっちを始めよう」と告げた。時刻表を持ってきたのはその後だから細かいところは固まっていなかったのだろうが、〈靴〉や〈Aから先〉を材料にして、湖西線の車内での着替えあたりは早くから浮かんでいたのかもしれない。江神さんが〈誘拐犯〉と言いたがらなかったのも、事件を知っていればこそか。

「すごい」

感嘆した。何だ、この頭脳集団。

「江神さんの誘導のおかげやけど、俺もうまいこと合わせたやろ?」望月は満足げだ。「それに、アリスもがんばったぞ。お前だけが真実を希求してたんや。Xが電話をかけた先は京都市外である、とかな。推理の流れに棹《さお》さしてくれた。知的なゲームやったなぁ」

僕が推理にも増してすごいと感じたのは、先輩たちが以心伝心でゲームを始め、それがすると進行したことだ。溺れるほどに言葉を吐いて遊びながら、僕は知らずにいた。その戯れが言葉抜きで始まったことを。

「お見それしました」

三人に一礼ずつした。

「しかし」

胸の内にもやもやしたものが残っている。

「逮捕された主犯の男、武島とかいう奴の顔は映りませんでしたけれど、三十歳やそうです。僕が京都駅で見かけたXとは明らかに別人です。犯人は三人組。うち一人は女で、もう一人の男は近江製菓の社員ですから、今日も通常どおり会社に出勤していたものと思われます。そうでないと社内の様子をXに連絡でけへんし、身代金受け渡しの時に欠勤したら、怪しまれそうですからね。とすると、僕が見たXは何者なんですか?」

「知らない」

江神さんは淡然《たんぜん》と言い切った。

「知らないでは割り算に余りが生じるやないですか。彼にも役目を与えてくださいよ」

「そうしたいのは山々やけど、判らんものは判らん。通りすがりの人間の素性を知る術はないやろう。そもそも、俺は割り算をしてたつもりはない。言葉で遊んでただけや」

まさに無為。純粋にゲームのためのゲームだったということか。

「推理研らしい座興だったとは思いますけれど、やや消化不良ですね。思い返してみたら、ロジックの甘いところがいくつかあったし」

わざと冷ややかに言うと、望月に抗議された。

「ロジックに不満があるんやったら、その場で言えよ。みんな納得した上で推論を進めたのに、今になって文句を垂れるのはどうかと思うぞ、アリス。どのへんが甘かったって言うんや?」

「『ええ、唐崎です』。あの駄洒落がどうも」

「かっ。それはお前がうれしそうに言うたことやないか。何が気に入らん?」

「お詫びと訂正をします。僕が聞いたのは、あくまでも〈Aから先です〉でした。アルファベットのA。なので、唐崎にも湖西線にも結びつきません。そのあたりからやり直しませんか?」

織田は、くわえていた〈あまから王国〉を嚙んで割る。

「ほとんど出発点やないか。一からやり直すようなもんやぞ。しんどいこと、さすな」

江神さんは畳の上の本を片づけ、ごろんと寝そべった。

「ええやないか。夜は長い。今夜はアリスの希望どおりにしてやろう」

やれやれ、と言いたげだった望月の顔が、不意にほころぶ。

「〈靴〉はダンスシューズ、〈Aから先〉はステップの順番。〈四分間〉は演技時間。これはどうや? Xは社交ダンスのインストラクターなんや」

「電話で急いで伝えるような内容か?」

織田の反応がよくないので、望月は説得しなくてはならない。

「もちろん、急いで伝える必要があったんや。それは何故かというと、何故ならば――」

秋の夜は、ゆっくりと更けていく。

開かずの間の怪

1

松ケ崎《まつがさき》は左京区《さきようく》にある閑静な住宅地だ。晩秋のある夕刻。地図を片手にした江神二郎部長を先頭に、僕たち英都大学推理小説研究会のメンバー四人は、きょろきょろしながら目的の建物を捜してその町を歩いていた。

「このへんだったんやけどな。六時でもうこんなに暗いんか。昼間と日暮れでは様子が違う」

こうならないよう下見にきていた織田が言い訳がましく言う。もう十一月なのだから六時に陽光があるはずがない。石垣島《いしがきじま》ならいざ知らず、ここは京都だ。

「あれかな」

長髪を掻《か》き上げながら、江神さんは行く手の古びた洋館を指差す。罅割《ひびわ》れた壁に枯れた蔦《つた》がからまった三階建てのそれは、まさしくお目当ての花沢《はなざわ》医院跡だった。ブロック塀に沿って正面に回ると、無用心なことに門扉は壊れて半開きになっている。敷地内に踏み込めば立ち木はすっかり落葉し、手入れを忘れられた植え込みは荒れ果てていた。二年前までこの花沢医院は開業していたそうだが、人がいなくなるとこうも早く小さな廃墟ができるものだろうか。

「モチ、お前、何か感じるか？」

織田光次郎は、同じ経済学部二回生の相棒、望月周平に問いかけた。

「はっきりと妖気を感じる」

ひょろりとした望月は銀縁眼鏡を持ち上げて、鹿爪らしい顔で呟《つぶや》いた。

「妖気？　エラリー・クイーンマニアが何を言う。この世で起きることにはすべて論理的な説明がつくんやないのか？」

ハードボイルドファンに肘で突かれて望月は「たいていは、な」と澄ました顔で応えた。江神さんは腰に手を当てて、二階三階を見上げて黙っていた。

「あ。鍵、預かってたの僕でしたね」

僕はポケットからホルダーのついていない鍵を取り出して、部長に渡した。彼は「よし、入ろう」と号令を発して、玄関前の三段だけの石段に足を掛けた。鍵を開けて押すと、両開き扉は微《かす》かに軋《きし》む。

三人の部員らは背伸びをして、部長の肩越しに暗い家の中を覗《のぞ》き込んだ。右手にはスリッパが並んでいたのであろう棚、左手には受付の窓口が見えた。その横に二階へ続く階段があり、まっすぐに奥に延びた廊下の先は薄闇に呑まれている。気のせいか、埃《ほこり》っぽい空気に薬品臭が混じっているように思えた。

「おお、確かに妖気妖気」織田がはしゃぐ。「びんびんくる。これは本物やぞ、アリス」

そこまでのものは感じないが、先輩の興を削がぬよう「そうですね」と応えておいた。妖気までは感知せずとも、廃屋となった病院——それもお化け屋敷と噂のある——というのは気持ちがよいものではない。

「とりあえず、ざっと見て回るか」

畳んだ地図と鍵をポケットにしまいながら、江神さんが落ち着き払った声で言った。望月は無言だったが、激しく好奇心を掻き立てられていることは、眼鏡の奥で妖しく輝く目を見れば明らかだ。かく言う僕自身も胸が高鳴りだしていた。

スリッパがないので、靴下越しにPタイルの冷たさが伝わってくる。廊下を進むと薬局、事務室、診察室、レントゲン室が次々に現われた。どの部屋も器機などはすべて撤去され、がらんとしていたが、診察室の壁際にぽつねんと立った骨格標本がなかなか無気味だった。日が暮れてきたし、電気もきていないので、当然ながらどこも暗い。

停まったままのエレベーター脇の階段を上って二階に上がると、大小の病室が六つ並んでいた。室内に残っているのはカーテンとベッドだけだ。

「ここで亡くなった人も大勢おったやろうな」

望月が言う。大勢とはどの程度か判らないが、そりゃここのベッドで息をひきとった患者もいただろう。現代の日本では、病院で死ねないことを悲運と考える人も多そうだが、やはり死とつながりが強い場所は幽霊話を呼び込んでしまうのだ。

三階は花沢医師一家の住居になっていたと聞いている。上がってみると、手前からダイニングキッチン、居間——ここにはがらくたが少々押し込んである——、書斎、寝室、客間になっていた。客間の隣にもうひと部屋あり、階段とエレベーターを挟んでトイレと浴室。僕たちの真の目的地は、客間と階段の間の一室だった。

花沢医院そのものが捨てられた存在なのだが、この端の一室はとりわけ念入りに遺棄されていた。天然材らしく重そうなそのドアは、長さ一メートルほどの二枚の板——薄くスライスした枕木のような板だ——を打ち付けて封印されていたのだ。江神さんがノブを握って開けようとしたが、押しても引いてもドアは動かなかった。板が渡してあるのだから当たり前だ。

「ここは昔、納戸《なんど》として使っていたと聞きました」織田が言う。「ずっと前から空っぽになってて、もう五年以上、誰も入ったことはないそうやけど」

「客間とつながったドアもあるんやったな」

望月が訊くと、織田は「見てみよう」と一つ手前の部屋のドアを開いた。ゆったりとしたセミダブルのベッドと、小さなナイトテーブル、椅子が一脚だけ残された客間。そのベッドの脇にかつて納戸だった部屋に続くドアがあったが、それも廊下側のものと同様に二枚の板が釘で打ち付けられていた。僕たちは代わる代わるくすんだ金色のノブを押したり引いたりしたが、びくともしなかった。

「親爺《おやじ》さんが言《ゆ》うたとおり、開かずの間ということやな」

親爺さんとは、そう言った織田の下宿の大家さんのことだった。

ただの開かずの間ではない。ここには夜な夜な幽霊が出没するというのだ。この探偵団がそんな話を身近で耳にしたからには、真偽を確かめずにはいられない。

ディクスン・カーもどきのこの話を僕たちの間に持ち込んだのも、織田だった。

名古屋出身の彼の下宿は、南禅寺《なんぜんじ》にほど近い疏水《そすい》べりにあった。哲学の道からはずれたところで、少し行けば高級住宅地だ。「面白そうな話があるから聞きにきてくれ」と彼が言うので、火曜日の夜に僕たちはそこを訪れた。

「信長さん、すごいところに住んでるんですね。抜群の環境やないですか」

そばまできたところで言うと、当人は照れていた。

「たまたま好物件を引き当てたんや。春は桜を見にくる人で賑やかやぞ。賑やかすぎて親爺さんなんか『旅行に行ってくる』って逃げるほどや」

その親爺さんと相対した。

「あんたら、探偵小説の同好会なんやてな。そしたらこんな話、好きやろなぁ」

七十歳だそうだ。広すぎる自宅のふた部屋を学生に貸しているのと、モータープール——関西では駐車場をこう呼ぶ——からの収入で暮らしているという。にこやか、というより好色にさえ見えるねちっこい笑みを浮かべた彼は、お茶と安倍川餅《あべかわもち》を僕たちにふるまい、楽しそうに話しだした。

「わしの従兄弟《いとこ》の花沢伍一《ごいち》いう男が松ケ崎で病院をやっとった。二年前にリタイアする時、旧知の医者に病院を売却することにしたんやけど、相手に色々と不誠実なところがあって、何やしらえらいややこしいことになってしもうたんや。詳しいことは知らんのやがな。とにかく、裁判に持ち込むの持ち込まんのいうところまでもめて、この春にようよう話がついた。結局、相手が違約金を払《はろ》うておしまいや。本人は息子夫婦のいてる東京にとうに引っ越してたんで、その間にほったらかしにされてた病院の方はかなり荒れてしもうたわ。相手が買うもんと思てたから、わしも手入れに行ってやったりせんかったからなぁ」

僕たちは、急須から勝手にお茶のおかわりを注《つ》ぎながら黙って聞いていた。話はこの直後に核心に入る。

「その荒れた病院に幽霊が出るという噂が流れだしてなぁ」

そうだろうとも。蔦がからまる洋館の病院だったと聞いていたから、そこが空き家になって二年もたてば、怪談が生じない方がおかしいというものだ。その類《たぐい》の話だと織田から事前に聞いてもいたので、僕は驚きもせずにただ軽く頷《うなず》いた。

「具体的に、どういう幽霊なんですか?」

望月がとぼけた訊き方をした。「具体的」と「幽霊」という言葉のミスマッチぶりがおかしい。

「うん。従兄弟夫婦はその病院の三階で暮らしとったんやけど、その端の部屋が開かずの間になっとるんや。廊下と隣の客間に通じるのと、二枚ドアがあるんやが、どっちも板を打って開かんようにしてあってな」

「どうしてそんなことをしたんですか?」

望月は文字どおり膝を乗り出して、座布団からはみ出しかけていた。どこまでにじり寄るつもりだ。

「それがけったいなんやなぁ。『あの部屋は方角が悪いと拝み屋さんに言われたから、魔物の入り口にならんように封じた』と言うんや。医者のくせに何を非科学的なことを、と嗤《わろ》うてやったけど、本人は大真面目なんやな。とにかく、元は便利な納戸やった部屋を開かずの間にしてしもうた。もったいないことをする、と思てたんやけど……」

親爺さんはそこでもったいぶるようにお茶を啜《すす》った。

「ところが、幽霊はその開かずの間から出てくるらしいんや。従兄弟の言うたことはあながち出鱈目でもなかったかもしれん」

「具体的にどのような?」

具体が好きな先輩だ。

「それは行って確かめてみたらどうかな」

親爺さんは、にやにや笑いを浮かべたまま言った。

「織田君は、『ぜひとも実地調査をさせてください』とわしに言うた。許可するから、行って自分たちの目で見てみたらええやないの。幽霊は夜中に出るらしい。泊まってみたらどうや?」

とうとう具体的にどんな怪異が起きるかは聞けなかった。

2

腹がへっては幽霊探索もできない。病院内を見て回った後、僕たちはとっぷりと暮れた町に出た。くる途中にチェックしておいたコンビニに寄って、食料を買い込むためだ。僕が弁当と烏龍茶のペットボトルをレジに運びかけると、織田と望月が缶ビールだのポテトチップスだのをひと抱え持ってきて、さっさとカウンターに並べていった。これから超自然の神秘を探索するというのに不真面目ではないか、と思ったが——それも変？——江神さんの奢《おご》りだというから仕方がない。誰かの下宿で酒盛りを始める時と同じように、めいめいがビニール袋を手に店を出た。

「ねえ、ちょっとちょっと」

塾の名前が入った鞄を提げた小学生らしい男の子とすれ違いざまに、望月が声を掛けた。相手の少年は「え？」と警戒した表情になる。

「この角を曲がった先に花沢医院っていうのがあるやろ？」

「あるけど、もう潰れてるで」とぶっきらぼうな返事。

「うん、知ってる。そこにお化けが出るっていう噂を聞いたこと、ある？」

付近住民からの聞き込み調査のつもりなのだろう。こういうことは子供の方がいい情報を持っている、とでも考えたのか。

「ある。手術の失敗で死んだ人の霊がさまよってるって。誰も住んでないのに夜中に窓に灯が点いてたりしたことがあるって、近所の人も言うてた」

それぐらいでは幽霊かどうか判らない。

「隣のクラスには夜中に探険に行った奴もいてる。けど、勝手に人の家に入ったらあかんて先生に叱られてた」

われわれが小学生と同じ行動をとっていることが明らかになったわけだ。持ち主の親類の諒解を得ているところだけは違うが。

「霊って、どんな霊が出るの？」

優しく尋ねる大学生に、少年はきっぱりと答えた。

「そんなもん、いてるわけがないやん」彼は嗤《わら》っていた。「塾に遅れてしまうわ」

立ち去る少年をぽかんと見送る望月の背中を、織田がどんと叩いた。

「気を落とすな。彼らは忙しい日々を送ってる。今や幽霊や妖精は大人にしか見えん存在になってしもうたわけよ」

「そう思うか？　俺は自分が大人やとも思えんのやけどな」

望月は吐息をついた。

ナイトテーブルの上で蠟燭《ろうそく》の火が瞬いている。その火影《ほかげ》を囲んでコンビニの弁当を食べるというのは、世にも陰気な晩餐だった。壁の上でゆらぐ自分たちの影を見ながら「鬼気迫るな」と望月は呟く。まだ八時だというのに周囲はしんと静まり返って、もう夜半を過ぎているかのように錯覚しそうだ。

缶ビールを空けながら、しばらくミステリ談義などをする。このところ、じっくりとその手の話をすることがなかったので盛り上がるかと思いきや、どうも勝手が違って話は途切れがちだった。やっぱり、幽霊屋敷にいるかと思うと落ち着かないのだ。

「このまま何も起きなかったら、猛烈に退屈してくるんやないですか」

僕が言うと、望月は「気が早いな、お前は」と嫌がった。

「まだ九時にもなってないやないか。それに、教養豊かな人間には退屈の二文字はない。この時間を利用して知的な議論や遊戯をすることもできるやろう」

「あるいは人の悪口とか？」

「馬鹿者。心が貧しすぎる」

僕を叱る望月の傍らで、相棒の織田は少し前から元気がなかった。「どうかしたんですか？」と訊くと、彼は立ち上がった。

「ちょっとトイレ」

足早に部屋を出ていく背中に向かって、望月がうれしそうに声を掛けた。

「気をつけろ。第一の被害者になるなー」

まだこの時間なら、トイレが怖くもないだろう。残った三人は、ミステリの新刊について

「あれ、どうやった？」などと情報交換を始めた。しばらくしてジェイムズ・エルロイの名前が話題に上ったところで、織田がなかなか戻ってこないことが気になりだした。

「様子を見てきましょうか？」

僕がそう言ったところへ、ようやく彼が戻ってきた。両手を腹に当てて、顔をしかめている。

「腹具合が悪いんや。困ったな」

ここへ勇躍乗り込んできた時とは打って変わった力ない声だったので、心配になってくる。

「大丈夫ですか？」

「さっき食べた弁当が悪かったんかも」

「同じものを食べた僕らは平気ですよ」

「育ちが違う、育ちが」

唸りながら憎たらしいことを。

「俺、帰ります」

江神さんに言って、自分の鞄を手に取った。あっさり帰ると言うのにみんな驚く。

「世紀の幽霊ショー開演を前にして帰る？　一生後悔するかもしれへんぞ」

望月は何とか思い留まらせようとしているようだったが、相棒は首を振った。

「下宿によく効く薬があるんや。飲んで治まったら、何時になってもまたバイク飛ばしてくるから」

どうやらこの場は彼を止められないようだった。江神さんは「気をつけて帰れよ」と言って送り出しにかかる。

「すみません。主催者がこんなザマで」

腹を押え、背を丸めて出ていきかけた彼だが、戸口でくるりと振り返った。

「言い忘れるところでした。ここのトイレで、予想もしていなかった恐ろしい目に遭ったんです」

「何ですか?」と訊いた。幽霊を見たのなら叫びながら部屋に走ってきたと思うが。

「気をつけろ。……紙がなかった」

そんな警告を残して彼は去った。怪奇ムードは吹き飛び、白けた空気が広がる。

「信長さんが急に腹痛に襲われるとは。ハプニングですね。あるいは、これも超常現象の一つなんでしょうか?」

僕が言うと、望月は「知るか」と吐き捨てた。江神さんは何も言わず、織田が米粒一つ残さず食べた弁当の折を見ていたが、窓の外を見に立った。

「モチもアリスも、ちゃんと最後まで見送ってやれ。せめて見えなくなるまでは」

僕たちは窓辺に並んだ。織田は門から出ようとしていた。

「トイレットペーパーの呪いに見舞われた男が帰っていく。ああ、肩を落としたあの孤独な後ろ姿」

望月の声が聞こえたかのように、街灯の下にさしかかっていた織田がこちらを振り仰ぐ。そして、力なく手を振りつつ角の向こうに消えた。

「あいつが帰ってくるまで、面白いことが起きないように祈ってやるのが友情というもんや」

「優しいですね、江神さんは」

望月はそう言いながら新しい缶ビールに口をつけた。

3

十一時を過ぎても織田は帰ってこなかった。しかし、バイクを飛ばせば彼の下宿からここまで二十分も要さないのだから、本人はまだ諦めていないかもしれない。

「待てど暮らせど怪異は起きませんね」

望月は部屋の中をうろうろと歩き回り、開かずの間のドアのノブを押したり引いたりしながら言った。教養豊かな彼でも退屈はするらしい。ベッドの上で胡坐《あぐら》をかき、壁にもたれた江神部長は「焦るな」とだけ言う。

「雰囲気を盛り上げるために怪談でもやりましょうか。いくつか新ネタを仕込んでありますよ」

「新ネタ？　うーん、アリスの怪談は怖くも何ともないからな。稲川淳二《いながわじゅんじ》と同じことしゃべっても」

望月が難癖をつけた。語り口が下手だと言いたいのだろう。そう言われるとこちらも意地になる。

「じゃあ、怖いか怖くないか聞いてもらおうやないですか。これはあるパン工場で起きたことなんですけど——」

何という絶妙のタイミングであろうか。僕がいかにも怪談話向きに声を低くした途端に、階下《した》で何かが倒れる音がした。三人ははっとして互いに見合う。この建物内には猫一匹いないはずなのだから、物音がすること自体が奇妙だ。

「お待ちかねの怪異が起きたかな」と望月。

「一階らしいな」

江神さんが立って懐中電灯を持った。いよいよ冒険の始まりだ。僕たちは部長を先頭にして、周囲の気配に異状がないか探りながら、暗い階段をゆっくりと降りていった。たかが何かが倒れるような音がしただけなのだが、これが一人きりだったら果たして見に行く気になっただろうか？　何でもない何でもない、と自分に言い聞かせて、ベッドにもぐり込んだかもしれない。

「しっ！　変な音がする」

後ろの望月が緊迫感みなぎる声で言って、僕の右肩を強く摑んだ。

「モチさん、痛いな」

「そんなことはどうでもええ」よくはないが。「ほら、聞こえるやろう？」

聞こえる。何かが擦《こす》れ合うようなカシャカシャという乾いた音だった。何がどうしたらそんな音がするのか、にわかに見当がつかなかった。

一階に降り、暗い廊下を江神さんが懐中電灯で照らし出すと、僕はぎょっとして思わず一歩退いてしまった。望月は二歩後退している。江神さんもいったんは足を止めたが、すぐにつかつかと歩み出て、床に転がったあるものを爪先で突いた。髑髏《どくろ》だ。

「骨格標本の頭……ですか？」

僕は腰を引きながら、部長の肩越しに覗き込んだ。

「まさか本物の頭蓋骨のわけがない。もちろん模型やろう。それがどうしてこんなところに転がってるのかは判らんけれど」

「胴体はどこにあるんでしょう？」

「ここがどこか思い出せ。ほれ、そこよ」

江神さんが示す方を見ると、わずかに開いた診察室のドアの陰に、骸骨の足首らしいものが見えていた。江神さんは懐中電灯で押してドアを大きく開く。首を失った標本は、前衛的な舞踏を踊るようなねじくれたポーズをとって床に横たわっていた。夕方見た覚えがあるものだが、その時はちゃんと壁際に直立していたはずだ。自然に倒れただけならこんな恰好になるわけがないし、首だけがドアを押し開けて廊下にころころ転がり出るわけもない。

「……おかしいな」と僕は呟くしかなかった。

「こいつ、夜中になったら踊る癖でもあったのか？　それで、バランスを崩して転倒して首が落ちて転がった。カシャカシャいうてたんは、倒れた胴体が苦しんで動いてたんで肋骨が擦れた音かも」

論理の申し子、エラリー・クイーン信奉者の望月の声は微かに顫《ふる》えていた。

江神さんが何かコメントしかけた時、今度は廊下奥の階段の方で音がした。コトン、コトン。何か硬いものが階《きざはし》の角にぶつかりながら上がっていくような音だ。僕たちは、はっとしてまた顔を見合わせた。

「誰か、いてるんや」

「誰かって江神さん、迷い込んだ猫か何かかもしれませんよ」

望月が言ったが、僕にはそう思えなかった。

「戸締まりはちゃんとしましたよ。信長さんが帰った後で、モチさんと僕とで玄関の鍵を掛けに行ったやないですか」

「あいつが帰ってから、俺とお前が鍵を掛けにいくまでの間に誰かが侵入したという可能性はあるぞ」

「侵入して、今まで何をしてたんですか？　骸骨とチークダンスをしてたわけでもないでしょう。ここは泥棒が入る理由もないような家ですよ」

「しかし、猫が歩いてあんな音がするか」

僕たちがごちゃごちゃ言い合っていたのは、真相を確かめに奥の階段へ向かうのを先送りにしたかったからかもしれない——いや、きっとそうだ。江神さんは「行くぞ」とだけ短く言った。

階段の手前の部屋のドアも中途半端に開いていることに気がついた。覗き込むと、窓がわずかに開いている。玄関の戸締まりは確認していたが、各部屋の窓が施錠されていたかどうかについては保証の限りではなかった。何が「戸締まりはちゃんとしましたよ」だ。当然そうなっているだろうと思っていたが、とんだ抜け穴があったのかもしれない。

階段の下まできて耳を澄ましても、怪しい物音はもう聞こえない。見上げてもべったりと闇がすべてを塗りつぶしているだけ。僕たちはまた江神さんを先頭に一列になり、階段を上っていった。

二階の廊下には一階ほど大きな異状はなかった。が、ほっとしたのも束の間。頭上で誰かが跳びはねるような鈍い音がしだした。ドン、ドン、ドンという非常に規則的な音だ。

「もしかしたら、ポ、ポ、ポルターガイスト現象というやつですか、これは？」

望月が気弱な薄笑いを浮かべながら言う。

「ポは一回だけや」部長は真顔で言ってから声を低くした。「面白いやないか。おい、両側から挟み撃ちにしよう」

望月と僕は「え!?」と驚く。江神さんは怯《ひる》むどころか、舌なめずりをせんばかりにうれしそうに笑っていたからだ。三階のポ、ポルターガイスト——ポは一回——はまだはしゃいで跳んでいるというのに、天井を見上げてにやにやしている。

「剛胆ですねぇ。怖いとはこれっぽっちも思わんのですか？」

望月は江神さんとまったく別種の笑みを口許にたたえていた。江神さんは人差し指を立てて「静かに」と言ってから、囁《ささや》くような声で説明する。

「怖いはずがないやろう。これは信長の涙ぐましい熱演に違いないんやから」

「信長さんのって……」僕は同じような小さな声で言い、頭上を見た。「これ、信長さんがドンドンやってるんですか?」

答える江神さんは自信満々だ。

「決まってるわ。あいつ、腹が痛いとか白々しいことを言うて帰るふりだけして、すぐに引き返してきたんや。帰る前に窓の鍵を開けといたんやろう。それで夜が更けてきたら精いっぱい悪ふざけをして、俺らが悲鳴をあげたら大喜びしながら出てくるという段取りや」

音がやんで、静寂が戻ってきた。

「あいつ、そこまで子供ですか?」

口をあんぐり開けて聞いていた望月が、「子供」というところに力を込めて言った。

「いや、あいつは子供を喜ばせるつもりで熱演してるのかもしれんぞ」

江神さんの言うとおりかもしれない、と納得してしまう。——ともあれ、織田悪戯《いたずら》説を聞いて緊張を解くことができた。そもそもゴースト・ハンティングという今回の催しの主催者は彼なのだから、罠を仕掛けていたというのは大いにありそうなことだ。だとしたら、「あれは何だ?」と真面目に口走ることだに恥ずかしい。

おっと。今度は三階の真ん中あたりのドアが二、三度派手な音をたてて開閉するのが聞こえた。なかなか、がんばっているではないか。

「ほら、まだ三階や。逃がすな!」

「絶対に逃がしません!」

上ってきた階段の方に望月が駈けだすのにつられて、僕も彼の後を追った。振り返ってみると、江神さんは身を翻《ひるがえ》して反対側の階段に向かっていく。——よし、これで織田は袋の鼠だ。

「畜生、怖がらせやがって」

ばたばたと階段を駈け上がりながら望月は忌々《いまいま》しげに言った。

「怖かったんですか？」

「もちろん、俺は江神さんと違ってナイーヴやからな」

三階にたどり着くと、彼は両手で構えた懐中電灯をまっすぐ突き出し、廊下を照らした。その瞬間——

「うわぁ！」

理解できないものを見た僕たちは、揃って絶叫した。

開かずの間の隣、さっきまで僕たちがいた部屋のドアが開いて、そこからおかっぱ頭の幼い子供の顔が覗いていたのだ。生気のない死人のような、それでいて口を三日月形に開いて笑っている男児の顔。

いや、僕たちを恐怖で貫いたのは、ただ子供の顔がこちらを見ていたからではない。問題なのはその位置だ。顔が覗いているのは常識では考えられないほど高いところ、戸口の上ぎりぎりのところだったのだ。対面していたのはほんの数秒のことだったろう。それは、いかにも少年らしい敏捷《びんしょう》さで、ひょいと中に引っ込んだ。

そこで望月がぽろりと懐中電灯を取り落としたことを、僕は責めない。自分なら、子供の顔を見た途端に放り投げていたかもしれないのだから。

「どうした？」

向こう側に江神さんの姿が現われ、こちらに走ってくる。ナイーヴでない部長の勇姿に、僕は手を合わせて拝みたくなった。

「こ、こ、子供の顔がそこから覗いたんです。男の子です。それも、床から二メートルもあるような高いところに」

落としたものを拾って望月が言うと、江神さんは「男の子？　二メートル？」と聞き返す。

「しっかりせえよ。ミステリのファンやったらいくらでも説明をつけられるやろう」

「つきますか？」

「つく。ジャイアント馬場《ばば》の変装とか」

ああ、江神さんは見ていないからそんなおちゃらけが言えるのだ。

「馬場やないと思います」

僕が真剣に言うと、部長は判った判ったと言うように首を何度も振った。

「で、アリス、その子供は？」

「中に引っ込みました」

江神さんはＯＫとばかりに指を鳴らした。

「よし、追い詰めたぞ。その子供の頭はきっと人形や。お前らが上がってくる音を聞いて、信長が人形を抱えて廊下に首だけ突き出してたんや。気味悪がるように、できるだけ高いところからな」

うぅっ、と僕は唸った。こっちは顫え上がったというのに、何て鮮やかな解答だ。

「尊敬します、江神さん」

望月が胸を撫で下ろしながら言った。

「さて、お人形を抱えた織田先生の労をねぎらって、夜食の買い出しにでも行こう」

と言いながら江神さんは部屋に入っていった。続いて入った僕たちを含めた三人は、ここでさらなる恐怖——というより疑問にぶつかる羽目になった。

誰もいなかったのだ。

4

その事実を見て取るなり、江神さんの指令が飛んだ。

「アリス、廊下に出ろ。この隙にそっちのドアから抜け出すつもりや」

僕は返事もせずに身を翻した。なるほど、籠《かご》脱けの要領で消えてみせるつもりか。江神さんの機転でそれは阻止したぞ、と思ったら笑いたくなった。

ところが、廊下に出てみても人の姿どころか気配もない。どれだけうまくやったとしても、階段まで走れたはずがないのだが。

「おかしいな」

僕は廊下側のドアに歩み寄った。こちらも二枚の板で封じられており、念のために調べたが押しても引いても開かなかった。

「あっちからは出られません」

客間に戻って報告すると、床に両手両膝をつけた江神さんが「そうか」と応えた。這いつくばってベッドの下を見ていたのだ。

「ここには猫の子一匹いませんね」

望月が室内を見渡して言う。隠れるところはどこにもない。

だが、僕たちはその時点ではまだ心に余裕を持っていた。

「開かずの間に逃げ込みやがったな。さては、あいつだけは大家さんから合い鍵を預かってたんやろう。ええい、小癪《こしやく》な」

望月がノブを激しく引っぱりながら罵《のの》るように言った。いや、それはない。

「でも、このドアには鍵孔がありませんよ。合鍵ってことはないでしょう。第一、ここのドアも二枚の板が釘で打ち付けられてるやないですか」

「そうか」望月は引くのをやめて押しながら「としたら、どうやって中に?」

「残る逃げ道は窓です。三階ですけど、それしか考えられません」

僕はサッシの窓に手を伸ばしかけて「あれ?」と言う。ちゃんとクレセント錠が掛かっていたのだ。「誰か今掛けたんでしょう?」と二人の先輩に尋ねる気も起きない。そんなことをする間隙《かんげき》がなかったことは、自分自身が充分に承知していた。

「窓やないとしたら、やっぱりここや」

望月は拳で開かずの間のドアを二度叩いた。

「子供の首が引っ込んだ直後にドアが閉じる音を聞いたか?」

江神さんの質問に、望月と僕は首を振った。〈いいえ〉という意味ではなく、〈動転していて記憶にありません〉という意味だ。

「中に人がいる気配はあるか?」

江神さんの言葉に、ドアに耳を押し当ててみた。しばらくそのまま耳を澄ましたが、何も聞こえない。

「必死になって息を殺してるらしいな。ご苦労なことや。しかし、どうやって中に入ったんやろうな」

望月は、顎に手をやってドアを見つめている。何を思案しているのかと思ったら――

「この板は、本当に釘で打ち付けられてるんやろか」

「どういうことです?」と僕は訊いた。

「ミステリ最古の密室トリックやないけど、この釘は中で腐って折れてるのかもしれんやろ」

「釘が腐って折れてる?」それでは説明がつかない。「折れてるかどうか知りませんけどドアは現実に開閉できへんやないですか。さっきモチさんが引いても押しても開かんかったやないですか」

「それはそうやけど」

僕は進み出て、ドアが開かないことを自分で確かめる。びくともしなかった。

「信長さん、どうやって入ったんでしょう。江神さん、判ります？」

振り返って訊くと、部長は「いいや」とだけ言った。

「こいつを剝がしましょうか」

僕が板に手を掛けたら、二人の先輩に制止された。望月など大変な剣幕だ。

「無粋なことをするな、アリス。そんなことをしたらトリックが検証できんようになるやないか。現場はこのまま保存や」

江神さんも同じ意見だ。

「せっかく信長が面白い問題を出してくれたんやから、しばらく考えようやないか。時間はたっぷりある」

なるほど、これは織田からの挑戦か。ならば受けて立たなくてはなるまい。

「廊下の二方向から追い詰めたんですから、この部屋に逃げ込んだとしか考えられませんよね」

僕は板から手を離して、ドアを拳で叩いた。江神さんと望月にも異論はない。

「男の子人形の首で僕らを脅かしたのは時間稼ぎかな。びっくりして怯んでいる間にドアに細工をしたのかもしれません」

「それはどうかな」と江神さんは言う。「人形の首を見た人間がどれだけ驚くかは予想が難しい。怯むことなく突進してきたら、開かずの間に飛び込む前に追いつかれてしまう。みすみす自分が逃げる時間を削るだけで、リスキーやろう」

「リスキーだとは考えなかったんやないですか」

「うん、そこは何とも断定しかねるな。実際には、お前もモチも胆を潰したけれど、それで稼げた時間はせいぜい十秒程度やろう。凝った細工をする余裕はなかった」

「おっしゃるとおり。あいつが考えたトリックですから大したもんやないでしょう。どこかに抜け穴があるんやないですか」

そう言いながら、望月は壁を調べ始めた。どんでん返しの仕掛けが巧みに隠されているのでは、と疑ったのだろうが、どこにも変わった点はなかった。徒労であったが、不正解は消し込まなくてはならないから必要な作業だった。

「壁でも床でも天井でもなく、やっぱりこいつに秘密がありそうやな」

江神さんが押しても引いても叩いてもドアは開かない。もしや引き戸になっているのでは、という検証まで為されたが、すべて空振りだった。部長は両手を腰にやって、ドアの前で仁王立ちになる。

「難問やな」

さすがの江神さんも、不可解な状況を目のあたりにして当惑を隠せない。

「こうなったら持久戦に持ち込むしかないかもしれません」

僕は、ドアから数歩離れて言った。開かずの間で耳をそばだてている織田に聞かれたくなかったからだ。

「こっちには時間はたっぷりありますけれど、信長さんにはリミットがあります。あんまり長考されたら困るでしょう。この室内にトイレがあるとは思えません」

「どうやろな」望月は渋い顔だ。「籠城用の準備を整えてる可能性もあるんやないか。計画的犯行なんやから」

「いや、そこまでしますかね」

「だいたい今回の幽霊屋敷探索を言いだしたのはあいつや。ミステリでもしばしば招待主が犯人で、その場合は恐ろしく準備がええやないか。携行用のトイレを持ち込んでおくぐらいやりかねん」

江神さんも持久戦を拒否した。

「もし尿意に堪えかねて信長が出てきたら、それはこっちの敗北が決定する瞬間やろう。むしろタイムリミットがあるのは俺らや。残された時間がどれだけあるのか知ってるのは、あいつの膀胱《ぼうこう》の容量のみ」

そうだとしたら、僕がつまらないことを口走ったせいで貴重な時間を無駄にしてしまったことになる。

「そういうことですね」望月が言った。「『もう我慢できんからトイレに行かせてくれ』とあいつが出てきたら、時間切れでわれわれの判定負けです」

江神さんと望月は、廊下側のドアを見に行った。その間、僕は客間に留まって織田が出てこないか監視する。二人の先輩はすぐに引き返してきた。あちらのドアが完全に封じられていることを確認したのだ。

望月は体を動かしながら考えることにしたのか、室内を行ったりきたり歩き回りだしたかと思うと、開かずの間のドアを未練がましく押したり引いたりする。屈み込んで、またドアに耳を押しつけて中の様子を窺《うかが》ったりしていたが、やがて「判らん」と首を捻って立ち上がった。お手上げの様子だ。

「おい、信長。頭の中も筋肉かと誤解していたけど、結構やるやないか。すぐ踏み込んでやるから、もうちょっと辛抱しとけよ」

彼は、ドア越しに挑発的な言葉を開かずの間に投げつけた。室内から何らかの反応があるかと思ったが、まったくない。

「きっと中でへらへら嗤うてやがるな。よし、俺がトリックを看破するまで出てくるな。ドアの前をベッドでふさいで、出てこれんようにしてやる」

彼が本当にベッドを動かしだしたので、僕はやむなく手伝おうとした。それを「待て」と江神さんが止める。

「そんな嫌がらせをしても、あいつの判定勝ちを阻止することはできへんやろう。ベッドなんか置いたらドアが調べにくくなるだけや」

それも道理なので、ベッドをもとの位置に戻した。そこで疑問が頭をよぎる。

「信長さんは、本当に開かずの間に潜んでいるんでしょうか？　腹痛が仮病で、こっそり舞い戻ってきてたというのも確かではありませんよね」

「今さら何を」望月は言った。「あいつの悪戯でなかったら、骸骨が踊ったのも、身長二メートルの子供が覗いてたのも、説明がつかんようになる」

「それはそうですけれど、織田さんが犯人やという証拠がありますか？」

「狐狸《こり》妖怪を信じるようになったらミステリファンも終わりやぞ。幽霊なんてもんはこの世に存在せん。妖しい現象はすべて合理的に説明がつくんや」

「説明がつかない事態に直面していますよ」

「それは、いまだ説明がつかず、という段階にあるにすぎん。どこかに答えが隠れてるんや。それを見つけ出す努力を放棄するな」

えらい力の入れようだ。彼の信念に関わるのかもしれない。先ほど子供の首を見た時は、あれだけ怖がっていたのだが。

何か気になることがあるらしく、江神さんはドアをしげしげと見つめていた。望月と僕はそれに気づいて、しばし様子を窺った。

「ここでドアをにらんでるだけでは先へ進めんな」

「どうするんです？」と望月。

「当てはないけど、もういっぺん院内を見て回ろう。ここ以外の場所に手掛かりがあるかもしれん」

「そうですか。アリスは江神さんと一緒に行ってこい。俺はここで番をしてる。信長がこっそり忍び出さんようにな」

もう幽霊への恐れはなくなったらしい。本格ミステリファンとしての矜持《きょうじ》を取り戻したのだ。

江神さんと僕は一階まで降り、まずは各部屋を順に見て回った。受付、薬局、事務室。診察室に骨格標本がさっきの恰好のまま転がっているだけで何も変わったものは見つからず、妖怪に襲われた望月の悲鳴が三階から響いてくることもなかった。

さらに奥へ奥へと進む。階段脇の部屋の窓は小さく開いたままだったが、これは落ち着いて考えてみるとおかしなことだ。ここから何者かがこっそりと侵入したのだとしたら、窓をきちんと閉めるはずではないか。これは、俺はここから入りましたよ、という織田のあからさまなメッセージなのかもしれない。

動かないエレベーターの向こうのトイレもチェックしてから二階に上がって、一室ずつ巡回するが異状なし。腕時計の針はもう十二時半になろうとしていた。早く謎を解いて織田を引っぱり出し、夜食にしたいものだ。

三階に戻って端から順に見ていくうちに、江神さんが初めてあるものに注目した。居間のがらくたを見分していたのだが、丸めて壁に立てかけてあったカーペットを広げてみた時のことだ。

「これは客間に敷いてあったものやと思わんか?」

江神さんは小豆色のカーペットを部屋いっぱいに広げていった。

「ほら。これがベッドの脚の跡で、そっちの浅いのがナイトテーブルの三本脚の跡やろう。あの部屋のベッドとテーブルの配置とぴったり一致してる。ベッドがセミダブルなのはあの部屋だけやからな。それに、ここが切れ込んでるのは柱を避けたからやろう。柱の位置があの部屋の間取りどおりやないか」

「らしいですね。で、それが何か?」

江神さんは、チッチッと舌を鳴らした。

「よう観察してみい。重大な手掛かりがここにあるやないか」

「どこです?」と訊いたが、教えてはもらえなかった。

「まぁ、待て、俺も判りかけたところや。ちょっと考えさせてくれ」

そう言った部長だが、一分ばかり黙考しても決定的な閃きは訪れなかったようだ。残りの部屋をチェックしてみよう、と言いだす。

隣の部屋。その隣の部屋。いずれも空っぽで手掛かりになるようなものは発見できない。江神さんは客間と開かずの間を通り過ぎ、階段もエレベーターも過ぎて一番奥のトイレに入った。織田がトイレットペーパーがないことに愕然としたトイレ——腹痛が仮病だったのなら困ることはなかっただろうが——である。そんなところにヒントなんかないだろう、と思いきや、江神さんは右の拳で左掌《てのひら》を叩いてパンと大きな音をたてた。

「どうしたんですか?」

「このトイレ、夕方に入った時と変わってるところがあるぞ。判るか?」

判らない。説明して欲しい、と思ったが、それはまたかなわず、江神さんはすたすたと廊下に出、また階段を降りようとする。

「どういうことか教えてくださいよ」

意味不明の答えが返ってきた。

「スッポンがなくなってる」

5

「それがスッポンですか？」

僕は、階下から戻ってきた江神さんが手にしたものを見て尋ねた。

「正式に何と言うかは知らん」とのこと。スッポンと呼ばないことだけは確かだろう。トイレ清掃用具で、柄の先に吸盤がついたアレである。——後に、それがラバーカップという名で売られているのをスーパーで見た。

江神さんが階下のトイレから取ってきたラバーカップを聖火のように掲げて客間に入ると、望月は当然ながら「どうしたんですか？」と面食らった様子で尋ねた。部長はにやりと笑ってそれを床に置いてから、開かずの間へのドアに懐中電灯の明かりを向けた。やがて、「やっぱり」と呟く。

「このドアは板で打ち付けられてないぞ。これを見てみろ」

照らし出されたのは、横に渡された二枚の板の一部だった。ノブに近い方で、いずれにも、ドアと壁の間にあたる箇所に縦に罅割れがある。今まで気がつかなかったのはわざわざ顔を近づけてまで注意して見なかったからだが、室内が暗かったせいもあるだろう。

「板が割れてるようですけれど、それがどうかしましたか？　開かないことに変わりはない」

望月はそっけなく言った。江神さんはそんなことにかまわず満足そうだ。そして「ちょっと待っとけ」と言ってまた部屋を出る。ずるずると妙な音がするな、と思うと、先ほどの小豆色のカーペットを引きずって戻ってきたのには驚いた。僕たちに質問する間も与えず、彼はそれをまた大きく広げる。

「これはこの部屋に敷かれてたカーペットや。ベッドの跡、ナイトテーブルの跡。椅子は軽いから跡がついてないな。そしてこれが──ドアが開閉した時に擦れてできた跡や。二つあるうち、こっちが廊下に通じるドアの跡で、そっちが開かずの間に通じるドアの跡ということになる」

江神さんは、いちいち指差しながら言った。

「問題は開かずの間に通じるドアの跡や。おかしいやろう？」

いったいどこが、と思いながら該当するドアを見て、ようやく気がついた。完全におかしい！

「何がおかしいかは判りましたよ。あのドアが開閉したら、このカーペットのような跡はつくはずがない。ノブが右側についてるんやから、ドアは左側へ向かって開くから片仮名のノの字の形に跡がつくはずやのに、カーペットには逆に左から右へドアが開いたような跡がついてます。ということは……?」

その先が理解できない。江神さんはにやりとした。

「こんな奇妙なドアがどうしてあるのか知らんけれど、粋狂《すいきょう》な病院の先生が洒落《しゃれ》で造ったものかもしれん。あるいは、方角が悪いと拝み屋に言われて気に病んでいたそうやから、魔物を謀《たばか》るための仕掛けのつもりかもな。それを下宿の親爺さんから聞いた信長が俺らを試すために利用したんやろう。——このドアのノブは、本来、左側についていてはならんのや。カーペットの跡によると、左から右へと開くんやからな」

「つまり、今ついてるノブは偽物?」

「そうや、アリス。確かめるためにこの二枚の板を剝いでみよう。そうやな……その頑丈そうな椅子を使わせてもらおうか」

部長は椅子を摑んで振り上げた。そして、脚の先を板に叩きつける。他人様の家で乱暴な、と思って見ているうちに、上の板の一部が割れた。罅割れがあった側の、ドアと壁の間だ。そこに現われたのは——

「蝶番《ちょうつがい》!」

僕は大声を出した。ノブがついている側に蝶番がついている。あり得ないことだ。

「ほら見ろ。このノブはやっぱりまがいものや。二枚の板は、いかにもこの部屋は封印されていますよという先入観を与えるためだけやなくて、上下二箇所ついてる蝶番を隠すために打ってあったんや。割れた破片を見てみろ。蝶番を包むように板の内部が抉《えぐ》ってある」

そうだ、そうだったのだ。蝶番のある側についた偽物のノブをいくら引いてもドアは決して開かない。まさか、こんなけったいなドアが存在していようとは。

「さて、このドアをどうやって開くかやけど、そこでこいつの登場や」

江神さんはスッポン、いや、ラバーカップを取り上げ、本来ならそこにノブがついているべきであったあたりに吸盤を押しつけた。

「開け、ゴマ」

それを手前に引くと、二枚の板をつけたままドアは見事に開いた。鋳割れていた板は折れ曲がって、開閉の妨げにならない。鋳割れているのではなく、そもそも二つに分かれた板切れを裏側からテープか何かでくっつけているだけなのかもしれない。板がドアについたままなのは、ドア部分にだけは本当に釘を打ってあるためで、壁に打ち付けてあるように見える部分は、望月が言ったように釘の頭だけが本物で実体はないのだ。

開いた開かずの間へ、僕たちはどっと雪崩《なだれ》込んだ。もはや納戸ですらない、空っぽの室内に織田は——いた。

彼は部屋の隅に座っていた。いかにも疲れた表情をして、こちらを上目遣いに見上げている。

「随分かかりましたね。待ちくたびれて、うとうとしてしまいました」

ようやるわ。

「やりとりはずっと聞こえてましたよ。ラジオドラマみたいで面白かったな。笑いを嚙み殺すのに苦労しました。やっぱり江神さんが解きましたね。それは予想どおりです。スッポンって何を指して言うてるんやろう、と不思議でしたけど」

彼がちらりと投げた視線の先に、自分が使ったラバーカップが転がっていた。江神さんは苦笑し、織田は得々と語る。

「変なドアでしょう。ここの元院長は何を考えてたんでしょうね。今となっては判りません。このドアのことは大家さんから聞いて、事前に見せてもらっていました。幽霊の噂はありきたりやけど、この仕掛けにはそそられましたよ。密室トリックに使える、と。それで江神さんたちご一行を恐怖と謎の夜にご招待する気になったんです。楽しんでいただけましたか?」

「骸骨を踊らせたのも、跳びはねたり、ドアをバタンバタンやったりしたのも信長さんのしわざですね?」と僕は訊く。「タイミングを計って廊下に子供の人形の顔を突き出したのも?」

「もちろん。盛大に悲鳴をあげてくれて感激したわ。がんばった甲斐があるというもんや」

彼は背中の後ろに隠していた人形を取り出し、僕たちに突き出して見せた。可愛らしい女の子の人形だった。長い髪をしたあどけない童女だ。

「女の子?」

江神さんは彼の手から人形をもぎ取った。僕も近くで見たが、特別な仕掛けはない。では、と室内を見渡しても他に人形などありはしない。江神さんと僕は窓に駈け寄って庭を見下ろしたが、そこにも何も発見はなかった。

「お前ら」

江神さんは、いつになく狼狽《ろうばい》をにじませた口調で後輩たちに尋ねた。

「どういうことや。グルになって俺を嵌《は》めようとしてるのか?」

三人は揃って首を振る。

長い沈黙が訪れた。

二十世紀的誘拐

1

一八八九年というから、今からほぼ百年前。フランス革命百周年を記念する万国博覧会の開催に合わせてエッフェル塔が建造された。その際、パリ市民の間で囂々《ごうごう》たる非難が沸き起こったそうだが、同じことはその姉妹都市でも起きた。

京都駅前にそびえる白亜の観光施設、京都タワーは燭台の蠟燭《ろうそく》を象《かたど》っているともいう。お寺に縁のあるアイテムをモチーフにしました、というのは、古都の景観を破壊しているではないか、という反対派へ妥協を促すための方便だったのだろう。

そんなことはどうでもいい。十二月のとある土曜日の午後。僕は、推理小説研究会の三人の先輩とともに、さる使命を持ってその京都タワーに上ることになった。大阪人の僕が京都タワーに上るのはこれが二度目のことだ。最初は小学三年生の時だったと記憶しているから、およそ十年ぶりということになる。

「お前、ここ、初めてやないやろう?」

エレベーターの中で望月周平に訊かれた名古屋出身の織田光次郎は、むっとしたように相手を見返した。

「当たり前やろう。両親や姉貴や友だちが交代で名古屋からくるたびに付き合いで上ったわい。お前こそ何回目や？」

和歌山から出てきている望月は、にやにや笑っている。

「いばるなよ。——ちなみに三回目や」

間もなく誘拐犯人が身代金を受け取りにやってくるかもしれないというのに、呑気《のんき》なやりとりだ。部長の江神さんの方を見ると、こちらも実にリラックスした様子で壁にもたれて、ガイド嬢の京都案内に耳を傾けているようだった。右を向いても左を向いてもどの先輩も緊張感を欠いていて、誘拐事件だ、身代金受け渡しだ、と興奮しているのは僕一人だけらしい。誘拐といってもさらわれたのは人間ではなくて品物だし、身代金の金額が常識はずれに少ないのだから彼らの反応こそが自然なのかもしれないが。

さすがに土曜日だけあって高さ百メートルの展望台は観光客で賑わっていた。洛中洛外《らくちゅうらくがい》はもちろん大阪まで一望の下に収められるはずなのだが、今日は曇天のせいで東山の清水寺《きよみずでら》さえも霞んでいる。観光で上ってきたわけではないとはいえ、せっかく七百三十円も入場料を払ったのに、と落胆した。

「これでは期待はずれですね」と言うと、望月、織田の両先輩から「遊びにきたんやない」「真面目にやれ」とたしなめられてしまった。気がつくと彼らはエレベーターの中とは打って変わって真剣な顔になっているではないか。

「こっちや」

江神部長は馬に鞭をくれるように鋭く言って、足早に歩きだした。といっても、上ってきてすぐに四人揃って目指すところがトイレとあれば、周囲から奇異の目で見られるのも無理はない。このトイレが目的でわざわざ京都タワーに上ってきた、いや、上らされたのであり、それが誘拐犯人の指示なのだ。

トイレには誰もいなかったので、僕たちは洗面台に飛びつき、その底をまさぐった。意味ありげなものが手に触れる。何かがガムテープで貼りつけてあった。

「これかな?」

僕はそれをむしり取って目の高さに持ち上げた。テープで貼りつけられていたのは、折り畳まれた茶封筒だった。

「お、平べったくて硬いものが入ってますよ」

「早く開けろ!」

織田が叱りつけるように言った。封を切り、逆さにした封筒を軽く振ると、ぽろりと掌《てのひら》の上に落ちたのは鍵が一つと名刺大の紙切れが一枚。紙切れには細かいワープロ文字のメッセージが書いてあったので、僕は読み上げた。

「『品物は京都駅烏丸側のコインロッカーに預けてある。鍵は掛かっていない。番号は同封の鍵を見よ。ただし、当方が身代金を無事に回収できない場合は、そちらが駅に向かうまでの間に品物を取り出してよそに移す。そうならないことを希望している』」

鍵の番号札には32とあった。

「また駅へ行くのか。引き回してくれるやないか」

江神さんが口許に苦笑を浮かべ、その隣で望月は、ああ邪魔臭い、という表情を作ってみせる。

「けれど、犯人も考えてますね。知恵比べをしている気分になれます」

僕は感じたことをそのまま口にしていた。身代金と人質の交換をいかにして行なうか、誘拐犯人は犯人なりに知恵を絞ったのだろう。犯人がとった方法はこうだ。

まず、昨日の夜、被害者宅にファクシミリで指示が届いた。『午後一時ちょうどに、京都駅烏丸側コインロッカーに一番近い男性用トイレに入り、洗面台の底を探れ』というものだ。身代金の運び屋を引き受けた僕たちがそこに赴くと、封筒に入った次の指示がテープで貼りつけられているのが見つかった。そこには『身代金をこの洗面台の底に貼れ。貼ったらすぐさま京都タワー展望台に上り、そこのトイレの洗面台の底の手紙を見よ。ただし、当方が身代金を無事に回収できなかった場合は、その手紙は何の意味もなくなり、ゲームは終了する』とあった。それにも従ってタワーに上ってみたら、前述のものが出てきたというわけだ。

実は、京都駅のトイレを去る際に、身代金を取りにくる犯人を見るために誰かを残すべきか否か、というごく短い議論があった。結局、犯人の指示にそむいてゲームセットになってはまずい、ということで張り込みは行なわなかったのだ。

ちゃんと犯人の言うことを聞いてやったのだから、品物が無事に返ってきてもらわなくては困る。金は取られた、品物は返ってこない、では僕たちも面目が立たないではないか。

とにかく、京都駅に逆戻りである。上ったばかりのタワーをすぐ降りることになってしまったわけだが、下りのエレベーターの中で江神さんが残念そうに言うのが聞こえた。

「ろくに景色を見る間もなかった。初めて上ったのに」

日本海に面した宮津《みやづ》市出身とはいえ、この人だけは京都人だった。

僕たちは小走りになって地下街〈ポルタ〉をくぐり抜け、再び京都駅に向かった。誘拐犯人に翻弄される捜査陣という役どころになってしまっているのに、腹立たしいというよりどこか楽しい。もちろん、これが幼児営利誘拐事件などだったら目が血走っているだろうけれど、今、僕たちが巻き込まれているのははるかに軽微な事件、というより冗談に類するものであった。

——何しろ身代金がたったの千円なのだから。

「京都駅烏丸側コインロッカーに一番近い男性用トイレ」には行ったばかりだから、指定のロッカーへも迷わず直行することができた。トイレの洗面台底に貼りつけた千円札がなくなっているのか、まだついたままなのかを確かめてみたい、とも思ったが、やはりロッカーの中をあらためるのが先だ。

紅葉も散り、人がどっと京都に押しかける季節は過ぎたとはいえ、まだまだ観光客は多い。犯人は、周到に準備してロッカーの確保に苦労したのかもしれない。

「ここですね」

僕はずっと握りしめたままだった鍵を32番のロッカーの鍵孔に差し込みかけたが、施錠はしていないという犯人のメッセージを思い出してやめた。ごくりと唾を呑み込みながら扉を開く。

「あった！」

僕の両肩越しに覗《のぞ》き込んでいた望月と織田が耳のすぐ横で同時に叫んだ。ステレオだ。

中のものを両手で持ち、ゆっくりと明るいところに引っぱり出す。品物は、シャガール風の女の横顔が描かれた一枚の絵だった。大きさは何号と呼ぶのか知らないけれど、週刊誌の見開き分。

「傷んでないか？」

僕は、そう尋ねる江神さんに絵を向けた。

「無事です。折った跡もありません」

「折った跡もない……」

江神部長は戸惑いのこもったような声で呟《つぶや》いたが、その満面に次第に笑みが広がっていった。絵を見つめたままの彼に僕は尋ねる。

「折った跡もないとは、どういうことなんでしょう？」

「見事な手口や」彼はますますうれしそうな顔になった。「犯人がどうやってこいつを持ち出したのか、確かにミステリーやな」

何故、僕たちが身代金運びなどという役を担うことになったのか。奪われていた品物はどういうものだったのか。

2

水曜日の夜に話を戻して説明しよう。

望月、織田が所属するゼミのコンパがあった。とりたてて何の意味もなく、ただ飲んでわいわいやろうや、というだけのコンパだったそうな。

八坂神社《やさかじんじや》近くのごく大衆的な店で一次会をすませてから、さあ木屋町《きやまち》まで歩いて適当な店へもぐり込もう、と長い列になってだらだら歩いているうちに、望月、織田と、あろうことか教授の三人がはぐれてしまった。

「主役を置いてさっさか行ってしまうとはけしからん！　何考えとんじゃ、あいつら。わしに飲ませんつもりか」

経済政策を専門とする酒巻駿《さかまきしゅん》教授は両腕を振り回して荒れたというから、充分に酔っていたのだろう。二人の学生は「申し訳ありません」と見当はずれに謝ったりしながら、「どこか三人で行きますか」などと教授を宥《なだ》めにかかった。

「もうええ」酒巻教授は教え子の肩に両腕を回して抱いた。「木屋町くんだりまで歩くことはない。わしの家にこい、青少年」

「はぁ」と教え子。

ひょろりとした望月と短軀《たんく》の織田の両肩を不恰好に抱きながら、教授は二人を交互にじろりと見て「嫌か？」と訊いた。

「突然お邪魔していいんですか？」

織田の言葉に「大丈夫」と答えると、彼は車道に半歩踏み出して、早速タクシーを止めにかかった。

「先生のお宅って、近くでした？　確か……」

望月が案じるのを遮る。

「そこそこ遠い。なんや、タクシー代を心配してるんか？　ケチくさいこと言うな。ぱーっといったらええんや。どいつもこいつも自粛と称して萎縮しやがって。――これ、駄洒落《だじやれ》やで」

秋口に天皇が病に臥して以来、日本中を包む自粛ムードに反発しての発言だった。確かに何でもかんでも賑やかなことは自粛という風潮は行き過ぎで、日産自動車のテレビコマーシャルが問題視されたことなど、どうかと思う。新車セフィーロの助手席から井上陽水《いのうえようすい》が微笑《ほほえ》みかけ、「皆さん、お元気ですかぁ」と言うのが不謹慎とされたのだ。そのため日産はバックの歌の音量を上げ、台詞《せりふ》が聞こえないように改変したのだが、口パクで「お元気ですかぁ」は、よけい世間をおちょくっているかのようだった。

そもそも今夜のコンパも、反自粛をコンセプトとしたものだ。そんなことをしても経済が沈滞するだけで無意味だ、経済学を学ぶ徒は率先して平時と同じ経済活動を営むべし、と教授は席上でも気炎を上げていた。ミニ演説をするだけでなく歌いもした。陽水の『夢の中へ』を。

「そこを右に曲がってくれるかな。で、信号を二つ越える」

酒巻教授の家は伏見《ふしみ》にあった。名前が表わすとおり、実家は代々の造り酒屋なのだそうだ。家業は長男が継ぎ、次男坊の教授は学問の道に進み、小説家になりそこねた三男は三十を過ぎてもふらふらしている、ということを教授は車中でぺらぺらとしゃべった。「嫁はん」は某短大で美学を教えていること、子供は四十の時にできて今年四歳になる男の子が一人、ということなど。

「今晩泊まっていけ。嫁はんが出張で留守やから何ももてなしはできん代わりに気も遣わんでええ。子供は兄貴のところに預けてあるし」

教授のマイホームは伏見稲荷の賑わいとはまるで関係のない方角で、瓦屋根の古い家が軒を連ねる中に田んぼがちらほら交じるあたりにあった。そこここの叢《くさむら》からまだ虫の声が聞こえ、京阪だかJRだか知れない線路が遠くでカタカタと鳴っている。

「こっちや。足許が暗いから気をつけろ」

玄関先の電灯が切れているらしい。薄暗かったので、教授はあらかじめそう注意した。それに「はい」と応える望月の声にかぶさって、暗がりから「おかえりなさい」と男の低い声が聞こえてきた。

「助かった。あまり待たずにすんだわ」

玄関の扉にもたれていた男は体をゆっくり起こし、軒の影から明るいところに出てきた。

「聡《さとし》か」

教授はそっけなく言った。タクシーの中で話に出た「ふらふらしている三男」だった。安っぽいブルゾンにジーンズというういでたち。どちらかというと色白でのっぺりとした教授とは対照的に、浅黒く精悍《せいかん》な顔つきをしていながら、面長な顔の輪郭がよく似ている。

「入れてくれるかな。——あれ、もしかしてお客さん?」

「ゼミの教え子や」教授は望月たちを振り返り「これはわしの弟。まぁ、とにかくみんな上がれや」

気を遣う必要が出てきたのかもしれないな、と感じながら望月、織田は中へ通された。

教授の家は玄関もリビングもきれいに片づいていて、どんな立派な客がどれほど急にやってきても慌てることはなさそうだった。インテリアは上品な茶系統で統一されて落ち着いた感じがしたが、廊下やリビングの壁に飾られた絵は十枚以上もあって、ややうるさい。

「中古を値切って買《こ》うた家やけど、ローンが大変でな。きついわ。しかし、これしきのボロ屋ぐらい分不相応な買い物でもないやろう。なんぼ貧乏な大学教授でも」

教授は、食器棚から取り出したコップを台所で洗いながらもぶつぶつとしゃべり続けている。ソファに掛けた酒巻聡は、望月と織田に気さくに話しかけてきた。

「あれはね、借金なら無理だぞ、という俺への婉曲《えんきょく》なメッセージなんや。表現がスマートやないけどね」

二人が返答に困っているところへ教授は四つのコップを手にやってきた。

「そういうことやな。しかし、お前も気が弱いやないか。うちの嫁はんの留守を狙《ねろ》てきて、玄関先で待ってるやなんて、いじましいて涙が出るで」

コップを並べると台所に引き返して、今度は一升瓶を提げて戻ってくる。もちろん本家が造った特級酒だった。

「そこまで情けのうないよ。義姉《ねえ》さんに嫌われてるのは知ってるけど、何もあの人を怖がってはいてへんから」

「けど、苦手やろう」

教授は三つのコップに半分ずつ酒を注《つ》ぎ、最後になみなみと注いだ分を自分の手許に引き寄せた。どっかと腰を下ろしたところをみると、愛想程度でも肴《さかな》になるようなものを出すつもりはないらしい。

「美学やなんて非生産的なものを生業《なりわい》にしてるくせに、作家になる夢を抱いた俺が定職に就かんことを批判的に見るというのは合点がいかん。身内でもあるんやし、もうちょっと理解を示してくれてもよさそうなもんや」

教授はせせら笑うように喉を鳴らしたが、それは決して冷淡なものではなく、愛情がこもった笑いに聞こえる。

「おいおい、それは泣き言や。美学と文学は違うんやから仕方がない。有無を言わせんような作品を世に送って、力ずくで理解させたらええやないか」

「言うは易し、や。簡単にできたら苦労はせんよ。俺の才能は叔父さんとええ勝負らしいし」

「叔父さんというのは売れない絵描きでな。――ほれ」

教授はコップを持った手の人差し指だけをピンと立てて、壁の絵の一枚を指した。水彩画らしい。どことなく桃色がかった霧の中に女の横顔が浮かんでいて、四隅に青いハイヒール、鳩、スプーン、葉巻が浮かんでいる。ふんわりと柔らかな印象が全体を支配した絵だった。

「シャガール、クレーのぱくり。女子高生の詩が添えてあればよく似合うイラストにも見える。お世辞にも褒められたもんやないな。不甲斐ない絵や」

聡は辛辣《しんらつ》に評したが、その言葉をそのまま受け取ってはならなかった。教授の話によると、彼は親族の誰よりも亡き叔父を慕っていたのだそうだ。中央の画壇はおろか、関西でも名の知れない存在だった売れない画家の叔父を慕う気持ち。それが聡を作家志望にした遠因だ、と教授は決めつけて言う。

「中途半端な才能というのは罪なものやな。そんなものを天から授かったらほんまに苦しい」

と聡は嘆いてみせた。

「何が天から授かった、や。――もっと飲め。どこの空の下で何をしとったんや？」

「ここのところ波乱万丈でね」

兄弟はコップ酒を交わし合う。望月と織田はそんなやりとりを面白がっていた。聞いていると、聡の近況が判ってくる。東京でしばらく同棲していた女子大生と別れたこと。別離で負った傷を癒すために東北を無銭旅行して回ったこと。二年越しの長編が、ある新人賞の二次予選で落ちたこと。今は大阪の小さな広告代理店でアルバイトをしていること。

「それはそうと、この青少年二人は推理小説研究会というのに入っとるそうや」

何のつもりか、教授は唐突に話題を変えた。聡は「ふうん」と興味なさそうに生返事をする。

「彼らに推理小説を書くコツでも教わって、お前もそっちに転向を図ったらどうや？　貧しい純文学に見切りをつけて」

「大きなお世話や。おふた方には失礼ながら、小説に似て非なるものに転向したら作家でなくなってしまう」

ここで推理研の論客である望月は「お言葉ですが」と口を挟んだ。

「小説に似て非なるものというのは、ミステリに対する偏見やと思います。ミステリが現代の小説に与えた影響は決して小さくないと考えますけれど」

聡はにやにやしながら「かもね」

「後世の研究家が二十世紀の文学を検証する際、ミステリについて最も多く語るかもしれない、という意味の発言をサマセット・モームはしています」

教授は「なるほど」と腕組みをしながら、したり顔になる。

「二十世紀は推理小説の世紀であった、か。大きく出たな。わしがもう一つ付け足して言い直してやろう。われらが生きたのは、推理小説と共産主義の世紀である」

聡の顔から笑みが消えた。

「うーん、そういう言い方はかえっておふた方に失礼やないの？　まるで推理小説にも未来がのうて、新世紀を迎えられないみたいに聞こえる。俺やったらどう表現するかなぁ、二十世紀は大衆文化の時代かな。それからマスメディアと、映像と、心理学と、石油と、核兵器と……」

彼は鼻で溜め息をつく。「やめた。小便に行ってこよう」

弟がスリッパをパタパタ鳴らしてトイレに立つと、教授はコップをひと息に空け、何杯目かの酒を注いだ。

「聡さんの書いた小説というのは、まだ全然世に出てないんですか？」

織田が尋ねると、兄は残念そうに頷《うなず》いた。

「投稿を繰り返してるけど、活字になったことは一回もない。本家の両親も兄貴も『アホみたいなことをいつまでもやってる』と言《ゆ》うとる。親兄弟に嗤《わら》われるのはまだ気にならんのやろうけど、うちの嫁はんまでが同じようなことを面と向かって言うたものやから、会うたびに険悪なムードになる。困るんやな。俺はあいつの話を聞くのが好きなんやが、嫁はんを煙たがってあんまり近づきよらん」

「『あいつの話を聞くのが好き』っていうのは、先生は弟さんを羨ましがってるからやないですか？」

「気ままで楽しそうですからね。先生は愚かな学生と教授会の相手でストレスが溜まってるんやないですか？」

望月と織田の言葉に、教授はまた鼻を鳴らした。

「羨ましいわけやない。けったいな奴が好きなだけや。間違《まちご》うてもあんなんを見習うなよ、青少年」

聡は欠伸《あくび》をしながら戻ってきた。

「帰るわ。ちょっと寄っただけやから」

「帰るって、もう十時を過ぎてるぞ。泊まっていけ」

兄は命令するように言うが、弟は「帰る」と繰り返す。

「まだ電車が動いている。枚方《ひらかた》の優しい女の子が待っててくれるから、帰る」

「おお、そうか。もてもてで結構や。好きなようにせえ」

「そうする。師弟で楽しく美酒を酌み交わしたらええ」

玄関まで見送られて、彼は機嫌よさそうに帰っていった。

3

勧められるままに望月と織田は教授宅に泊まり、翌朝、トーストの朝食まで出してもらって辞した。その日——木曜日——の午前中には出席しなくてはならない講義がなかったので、二人はそのままそれぞれの下宿へいったん帰ってから、十二時過ぎに昼飯を食べに大学の学生会館に出てきた。その一階が学生食堂で、二階のラウンジの一角では部室さえ持たない推理小説研究会がいつもたむろしているのだ。

江神部長と僕がダべっているところに二人が相次いで姿を見せたので、揃って階下に降りて食事をすませた。「コーヒー、行きます?」と織田が言い、再び二階に上がって喫茶室に向かいかけたところで誰かが僕たちを呼びとめた。

「あ、酒巻先生、昨日はどうも」

なで肩で色白の教授らしい人物に、まず望月が頭を下げ、織田も「ありがとうございました」と礼を言った。

「そんなことはええんや。ちょっと訊きたいことがあるんやが……」

そこで酒巻先生は、江神さんと僕を見てここにいる四人の関係を察したらしい。

「君らは推理小説研究会のメンバーかな?」

部長が「そうです」と答える。

「ちょうどええわ」教授は両手で作った拳を軽くぶつけた。「一緒に話を聞いてくれんかな。コーヒーを奢《おご》ろう」

ということで、僕たちは二階の〈ケルン〉に上がり、セルフサービスのコーヒーを飲みながら教授の話とやらを伺《うかが》うことになった。

「わしは経済学部で望月君、織田君のゼミを持っている酒巻駿。君らを推理小説研究会と見込んで聞いてもらいたい話がある。昨日、うちのゼミのコンパがあってね」

自分のことを「わし」と呼ぶ教授は、二人の教え子を自宅に招くまでの経緯と、自宅に帰ると弟が待っていたこと、四人で日本酒を飲みながら十時頃まで過ごしたことを江神さんと僕に順を追って話していった。望月と織田はふんふんと頷きながらも、教授がなかなか本題に入らないので、「それがどうしたんだ？」という顔をしていた。

「で、彼らに粗末な朝食をふるまって追い出した後、わしはソファでゆったりと朝刊を広げた。今日は三講目のひとコマあるだけなんで、時間にも気分にも余裕があったんや。十一時に出掛ける準備をしかけたところへファックスが入ってきた。見せよう」

鞄から取り出したそれを教授はテーブルの空いたスペースに置いた。用紙の終わりが近かったらしく、ロールの形がついていて紙はくるんと丸くなってしまうため、僕は両端を押さえた。ワープロ打ちのメッセージが記されていた。

絵は預かった。
身代金として使い古しの札で千円用意しろ。
受け取り方法は後ほど連絡する。
警察に知らせると絵は無事に返らない。

「これはどういう意味ですか？　まるで誘拐犯からの脅迫状みたいですけど」

望月がメタルフレームの眼鏡をかけ直しながら尋ねると、教授は腕組みをして反り返った。

「最初はわしも判らんかった。絵を預かったとはどういうことや、と思うたんで、家中の絵を見て回ったんやが、そうしたら――」

絵が一枚なくなっていたのだ。廊下に飾ってあるもののうちの一枚が消えて、空っぽの額だけになっていた。前夜の話に登場していた教授の叔父、酒巻翔《しょう》の描いた『白い横顔』という作品。「どうやらその絵をさらったから身代金を払えということらしい」

「高価な絵なんですか?」

僕は尋ねた。絵を盗み出して身代金を要求する、というのは映画や小説の中にはさして珍しくないが、標的になるのはたいていが泰西《たいせい》の名画であり、レオナルド・ダ・ヴィンチ級がしばしば狙われる。さらわれたのが、中途半端な才能、関西でさえ無名の存在だった、と冷たい紹介のされ方をした酒巻翔氏の絵というのは妙な気がしたのだ。

「市場価格は何ほどでもない。身内の叔父の絵やから持ってただけで、どんな間抜けな泥棒もあんなものを盗むやなんてあり得ん。玄関に置いてある新品の傘立ての方が高くつくかもな」

ひどい言い方もあったものだ。教授はさらに言う。

「うちには小品ながら東郷青児《とうごうせいじ》の絵もあるんや。気がつかへんかったか? あれをさらわれたら身代金の桁が二つ三つ増えたやろうけどな」

「それが無事ということは奇妙ですね。泥棒も盗まないような絵だとしたら、何者のしわざだとお考えなんですか?」

江神さんが尋ねた。

「犯人の見当はすぐついた。弟の聡や」

「証拠はあるんですか?」

望月の質問に「その前に、君らに訊きたいんやけどな」と教授は問い返してくる。

「正直言うと、わしは問題の絵がいつ盗難に遭ったのか判らんのや。ふだん、気にかけて見てなかったもんでな。何週間も前から額が空っぽになってるのに夫婦して気がつかんかったわけもないやろう。しかし、訊きたいのはこういうことや。――昨日の夜、わしの家に問題の絵があったかどうか、覚えてるか？　初めてきた家やからか、君らはうちに上がった時、値踏みするようにきょろきょろと見回してたやないか」

「値踏みなんかしてません。『白い横顔』というのはどんな絵なんですか？」

「これや」

今度は鞄から一葉の写真が出てきた。亡き酒巻翔が開いた小さな個展での記念写真だという。安っぽいセーターを着、画廊に佇《たたず》んだ中肉中背の画家には孤高の芸術家という印象はなく、人のよい商店の親爺《おやじ》さんという感じだった。その彼の背後に二枚の絵が写っている。画面の八割方を占めた白い女の横顔は、なるほど、シャガールの模倣と言われても仕方がないかもしれない。二枚の絵は一対のものらしく、右向きのものと左向きのものが画家を真ん中に置いて向き合っていた。背景は夢に現われそうなふわふわとした草原で、白と緑のコントラストがなかなか美しい。

「このとおり『白い横顔』というのは左右対称のペアになってる。うちにあったのは左向きの方や。逆向きのは聡が持っとる」

「ありましたよ」まず織田が言った。「左向きだったことも覚えています」

「僕も覚えてます。廊下の中央あたりで、目の高さからやや下に掛かってましたね。今朝、帰る時にあったかどうかまでは見ていませんけれど」

二人が自信を持って答えるのを聞いて、教授は満足げだった。

「君らの証言から、犯行が昨夜行なわれたことが明らかになった。とすると、やっぱり犯人は聡ということになる。状況証拠としては充分やろう」

「僕らが犯人でなかったら、ですね」

そう言った望月の肩に織田が肘打ちを入れる。

「ややこしなるから、しょうもないことを言うな」

静かにしろ、と言うように教授はスプーンでカップをチンと叩いた。

「おいおい、真面目にやれよ、青少年。――君らは『弟の悪ふざけと判ったんやったら話はそれで終わり』と思うてるんやないやろうな。推理小説研究会ってその程度か？」

彼が何を言おうとしているのか、僕には判らなかった。

「話はここから本題に入るんやぞ。昨日の夜、聡と一緒に現場に居合わせた君らやったら理解してくれるやろう。――ええか？　聡は手ぶらでやってきて、手ぶらで帰っていった。どうやって絵を持ち出したのか教えて欲しいな」

教え子二人は口を噤《つぐ》んだ。

「まさか卒業証書みたいに筒状に巻いて持っていったとは言わんやろうな。丸めてもかさばることに変わりはないから、わしらの目に触れたはずや」

二人の沈黙が続く。

「あいつが犯人やとしても説明がつかんのや。それとも、やっぱり君らがやったんか？　鞄に入れてこっそりと——」

「めっそうもない」

ここで望月がようやく語るべきことを思いついたらしい。

「説明はつきますよ。聡さんが犯人やとしたら、絵を額から抜き出したのはトイレに立った時しかありません。一人で廊下の絵に近寄る機会は他になかったんですから。そのワンチャンスを利用したんなら、絵はトイレの窓から外へ落としたとしか考えられません。家を出てからそれを回収したんですよ」

教授はこの説を一蹴した。

「確かにトイレには窓がある。けれど、君はその外がどんな様子なのかは知らんやろう。すぐに裏の家の庭になってるんや。まさか隣人が共犯者やとは思えんから、聡はトイレの窓から落とした絵を回収するために高い塀を乗り越える必要があった。ところが、その庭にはバスカヴィル家から譲り受けたやに思えるほど獰猛《どうもう》な番犬がいてるんやな。忍び込んだら生きては出てこれん」

酒巻教授もシャーロック・ホームズぐらいはたしなんでいるらしい。

「となると、ですね」織田は短く刈った頭をぼりぼりと掻《か》きながら「ポケットに入れて持ち出すしかなかったでしょうね」

しかし、教授はこれも認めなかった。

「納得いかん。理由の一。聡は叔父と叔父の絵を敬愛していたから、絵を傷物にするとは考えにくい。理由の二。ファックスの脅迫状の最後に『警察に知らせると絵は無事に返らない』とある。言い換えると、素直に取引に応じれば絵は無事に返すということやないか。その言を信用するなら、絵はまだ傷んでないんや」

「いいですか？」僕はここで口を挟ませてもらうことにした。「持ち出すのが困難やとしたら、絵はまだ先生のお宅にあるんやないですか？　つまり、弟さんは絵をちょっと隠しただけで……」

教授はまたカップをチンと鳴らした。

「さすが推理小説オタクっぽい見方や。しかし、おあいにくさま」おあいにくさまと僕に言うのもおかしいが。「愚弟がトイレに立った際の犯行やとしたら、絵を隠すことができた場所はごく限られてたことになるんや。トイレ、風呂場、洗面所のどれかなんやが、バスマットの下ぐらいしか絵を隠す場所なんかないんや。念入りに捜してはみてないけど、その線はまずないな」

僕はまだ自説を捨てる気になれなかった。

「盲点があるのかもしれません。たとえば、壁に掛かってる他の絵の裏に隠したということはありませんか？」

「それもないね。『白い横顔』は小さな絵やけれど、廊下に飾ってある絵の中では一番大きいものなんや。裏には隠せん」

彼は黙ったままの江神さんについと視線をやった。

「部長さんのご意見は？」

「まだ何とも。どういう手段で持ち出したのか判りませんが、絵が傷ついていないかが心配です」

「これは聡からの挑戦や。負けとうはないが、わしの固い頭では勝てる気がせん。知恵を貸して欲しい。報酬は——」

「何です？」

「君の後輩に良以上の評価を与える」

「おお」と当事者二人が歓声をあげた。

かくして僕たちは事件に介入したのだった。

教授は教え子たちの肩を叩いて「こうなったからには頼むぞ」と意味不明の言葉を投げかけた。

「それにしても千円とは出血大サービスですね。値切る必要もない」

肩を擦りながら織田が言うと、教授は財布から皺くちゃの紙幣を出した。

「ほれ、逆らわずに耳を揃えて千円用意したぞ。これっぽっちを値切ったりするもんか。経済学の見地からすると、身代金というものは給与と同じで下方硬直性があるからな」

そんなものはないと思うが。

教授が去った後も、僕たちは〈ケルン〉に留まって事件について語り合った。犯人が酒巻聡であることは、ほぼ確定したと言ってよい。

「身代金が千円なんやから、金が目当てということはない。動機は兄への嫌がらせ……と考えたらええんかな。それだけのこと？」

織田は釈然としないようだ。彼だけでなく僕も、いや全員が割り切れない思いを共有していた。

「嫌がらせ未満やろう」望月が言う。「絵を返して欲しかったら千円持ってこいてな要求をしても、先生はその絵に大した価値を見出してない。千円という身代金自体ふざけてるんやから、無視したらよかった。推理研が身代金運びと絵の回収を頼まれたのは、ハプニングみたいなもんや。実際、俺らが依頼を断わったら、先生は自分の時間を潰してまでファックスの指令に従うとは思えん。となると、絵を誘拐した意味がなくなる。多少なりとも本気で慌てさせたかったら、東郷青児の絵を拝借したはずや」

「東郷青児ではなく酒巻翔の絵を持ち出したことがポイントなのは明白やな。犯人は、酒巻翔の絵に注意を引きたかった。それに尽きるんやろう。どういう心情からかは簡単に説明するのが難しいけどな。複雑なものがありそうや」

江神さんが話をまとめた。それをしっかりと聞きながら、僕の視線は離れたテーブルに泳いでいた。知った顔があったのだ。

同じ法学部の一回生で、学籍番号が一つ違いの女の子。有栖川有栖ほどではないにせよ、ユニークな名前をしている。語学のクラスで、東京出身だと自己紹介していた。女友だち二人と楽しそうに話していたが、「じゃあ、私は行くね」と席を立つところだった。

「動機は措いといて、犯人は酒巻聡でほぼ間違いなし。問題はどうやって絵を持ち出した――おい、アリス」

横っ面に織田の声が飛んできた。

「あ、はい。聞いてますよ。どうやって絵を持ち出したかが謎ですね。どんなトリックを使《つこ》たんやろう、と考えてました」

「嘘つけ。あの子を見てたんやろ。ほら、今出ていく白っぽいコートを着た――」

大きな声を出さないで欲しい。本人やその友だちに聞こえてしまう。だがそれは杞憂《きゆう》で、彼女は足取りも軽やかに店を出ていき、残った友人は雑誌を開いた。

「いいや、見てた。江神部長が脳漿《のうしよう》を絞り尽くして事件の分析をなさっているというのに、あろうことかお前は女の子を盗み見してた」

「誤解ですって。勘弁してください」

テーブルに両手を突いたら、望月が取り成してくれた。

「ええやないか、信長。アリスがそのへんの女の子に見惚れるというのは、この夏の痛手から立ち直りつつある証拠や。歓迎すべきことやないか」

「それはロッカイです。ゴカイを超えてます」

「やかましい。後輩を見守る先輩の温かい心を振り払おうとするな。――乾杯しよう」

水の入ったグラスが三つ、軽くぶつかって鳴った。

4

そんなこんながあって翌金曜日。

誘拐犯から「土曜の一時に京都駅にこい」という内容のファックスが入ると、僕たちが身代金の運び屋になることを教授は望んだ。彼自身はその時間に人と会う予定があったためなのだが、この大役をおおせつかった推理研は、どんなゲームになるだろう、と期待して喜んだ。

しかし——

結局は犯人に翻弄《ほんろう》されてゲームセットになってしまったわけだ。駅のトイレの洗面台を調べたところ、底に貼りつけた千円札はやはりなくなっている。絵が無事に返ってきたことは幸いだが、これでは探偵として完全に失格で、望月、織田両先輩の良以上の保証——法学の見地からすると、そんな契約は公序良俗に反しているが——もご破算になってしまうではないか。

「これを持って酒巻先生のところへ報告に行きます?」

僕は手にした絵を顎で指して、誰にともなく意見を求めた。もうそろそろ教授は伏見の自宅に戻っている頃だ。

「うーん。しかし、言われたとおり金を払《はろ》うたら絵が戻りました、だけでは恰好がつかんな。

どうやって絵がさらわれたのか、という謎の解答も出ないままやし」

望月は苦々しげに言う。織田も同感らしかった。

「想像がつくわ。『子供の使いやないぞ、青少年』とか言うて責められる」

「これも事件解決の一つの形なんですから、例のお約束のことは忘れて真面目に勉学に励んだらどうですか？」

僕が冷たく言うと、二人は諦めきれない様子で、江神さんに救いを求めるのだった。

「コーヒーをご馳走になったし、それなりに期待されてたみたいやし、このままでは先生に申し訳がないわな」

江神さんは僕の手から絵を取って眺めながら言う。そして——

「まだ犯人と接触してないことにして、先生に電話してみよう。訊きたいことがある」

「へぇ、『訊きたいことがある』やなんて探偵っぽいやないですか」

部長は織田に番号を読み上げてもらいながら、近くの公衆電話から教授宅にかけた。どうやらすぐに教授が出たらしく、江神さんは一つ二つ質問をする。

「聡さんがきたのは三ヵ月ぶりだったんですか。その時の聡さんは何か持っていませんでしたか？　手ぶらではなかったと思うんですが」

やがて、期待していた答えが得られたらしく、意味ありげに微笑して受話器を置いた。それから後輩たちを振り返って謎をかける。

「二十世紀とはどんな時代だったか。アリス、お前やったらどう定義する？」

どう答えればいいんだ？

酒巻聡は、とっさに気の利いたことを言っていたっけ。

――二十世紀は大衆文化の時代かな。それからマスメディアと、映像と、心理学と、石油と、核兵器と……。

「それが謎を解く鍵なんですか？　えーと、とっさに気の利いた答えが思いつかないんですけれど」

「おい！」

望月が突然大声を出して、僕の後ろを指差した。危険が切迫しているのかと思って体をすくめながら振り返ったのだが、何も驚くようなものはない。ただ人の流れがあるのみ。そのただ中に立ち、こちらを見ているブルゾン姿の男が一人いるだけ。

「……酒巻聡」

織田が呟くのを聞いて、僕は初めてはっとした。

5

雑踏の中、十メートルの距離を隔てて、僕たち四人と酒巻聡はしばらく見つめ合っていた。

小説家を志しているという男は、がっちりとした体型をしており、日がな一日机に向かっている人種とはほど遠い印象だった。色黒なのは生まれつきなのかもしれないが、無頼派作家の風貌にも見える。目つきはかなり鋭い。鋭いが目尻に浮かんだ皺は、どうやら彼が微笑していることを表わしているらしい。

「酒巻聡さんですね？」

数歩、歩み寄って距離をつめながら江神さんが尋ねた。僕たちもそれに続くが、相手は立った位置を変えようとしないし、退こうともしない。静かに頷いただけだった。

「酒巻教授の絵を持ち出して身代金を要求したのはあなたですね？」

「そう」

今度は声に出して答えた。そして逆に尋ねてくる。

「君たちは兄貴に雇われた私立探偵らしいな。依頼主にはどう報告するんや？」

僕たちは江神さんの半歩後ろに立って、二人のやりとりを聞いているしかなかった。

「二十世紀的トリックによる美学への挑戦でした、と言えば適切でしょうか？」

部長の応答に聡の顔がほころんだ。

「これはびっくりした。小憎らしいぐらい適切な解答やな。美学への挑戦という箇所にはアンダーラインを引きたいくらいや。真相を知った義理の姉が少しは反省することを希望している」

「義理のお姉さんの審美眼の曇りを衝きたいんですか？　酒巻翔の作品へしかるべき敬意を払うこともご希望ではありませんか？」

「一から十まで適切やないか。どうやってカンニングした？」

聡は、斜に構えて探偵をにらみつける。

「探偵ですから頭を使いました。美学への挑戦というのはあやふやな想像でしたが、二十世紀的トリックというのは自信がありました。それしか方法はなかったんですから」

「君に考えつく方法がそれしかなかった、というだけやろう。今回はそれが的を射てたらしいな」

「さすがに言葉を選びますね」

「念のために聞かせてもらおう。二十世紀は何の時代だったのか?」

問いかけられた江神さんは、視線で世界をひとなめするかのように周りを見渡した。

「コピーの時代です。大量生産による大量消費が可能になった大衆文化の時代。目に映るものは何もかもが複製品ではないですか。——芸術は模倣から始まると言いますね。アリストテレスが『詩学』の中で唱えたミーメーシス。人から人へ伝わる選択的な行為の模倣。二十世紀を覆っているのはそれではなく、科学技術的複製です」

「余談やが、その反対に今世紀においては文学者を含めた芸術家がミーメーシスを軽視して、稚拙なオリジナリティをがなりたてる傾向も見られた。その一方で知能犯が戦術的なコラージュを駆使し——ああ、そんなことはどうでもええか」

こんなところで芸術論の講義が始まるのだろうか、と僕は不安になりかけたが、どうやらそれは回避されたらしい。

「あなたが水曜日にかどわかした『白い横顔』はオリジナルではなく、カラーコピーされたものだったんですね？　複製品だからいくら乱暴に扱ってもよかった。絵は以前にすり替えられていたんでしょう。すり替えが行なわれたのは、あなたが三ヵ月前に教授宅を訪問した折だと思います。その時は手ぶらではなく、旅行鞄を提げてらした、とつい今しがた電話で伺いましたよ」

聡はポケットから片手を出し、ピストルの形を作って江神さんの胸許に向けた。

「当たった。そのとおり。叔父の絵に敬意を払えない夫婦の家に飾られていては絵も楽しくないやろう。能書きを垂れ流すだけが取柄の義姉殿が、いつ真贋を判別する能力に目覚めるだろうか、という点にも興味があってしたつまらん悪ふざけや」

江神さんは共感を覚えているのかいないのか、何度か小さく頷いていた。

「あのぅ、お話中すみません」と織田が頭を下げながら割り込んだ。「確かに、最近のカラーコピーは性能がよくなって、写真と区別がつかないぐらいにはなっています。けれど、コピーするためにはオリジナルが手許になくてはならないわけですよね？　聡さんがコピーする機会はいつあったんですか？」

聡は江神さんに目顔で説明を譲った。

「聡さん自身が所持していた絵を使えばいつでもコピーできた。それは描かれた顔の向きが逆ではないか、やなんて言わんやろうな。裏焼きするくらいそこいらのカラーコピー機で簡単にできる」

僕たちは「ああ」「そうか」とようやく理解したが、部長は話をどんどん進めていく。

「絵をすり替えたことをいつか明らかにするおつもりだったのかどうか知りませんが、あなたは水曜の夜——おそらくとっさに——絵の誘拐というさらに手の込んだ冗談を思いついたんですね？　コピーの絵を破いてトイレに流して消し、形ばかりの身代金を受け取った後で無傷のオリジナルを返すという手品で教授にひと泡吹かせようとしたんです」

聡は肩を落とし、残念そうな声を出した。

「名探偵らしくない杜撰《ずさん》な推理やな。犯人の心理の考察を怠っては、九仞《きゅうじん》の功を一簣《いっき》に虧《か》くことになるよ。コピーとはいえ、俺が叔父貴の絵を破ってトイレに流すなんて野蛮なことをすると思うのかな？　畳んでケツのポケットにねじ込むことも憚《はばか》られたのに」

予期せぬ反論だったらしく、一瞬、江神さんは言葉に詰まったようだった。小説家を志す男はポケットから千円札を取り出す。

「そうそう。どうして身代金が千円だったかは見当がついてるかな？」

江神さんは、これに対する解答は用意していた。

「京都タワーへの入場料とコインロッカーの使用料ですか？」

「はは、正解。経費だけや。本当なら千三十円ちょうだいするところやけど、端数はまけてやったよ。カラーコピーは仕事先のを借用したからただやったし」

答えながら、酒巻聡は千円札に何か細工をしている。やがて紙幣はあるものの形を取った。

「うーん、こんな細長い紙切れでは難しいな」

彼は折り上がった紙飛行機を耳の横で構えたかと思うと、充分にスナップを利かせ、何もない虚空に向けてそれを放った。素材に無理がありすぎたためだろう、紙飛行機は上昇の軌跡を描く間もなく機首を下げ、同時に大きく左にそれて車道に落下した。

「千円札は無様に落ちましたけれど、ボヘミアンの手によって酒巻翔の絵は飛んだんですね？」

たちまち多くの車輪に轢《ひ》かれる紙幣に目をやったまま江神さんは尋ねた。

「飛んだよ。名前負けして飛べなかった翔さんの代わりに、気持ちよさそうに、悠々と夜空へ」

聡は、雲に切れ目が覗きかけた空をうれしげに見上げていた。

「どこまで飛んだか判らないぐらい」

除夜を歩く

1

一九八八年が去ろうとしている。

残すところ六時間を切った。今年が昭和最後の大晦日《おおみそか》になるだろう。

時折、おかしな噂が耳に飛び込んでくる。天皇はもうお亡くなりになっているのだとか、東京都内の某所を歩いているのを見掛けた人がいるとか。

天皇が危篤《きとく》に陥ったのは、マスメディアが発達してから初めてのことだ。色々な情報や憶測が流れる。自粛ムードも半ば日常化したが、大きなニュースがいつ飛び込んでくるかという落ち着かない空気が日本中に蔓延《まんえん》していた。新聞社やテレビ局は昭和を懐古したり総括したりする番組や記事の準備を完了し、雑誌は識者各位に寄稿を依頼ずみだろう。

とはいえ、庶民にとっては遠い世界の出来事でもある。人々はそれぞれの喜びや悩みとともに自分の日常を生き、大晦日の宵を迎えた。

そして僕は、いつものように今出川駅で地下鉄を降りると、冷たい西風に向かって歩いている。河原町あたりでは、最後の買い出しに押しかけた人出がいったん引き始める頃か。このあたりには歳《とし》の瀬の賑わいもなく、静かに新年を迎える準備に入っていた。

正月の朝ぐらいは家にいろ、と父も母も苦い顔をしたが、適当にいなして出てきた。あまりにも色々なことがあった年を、同じ体験をした先輩とともに送りたかったから。そんな気持ちを、両親はぼんやりと察してくれたようだ。言葉には出さなかったが。

西陣の家々からは、温かそうな灯が洩れていた。江神さんの下宿からも。くたびれた外観に似合わない立派な注連飾《しめかざ》りがつけられ、犬矢来《いぬやらい》や玄関の扉の汚れがきれいに拭われている。江神さんがホースを手にして洗っている姿を思い描いた。

「言われたとおり手ぶらできましたよ」

そう言いながら訪ねていくと、胡坐《あぐら》をかいて本を読んでいた先輩は、「そのへんに座れ」と空いたスペースを指した。自分の部屋の片づけはしていないようだ。いや、本が五つの山に積み上げられているのは整頓の結果か。大掃除とはいかずとも、ガスストーブを使っているので本を散乱させておくわけにはいかないだろう。

できることなら望月と織田の先輩にもここにいてもらいたかったのだが、二人は帰省してしまった。例年のことらしいのだが、江神さんだけが京都に留まっている。

「みんな実家に帰って、この下宿屋で年を越すのは俺だけや。飲み食いするものは買い込んであるから、手土産を持参してもろうたら困る。――コーヒーでも飲むか?」

インスタントではあるが、上等のものを淹《い》れてくれた。体が温まって、ほっとする。

江神さんには帰省先がないらしい。家族と疎遠になっているのだ。そのあたりの事情もよく判らないままで、何かと謎の多い人だ。今夜から明日の朝にかけてたっぷりと時間があることだし、二人きりという機会を利用して、その謎のいくつかの答えを探ってみたい気もした。

「元旦は、いつも大家さんご夫妻宅でおせち料理の相伴《しょうばん》に預かってる。お前の分も用意してくれるそうやから、ありがたくいただけ。で、ジュースもおやつもある。問題は今夜の晩飯をどうするかや」

「あそこでかまいませんよ」

「お前がよかったらそれで決まりやな。七時ぐらいに食べに行って、遅い時間に年越しそばを食いに出よう」

あそことは、近くにできた牛丼屋だ。今すぐに行ってもいい腹具合だったが、江神さんがおいしそうにコーヒーを味わっていたので、しばらくダベることにする。

「梅田を歩いてたら、『天皇陛下がお気の毒や』っていう声を聞きました。うちの親も同意見です。天皇としての人生って、特別すぎて想像を絶しますね」

下血の量が刻々とテレビ画面の片隅で報じられ、輸血につぐ輸血で最期を引き延ばされる。一般人の身には決して起きないことだ。そのことについて江神さんに何か意見はないかと思ったのだが、興味がなさそうだ。それでも、ひと言だけ洩らした。

「見方を変えたら、どんな人生でも特別や」

そうだろうか？　江神さんが言うと鵜《う》呑《の》みにしてしまいそうだ。

「『昭和の次は何やろうね』と話してる人もいましたよ」

お気楽な話題だが、誰しも関心のあるところだ。何しろ昭和生まれにとっては初めての改元なのだから。

「そんな話もモチとしたな。偉い先生が中国の古典から二文字を選んで作るから、どんなものになるか予想もつかん」

「大正天皇が崩御した時は、誤報を流した新聞があったそうですね。光文《こうぶん》という候補がリークされたので、昭和に差し替えられたんやとか」

事実は公表されないままなので、光文は候補に挙がっていなかった、という説もある。最近は、そんな元号に関する豆知識も乱れ飛んでいた。当時、新元号は何にも勝る特ダネだったらしい。現在も水面下で同じようなスクープ合戦が繰り広げられているのかもしれない。

「次の元号が何になるか、予想は難しいとしても推理できませんか?」

無茶なことを言ってみたら、江神さんと望月はそれに挑戦ずみだった。さすが、と感心するべきか。

「ずばり的中させるのは不可能や。ただし、イニシャルだけやったら絞り込める。アルファベットのどれかに賭けるとしたら、元号ゲームの本命がKで対抗がHやな」

「なんでそうなるんですか?」

「明治、大正、昭和をM、T、Sと略すことがある。生年月日の記入欄にも使われる。重複したら不便やから、その三つは避けるやろう」

めっきり減ったとはいえ明治生まれの方もご存命だから、Mまで避けるのは合理的だ。

「さらに、イニシャルで賭けるとしたら音が一つずつしか対応しない母音のA、I、U、E、Oは不利なので除外する」

「賭けるんやったら、それも理屈ですね。すごく大雑把《おおざっぱ》ですけど」

江神さんは手近にあった新聞を取り、余白にメモをしていく。

「これで八つ消えた。残る十八文字のうち、もともと元号のイニシャルになり得ないものがある。L、P、Q、V、Xや。これも消すと、残りは十三文字。そのうちで賭けるに不利なのは、対応する音が少ないC、F、R、W、Y」

「CやFも省きますか。それはええとして、Rって対応する音が少ないですか？　ラリルレロと五つありますよ」

「単語の頭にくる音としては、日本語では使用頻度が顕著に低いやろう。漢語に限っても、単語の頭がラ行の音というのは少ない」

江神さんは強引に進める。

「次に濁音を候補から落とす。これは時代の空気に拠った心理的考察や。清々《すがすが》しさや安らぎに欠けて、みんなが漠然と期待してる新元号にそぐわん」

思い切りがよすぎるけれど、もとより遊びなのだから異を唱えるよりも最後まで聞いた方が面白そうだ。僕が頷《うなず》くと、江神さんはB、D、G、J、Zをメモに加え、残るはN、H、Kになった。

「うわ、日本放送協会ですか」

「驚くほどのことでもない。単なる偶然や。これが三大有力候補で、中でも最有力はK」

「理由は？」

「統計に拠る」

暇人の二人の先輩が『広辞苑』で過去の元号一覧に当たったところ、N音で始まる元号は五回、H音は十回現われていたのに対し、K音は他を圧して六十三回もあったのだそうだ。これでは勝負にならない。かくして本命がK、対抗がH、穴がNという推論が導かれるわけだ。無難な線で選べばK、偉い先生がちょっと捻ったらHというところか。

「絞れるもんですね」

素直に感心していたら苦笑された。

「イニシャルで賭けるとしたら、という前提を設けてのゲームや。実際の新元号がKになる可能性は大して高くない。切り捨てた可能性を足したらKを凌駕《りょうが》するやろう」

それもそうだ、と江神さんに翻弄《ほんろう》される。

「江神さんとモチさんが真剣に考えてるところが目に浮かびました。こんな推理ゲームをしてる日本人は、どれぐらいいてるんでしょうね」

「ごく少数であることを祈る」

それから年末にしたアルバイトのことなどを話している途中、本の山の中に妙な本を見つけた。いや、おかしなものではなく、昨年来ベストセラーとなっている話題のビジネス書なのだが、この部屋にはまったく似合わない。『MADE IN JAPAN――わが体験的国際戦略』、下村《しもむら》満子《みつこ》とE・ラインゴールドの共著で、ソニーの盛田《もりた》昭夫《あきお》会長の写真が表紙を飾っている。どうしたことかと訊いてみると、望月の忘れ物だという。

「あいつが友だちから借りて、持ち歩いてた本や。一週間前、うちに遊びにきた時に『なかなか面白いですよ』と言《ゆ》うて、忘れていったんや」

「就職を意識しだしたんですかね、モチさん。ビジネス書なんて柄にもない」

「言うてやるな。一応、経済学部生やぞ。それと一緒に持ってたんは広瀬隆《ひろせたかし》の『危険な話』やったけどな」

そちらは原子力発電の危険性について警鐘を鳴らしたベストセラーだ。僕も友人に借りて読み、もやもやとした気分になったままだ。

『MADE IN JAPAN』を本の山に戻そうとして、今度は見慣れないルーズリーフがあるのが目に留まった。背表紙に〈EMC　クラブノート〉と書いてある。

「それ、初めて見ました」

「ん?――ああ、これか。去年のクラブノートや。見せてなかったな。見せるほどのもんやないから」

そう答えて、江神さんはルーズリーフを抜き出す。受け取って開くと、まぎれもなくわがサークルの落書き帳だった。江神部長、望月、織田の筆跡で埋まっている。現在と同様に、読んだ本の感想やらつまらない冗談が並んでいるだけだが、拾い読みしているとここにいない両先輩の声が聞こえてくるようで楽しい。

ページをめくる僕の傍《かたわ》らで、江神さんはキャビンをふかす。感想を求められたので、「全然変わりませんね」と答えた。それ以外にコメントが出てこない。

「ちょっと早いけど、出掛けようか」

江神さんが言うのに「はい」と答えようとした時、面白そうなものを見つけた。創作らしいものがあるではないか。

「『仰天荘殺人事件』、望月周平って……モチさんが書いた小説ですか？　刺激的なタイトルやないですか」

こんなものを書いているとは知らなかった。自信作ならばとっくに自慢されているだろうから、出来の方はあまりよろしくないのかもしれない。だが、不出来であってもクイーンファンの先輩のお手並みが拝見したい。

「犯人当てや。モチが発表した唯一の作品でもある。大仰なタイトルに騙されて期待しすぎるなよ。仰天するほどしょぼいトリックが出てくる」

やけに辛口の江神さんであった。

「長いやないですか。ああ、しかも最後に読者への挑戦が入ってる。これは受けて立つしかないな。読者への挑戦で終わってますけど、解決編はないんですか？」

「ない」

この犯人当ては、もちろん江神部長と織田の二人だけに出題されたもので、解答は作者が口頭で行なった――というのは正確ではなく、織田が見事に正解を言い当てたので、望月はすでに書き上げていた解決編を提示しなかったのだそうだ。ハードボイルドファンに真相を見抜かれて、望月は肩を落としたに違いない。

「信長さんが正解を出すとは。江神さんには解けなかったんですか?」

「俺が読み終える前に、あいつが答えをばらしたんや。ちゃんと読んで考えたとしても、正答はできへんかったかもな。馬鹿馬鹿しすぎて」

えらい言われようだ。しかし、織田が解いたのだから、ちゃんと解けるようにできた問題なのだ。ならば、と気負いかけたが、江神さんに止められた。

「腹ごしらえをしてから戦え」

仰天荘殺人事件

望月周平

2

登場人物

満月修平《まんげつしゅうへい》……推理作家・探偵

行天《ぎょうてん》　鷲介《きようすけ》……仰天荘の主人（元サーカス団長）
行天艶子《つやこ》……その妻（元空中ブランコ乗り）
剣崎《けんざき》キヌメ……家政婦（元ナイフ投げ）
獅子谷《ししがや》丈吉《じようきち》……客（元猛獣使い）
道家司《みちいえつかさ》……隣人（元道化師）
江田《えだ》警部

S高原での取材を終えた後、満月修平はT町まで戻って宿をとるつもりだったが、道に迷ってしまった。日は暮れて、午後からどんより曇っていた空は、とうに真っ暗である。雪がちらつきだし、おまけに愛車の調子がよくない。

「チクショウめ。こいつは参ったな」

舌打ちしながらおんぼろのベンツを走らせるが、どこを走っているのか見当がつかない。やがて、明かりが灯《とも》った一軒の民家を見つけたので、そこで道を尋ねることにした。

民家というより邸宅と呼ぶのがふさわしい。門もなかったので車止めまで進入して、玄関のインターホンで呼びかけると、中年の女の声が返ってきた。

「少々お待ちを」

一分ほどしてドアが開き、黒いポロシャツの上にカーディガンをはおった初老の男が現われた。ここの主だろうか。小柄で肩幅もせまいが、彫りの深い顔立ちに威厳がある。来意を告げると、「まあ中へ」と、玄関ホール脇の応接間に通された。

「ひどく迷われましたな。ここからT町までは遠い。山を三つ越えなくては。K町の方が近いんだが、そちらは宿がない」

「しくじりました。昨日からだいぶ無理をして走らせたので、峠で立ち往生したらまずいな」

「車のことがご心配ですか。でしょうな」

主は、ベンツのくたびれ具合を見たのだろう。忌憚《きたん》のないところを言ってから、いっそ今夜は泊まっていかないか、と言う。満月は遠慮をしたが、主は親しみのこもった口調で熱心に勧めた。不意の客を泊める部屋ぐらい、いくつでもあるのだろう。

「では、お言葉に甘えて」

「それがいい。今夜は私の六十五回目の誕生日でしてね。隣人や知人を招いて、ささやかなパーティをやるんです。粗餐《そさん》の用意しかありませんが、よろしければお付き合いください」

ここで初めて自己紹介をし合った。

「ほお、満月修平先生でしたか。これは奇遇だ。妻の艶子が御作を愛読しています。びっくりするでしょうね」

男の名は行天驚介。かつて仰天サーカスの団長をしていたという。今はサーカスを解散して隠居の身だとか。空中ブランコ乗りだった女性団員と結婚して悠々自適らしい。

この邸宅に、仰天荘という名がついていると聞いた。びっくり・仰天・驚愕が彼の人生のテーマなのだそうだ。

「何か驚くような仕掛けが施されているんですか？」

「いいえ、そんなものはありません。推理小説のネタにならず、恐縮です」

家政婦らしい女がコーヒーを運んでくると、鷲介は言う。

「この人も元団員なんですよ。ナイフ投げの達人でした」

その女、剣崎キヌメは陰気な顔でうなずいた。今の境遇に満足していないのか、スポットライトを浴びていた人とは思えぬ暗い雰囲気をまとっていた。

「妻や仲間をご紹介しましょう。高名な推理作家さんが飛び入りとあれば、みんな喜ぶでしょう」

隣の広いリビングには、三人の男女がいた。

暖房がよく効いた部屋で、肩が出るドレスを着ているのが行天夫人の艶子。夫より二十歳は若く、なかなかの美貌で名前どおり熟年の色香を漂わせている。

色黒でがっちりとした男が、獅子谷丈吉。肩幅が広くて上背もある。サーカスでは鞭をふるって虎やライオンに芸をさせていたという。

もう一人の男、道家司は、小太りで愛嬌のある目をしており、子供好きがしそうだ。元道化師と聞いて納得した。

「満月先生が突然いらっしゃるなんて、夢のようです。昔からファンですのよ。著者近影で拝見するより、ずっとハンサムでいらっしゃいますね」

はしゃぐ艶子に、満月は「おそれいります」とほほえむ。

「獅子谷さんは、今はK町でペットショップをなさっていますの。道家さんはお隣にお住まいです」

道家が何をして暮らしているのかは言わなかった。

「サーカス時代のお仲間が、近いところに固まっているんですね。仲のよろしいことで」

満月が言ったとき、微《かす》かに気まずい空気が流れたように感じられた。何か事情があるのかもしれない。

午後七時になるとダイニングに移動して、晩餐となった。艶子、獅子谷、道家からプレゼントをもらって、鷲介はにこにこと笑う。贈られたのは、ネクタイ、万年筆、シガレットケースだった。もちろん満月には何の用意もなかったので、来月発売の最新刊を送ることを約束した。

「それはうれしいプレゼントです。できればサインを入れてくださいますか。妻の名前を添えて」

「サインなら、目の前でいただきたいわ。これにお願いします」

そう言って艶子は、満月の著書を差し出した。代表作の『青死館殺人事件』だ。著者名がでかでかと表紙で躍っている。全員の注目の中で満月がすらすら署名すると、彼女は感激の体《てい》であった。

食卓に供されるのは、粗餐どころか最高級のワインと豪勢なご馳走だった。美酒美食に慣れた満月の舌も大いに楽しむ。獅子谷や道家の話も愉快で、歓談の中、キヌメだけが黙々と料理を運んだ。

食後のデザートがすむとリビングに戻って、さらに話が弾む。艶子が空中に舞う姿がいかに美しかったか、ライオンが芸をしてくれないピンチでどれだけ獅子谷が哀しげな顔をしたかなど。道家が渾身《こんしん》のギャグで笑いを取り損ねたとき、焦って汗まみれになっていたことも今ではいい想い出らしい。

キヌメが二日酔いでステージに立ったとき、みんながハラハラしながら見守った話も出た。コーヒーを出しにきた当人がそれを聞いたので、気分を害するのではと案じたが、けろりとして言った。

「一番ハラハラしたのは、私でございます」

爆笑が起き、キヌメも微笑した。ちなみに、その時にナイフ投げの的の前に立たされたのは道家だったということだ。

「あのときは僕、死を覚悟しましたね。キヌさん、完全に目が据わっていたんだもの。今だから笑い話だけれどね」

仰天サーカスが解散したのは経営に行き詰まったせいだが、団長の驚介を初めとして全員に悔いはなさそうだった。やれるところまでやった、という思いがあるらしい。獅子谷と道家は、今も驚介を「団長」と呼んでいた。

「これを満月先生にご覧いただきましょう」

艶子が取り出したのは、サーカス時代のアルバムだった。華やかなステージ写真やら楽屋でのスナップやらがきちんと整理されている。

セクシーな衣装に身を包んだ艶子はまさにサーカス団の華だったであろう。タキシードで男装したキヌメは颯爽《さつそう》としている。鞭で虎を操る獅子谷は精悍《せいかん》そのもの。だんだらの衣裳でおどける道家には、綱渡りの曲芸を披露しているショットもあった。蝶ネクタイでお客に挨拶をする団長も、見事な男っぷりだ。

「ジンタの演奏が聞こえてくるようですね」

そう言いながらページをめくっていた満月は、あるステージ写真に目を留めた。

「この方が奥様の相方だったんですか？」

空中ブランコに片手を掛けた若い男が、艶子と並んで立っている。

「ええ。飛岡健一《とびおかけんいち》さんといって、その人と組んで演技をしていました。私の師匠みたいな人でもありました」

何故か表情が曇っている。夫が続けて言った。

「素晴らしい空中ブランコ乗りだったんですがね。稽古中の不幸な事故がもとで引退してしまった。あれだけは仰天サーカス最大の痛恨事でした」

安全ネットがはずれて、大ケガをしてしまったのだという。どうしてそんなことが起きたのか、理由は不明のままだ。多額の保険金が下りたのがせめてもの幸いだったが、引退してから飛岡は身を持ち崩し、四十になる前に体を壊して他界したそうだ。

しんみりとなってしまった。満月はアルバムを閉じ、艶子に返した。

十時になったところで、驚介が言う。

「先生、風呂が沸いていますよ。温まっていらっしゃい。自慢の浴室なんです。風呂から上がったら、もう少しおしゃべりしましょう」

(風呂に入れるのはありがたい。できれば、そのあとベッドに直行したいんだけれどな)

と思いつつ、満月はていねいに答えた。

「まことにありがとうございます。では、そうさせていただきます」

いい潮時とばかりに、道家も腰を上げた。

「僕は、そろそろ失礼しましょう。ご馳走になりました」

「もう帰るのか? まあ、君とはいつでも会えるからな。しかし、だいぶ降ってきたぞ」

驚介は窓を指さす。夕方からちらちら舞っていた雪は、本降りになっていた。

「吹雪《ふぶ》いているわけでもないし、これぐらいは平気です。それに、待っていてもすぐにはやみませんよ。夕方のテレビでやっていた天気予報によると、明け方近くまで降るそうですから。最近の予報はよく当たりますよ」

「そうか。ところで、石はもう大丈夫なのか?」

「最近は落ち着いています。まだ出てくれないので、いつ動くか心配で」

この会話の意味は、あとになってわかった。道家は尿路結石を抱えていて、それがまだ排出されていない、と言っていたのだ。

「じゃあ、足もとに気をつけてな」

「はい。では、皆さん。おやすみなさい」

道家は、コートをはおって帰っていった。隣家といってもすぐ横に並んでいるのではなく、間に木立や小川があり、百メートルばかり離れているそうだ。

鷺介と獅子谷だけがリビングに残り、艶子は食事の片づけをするキヌメの手伝いをするようだ。満月は、自慢の浴室とやらでゆっくりと湯につかった。

風呂から上がり、部屋着に着替えてリビングに戻ろうとしたら、二階からコートを着ながら獅子谷が降りてきた。突然だが、帰らなくてはならないと言う。

「急な御用ができたんですか?」

「まあ、そのようなことで……。今朝から店の空調の具合がよくありませんでした。それで特別の調整をしなくちゃならないのに、どうも忘れて出てしまったみたいなんですよ。下手をしたら商品の動物が死んでしまいます」

「それは大変だ」

幸いにもと言うべきか、獅子谷だけはアルコールをまったく受けつけない体質だったのでジュースしか飲んでおらず、車を運転することに支障はなかった。

まだ雪は降っていた。それでも事情が事情だけに、どうしても帰らなくてはならないらしい。

「これしきは雪のシーズンを告げる前触れみたいなものですから何でもありません。お会いできて光栄でしたよ、先生」

獅子谷が去ると、満月はしばらく鷺介の話し相手を務めさせられた。疲れていたが、なかなか解放してくれない。十一時を過ぎたところであくびをすると、主は手にしていたウィスキーのグラスを置いた。

「お引き止めしてしまって申し訳ない。もうこんな時間ですか。どうぞ部屋でゆっくりなさってください」

「はい。いいお部屋なので、よく眠れそうです」

二人は同時に立ち上がったのだが、酔いが回っていたのか驚介が大きくふらつく。満月が手を伸べたのも間に合わずに、主は足をもつれさせて倒れた。

「ぐっ！」

激しく転倒したわけでもないのに派手な悲鳴をあげた。右手を床に突いた際、手首を挫《くじ》いたらしい。

「どうかなさったの？」

ドアが開いて、艶子が顔を出した。部屋の前を通りかかったのだ。夫が右手首の痛みを訴えると、困った表情になる。

「湿布が切れているのよ。氷で冷やします？」

「挫いただけだから、時間がたてば治るだろう。このままでいい。何もせん」

驚介が言うと、艶子はそれっきり言い返さなかった。言いだしたら聞かない頑固な夫なのだろう。

「水で少し冷やしてくる」

驚介が洗面所に行ってしまったところへ、コーヒーを盆にのせたキヌメがやってきた。

「旦那様はどこへ？」

「ちょっと洗面所。あら、いい香りねえ。私と先生でいただきましょう」

キヌメがわずかに眉をひそめたが、艶子は気にもしない。満月は、やむなくまたソファに腰を下ろして、しばし雑談に付き合った。

と、夜も更けているというのにマントルピースの上の電話が鳴る。艶子はすばやく出た。

「ああ、お久しぶりです。ニューヨーク暮らしはいかがですか？　主人に代わります」

驚介がちょうど洗面所から戻ってきた。

「田中《たなか》さんから電話？　書斎で出よう」

と言って奥の部屋に行ってしまった。そこへキヌメが驚介のためにいれ直したコーヒーを運んでくる。

「あの人は書斎で電話をしているわ。持っていってあげて」

「かしこまりました」

元はサーカスの仲間で、自分の方が年下だというのに、艶子はすっかり女主人としてふるまっている。キヌメはどんな心持ちなのだろう、と思いながら、満月はまたあくびをした。

「すみません、お疲れでしたね。お休みになってください」

満月修平は、ようやくベッドにたどり着けた。

毛布にくるまったままカーテンをめくってみると、なお雪は勢いよく降っていた。ガラス窓一枚を隔てて、こっちは極楽だ。そう思いながら、たちまち眠りに落ちていった。

翌朝。

目覚めると七時半だった。雪はすっかり上がり、青空が広がっている。予報どおり明け方前にはやんだらしい。

満月は、すぐにベッドを出て着替える。階下へ降りて洗面をすませ、人の声がするのでのぞいてみると、廊下で艶子と獅子谷が話していた。

「おはようございます」

二人は明るい声で言った。どうして獅子谷がいるのか、と満月は尋ねた。

「昨日、大事な手帳を忘れて帰ってしまったので、こんな朝っぱらから申し訳なかったけれど取りにきたんです。すぐに仕事で必要なものだったので。昨日からミスばかりでお恥ずかしい」

手帳は、リビングのソファの座面と背もたれの間に埋まっていたそうだ。

「見つかってよかったわ。ほっとしたところで、朝食でも食べていってください。うちの人は八時を過ぎないと起きないから、少し待ってね」

キッチンで物音がしていた。キヌメが朝食の支度をしているのだろう。

「すみませんね。では、それまで朝の散歩でもしてきます。満月先生もごいっしょにどうですか? すぐ近くに面白いものがありますよ」

「ほお、どんなものでしょう?」

「見てのお楽しみです」

そう言われたらついていくしかない。満月は、獅子谷とともに裏口から庭に出た。

庭は、巨大なテーブルクロスを敷いたように真っ白く覆われていた。あたりの木立も雪をかぶって、絵本の挿絵のような景色になっている。

獅子谷とともに、満月は木立の中へと続く道を進んでいった。朝の空気の冷たさが気持ちいい。

「この道を抜けると小川があって、その向こうに道家さんのお宅があります。面白いものというのは、小川の手前にある小さなお稲荷さんです」

もともとはそこに神社があったのだが、それが何十年も前に火事で焼失し、稲荷の祠《ほこら》だけが残っているのだという。

「そのお稲荷さんの狐が、かっと目を見開いていて珍しいんです。びっくりしたような顔なので、団長は仰天稲荷と呼んでよくお参りしています」

どんなものかと思ったら、それしきのことか。満月はがっかりしたが、朝の散歩自体を楽しむことにした。

小動物の足跡一つない細道をたどっていくうちに、その仰天稲荷とやらが見えてきた。おとぎ噺《ばなし》に出てきそうなささやかな祠で、その屋根にも雪が積もっている。

「おや?」

一歩先を行っている獅子谷が、妙な声を発した。

「誰かいるぞ。何をしているんだろう?」

祠の前で男が正座をし、猫のように背中を丸めて、額を雪の上にこすりつけて稲荷を拝んでいる。まるで土下座だ。どうやら驚介のようだが、おかしなことにコートも上着もまとわず、黒いポロシャツ姿だった。

「団長？」

近寄ってみると、やはり驚介だ。その肩に手を置こうとして、獅子谷は飛び下がった。

「先生。あ、あれ！」

満月も見た。拝み伏した恰好をした驚介の後頭部には裂傷があった。傷口の血はすでに固まっていて、体のそばの白雪の上には赤黒くなった血が散っていた。無惨だ。満月は遺体の左の手首を取り、脈がないことを確認した。

「なんてこったい」

後頭部の傷は一つではなく、少なくとも三回は殴打されていた。凶器らしきものは近くには見当たらない。

視線をずらすと、死体の右手のそばに何かある。文字だ。驚介が今際《いまわ》の際《きわ》に書き残したものか？　かなり乱れていたが、片仮名の「ミチ」のようにも読める。

（これは何だ？）

気になったが、素人が現場検証をしている場合ではない。

「獅子谷さん、見てのとおり事故や自殺ではありません。驚介さんは、何者かに撲殺されたんです。現場はこのままにして、すぐ警察に通報しなくては」

その役目を頼もうとしたが、元猛獣使いは尻餅をついたまま立ち上がれずにいた。

「ここにいてください。遺体や周囲のものに手を触れてはいけませんよ。わかりましたね？」

「は、はい」

へたり込んだままの男を残して、満月は仰天荘へと駆け戻った。


死体発見の一時間後。

艶子、キヌメ、獅子谷、満月、そして隣家から飛んできた道家の五人は仰天荘のリビングに集められ、所轄署からきた江田警部の事情聴取を受けた。

江田はよれよれのコートにぼさぼさ頭の鈍重そうな男で、外見も動作も牛を連想させる。しかし、目つきだけは鋭かった。

「死亡推定時刻は、午前二時から五時というところです。皆さんがお休みになっていた間でしょうね」

キヌメ、満月は「はい」と答えたが、残りの三人は違った。

まず艶子だが、

「二時前に、アメリカのスーザンから電話がかかってきました。田中さんの奥さんです。旦那さんが留守の間に相談したいことがある、と言って。夫婦間の悩みの相談で、四時過ぎまでぶっ通しで話し込みました」

「そんな時間に三時間近くも長電話ですか。しかも国際電話で。いくらかかることやら」

「深刻な相談事だったもので。電話を切ってから、もちろんすぐに寝ました。だから今、ひどい寝不足です」

スーザンの証言が得られたら、二時前から四時過ぎにかけて艶子はアリバイがあることになる。

次に道家。

「夜中に背中の一点が猛烈に痛みだしました。二時半過ぎのことです。尿路結石を抱えているので、『またきたか！』と思って痛み止めを飲もうとしたら、あいにくこれが切れていた。それで救急車にきてもらったんです」

K町の病院に運んでもらい、薬で痛みを治めてもらってから、朝八時のバスで帰宅した。そこで警察官の訪問を受け、あわててこちらにきたのだった。

「救急車がきてくれたのは四時半ぐらい。こんな田舎なのでひどく時間がかかるんです。病院で痛みを止めてもらったのが五時半近く。その間、七転八倒でした」

「結石ですか。尿管にできた石が動いてひっかかると、ひどく痛むんですね。しかし、その痛みがどれだけのものか、本当に痛んでいるのかどうか、本人にしかわからない」

江田が皮肉っぽく言ったので、道家は不服そうだった。

続いて獅子谷が昨夜の行動を語る。

「私はK町でペットショップを経営しています。店の空調が故障していたので、三時頃までその調整をしていました」

誕生パーティに招かれ、泊まりがけのつもりで仰天荘にきていながら、その件でK町に帰ったことはすでに江田に説明ずみだった。

「私が帰宅していたことは確認していただけるでしょう。腹がへったので三時半頃にコンビニへ行ってラーメンを買ったからです。四時から六時まで仮眠して、七時半にまたここにきました。忘れ物を取りに」

宿がないK町にも、救急病院やペットショップやコンビニはあるのだ。

江田は、つまらなそうに言う。

「こことK町は、車で片道一時間弱でしょう。三時半にコンビニに行ったことが証明されても犯行は可能ですね」

道家も獅子谷も、ほとんど容疑者扱いである。現場付近をたまたま夜中に通りかかる人間などいないし、物盗りの犯行とも思えない。身近な者が疑われているのだ。

獅子谷はうつむいてしまう。額には汗がにじんでいた。よほど気の小さな男らしく、現場からふらふらと戻って以来、汗を浮かべたままだ。これで猛獣使いがよく務まったな、と満月はあきれていた。

「不審な物音を聞いたりはしませんでしたか？」

その問いに、仰天荘にいた三人と隣人の道家は「いいえ」と答える。リビングで長電話をしていた艶子も、夫が家を出ていったことにすら気がつかなかった。

「鷲介さんは、真夜中にどうしてあんなところに行ったんでしょう？」

艶子がはっきりと答えた。

「見当もつきません。そんな時間にお稲荷様を拝みにいくはずもないのに」

「奥さんにもわからない。犯人が巧言を弄《ろう》して呼び出したんですかね」

ここで江田は、ビニール袋に入った紙切れを出して見せた。

「書斎の机にこんなメモがありました。空になったコーヒーカップの横にあったんですが、何かわかりますか?」

ミミズが這ったような筆跡で、数字が書かれている。

「アメリカの知り合いの新しい電話番号です。学生時代の友人で田中一郎《いちろう》さんといいます。スーザンは、その奥さんです」

艶子が答えた。昨夜十一時過ぎに電話がかかってきて、驚介は書斎でそれに出た。その後で、引っ越し先の電話番号を伝えてきたんだ、と話したそうだ。

「この番号にかけて確かめさせてもらいますよ。一郎さんにもスーザンさんにもお訊きしたいことがある。……それにしても乱雑なメモですね」

「電話がかかってくる前に右の手首を挫いたので、左手で書いたんだと思います」

夫人が言うと、江田はフムフムとうなずいた。メモは机の左寄りにあったのだ。

「なるほど。……いや、それだとおかしいな。ご主人は亡くなる前に、右手で雪に文字を書き残した形跡があった。どういうことでしょうね」

「さあ、私には何とも。どんなことが書いてあったんですか?」

満月の急報を受けて彼女も現場に駆けつけてはいたが、夫の変わり果てた姿にショックを受け、その文字は目にしていなかったらしい。

「判読が難しいんです」

江田は言葉を濁した。あれが「ミチ」であれば道家司を名指そうとしたとも解釈できるが、「ミチ」と断定するのがためらわれたからだろう。

「読めないんですか？　主人のダイイング・メッセージなのに」

「何のことですか、そのダイニング・メッセージというのは？」

「お約束のボケをありがとうございます」

うやうやしく言ってから、満月が用語解説をした。

「ははあ、死に際に犯人の名前を書き残したメッセージですか。そんな被害者ばかりなら警察は苦労をしないんですが」

そして全員に尋ねる。

「なぜ行天驚介さんが襲われたのか、心当たりがある人はいませんか？」

いない。

江田は鋭い視線をすっと横に走らせて、ソファの端に座っている隣人を見た。

「道家さん。いかがですか？」

元道化師は、自分だけ重ねて問われたことが心外そうだった。

「さっぱりわかりません」

「そうですか。捜査にご協力いただき、ありがとうございます。またあとでお話を聞かせてもらいます」

事情聴取はひとまず終わり、獅子谷はハンカチで汗を拭った。

部屋から出かけたところで江田は振り向き、ひとこと言う。

「満月先生、あなただけきていただけますか」

江田警部は、死体発見の現場に居合わせた満月修平の意見を求めてきた。満月がただの推理作家ではなく、現実に起きた難事件をいくつも解決している名探偵でもあることを聞き及んでいたのである。

「これまでにわかっていることをお話しします」

そう言いながら、江田は満月を犯行現場へと導いた。遺体は搬出されていたが、まだ鑑識課員の作業が続いている。大きく目を開いた狐が、人間たちが右往左往する様を祠の中から見つめていた。

「祠のすぐ裏を小川が流れています。深さ三十センチもない浅い川です。まだ調べ始めたばかりですが、さっそく川底から凶器らしきものが発見されました。長さ約五十センチの鉄パイプで、このあたりに落ちているようなものではありません」

「犯人が用意してきたものですか。つまり、これは計画的な犯行だと?」

「はい。それから、少し川下で被害者のネームが入ったコートを見つけました。川岸から張り出した灌木《かんぼく》の枝にひっかかっていたんです」

（犯人が剝ぎ取って川に捨てたのか？　コートを処分することに意味があるとも思えないが）

満月は疑問に思ったが、それは口にせず江田に尋ねる。

「最も重要なことをお聞かせいただきましょうか。雪がやんだ時間はいつですか？」

「おお、それです。気象台に照会してこの地域にかぎった詳細な情報を確かめたところ、午前四時頃ということです」

「死亡推定時刻は午前二時から五時でしたね。被害者の背中に雪はなかったことからして犯行時刻は午前四時以降ということになりそうですが」

「おっしゃるとおり。大事なことなので確認したいのですが、被害者の背中に雪がなかったこと、ここまでの道に足跡がなかったことは間違いありませんね？」

「ええ、断言します」

「ムチャクチャ不可解ではありませんか。雪がやんでからの犯行だとしたら、被害者らがここまで歩いてきた足跡と、犯人が立ち去った足跡が残っているはずです。ところが、そんなものは存在しない。二人とも空が飛べるんでしょうか？」

満月は、鼻息を荒くする警部をなだめる。

「確かに謎ですが、事実としていったん受け入れましょう。その答えが見つかれば、犯人もわかるのでは」

「はあ。では、不可解な事実を謎として受け入れましょう。その件は棚上げして、これはどうです?」

江田は、足もとに視線を向けた。

「被害者が書き残したらしき文字です。『ミチ』と読めます。ダイイング・メッセージとやらならば、道家司を示しているようにとれますが……」

語尾をぼかして、満月の見解を聞こうとする。

「被害者は右手首を痛めていました。この二文字が書けたとは思えません。道家に罪をなすりつけるための偽装工作ではないでしょうか」

「火事場の馬鹿力ならぬ死に際の馬鹿力で書こうとしたのかもしれない。しかし、二文字で力尽きたんですよ」

警部と言い合っても答えは出ない、と満月は判断した。

祠の柱に血痕がついている。犯行の際に飛んだものだろう。

「被害者はここで殺されたんですね?」

「疑いの余地はありません」

「額《ぬか》ずいてお稲荷様を拝んでいるところを殴られたわけではなさそうですが」

「立っているところを後ろから殴打された模様です。ああいう姿勢になったのは、たまたまでしょう」

苦しみながらうずくまり、それがたまたま祈りの姿勢になった、と警部は見ているのだ。

(それはどうだろうか……)

体の向きはまさに稲荷に正対し、頭だけが祠の屋根の庇《ひさし》の下にきていた。ちょっとできすぎた偶然だ。

（犯人は、この殺人を仰天稲荷に捧げたかのようだ。しかし、それもおかしなことだな）

祠の裏手から、小川のせせらぎが聞こえていた。そちらに回ってみると、ゆるく蛇行した川の五十メートルほど川上に茶色い家がぽつんと立っている。

道家宅だ。小川と家の間には赤松の木立があり、風景画のような眺めだった。その家のまわりに不審な足跡はなかったそうだ。

風流を愛する満月は、ここで一句詠んだ。

（人の世の哀しみ隠す雪景色。――まずまずだな）

手帳にメモする彼の背中に、江田が問いかける。

「昨夜から被害者宅に滞在し、事件直前の様子をご覧になっていた満月さんは、何か異状に気づかれませんでしたか？」

飛岡健一の死が話題に上ったところで妙な雰囲気になった。そのことを江田に伝えはしたが、それしきは異状とまでは言えない。

「口論もなく、楽しい集いでしたよ。その夜にこんな悲劇が起きようとは。私としたことが不覚です」

「先生が飛び入りでいらしたのに、犯人は計画を実行した。不敵な奴です。あるいは無知ゆえの蛮行か」

そこへ私服刑事が寄ってきて、警部に報告を始めた。満月は、遠い家を見やったまま聞いていた。

道家が午前四時半頃に救急車で搬送されたこと、獅子谷が自宅近くのコンビニで同じく三時半頃に買い物をしたこと、アメリカの田中夫妻に連絡をとって艶子の証言に偽りがないことが確認されたという。彼らがシロであれクロであれ、すぐにばれる嘘はつかなかったわけだ。

江田は腕組みをして、鈍重にうなった。

「デカの勘ですが、やっかいな事件になりそうな予感がします」

「そうでしょうか?」

満月は、くるりと振り返って言う。

「とおっしゃいますと?」

「私には、おぼろげながら真相が見えています。これでまず間違いはありますまい」

「なんですって!」

仰天する江田の顔がクローズアップになったところで――

読者への挑戦

ここで作者はフェアプレイの精神にのっとり、賢明なる読者諸兄に謹んで挑戦する。

行天驚介を殺害した犯人の名前と、そう推理した理由をお答えいただきたい。動機については解決編がうだうだと語るので、推理してもらわずとも結構。なお、犯行は単独犯によって行われた。

（書き急ぎと技量不足のため、現場の状況や事実関係にわかりにくい点があるやもしれぬため、ご不明の段は作者に質問していただいてもかまわない。お気軽にどうぞ）

望月周平

3

牛丼を食べ、江神さんの部屋に戻った二十分後。

問題編を読み終えた僕は、ノートから顔を上げた。

「熟読してたみたいやな。どうや？」

江神さんは缶ビールを片手に訊く。

「ふざけた書きっぷりですけど力作ですね。モチさんがこんなものを書いていたとは知りませんでした」

仲間内――しかも読んでくれるのはたった二人――で遊ぶために書いたものだから、小説としては他愛もないが、それでもこれだけの長さのものを書くにはかなりの根気を要する。アイディアを箇条書きにせず、小説仕立てにしたところに感心した。

それに比べて、推理作家を志望していると公言しながら、この僕は大学に入ってからただの一枚も小説を書いていない。夏の出来事があって以降はとてもそんな気分になれなかった、と自己弁護できたとしても、それ以前だって原稿用紙に向かってすらいない。不甲斐ないにもほどがある。

「そんな真剣な顔をせんでもええやないか、アリス。作者のモチが恐縮するぞ」

僕の心中を知るはずもない江神さんは、からかうように言った。

「楽しく読みました。作者自身を美化してモデルにした満月修平って、笑いそうになりますね。江戸っ子みたいにしゃべるし。裕福そうやのに、ぼろい車に乗ってる理由も判りません。おんぼろのベンツというのが洒落《しゃれ》てると思うたんかな。江田警部の名前は、江神と織田の合成でしょ。牛みたいって、満月とえらい違いやないですか。せやのに挑戦状の最後がやけに謙虚なのもおかしい」

いかにも学生の遊びという感じだ。

「犯人は判ったか？」

単刀直入に訊かれたので、ある登場人物の名前を即座に挙げようとして思い留まった。

「初めての作者のフーダニットを読んで挑戦に応じるのは難しいですね。偉そうな言い方になりますけど、出題のレベルが不明ですから」

「出題のレベル？」

「はい。単純な例として、犯人は左利きであることがほとんど明示されていて、さりげない描写から左利きの人物を選び出すだけならフーダニットとして初歩の初歩です。けど、作者がすごくハイレベルの出題をすると知ってたら、『そんな簡単なわけはない。これは罠だ』と考えるやないですか。モチさんがどれだけの書き手かが未知数やから、そのへんの加減が判りません」

「言わんとするところは理解した。この作品の出題レベルは初歩の初歩……と言いたいところやが、そうとも断じにくい。出来の粗さが目眩《めくら》ましになってるからな。犯人だけやったら、素直に伏線をたどったら判る」

ならば、あいつだ。

「そう聞いたら犯人の名前は見当がつきました。見破ったつもりです。ただ、トリックが……」

そいつが真犯人だとしたら、何らかのトリックを弄したはずなのだ。それが解けない。

「挑戦文には『トリックも見破れ』とは書いてないぞ」

「それはそうでしょう。そんなことを書いたら、アリバイのある人物が犯人やと打ち明けてるのも同然です」

「さっきも言うたとおり、信長は犯人を的中させた。けれど、トリックまでは言い当てられへんかった。それも無理はない、という変なトリックが使われてるからや」

ひどい言われようだ。

「ただ――」と江神さんは言う。何か美点を指摘して作者をかばうのかと思った。

「これは興味深いミステリとも言える。本格ミステリが内包する根本的な問題について考える材料としてはうってつけや」

「えっ、凡作かと思うたらそんな問題作ですか。本格ミステリが内包する根本的な問題。江神さんがそこまで言うんやから、何かあるんやな。どこがそんなに興味深いんやろう」

すぐには教えてもらえない。

「それについては後で話そう。せっかくのモチからの贈り物や。犯人が見えたんやったら、トリック解明にも挑んでみい」

「やってみます。それにあたって、モチさんが与えてくれた権利を行使させてください」

〈書き急ぎと技量不足のため、現場の状況や事実関係に判りにくい点があるやもしれぬため、ご不明の段は作者に質問していただいてもかまわない〉と但し書きみたいなものがついていた。作者本人はこの場にいないが、江神さんは解答を知っているのだから代理を務めてもらいたい。

「ええぞ。何でも訊け」

「まず、どんな明敏な犯人でも雪がやむ時刻を前もって正確に知ることはできません。できるのは、せいぜい天気予報を信じることだけです。この小説の場合、犯人は予報を信じて、それがうまくいった、と考えていいんですね？」

「作中に『最近の予報はよく当たりますよ』という台詞《せりふ》があった。あれは、そういうことで話を進めます、という作者のお断わりみたいなもんやろう」

現実の殺人計画者なら予報を信じ込んだりしないだろうが、これはゲームのための小説だ。それでよしとしよう。

「では次に、現場と道家司宅との位置関係がどうなってるのか、です。祠の裏がすぐ小川で、その川上に道家宅があって、小川と家の間は赤松の木立だと書いてあります。その木立の間にロープを張ることは可能ですか?」

サーカスにいた頃、道家は綱渡りもこなしていた。ロープが張れるのなら自宅から小川まで足跡をつけずに行けるし、長靴でも履いて小川を渡れば雪の上に足跡を残さず犯行現場にたどり着けたはずだ。小川から祠まではジャンプか。

「テキストを読んだら可能とも不可能とも取れるな。もし可能やったとして、意味があるか?」

「道家は、午前四時半以降のアリバイしかありません。犯行推定時刻は二時から五時。一一九番に電話をした後、救急車がくるまでに驚介を殺害したのかもしれません。四時を過ぎたら雪がやんでいたから、ふつうに現場まで行けば不審な足跡が遺ります。それを避けるために、綱渡りという特技を利用したんです」

「救急車の到着時刻はだいたい予想できたとして、雪が四時頃にやむことが予想できたか? 明け方にやむ、という予報が出てただけやぞ」

「そろそろやみそうだ、というのを見計らって一一九番したのかも」

「仮にそうやとしても、犯人は道家で綱渡りをした、というだけでは説明のつかんことがある。被害者の驚介は、どうやって足跡をつけずに現場まできたんや? 元団長も綱渡りができたという伏線はないし、うまい具合に木から木へロープが張れたとしても、犯人がそれを回収する機会も方法もない」

江神さんもとぼけるのが上手だ。元団長に綱渡りをさせずとも、足跡が遺っていない説明はつく。

「それしき何の不思議もありません。いたってミステリ的な答えができます。被害者の方は、雪が降っている間に現場にきてたんですよ。犯人が言葉巧みに呼び出していたんでしょう。『午前三時に仰天稲荷の前で待っていてくれ。大事な話がある。遅れるかもしれないけれど、待っててね』という具合に」

「それで被害者は、雪の中で顫《ふる》えながら素直にじーっと待ってた？　凍死するわ」

「防寒着をいっぱい着込んでたんですよ。見つかったのはコートだけですけど、ほんまはもっといっぱい着てたわけです。コート以外のものはずっと川下へ流れていった」

近眼でもないのに江神さんは目を細め、僕の顔をしげしげと見た。

「お前とモチの思考回路はよう似てるな。ひょっとしたら、この小説にとって最高の読者かもしれん」

「どういうことですか？」

「結末を知ったら判る」

焦《じ》らすようなことを言ってくれる。

「驚介は雪が降っている最中に現場にきた、犯人は雪がやんでから綱渡りをしてきた。この仮説には不自然なところがありますけど、完全に否定することはできません」

「よし、そういうことにしておこう。――すると、『ミチ』というメッセージは、そのまま道家を示してるわけか。被害者は死に際の馬鹿力を発揮して、右手であれを書いたと言うんやな？」

「いいえ」と答えて、江神さんを混乱させてみる。

「違うのか？」

「はい。ここまで道家が犯人のようにしゃべりましたけど、あいつはシロでしょう。今、僕が言うたままが解答やとしたら、ミステリとしてどこも面白くありませんから。ダイイング・メッセージが『ミチ』で道家が犯人で、足跡の謎の答えが綱渡りやなんて外道です」

江神さんは含み笑いをした。

「ミステリとして面白くないから解答ではない、というのはええとして、正解も外道なんやけどな」

「道家犯人説は、ただつまらない。モチさんが用意した正解もつまらないものだとしても、こういうつまらなさではないはずです」

「道家宅と小川の間にロープが張れるか、と質問してきたけど、お前は最初から道家が犯人やと思うてなかったわけや」

「綱渡りができて、小川の近くに住んでいる道家が犯人やというのはモチさんが撒いた餌です。と同時に、作中の犯人が仕掛けた罠でもあります。真犯人は、こんなトリックの可能性で捜査陣を惑わせたかったんです。そのために『ミチ』という偽の手掛かりを遺した。エラリー・クイーン好きのモチさんらしい手口です」

「『ミチ』が偽の手掛かりやという確証はあるか？　奇矯《ききょう》なダイイング・メッセージもクイー

ンの趣味や。書き遺したのは被害者自身で、意外な意味がないとも限らんやろう」

「ああ、確かにそれもクイーンっぽいですね。面白い解釈は、満月修平犯人説です。彼の名前がマンゲツであることを被害者はよく知っていたはずですが、死の直前に意識が混濁し、うっかりミチヅキと書きかけたのかもしれません」

「作者自身がモデルの満月が探偵役かと思ったら犯人だった、か。それやったら意外な結末や」

「でも違いますね。満月を犯人だと特定する伏線が皆無です」

「ないな」

江神さんは煙草に火を点ける。

「満月犯人説なんか唱えたら、モチさんが高笑いしますよ。『ダイイング・メッセージから犯人が特定できるわけがないやろ。憶測だけでロジックがないやないか』って」

絶対に言う。そういう人だ。

「結局のところ、お前は誰が犯人やと思うんや？」

「言うてもいいですか？　――獅子谷丈吉です」

「あっと驚く意外な犯人ではないな」

「登場人物がごく限られていますから仕方がありません。これだけやったら、『犯人の名前だけ当てられても、痛く痒《かゆ》くもないわ』とモチさんが言うに決まっています。肝心なのは、獅子谷を犯人とする根拠でしょう。……犯人は、獅子谷で合《お》うてるんですよね？」

「ご名答。それで正解や。信長なんかせせら嗤《わら》いをしてたわ。『ロジックどうこうでなく、こいつだけ動きがおかしくて浮いているやないか。夜中に長電話してた奥さんや結石で救急車を呼んだ元ピエロも臭うけど、獅子谷の怪しさが香ばしすぎて一発で判る』と」

ボロクソだ。

「技術的な失敗ですね。作者としては耳が痛いところでしょうけど、推理のプロセスがなかったらモチさんは降参せえへんかったんやないですか？」

「ところが、それも信長はちゃんと当てた。犯人が誰か直感で判ったら、後づけの理屈が作れる。かくして望月先生の牙城は崩れ落ちたんや」

「見てみたかったですね、その死闘の一部始終」

「犯人を当てられたモチは、当然の反問をした。『獅子谷が犯人やとしたら、現場の状況に説明不能の点がある。それにはどう説明をつけるんや？　何かトリックがあると言うならそれも解明してくれ』と。信長は、これには解答できんかった」

「それなりの推理で犯人は当てたけど、トリックは破れなかった。それやったら引き分けかな。──江神さんは、トリックの解明に挑んだんですか？」

「モチに解答を迫られたから適当に答えた。結果は、めでたく的中やったな。自慢にもならんけど」

「そうですか。それやったら僕も考えてみます。時間をください」

「ゆっくり考えたらええ。時間はなんぼでもある」

「参考までに訊きますけど、犯行の動機は何やったんですか？　飛岡の死に秘密がありそうでしたね。関係者たちは仲よしではなく、わだかまりを持ってるようなことも仄《ほの》めかされていましたけれど」

「犯人とトリックを当てられた望月先生は、『動機は何や?』と信長に訊かれて、『どうでもええやろ』と答えた。不貞腐《ふてくさ》れてしもうて、ついに語らず」

「人を殺した動機が『どうでもええやろ』はすごいですね。じゃあ、動機は完全に無視して考えます」

この部屋で謎解きに没頭するのは、「四分間では短すぎる」をどう解釈するかというゲーム以来だ。

時計を見たら、まだ九時を過ぎたところだ。僕たちが黙ると、階下からテレビの音が聞こえてきた。大家さん夫婦は『紅白歌合戦』を観ているらしい。先攻は紅組で、トップバッターは中山美穂《なかやまみほ》。

4

煙草を灰皿で揉み消す江神さんに、僕はかねて気になっていたことの一つを尋ねてみる。

「満月修平の代表作は『青死館殺人事件』ということになってますけど、江神さんが執筆中の幻の巨編のタイトルは『赤死館殺人事件』でしたね。そっちはどこまで進んでるんですか?」

「さぁ、どこまで書けたんやろうな。タイトルだけやから幻の作品やったりして」

涼しい顔ではぐらかす。

「案外、もう完成してるんやないですか？　それを十年かけて推敲《すいこう》するんでしょう。この部屋のどこかに大傑作の原稿があるのかと思うと、興奮します」

「アホらしい。お前の妄想癖も重症やな」

「赤死館というのは、もちろんポオの『赤死病の仮面』から取ってるんでしょうけど、内容もポオの小説に関係があるんですか？」

「妄想に任せる」

『赤死病の仮面』は、あまりにも見事な怪奇小説だ。ある国で、感染すると全身から血を流して死ぬという疫病が爆発的に広まる。国王は、生き残った臣下や友人たちを城に集めて外界との接触を完全に断ち、城外で恐ろしい病が猛威をふるう中、恐怖を忘れるための饗宴《きょうえん》にふけった。ある時、国王の発案によって複雑に入り組んだ奥の部屋で仮装舞踏会が催される。と、黒檀製の時計が深夜の零時を告げたところで、死装束をまとって赤き死の病に罹患《りかん》した者の扮装をした者が紛れ込んでいることに人々は気づく。仮面と衣裳を剝ぎ取ってみると何もなく、その正体は赤き死の病そのものであった。

「あれ、大好きなんですよ。最後の一文を松村達雄《まつむらたつお》の訳で覚えてるぐらいです。黒檀製の時計が止まって、かがり火は消え——」

「『そして、暗黒と荒廃と「赤死病」とが、あらゆるもののうえにそのほしいままなる勢威をふるうばかりであった』」

暗唱してみせようとしたら、先を越された。

「さすがは『赤死館殺人事件』の作者。荘厳《そうごん》な閉ざされた城で奇怪な連続殺人が起きるんやないですか？　城外で疫病に冒《おか》された人々がばたばたと無意味に死んでいく中、城内では過剰な意味で装飾された連続見立て殺人の犯人探しが繰り広げられる。無意味と過剰な意味のコントラストがカッコええやないですか」

部長は苦笑した。

「大した想像力やな。感心するんやったらお前が書け。それは、お前自身の着想や」

情けないが、現状では手に余る。

「江神さんが書いたものを読ませてください。閉じた城をどう描くか、そこにどんな意味を盛るのか興味があります」

「閉じた城がいたくお気に入りらしいけど、そんな大仰でわざとらしい装置を用意するまでもなく、この現実世界そのものも牢獄のように閉じてるやないか。一番スケールが大きくて無慈悲なまでに完璧な〈閉じた城〉や。自由に動き回れるのは有限の空間でしかない。世界もそうやし、一人一人の人間も肉体に閉じ込められてる。心や魂と呼ばれるものは、肉体を離れることはない」

「それは、ミステリというゲーム的な空間に仮構する〈閉じた城〉とは話が違います」

「ああ、違うな。そもそもミステリにおける〈閉じた城〉は、現実ほど徹底的に閉じてない。

嵐の孤島や雪に降り込められた山荘に限られた数の登場人物を集めたとしても、外部の人間がどうにかして侵入する可能性はどこかしら残る」

「どうにかして侵入した、というのは反則でしょう」

「お約束の上に成り立ってるから、反則てな言葉が出るんや。本物の〈閉じた城〉はミステリの外にある」

「韜晦《とうかい》ですね。そうやとしたら、ポオはあの小説で何が伝えたかったんですか？」

「恐怖を伴う怪奇と幻想に決まってるやないか。それを描こうと腐心し続けた作家なんやから。寓意を汲み取るのは読者の自由やけどな」

「怪奇と幻想を描くのに腐心してるうちに、推理小説を発明したわけですね？　推理小説は謎を解いてしまうから、怪奇と幻想に対する理知の勝利のように映りますよ」

「数学的才能も詩人としての才能も、ポオは卓越してた。怖いほどものが視《み》えたやろうな。『ユリイカ』なんて宇宙論は、どれだけものが視えたかをよく示してる。けど、ポオを魅了してその興味の中心に座してたのは怪奇と幻想で、とりとめもないものに堕しがちなそれを結晶化させるための触媒として使われたのが推理やろう」

「そうかな、と思いますけど。……『仰天荘殺人事件』は怪奇と幻想の結晶やとは思えませんね。エラリー・クイーンにしても、そんなことを考えて小説を書いてなかったと思います」

「ポオがしたことと後続のミステリ作家がしたことには連続性と隔絶がある。ミステリは、というに生みの親のポオを離れて独り歩きしてるから、親が想像もしなかった性格を持つようになった。――アリス、お前はなんでそんなにミステリが好きなんや？」

あらたまって問われても返事に窮する。

「それはまぁ、面白いからです。って、この答えは賢そうに聞こえませんね。パズルやマジックの面白さとは別の何かがあるような気はしてるんですけど、どう表現したらええのか……」

江神さんは、僕の目を見ながら話した。

「怪奇と幻想に必ずしも拘《こだわ》らなくなったミステリに残るのは、推理の魅力や。ただ、それは科学者や歴史学者が駆使するものとはどこか手触りが違う」

「ええ、似て非なるものやと思いますね。科学者や歴史学者は真実探求の手段として推理しますが、ミステリの推理は自己目的化してます。だいたいミステリにおける謎は、人間がまだ見ぬ真理や真実ではなく、解かれるために作者がこしらえた人工の謎です」

「そうやな。ありもしない架空の殺人事件の真相を推理するんやから。どれだけうまく書いてあっても、そこがつまらん、と見下す人は今も少なくない」

「たくさんいますね。推理自体は文学的でもなんでもありませんから。けど、推理に感動することもあるんやけどな」

「同感や。なんで感動する？　職人的な匠《たくみ》の技に感服というだけでもないやろう」

「多分、それだけではありません。何か違うから読み続けてるような気がします」

「それはな、人間の最も切ない想いを推理が慰めるからや」

やけにウェットな表現が出てきた。

「具体的に言おう。名探偵の推理は、殺されて物言えぬ被害者の声を聞くのに等しい。ミステリが推理の巧みさを楽しむだけのものやったら、ああまで殺人事件を中心に描く必要はないやろ。殺人を扱った方が刺激的で、問題に切実さが出るということもあるやろうけど、殺人事件がミステリの中心的モチーフになることには必然性がある。当たり前に響くやろうけど、被害者が絶対に証言できない、というのが重要なんや」

「化けて出ない限り、証言してくれませんね」

「そのとおり。怪奇と幻想の権化《ごんげ》たる怪談に名探偵の出番はない。死者が現われて恨み言をしゃべったり、死者の想いがこの世に残存して何かを伝えようとしたりしてくれる。そうであればいいのに、という人間の想いが怪談には込められてるんやろう。現実には、人の想いが死後も物理的に遺ることはない。ないからこそ、そうであれば、と希《ねが》う」

幽霊の実在を信じている人もいるけれど、それは幽霊が実在しないことと矛盾しない。また、信じれば視えることもあるだろう。ならば幽霊は実在するではないか、とも言えるかもしれないが。

「そうであれば、という希いは根強く根源的や。にも拘《かか》わらず、ミステリは容赦なくそれを否定する」

「ええ。ミステリは、超常現象全般を認めません。鉄の掟です。あえて味つけに使う例外的な作品もありますけど」

「そう。ミステリは、アンチ怪談性を帯びてる」

「発生史をたどれば、怪奇と幻想の結晶を創ろうとしたポオに行き着くのに、変な具合ですね」

「親から離れて独り歩きを始めた結果や。けれど、アンチ怪談であるミステリは対立するどころか両者はある地点で再会する。この二つだけが死者の想いに手が届くんや。ポオの意図せざる展開やろう。ミステリの基本的な形式は始祖のポオが早々に完成させた、と言われる。そうやったとしても、ミステリの意味のすべてもポオが用意したとは思わん」

いくつか質《ただ》したい。

「ミステリって、源流をたどったらゴシック小説につながっていますよね。古城を亡霊が徘徊するような、非現実的で恐ろしい物語に」

「いくつかある源流の一つは、そうやな。ゴシック小説との関連は大きい」

「つまり先祖に怪談がいます。それがポオより後にアンチ怪談性を帯び、いったん別れた後でまた怪談と再会するわけですね。でも、江神さんは『ミステリの本質は幻想小説』だと言うたことがあります。アンチ怪談性を持った幻想小説なんですか?」

ミステリの本質は幻想小説。それを聞いたのは、夏の矢吹山でのこと。命の危機に瀕《ひん》しながら、僕は江神さんとミステリ談義に耽《ふけ》った。差し向かいでミステリについて語り合うのは、あれ以来だ。

「俺がそんなことを言うたか?」

忘れてしまったのか、戯れに忘れたふりをしているのか。

「言いました。あるところで」

「さっきから言うてるようにミステリは超自然的なものをいっさい排除するから、アンチ・ファンタジー的でもある。アンチ・ファンタジー性を獲得したことで、怪奇と幻想の結晶となって誕生したわけやから、それは極度に屈折した幻想小説とも言えるやろう」

さらに言う。

「およそミステリほど頑なに超自然的なるものを否定する小説はない。純文学を含めて、ミステリ以外の小説にはしばしば得体の知れんモノやコトが出てくるやないか。これは俺の考えやけど、超常的なるものを完全に否定してくれる小説は、時としてありもしないものを信じさせるより清々《すがすが》しい。そういう小説に存在していて欲しい、と思う」

こんな話になるとは思わなかった。今夜、僕たちはいつもと違う空気を呼吸しているせいなのかもしれない。

「ミステリこそ、得体の知れない推理や真相を並べてみせることがありますよ」

言い返してみたら、江神さんは頷く。

「歪《ゆが》んだり捻じれてたりしててもええんや。精緻に検証したらどのミステリの推理にも穴や綻《ほころ》びはあるやろう。むしろ、それがミステリの推理やないか。幽霊が実在しないのと同様に、名探偵による間然するところのない推理も非実在や」

「幽霊も名探偵の推理も、非実在の幻ですか」

「〈閉じた城〉の中やからこそ見られる幻かもな」

この話も一応は閉じそうだ。

「現実の中で、あるいは小説の中で、人は言う。『死んだあの人は、こんな想いを抱いていたのでしょう』。想いは察するしかない。怪談とミステリの中では、幽霊や名探偵を介して人は断定する。『死んだあの人は、こんな想いを抱いていた』。怪談とミステリの中でだけ――」

そして江神さんは、そっけなく付け足す。

「もし俺が死んだら、何を考えてたのか、何がしたかったのか、モチや信長と推理してみてくれ」

どうして唐突にそんなことを言うのか、と驚いた。まるで江神さんに死期が迫っているように聞こえたのだ。

「どうかしたか？」

こちらを向いた目はよく輝いていて、死の影などあるはずもない。顔をそらした時の目は見られなかったが。

「推理しようにも材料が乏しすぎます。親しくさせてもらってますけど、僕らは江神さんの家族構成も生い立ちも聞いたことがない。秘密だらけで推理できません」

「家族構成や生い立ちを知らんと、俺がどういう人間か判らんのか？　それはおかしいやろう」

どさくさ紛れに何か話してくれるかと思ったが、門は開かない。あっさり退けられてしまった。江神さんには、過去や家族について打ち明けたくない特段の理由があるようだ。

「秘密にするほどのものは背負うてない。妄想癖を発揮しすぎたら、そのうち何もないことを知って失望するぞ。その時になって、『もっと奥がある人かと思ったのに、見損ないました』

なんて言わんといてくれよ」

これ以上はとても踏み込めない。きつい態度や言葉で拒まれたわけでもないのに、江神さんは瞬時に柔らかな壁を築いていた。

「判りました。けど、『もし俺が死んだら』やなんて、縁起の悪いことは言わんといてください。ああ、僕が謝るべきかな。ふだんから長老呼ばわりして、すみませんでした。そのせいですね。江神さんが年寄りじみたことを口走ったのは」

努めて軽い調子で言うと、部長は両手で髪を掻《か》き上げてから、そのまま大きく伸びをした。

「年寄りじみてて悪かったたな。失礼なことを」

「すみません」

「何回も謝るな。——狭い部屋に閉じこもってるだけというのもつまらん。外に出てみようやないか。冷たい空気で頭を冷やしたら、仰天荘で何が起きたのかが見えてくるかもな」

江神さんは気分を変えたいのか。望むところだ。

「かまいませんけど、どこへ行くんです?」

「ええところがある。年寄りにも若者にも大人気の場所や」

5

京都の大学に入ったのだから、自由な時間を利用して古都の四季を満喫しよう、と思っていた。しかし、いざ通いだしてみると実行するには至らず、いくつかの神社仏閣を巡っただけで三大祭りも見逃した。嵯峨野《さがの》方面は未踏のままで、先日訪ねた観光スポットは駅前の京都タワー。

まだ三年あると思っているうちに、見たかったものを見ず、行きたかったところに足を運ばないまま卒業を迎えてしまう。それは、よその地方から京都の大学に進んだ学生にありがちなことらしい。

だから、江神さんの「おけら参りに行こう」は願ってもない提案だった。大晦日に京都にいるのだから絶好の機会だ。西陣から祇園《ぎおん》の八坂神社まで歩くとなると結構な距離だが、ためらいはしない。

出掛ける前に江神さんは、大家さんにひと声掛けていた。

「おけら火をもろてきます」

おけら木——薬草の根でできた護摩木《ごまぎ》——を焚いた火を吉兆縄《きっちょうなわ》につけて持ち帰り、それを火種にして雑煮を作ると、その年を無病息災で過ごせるという。京都人にとっては子供の頃から慣れ親しんだ風習だ。ＪＲも各私鉄も初詣客のために終夜運転をする。この夜に限って鉄道各社はふだん火気厳禁の車内に火のついた縄を持ち込むことを許可していたので、大阪や神戸までおけら火を持って帰る人もいた。大晦日ならではの非日常性が面白かったのだが、今年から禁止になった。去年の五月に京阪電車の七条—三条駅間が地下化されたことがきっかけで、危険とされたらしい。

江神さんは、赤と黒のスキーウェアを着込んだ。古着屋で買ったものだそうで、とても暖かそうだ。よく似合っていて、一端《いっぱし》のスキーヤーに見えた。

「超自然現象って、完全に否定することはできませんよね」

今出川通を東へ。大学の方に歩きながら、ふと思いついたことを言った。

「現に、僕らもそんな体験をしたやないですか。先月、花沢医院で」

そこにいるはずのない男の子を、望月と僕は目撃した。悪戯《いたずら》を仕掛けた織田が用意していたのは髪の長い女の子の人形だったのに。どこかに男の子の人形も隠してあるのではないかと家中を捜してみたけれど、発見できなかった。

「あの時は雰囲気に呑まれて狼狽したけど、説明がつかんわけやない」

「あれっ、そうですか?」

あの時、不可解な現象に江神さんも混乱していたはずだ。

「女の子の人形の長い髪が、影に見えたんやろう。それでお前とモチはおかっぱ頭の男の子と錯覚したんや。子供の顔は、男女の差が小さい。加えて廊下は暗かった」

「あっさり言うてくれますけど、それは江神さんが見てないからですよ」

「お前が見たのも一瞬だけやないか」

「モチさんと僕が、揃って同じ錯覚をしたんですか？　納得がいきません」

「そう言われたら実物を見てない俺は黙るしかないから、未処理箱に入れて謎のままにしよう」

「迷宮入りか」

風が出てきていた。気温もかなり低くなっているようだが、それなりの恰好をしているので寒さはあまり感じない。

どこからともなく赤ん坊の泣き声が聞こえてきた。苦しみを訴えているかのようなそれが、風に吹かれて顫える。

「江神さん。あの子、どこで泣いてるんですか？」

部長は耳を澄ましてから、まるで緊張感のない口調で答える。

「あの子って……猫やないか。どうしたんや、アリス。よう聞け」

「こんな季節に、猫があんな声を出すかな」

「野良猫が何かを威嚇《いかく》してるんやろう。往来の真ん中で怖がらんでもええ」

猫の声にしか聞こえなくなった。

「それより、まだお前の推理を最後まで聞いてなかった。獅子谷を犯人と指摘する理由は何や？　モチの習作を手厚く供養してやるために、それを聞かせてもらわんとな」

歩きながら話すのにいいネタだ。

「被害者の驚介は、アクシデントで右手首を挫いて字が書けなくなっていました。フーダニットですから、無意味に挿入されたエピソードとは考えられません。そこから推理を巡らせたら答えにたどり着きます」

被害者が右手でダイイング・メッセージを遺したかのようだったが、それは道家を陥れるための偽装工作だ。犯人は、驚介が右手を痛めて字が書けなくなっていることを知らなかったのだ。

「驚介が右手首を挫いた時、満月と妻の艶子はその場にいた。まずその二人を消去できるな」

江神さんが、僕を試すように言う。

「元ナイフ投げの……えーと、剣崎キヌメも知っていたはずです。書斎にコーヒーを運んだ際に、驚介がアメリカの知人と電話で話しながら、左手でぎこちなくメモを取っている場面を見ているはずです」

「見たという確証は持ちにくい書き方ではあったけど、見たんやろう。作者はそう思って欲しそうやった。素人が遊びで書いたんやから、そのへんは意を汲んでやろう」

「キヌメも消去したら、残るのは道家と獅子谷です。どうしてもこの二人が怪しいわけです」

「あいつらは『朝までずっと眠っていました』ではなかったしな。道家は消去できるか？」

「きれいには消せません。常識的な見方になりますけど、わざわざ自分に疑いを向けるようにメッセージを書いたりはしないだろう、というのが根拠です」

「ミステリの犯人は大胆なことをするぞ。あえてやったのかもしれへん」

「やりかねませんね。でも、そうしたんやったら、どこかの時点で『このメッセージは偽物である』と警察に見破ってもらう必要があります。そうしてこそ、初めて自分に疑いを向けさせるメリットが出るんやないですか？　ところが、偽物であると判断してもらう材料がありません」

「なんでや？　現にお前は、あれは偽装工作やと看破してるやないか」

「それは、被害者が右手首を痛めたことを僕が知ってるからです。ところが作中の道家は、その事実を犯行前に知る機会がありませんでした。この状況の齟齬《そご》から導かれる結論として、道家は犯人ではない」

「なるほど」

烏丸今出川の交差点を過ぎ、大学に沿って歩く。右手の京都御所では、黒々とした木立が風にざわついていた。

英都女子大を通り過ぎる。脇道に入って少し行けば、望月が下宿している瑠璃荘だ。僕が推理研に入って初めて遭遇した事件は、あそこで起きた。

「そのへんは甘いんやけどな」江神さんは言う。「誰が犯人であっても、驚介が右手首を痛めてることに気づく機会はあった」

「え、そうですか？」

「厳密に言うとそうなる。当たり前のことながら、犯行時に犯人と被害者は接触してるやろ。稲荷の前で会うなり言葉も交わさずに襲いかかったのかもしれんけど、短いやりとりがあった可能性も捨てきれん。もしそうやったら、『右の手首が痛くてかなわない』と驚介が口にすることがあってもおかしくないから、右手首を挫いたことを知っていたのが誰なのか、考えても無駄なんや」

今度は僕が「なるほど」と言った。

「話が飛ぶようやけど、六十二年前に新しい元号の発表があった時、現場からの速報を記者から受けた新聞社のある人間がこう言うたそうや。『ショウワのショウは、日偏に召す？ そんな字があるのか』」

言われてみれば、昭の字がつく熟語が浮かばない。当時は馴染みの薄い漢字だったのか。

「俺の部屋にモチが忘れていった本があったやろ。『MADE IN JAPAN』。あの表紙の世界的実業家がいつの生まれか知ってるか？」

「盛田昭夫ですね。いかにも昭和初期の生まれという感じの名前ですけど」

「あの人は大正生まれや。昭和生まれと間違われがちらしい。昭和の昭の字はずっと前からあったから、『盛田氏の親御さんは何故そんな字を知っていたのか？』と不思議がらんでもええわけやが、ある知識や情報をいつどこで得たのか、他人が正確に知るのは難しい」

驚介が右手首を挫いたことを、誰がいつどこでどのように知ったかも窺《うかが》い知れない、ということか。

「けど、それやったらモチさんが一生懸命に張り巡らせた伏線はすべて無駄ということになります」

「そう、無駄」

「非情な判定ですねえ」

「厳しいようやけど仕方がない。フーダニットを書くというのは、非情な判定者の前に首を差し出すようなもんや。その首は、十中八九、落ちる」

恐ろしい。首筋がひやりとした。

「つらい定めですね」

「ミステリの世界の習いやな。斬り落としながら、ミステリを愛する輩《ともがら》はみんな泣いてるわ」

「待ってください、そうすると、鷲介が右手首を挫いたことを知っていたのは誰か、ということを起点に僕が組み立てた推理も、意味がないということですか?」

「いいや、どこまでも正しい。それこそ出題者の意図に合致した推理やからな。結論から言うと、お前の推理はモチが用意した解答そのままや。鷲介は右手で字が書けなかったことをキヌメも知り得た、というところがミソらしい」

「可愛いなぁ、モチさん」

生意気なコメントをしてしまった。推理作家志望のくせして、自分は何も書いていないのに。

「正解したと喜ぶのは早い。獅子谷を犯人にするためには、現場の不可解な状況の謎も解いてもらわねばならんよ、ホームズ君」

江神さんは煙草をくわえて言う。風の中で火を点けるのに少し手間取った。

「言われるまでもありません。そこが第二の壁なんですよ。獅子谷は三時半にK町のコンビニに現われています。アリバイの証人を作るためにわざわざ買い物をしたんでしょうね。鷺介の死亡推定時刻は二時から五時の間。K町と現場とは車で一時間の距離やから、三時半の買い物の後で現場に向かえば、犯行は可能です」

「しかし、ことはそう単純やない」

「はい。四時に雪がやんだのに、現場付近の雪の上には足跡がまったくありませんでした。では、犯行は彼がK町に帰る前に行なわれたのか？　チャンスはありましたが、それも変です。雪がやんだのは四時。雪が降ってる間に殺害したのなら、死体の上に雪が積もります」

「K町に帰る前に殺したのか、いったん帰った後で引き返して殺したのか。どっちにしても現場の状況に合わんな。どうする？」

「どうしましょう？」

河原町通に出る手前に煙草屋があったので、江神さんはその店先の吸い殻入れに煙草を捨てた。そうなるようタイミングを見計らって吸い始めたのだろう。こういう人だから、留年を繰り返すのも何らかの計画に基づいているのに違いない。

「江神さんは、トリックに関わるその部分も『めでたく的中』させたんでしょう。うーん、どこから斬り込んだんやろうな。あのノートを持ってきたらよかった」

夜道を歩きながらは読み返せないが。

今出川通をまっすぐ行って、賀茂《かも》大橋を渡った。高野《たかの》川《がわ》と賀茂川の合流点に架かる橋で、北側の三角州《さんかくす》に糺《ただす》の森《もり》、正面に大文字《だいもんじ》山《やま》が見える。五山《ござん》の送り火の夜、この橋に立てば、〈大〉

の字のみならず松ヶ崎妙法《まつがさきみようほう》の〈法〉の字も望めるそうだ。

今年が、昭和最後の大晦日が、まもなく去ろうとしている。特別な儀式が行なわれてもよさそうなものだ。行く方に見えるあの山で、スペシャル企画として、見たことのない送り火を燃やせばよかった。老いも若きも万感の想いを込めてそれを仰ぐ。

夜空に浮かび上がる文字は〈終〉でどうだろう？　冗談がきつすぎるか。

6

鴨川《かもがわ》を渡ったところで右に曲がり、川端通《かわばたどおり》の川側を南へと歩いた。山側には学校や研究施設、病院が立ち並ぶ道だ。今夜は車の進入が規制されていて、大勢の人がぞろぞろ南へ歩いている。そのうちの何割かは八坂神社を目指していると思《おぼ》しい。

「色々あったな」

会話の切れ間に、江神さんが言った。

「僕が大学に入って九ヵ月しかたってないのに、ありすぎです。あんまり色々あったんですごく早く感じられたり、その反対にもう何年もこのサークルにいるような気がしたりもします。七月にモチさんの実家に遊びに行ったことなんか、大昔のことみたいや」

「クリスマス前に、矢吹山で知り合った女の子から手紙が届いた。俺の住所は教えてなかったから、大学の教務課気付や」

驚かずにいられない。

「誰からですか？」

あのキャンプ場に女の子は何人もいた。江神さんが答えたのは、予想したとおりの名前だ。ちょっと変わった子だった。

「『お変わりありませんか？　こちらはみんな元気にしています。ご心配のないように』という内容で、『大学の方に変な手紙だと思われないように住所を書きましたが、お返事はいりません』とあった。読ませてやることはできへん。『読んだら捨ててください』ということやったから、燃やした。お前のことを特に気遣ってるみたいやったぞ」

そう聞いて恥ずかしくなると同時に、「こちらはみんな元気にしています」という言葉に救われる思いがした。何故「読んだら処分してください」とまで書いたのか判らないが、そういう性質の手紙だったのだろう。他の者の目に触れることがどうしても嫌で、江神さんにも一度だけ読んでもらえば充分だったのかもしれない。

「つらい記憶は薄れてきたか？」

そんなふうに訊かれたのは、山を下りてから初めてだった。少なくとも僕の前で、江神さんだけでなく望月、織田の両先輩も山で起きたことについて、ほとんど話題にしてこなかった。腫れ物に触らぬようにというのではなく、互いに干渉することを控え、しかるべき時間をかけて一人一人で呑み下す経験だと考えて、そうふるまってきたのだと思う。

「薄らぎましたよ。でも、つらかったり苦かったりする中に、忘れたくない記憶もあります」

「ああ、それは心に銘したままでええやないか。特にお前はそうするべきや。作家になりたいんやからな」

とだけ言って、江神さんは話を謎解きに戻した。

「それで、モチの小説の方はどうや？」

僕は、作中に嵌《は》め込まれた伏線らしき記述に注目することにした。

「適当にしゃべりますから、ほっといてください。口を動かしながら考えます。――死体はポロシャツ姿で、被害者のコートは川下で発見された。コートはネーム入りやけど死体の身元を隠す必要はない。それやのに犯人がコートを処分しようとしたのはなんでやろう？　処分したんやなくて脱がすことが目的やったんかな」

横目で江神さんを見たら、親指を立てる。着眼点はいいらしいが、そこから先に進めない。

「死体の姿勢についての描写がくどかった。お稲荷さんの祟りがどうこうという話でもないのに、背中を丸くした正座で額ずいてるやなんて、わざわざ書くのには理由があるはずや」

親指が二本立った。やはりこれも謎を解く鍵か。

望月は伏線の隠し方が下手だな、とは思わない。露骨に怪しげな描写でありながら、その意味が摑めないというのは楽しい。僕は楽しませてもらっている。

「生前の被害者に獅子谷が贈ったプレゼントは何やったかな。ネクタイとか万年筆とか、どうでもよさそうなことが書いてあったけど。それが何かトリックに関係……」

親指が下を向いた。ほっといてください、と自分が言ったのに、これではヒントをどんどん与えてください、とお願いしたようなものか。

「獅子谷だけアルコールを受けつけない体質だったとか、凶器が鉄パイプだったというのは、関係がありませんよね。他に引っ掛かるところはないかなぁ」

江神さんに放置されて、それから一キロほど無言のまま歩いた。荒神橋東詰《こうじんばしひがしづめ》を過ぎ、丸太町《まるたまち》通《どおり》を渡って、三条京阪が近くなる。

「あかんわ。さっきからずーっと思考が空回りしてる。そもそも俺は何を考えてたんや?」

馬鹿にされるかと思ったら、その自問は江神さんから高く評価された。

「何が問われてるのかを正しく見極めること。それが正解への近道になる。——頭を整理してみろ。挑むべき問題は仰天するぐらいシンプルや」

犯人は獅子谷丈吉。これは確定している。彼は三時半頃にK町にいた。現場からK町までの移動に所要する時間は一時間。犯行時刻は二時から五時の間だから、彼に犯行が可能だったのは二時から二時半の間もしくは四時半から五時の間である。後者だとしたら自分の足跡をつけずに犯行を行なったことになるが、どんなトリックを使ったのかを暗示する伏線らしきものが見当たらない。前者だと仮定しよう。その時間帯に行天驚介を殺害したのなら、現場付近に足跡が遺っていなかったのは当然だ。雪は四時まで降っていた。が、死体の上にも雪が遺っていなかったことと矛盾する。つまり、何かそうなるような事態が出来《しゅったい》したか、さもなくば獅子谷が細工を施したのではないか。つまり、僕が挑むべき問題は——

「……雪が降っている最中に戸外で殺人を犯しながら、死体の上に雪が積もらないようにする方法」

「鮮やかな要約やな。そう、ただそれだけのことなんや。シンプルすぎて拍子抜けしたやろう」

謎の貧弱な姿が露《あら》わになった。こうなったら一気に真相まで攻め込めそうだ。

「そのトリックを成立させるのに、死体のコートが邪魔やったんですね？　死体をああいう形にする必要もあった」

雪の上に正座し、背中を丸めて額ずく。そういう姿勢をとらせたら、死体に雪が積もる面積は最小限になる。おまけに被害者は小柄という設定だ。消すべき雪の量はごく少ないのだ。

死体に関しては、こんな描写もあった。頭が祠の屋根の下にきている、と。頭に雪が積もらなかったのは屋根の庇がカバーしていたからだ。消すべきは背中の雪だけ。背中に雪が降り積もるのを防げないのなら、積もろうとする雪を吹き飛ばすか、溶かせばいい。吹き飛ばすために必要なのは風、溶かすために要るのは熱。扇風機のような装置を使ったとは思えない。

「熱で……溶かした」

部長は無反応だったが、突き進む。

「背中を温めたらええんや。そのために邪魔だったからコートを脱がせて捨てたんやろうな。具体的にどうしたか？　大袈裟な装置は不要で、ごくありきたりのものを使えばできた。被害者が着たポロシャツの背中に……使い捨てカイロを貼る」

背中の部分の内側一面に何枚も貼りつけたのだ。人間の体ではなく、シャツそのものを温めるために。コートよりもポロシャツの方がずっと薄いから、表面まで熱が通りやすい。

「そうしておいたら背中に降ってきた雪は次々に溶けて、積もることはない。ただ、それをそのままにしておくわけにはいけへんから、警察が死体を見分するまでに使い捨てカイロを剝がさなくてはならない。そのチャンスは——ありましたね」

試験官は「あったな」と答える。

獅子谷が「すぐ近くに面白いものがありますよ」と満月を散歩に誘ったのは、もちろん一緒に死体発見者になってもらうためだ。彼自身と、証人になってくれる第三者の二人が発見者にならなくてはならない。証人として選ばれた第三者こそ満月だ。死体と対面すると腰を抜かしたふりをする。そうすれば、家人に報せたり警察へ通報したりするために満月が仰天荘に引き返さなくてはならず、その間に獅子谷は一人きりになれたから、カイロをすべて剝がすことができたわけだ。

「剝ぎ取るまではええとして、そのカイロをどう処分したんでしょうね。川へ捨てたけど警察が見つけられなかった、ということかな。都合がよすぎるけど」

「拾い忘れてる伏線があるぞ。獅子谷についての描写を思い出せ」

あれしきの短い小説だから、じきに思い当たった。死体を発見した後、獅子谷はよく汗をかいている。いや、現場から戻って以来、「汗を浮かべたまま」だった。

「……そうか。現場の近くにトリックの小道具を迂闊《うかつ》に捨てられないので、剝がしたカイロを自分の体に貼り直したんですね？　獅子谷は肩幅が広くて背も高い、と登場シーンで紹介されてたから、貼りつけるスペースには余裕があった。犯行が二時過ぎやとしたら、死体発見時、カイロが熱を発してからまだ六時間ぐらいしか経過してない。充分に温かかったから汗をかいてた」

「そこまで。犯人の名前を言い当てたのみならず、使い捨てカイロのトリックも見破ったんやから、お前の勝ちや」

「江神さんが言うたとおりですね。……しょぼいトリック」

三条大橋の上は賑やかだった。八坂神社へ向かう人の流れが、こちらに押し寄せてきている。おけら火がついた吉兆縄を手にして、神社から帰る人も見掛ける。縄を小さく振り回しているのは先端の火が消えないようにするためで、夜の闇にくるくると描かれるオレンジ色の輪がきれいだ。もちろん人込みの中では危険だから、周囲に気をつけなくてはならない。

南座《みなみざ》がある四条大橋東詰《しじょうおおはしひがしづめ》までくると、河原町から渡ってくる人、河原町に向かう帰りの人でごった返し、警察官が車と人の整理にあたっていた。そんな中で、僕たちは浮世離れした話に没頭する。

「事件の構図を整理すると、どうなるんでしょう？　獅子谷は使い捨てカイロを利用したトリックで、雪が降っている最中にすませた犯行を雪がやんでからの犯行に見せかけたかったわけでしょう。でも、それはおかしい。死体の周囲の足跡は雪に埋まってしまうんやから、雪がやんでからの犯行に見えへんやないですか。作中の警部、『ムチャクチャ不可解』とか言うてましたよ。そんな状況を作る必然性がありません」

「それがあるんや。獅子谷がした工作は、もう一つあったやろう」

「偽のダイイング・メッセージ『ミチ』ですか。道家に罪を着せたかったみたいですね。けれど、それも現場の状況と食い違《ちご》うてしまうやないですか。道家が犯人やったら、やはり犯行は雪が降っている間ですよね。雪がやむより早い時間に救急車でK町の病院に運ばれたんですから。……あれっ？」

それは結石が原因だから当人すら事前に予測できなかったハプニングで、獅子谷が殺人計画に織り込めなかった要素だ。

「結石のことは無視してええ」江神さんは言い切る。「道家が救急車を呼んだのは想定外のことやけど、それがあってもなくても計画に影響はない。獅子谷はこう考えた。帰宅した道家はじきにベッドに入り、朝まで眠るだろう。その間のアリバイを証明する術《すべ》はない。そして翌朝、不可解な状況で死体が見つかる。犯行現場の周辺に犯人や被害者の足跡がなく、かつ死体の上にも雪がない。この矛盾を強引に説明しようとしたら、どうなる？」

「もしかして……」

まさか、と思った。

「俺の部屋で、さっきお前が聞かせてくれた推論や。被害者は雪が降っている最中に現場にきた。犯人は雪がやんでから綱渡りで川に入ってそのまま歩いて現場にきた。これや」

「警察がそんな無理のある推理をしてくれる、と獅子谷は期待したんですか？　そのために死体に降る雪をトリックで溶かした。リアリティがまるでないやないですか」

「そんなもん、突っ走る望月先生の頭にはなかったんやろう。これは推理小説研究会内のゲームや。現にお前自身、道家には犯行が可能やったと認めたやないか」

あの時、江神さんは言った。僕と望月の思考回路がよく似ており、僕はこの小説の最高の読者かもしれない、と。その言葉の真意を思い知った。

「いや、それはそうですけど、犯人が偽の手掛かりを仕込んだのは警察の目を欺くのが目的でしょう。僕らがどう推理するかを獅子谷が予想するのは変です」

「ごもっとも。しかし、犯人の獅子谷はイコール作者のモチやからな。本格ミステリに淫《いん》したらこうなることもあるわけや。そんな無茶なトリックに警察が思い至るかよ、と言われないように、作者はひと工夫してる。道家が疑われやすい状況を作ってるやないか。それが偽のダイイング・メッセージや」

「でも、僕はそれがあからさますぎるので道家犯人説を採りませんでしたよ。ダイイング・メッセージが『ミチ』で、特技の綱渡りがトリックではミステリとして面白くない、って」

頭が痛くなってきた。本格ミステリは、しばしば歪《いびつ》さを孕む。しかし、この作品の場合は何と言うか——歪さが歪だ。

「偽の手掛かりが絡《から》むと、ややこしいことになりますね」

「石黒が偽の手掛かりを嫌《きろ》うてたな」

「へぇ、そうなんですか」

久しぶりにその名前を聞いた。推理研の創設者は、うるさい読み手らしい。

「エラリー・クイーンに作例が多いやろ。エラリーが捜査に乗り出してくるのを見越した犯人が、名探偵の推理を狂わせるためのトラップを仕掛ける話。それをされると、探偵とともに犯人を当てようとする読者は手掛かりの真偽の検討を逐次余儀なくされる。石黒に言わせると、『読者にとって的が遠くなる。射程距離を延ばさせるのは卑怯じゃねぇか』ということらしい」

「はぁ」

「推理が複雑化して煩わしくなることが不満やったらしいけど、それだけでもない。推理の厳密性をどこまでも高めたら、あらゆる手掛かりの真偽が決定不能の逢着《ほうちゃく》に至って、探偵による完璧な推理が不可能になる。あいつが問題視してたのは、そういう事態や」

「いきなり聞いても漠然としか理解できませんけど、『仰天荘殺人事件』も該当するように思います。せやから江神さんは問題作と評したんですね」

「違う」

きっぱり否定された。

「偽の手掛かりで『探偵による完璧な推理が不可能になる』んやったら大変やないですか」

「どんな情報が隠されたままかもしれない状況にあっては完璧な推理・推断が不可能になる。それは、ミステリの外の世界も同じやろ。というより、小説の内部の情報は有限のものとして描けるから、ミステリの不可能性はむしろ現実の世界にある。そんな世界で困難に直面することはあるとしても、みんな日常を生きてるし、完璧・無謬《むびゅう》は実現されないまま、警察も司法もひとまず機能してるわな。ミステリが、わがことととして抱え込むべき問題やと俺は考えん。それにさっきも言うたとおり、もともと名探偵の推理というのは〈閉じた城〉の中やからこそ見られる幻かもしれへんのや。論理の幻。それで何が悪い？」

もう八坂神社の手前まできていて、信号待ちをする人でごった返している。雑踏に揉まれながら、そんな抽象的な話をされても咀嚼《そしゃく》できたものではない。

「話を戻していいですか？　モチさんの小説は、本格ミステリの根本的な問題を考える材料としてうってつけや、とか言うたやないですか。それはどういうことなんですか？」

「俺が問題とするのは素朴なことで、『仰天荘殺人事件』以外の多くの作品にも表われる。それが何か判るか？」

新たな挑戦状を突きつけられてしまった。

7

朱塗りの西楼門《にしろうもん》の柱に、〈十二月三十一日午後七時　除夜祭〉とあった。御神火の点火など、祭事は七時から始まったらしい。石段を上って門をくぐると、本殿への参道にたくさんの露店が並んでいた。甘い匂い、空腹を誘うようなおいしそうな匂いがあたりに漂う。吉兆縄を売る店もたくさんあった。店によって値段にばらつきがあったので、江神さんは顎に人差し指をやって、百円でも安いものを見定めてから買い求める。吊るしてある縄を受け取ると、「ほら」

と僕に渡す。二メートルほどの長さがあったので、左手に巻きつけて持った。

そのまま本殿まで進んで参拝した。二礼してから柏手を打ったものの、何を祈るか考えていなかったので、来年はいい年になりますように、とだけ胸の中で唱えた。

顔を上げたら、神仏の加護を祈るタイプの人でもなさそうなのに、江神さんはまだ手を合わせていた。長髪の間から覗《のぞ》く横顔は穏やかで、髭を生やしたら瞑想するキリストの顔になりそうだ。神社で祈るキリストというのはおかしいけれど。

「行くか」

ようやく面《おもて》を上げた。

「あれですね」

境内の三箇所におけら灯籠があり、赤々と火が燃えていた。〈白朮火《おけらび》授與所〉という看板が出ている。列に並んで、縄の先に火をいただいた。

「何か香りがしますね」

「この縄は、竹の繊維でできてるんや」

「ああ、それで」

「火の扱いに気ぃつけよ。人に当ててもあかんし、消してもあかん」

「責任が重いな。こんなふうにするんですか？」

くるくると小さく回してみた。

「京都らしさがやっと味わえました。ええもんですね」

「横に立ってるのが俺ですまんな。来年は彼女とお参りにこい」

「ええ、そうしますけど、江神さんこそ女っ気がなさすぎでしょう。もしかして、その方面ですごいことを隠してませんか？　実は子供がいてるとか」

「神前でしょうもないことを言うな」

「江神さんがどんな人を彼女にするのか、興味がありますね」

「荷物は抱えん主義や」

この人らしくない表現だ。

「それは女性に失礼でしょう。認識がおかしいなぁ。荷物どころか、向こうが江神さんを持ち上げて運んでくれるかもしれへんのに」

「運ぶって、どこへ？」

「幸せの国です」

「そういうこともないとは言えんな。三十を過ぎたら考えよう」

「なんで二十代のうちに、やないんですか？」

「気分や、気分」

人出は、ますます増えてくる。紅白歌合戦が終われば、さらに初詣客がどっと繰り出してくるだろう。小腹が空いてきたので、年越しそばの予定は変更し、露店のお好み焼きを境内の隅で食べた。

「モチさんの作品が提起する問題点について伺《うかが》いたいですね。疑問を抱えたまま年を越すのは嫌です」

　江神さんは、もったいぶらなかった。

「『仰天荘殺人事件』には偽の手掛かりが出てきたけど、お前がたどり着いた結末より先はない。道家のしわざに見せかけようとして獅子谷がやったんや。それも罠で、実は獅子谷を陥れるために艶子やキヌメがすべてを仕組んだ、とは考えられん。獅子谷がああいう動きをすることが予測できたはずがないからな。しかし、あの推理では消去しきれてない可能性がある」

「何か見落としてますか、モチさんも僕も？」

「言い掛かりめくけど、俺は以前からミステリを読むたび気になることがあった。それは、作中で別のトリックが使われた可能性を消去する方法がないことや」

「どういうことですか？」

「言葉のままや。たとえば『仰天荘殺人事件』の場合、使い捨てカイロをトリックに使《つこ》うたことになってるわな。そうやったらカイロを回収する機会があった人物が犯人やということになる。しかし、カイロ以外の何かを利用したら、死体の第一発見者になる必要がないかもしれんやないか」

「何を利用するんです？」

「それは知らん。お前や俺や、作者のモチも見逃してる便利な何かや」

「例を挙げてもらわないと」

「それができへんのが問題なんや。意外なトリックを使うたんやないのか、と疑いだしたらキリがなくなる。けど、疑い続けることをミステリは読者に要求するやないか。『できないだって？　それはあなたがトリックに気づいていないだけだ』と」

確かにひどく素朴なジレンマだ。しかも、それは解消できないことのように思える。

「ポオは『盗まれた手紙』でモノの意外な隠し方をテーマにした。あれを史上最初の〈犯人によるトリック〉と取ることもできるけど、ポオが描きたかったのは盲点の見つけ方で、トリックそのものと言うよりトリックの原理や」

「現在のミステリは〈犯人によるトリック〉で満ちていますけど、それはポオを起点にしていない、ということですか？」

「無関係ではないけど、根本的な違いを感じる。ポオが手品の原理を考察したんやとしたら、後世の作家はそれに触発された小説を書いているうちに、手品そのものの考案に夢中になってしまった」

首を傾げたら、江神さんは食べ終えたお好み焼きの舟をゴミ箱に捨ててから言う。

「もっと平たく言うと、こうや。エラリー・クイーンばりのロジカルな推理で、犯人は大晦日の午後十一時にある手紙を京都から投函できた人物であることが明らかになったとしよう。容疑者五人のうち、Aはその時刻に東京にいた。よってAは犯人ではない——と言いたいところやけど、断定はできへん。そういう推理が成り立つことを見越したAは、何らかのトリックを考案して、東京にいたというアリバイを偽装してる可能性があるからや。容疑者たちがどこでどんなトリックを使用しているかは決定しようがないから、あらゆる推理は効力を失う。『そんなアリバイの偽装ができるというのなら具体的に説明しろ。せめてアリバイを偽装したと疑う根拠を示せ』ではすまない。ミステリでは、シロだと思っていた人物のアリバイが突如として崩され、『こいつが犯人だったんですよ。偽のアリバイに騙されましたね』というのも常套なんやから。考えもつかないトリックの可能性は、常にある。『仰天荘殺人事件』の真犯人をスーザン田中にすることもできるのがミステリや」

「エラリー・クイーンばりのロジカルな推理でも効力を失うんやったら、名探偵の推理はどれも空振りっていうことになるやないですか」

「何かが存在しないことの証明は困難や。プロバティオ・ディアボリカ。悪魔の証明と言われる。『この島に白い猫はいない』という命題やったら、徹底的に島中を調べて、その命題は正しいと証明できるやろう。『この昆虫は絶滅して、もうどこにもいない』になると、立証は極度に難しい。『このミステリにおいてトリックを弄した者はいない』は不可能や。ありそうもないことを書いて読者の裏を掻くのがミステリの属性になってるせいで」

大きな話になってきた。

「トリックが使われているかどうかも探偵や読者には判らない、ですか」

「絶海の孤島で殺人事件が起きたとする。島にいたのは五人。この中に犯人がいる、とも断定できなくなる。トリックで外部から侵入した人間がいる可能性が残る」

「精緻なロジックで、五人しかいないと証明したらええわけでしょう。作者は苦労するでしょうけど」

「できるか？　ミステリの世界では、トリックはロジックに優先するぞ」

そこは検討の余地がありそうにも思えたが、もしそうなら面倒なことになる。

「江神さんは、ミステリそのものを転覆させましたね」

「ミステリはあらかじめ底が抜けてる、と言うてるんや。数学的なパズルや、論理学が研究対象とする論理とは断絶してる。困った顔をせんでもええ。繰り返すけど、その論理は幻なんや。どんな幻を描いたかでミステリの価値は決まる。俺にとっては、そういうもんや」

「最後は悪魔の証明の前に膝を屈するのが避けられないとして、ぎりぎりまで論理的な推理を積み上げようとする作品をどう評価しますか？」

「最高やないか。素晴らしく人間的で、詩的や」

おけら火を提げて帰ることにする。きた道を引き返すのもつまらないので、門を出たところで右に折れて東大路通《ひがしおおじどおり》を歩く。

「今年は機関誌を作るどころやなかったけど、来年こそは出しましょう」

ぜひそうしたい。

「巻頭はお前の小説やな。〈読者への挑戦〉つきの」

「首を斬り落とされる覚悟で発表します。巻末は『赤死館殺人事件』の序章です」

「それはどうかな」

書き出しだけでも読んでみたかった。

厳かな音が響く。除夜の鐘だ。

「知恩院《ちおんいん》さんのそばを通って帰ろうか。信長の下宿先のそばまで行ってもええ。疲れたらどこかで休もう。この道を行ったら、あっちからもこっちからも鐘が聞こえてくるぞ」

「いいですね。今夜は京都の大晦日を堪能します」

気温は一度もないのでは、というほど下がっているだろう。それでも気分が高揚して、寒さはまるで感じない。やらなければならないことがある。江神さんに感嘆してもらえるようなミステリを書き始めなければ、と込み上げてくる焦りも楽しいほどだ。

澄んだ高い鐘の音が響いている。

「あれが知恩院さんのやな」

「クぉーんっていうのですか?」

「そう。あそこは十時半ぐらいから撞《つ》き始める」

「その向こうで鳴ってるのは、どこの鐘です?」

「方角からしたら南禅寺さんか」

「除夜というのは、旧《ふる》い年を除くという意味ですよね」

「やろうな。新しい年まで、あと十五分や」

そんなことを言いながら歩いていると、すれ違う人の流れに見覚えのある顔があった。揃いのマフラーを巻いたカップルだ。左側の女性を知っている。背の高い傍らの男性を少し見上げて笑っているので、目が合うことはなかった。

やり過ごしてから、僕は江神さんに報告する。

「今すれ違った女の子、誰やと思います?」

「知らん。全然見てなかった」

「いつか江神さんと河原町を歩いてた時、僕が呼びかけたのに無視した子ですよ。ほら、ハンカチを返そうとして——」

「ああ、ロック喫茶で顔馴染みになった子か。それがどうした?」

「これから八坂神社へ初詣に行くんでしょうね。うれしそうな顔をして、彼氏とおしゃべりしていましたよ——手話で」

——彼女、耳が聞こえへんのかもしれんな。

江神さんの洞察は正しかった。それが半年後に、不意に確かめられた。除夜の鐘を聞きながら。

「知恩院に寄りましょう。それから、どういうルートで帰ろうかな」

帰るべき部屋は遠い。

「気ままに歩いたらええやないか。京都の道は碁盤の目や。なんぼでもルートはある」

「なんぼでもありますね」

僕は、おけら火をくるくると回した。

蕩尽《とうじん》に関する一考察

1

桜が散り、新しい学年が始まった。

あっという間の一年だった。大学入試、合格発表、入学式、履修登録。そんな一連の出来事が、つい昨日——とまでは言わないが、ほんの数ヵ月前のことのように感じられる。推理小説研究会へ入部したことも、三人の先輩たちと出会ったことも。この分だと、大学で過ごす四年間というのは恐ろしく早いのかもしれない。

夏休みの記憶は毒々しいまでに鮮やかだ。

秋にも忘れがたいことがいくつかあった。

大晦日《おおみそか》には江神さんと語りながら歩いた。

そして、昭和が終わって平成となる。高速で動く回り舞台に立っていたかのようだ。

大学の試験を初めて経験し、単位というものを取得した。自分はこの大学に「からくも合格」したのだと思っていたが、秋になって高校時代の担任に聞いたところでは、上位の成績で受かったという。へぇ、としか思わない。一年を終えて手にした成績表では、席次はちょうど真ん中あたりだった。

春休みはアルバイトに精を出した。小遣いが欲しくて働いたわけではなく、気晴らしになることがありがたかった。そんなことばかりに時間を費やさず、推理作家志望者らしく小説を書いたらどうだ、と自分に問うこともあったけれど、書かなかったのではなく書けなかった。こんなことではプロの作家になれそうにない。

好きなことを仕事にして、自由気ままに生きたいだなんて、あまりにもふわふわとして虫のいい希望だ。それはそれとして、現実的な目標をもう一つ持つべきではないのか。とはいえ司法試験に挑むなんて真っ平だ。法律の勉強には、クリエイティヴなところが微塵《みじん》も感じられず、これほど自分と相性が悪いものはない。公務員や会社員というだけでは目標として漠然としすぎているから、せめて業種や業界を絞らなくては。

僕は窓の向こうで揺れる新緑の梢《こずえ》を眺めつつ、ぼんやりとそんなことを考えていた。会社法の講義が、あまりにも退屈だったせいでもある。会社法。時間割りを組み立てるのに都合がよかったので登録したのだが、そんなものが役立つことがあるのだろうか？　貧しげなリアリズムに対抗できる推理作家になりたい、と望んでいるこの自分に。

ガタガタという音をたてて学生たちが腰を上げたので視線を前に戻すと、初老の教授はもう教壇から片足を下ろしていた。ろくにノートも取らないまま終わってしまった。

何一つ得ないまま、一時間半を費やしたのだ。学生会館で場所取りをしながら本でも読んでいる方が有意義であったか。ノートと教科書を閉じ、ショルダーバッグにしまう。「飯か」と呟《つぶや》きながら。

知った顔があれば一緒に食堂に行こうか。見渡すと、セミロングの赤っぽい髪をした女の子が五つほど前の席にいた。僕、有栖川有栖と学籍番号が一つ違いの有馬《ありま》麻里亜《まりあ》だ。もの想いに耽《ふけ》っているのか、さっきまでの僕と同じように、頬杖を突いて窓の外を見ている。横顔に春の光をたっぷりと浴びて。語学のクラスで顔を合わせる度に言葉を交わす子ではあったが、一緒に昼食を食べないか、と誘ったことはなかった。

声を掛けてみようか？

そう思ったのは一瞬だった。彼女の背中が、今は誰からも干渉されたくない、と語っているようだったから。艶《つや》のある赤い髪が、赤いチェックのシャツによく似合っていた。男に比べれば、女の子の背中ってあれだけの面積しかないんだな、などと思う。ほとんどの学生が廊下に出たのに、彼女は立ち上がる気配を見せない。僕は一人で教室を出た。

西門を出て烏丸通を渡り、学生会館へと向かう。一階の食堂には新入生の初々しい姿が目立ち、ごった返していた。新入生勧誘シーズンとあって、奇抜な扮装をしたある劇団が「お食事中に失礼します！」と現われ、演劇に興味のある方はどこそこまでこられたし、とアピールをしている。うちのサークルは、まだ新入部員ゼロ。去年は僕一人だった。このままでは存続が危ぶまれる。B定食をさっと腹に入れて、二階へ上がる。月曜日のこの時間には、たいてい三人の先輩が顔を揃えているのだが——

いた。大きなテーブルが二列に並んだラウンジを覗《のぞ》くと、織田光次郎が僕を見つけて手を振った。左の列の奥から二番目に陣取っている。僕は足早にそちらに進んだ。江神二郎部長は長髪を垂らした背中をこちらに向けたまま、指に煙草を挟んだ右手をひらひらと振っている。

「階下《した》で食べてきました」

織田の隣に腰掛けながら言う。先輩たちも、ついさっき三人で昼食をすませたそうだ。卓上の「別冊宝石」に視線が釘づけになる。〈フィルポッツ&傑作中篇集〉。

「これってもしかして、『誰が駒鳥を殺したか?』が掲載されている号ですか? マザー・グース殺人ものの古典」

「もしかせんでもそうや」

銀縁眼鏡のエラリー・クイーン・フリーク、望月周平が言った。彼が大阪まで遠征し、梅田の古書店で掘り出してきたものらしい。

「お膝元で獲物をさらわれて、残念やろう、アリス?」

「いいえ」と僕は織田に答える。「読めたらええんです。モチさん、読んだら貸してくださいね」

「貸すけど、お前もたまには何か見つけてこいよ。そうでなかったら〈満洲楼〉のラーメンでも奢《おご》れ。親切な先輩に貴重な絶版本を借りてばっかりでは、義理が立たんやろ」

「いえ、別に」

望月は「江神さん、叱ってやってくださいよ」と傍《かたわ》らの部長に言う。今年で二十七歳になる推理研の長老は、涼しい顔でキャビンをふかしていた。

「ええやないか。ケチくさいことを言《ゆ》うてたら、ツキが落ちるぞ」

江神さんは、めでたく三度目の留年をした。望月と織田は、「あの人は、来年も絶対この大学にいてるわ」と決めつけていたが、それが本当になった時、僕は少しほっとした。江神さんが何のためにこの英都大学文学部哲学科に留まり続けているのか、僕たちにはよく判らない。学究のためとも、単なる怠惰やモラトリアムのためとも思えないのだけれど。畢生《ひっせい》の超大作ミステリを執筆中で、それが完成するまで卒業しないのだ、と本人が話したこともあるが、冗談っぽくて信憑性に乏しい。そんな様子だから、ある日突然に「俺、卒業したから」と、僕たちの前から去ってしまうこともあるのではないか、と心配をしていたのだ。

そうならないでよかった。僕は、もっとこの先輩について知りたかったから。とてもではないが、一年だけの付き合いでは足りない。

「そやけどモチさん、このところツイてますね。春休み中にも、探求本を立て続けに見つけたでしょ」

ツイてる男は、にんまりと笑う。

「しかも、どれも破格の安値で入手している。鷲尾《わしお》三郎《さぶろう》の『酒蔵に棲む狐』もフリーマンの『オシリスの眼』も、状態がよくないとはいえ百円やぞ。古本ハンティングの醍醐味《だいごみ》やな。それ以外にも、ただでもろうた本もあるし。古本屋回りをしてると色んなことがあるわ」

「ただ?」江神さんが聞き直す。「なんぼ気前のええ古本屋でも、ただで本をくれたりはせんやろう」

「それがいてるんですよ、気前のええ親爺《おやじ》さんが。高野にある文誠堂《ぶんせいどう》っていう店です」

そこなら知っていると、全員が言った。北大路通《きたおおじどおり》から少し入ったところにある五坪ほどの店で、いつも五十過ぎぐらいの親爺さんが背中を丸めて店番をしている。歴史、宗教、思想関係の本棚が奥に固めてあり、昭和四十年代のミステリが比較的たくさん並んでいるのが特徴だ。といっても、小さな店のことだから大した量ではない。僕は一度しか行ったことがない。

「在庫が入れ替わるテンポも遅いから、足繁く通うほどの店やないんですけれどね。なんか期待を誘うものがあって、時々チェックしに行ってるんです。せやから常連客というほどでもないんですよ。せやのに、三日ほど前に行ったら親爺さんが、『よくきてくれるね、学生さん。今日は奢りや。好きな本を持っていってよろしいで』って言うやないですか。人の情けを感じつつ、四冊だけいただきました。——四冊ももろうて厚かましい、と言いたそうやな、アリス」ちょっと思った。「誤解するな。俺は『それでは』と百円均一ワゴンにあったミステリファン必読の岩波文庫『棠陰比事《とういんひじ》』をもらおうとしたんや。そうしたら、『もっと持っていき。ワゴンやのうて棚から取ったらええんや。遠慮したら損やで』と強く勧められてな」

どんな本かは聞かなかったが、売価にして三千円分もプレゼントしてもらったのだそうだ。なんたる幸運。

「その親爺さんは、よっぽど機嫌がよかったんやろうか……」

織田が尋ねるともなく独《ひと》り言《ご》つ。

「とりたてて上機嫌というふうでもなかったな。俺が何回も礼を言うたら、にっこりと笑《わろ》うたぐらいで。『いいってことよ』てな感じの笑顔やった。まあ、ただの気紛れやないかな。その店にとっておいしい本を俺が買い取ってもらったとか、喜んでもらえるような善根を施した覚えもないし」

「今日、行ってみようかな」

僕は本気で考えた。このところ財政が逼迫《ひっぱく》していて、欲しい文庫本を買うのも控えているのだ。

「あかんで元々と思うて行ってみろ。さすがに俺は遠慮しとくけど。——とにかく古本に関してはツキがきてるんや。ひと財産築きかけてる」

「お前のあの部屋にひと財産あるとは、誰も思わんやろうなぁ」と織田が言う。「ところで、戸締まりには注意せえよ」

「なんや、急に真顔になったな」

相棒は大きく頷《うなず》く。

「このところ空き巣がはやってるやないか。ゼミにも被害者がおったやろう？」

彼と望月は同じゼミに所属している。「友だちの友だちにもやられた奴がおる。俺の下宿の近所でも一件あった。京都の治安は急速に悪化してるんや」

それは大袈裟だろうけど、「確かに物騒やな」と望月は同意している。西陣に下宿している江神さんも言うか。

「うちの町内でもあったな。『このところ市内で頻発してる』と警察も話してたそうや。――しかし、空き巣に入られたって、それは自宅生やろう。学生の貧しげな下宿に忍び込む奴はおらんのやないか?」

織田は「いえいえ」と首を振る。

「ゼミの男は自宅生やないんです。相撲取りが体当たりをしたら倒れそうな下宿家に住んでたのに被害に遭《お》うたんですよ。それも真っ昼間。ただ一つの財産やったテレビを盗まれて、がっくりきてました」

「がっくりきてたか? あいつ、気持ちよさそうに笑うてたぞ。『よぉし。これでもう何も盗られるものはなくなった』と」

それは単にヤケになっているだけだ。笑いながら目尻が光っていたのではないか。

「それはそうと、アリス。その雑誌、読みたかったら持って帰ってええぞ。俺はいつでも読めるから」

「ありがとうございます。けど、入手した古本はすぐに読んだ方がええんやないですか? 買《こ》うたことで満足して、いつまでも読まんままで終わってしまいがちですよ」

おせっかいだが、適切な忠告をしたつもりだ。望月は開き直ったように胸を張る。

「すでにそうなってるわ。鷲尾三郎もフリーマンも積ん読になってるもんな。俺がほんまに読みとうて探してる本は他にあって――」

ラウンジの入口に、赤いチェックのシャツが現われた。彼女だ。友だちを捜しにきたのだろうか？　きょろきょろしながら、テーブルの間をゆっくりと歩いてくる。そのうち僕とまともに目が合ったので、コンニチハという程度の笑顔を返した。

「やっぱりセイヤーズは押さえとかんとまずいやろう。クリスティと並ぶミステリの女王なんやから。ところが俺はセイヤーズと縁が薄いのか、古本屋でも古書市でもさっぱり出会えん。読まれへんとなると読みたくなるのが人情で――」

どうしたのだろう？　彼女は、ためらいのない歩みで近づいてくる。そして、僕の傍らでぴたりと足を止めた。

「有栖川君。ちょっと、いい？」

先輩たちとの歓談に割り込むのを気遣ってか、遠慮がちに言う。望月は一瞬口を噤《つぐ》んだが、少し声を低くして江神さんと織田に向けて話を続けた。

「どこかの出版社が新訳で出してくれたら一番ええんやけどな。旦那がイギリス人てな翻訳家が片っ端からセイヤーズを訳してくれへんかな」

「お話し中にごめんなさい。有栖川君って、親相《シンソ》を取ってたよね？」親族相続法なら取っている。「私、気合いを入れてやりたかったのに、用があって先週の講義に出られなかったの。ノートを貸してもらえないかな」

彼女の成績表を見せてもらったわけではないが、優等生であることに疑いはない。幸いなことに、親族相続法は推理小説を書く上で参考になると判断して、丁寧にノートを取っていた。鞄からルーズリーフを出し、こんなものでいいかと開いて見せると、クラスメイトは親指と人差し指で丸を作る。つるんとした頬にえくぼができた。

「見事。こういうのを求めてたのよ。すぐにコピーして返すわ。助かった」

目がきらきらしている。活力と生気に満ちていて眩《まぶ》しいほどだ。羨ましくさえある。

でも僕は、講義が終わった教室の片隅で、彼女がしばらく椅子に掛けたままぼんやりしている時の顔も知っていた。いつもそうではないのだけれど、時として胸を衝かれるほど孤独そうに見えた。実際のところ彼女には仲のいい友人が何人かおり、決して淋しい大学生活を送っているようではないのだが。

独りでいる人間は、群れている時より崇高に見えるものだ。そんな傾向があることは承知しながら、僕は彼女の孤影に惹かれていた。自分よりずっと深い内面を持っているのだろうな、と思いつつ。

該当部分を抜き取って渡すと、彼女はいそいそと自分のルーズリーフにファイリングした。わざわざ何かをしたわけではないが、人の役に立てるというのは気持ちがいいものだ。

「ありがとう。今度、何か入り用のノートがあったら言ってね。借りてばかりじゃ悪いから」

借りてばかりって、今初めて貸したのだけれど。僕の向かいでは、望月がまだセイヤーズを語っている。

「『大学祭の夜』どころか、まだ『ナイン・テイラーズ』に遭遇したこともないんやからなぁ。乱歩が海外ミステリ・ベスト10に選んだ作品やっていうのに。あれを——」

「持ってますよ」

「――あ」

口を半開きにしたまま、望月の動きが止まった。やがて顔だけを、ゆっくりと僕のクラスメイトに向ける。彼女はルーズリーフを胸に抱いたまま微笑《ほほえ》んだ。

「ドロシー・L・セイヤーズの『ナイン・テイラーズ』なら持っています。そんなにお読みになりたいのなら、お貸ししましょうか？」

信じられない、という目をして、望月はベンチからずり落ちた。ずり落ちながら、右手を差し伸べる。

「……貸して」

なんと素晴らしいタイミングだろうか。まるで古典劇のデウス・エクス・マキーナ。いや、タイミングがいい悪い以前に、どうして彼女がセイヤーズの絶版本を持っているのか？

「君はアリスの友だちか？ ミステリが好きなんやな」江神さんが言う。「入部の申し込みにきたわけでもなさそうやけれど」

「入部って、どういうことですか？」

彼女はきょとんとする。僕は、テーブルに立ててある画用紙製のネームプレートを指差した。

「推理小説研究会？」

「そう。つまり推理小説の研究会」まるで説明になっていない。「こういうサークルがあるのを知らんかった？ 今年もあちこちに勧誘のポスターを貼ったんやけど」

あちこちと言っても、たかが知れている。いい場所は大手のサークルに占拠されているから、ほとんどがトイレの壁というのが実態だ。待てよ。女っ気ゼロの推理研のことだからそれも男子トイレに限られているわけで、そうすると彼女の目に触れる機会があろうはずもなく……。

「こんなサークルがあるのは知りませんでした。有栖川君って、ミステリファンだったの？それも意外。一年間そばにいて、ちっとも気がつかなかった」

「呆れた話やな」ここで織田が勘違い発言をする。「自分の趣味を卑下するなよ、アリス。お前、一年間も付き合《お》うてる彼女にミステリファンやということを隠してたやなんて——」

僕が何か言うよりも早く、彼女が爽やかに否定した。

「そういう関係ではありません」

2

それからが大変だった。

英都大学推理研始まって以来初の女性部員が確保できるかもしれない、という可能性が浮上したものだから、望月と織田は持てる社交的技巧のすべてを駆使して、「このサークルがどれほど楽しみに満ちた活動をしているか」「どれほど知的で洗練された部員で構成されているか」を語った。彼女の方は真剣かつ冷静に耳を傾けてくれていたが、有馬と姓を名乗っただけで、クラブノートを差し出されても住所を記入しようとはしなかった。なかなか慎重な態度を崩さないので、織田が焦《じ》れてくる。

「アリス。何か有馬さんに言うことはないんか？　それとも彼女は、お前がいてるから入部の決断がつけへんのかな」

ひどい言われようだな、と思ったら望月が、

「それやったらアリスが退部したら解決するわけか」

「アホなことを言わんといてください。強引に誘うても悪いやないですか。男ばっかりのサークルには入りにくいもんですよ」

「その問題については、有馬さんが女の子の友だちを誘って入ってくれたら解決するんやけど」

望月はあくまでも自分の希望だけを述べる。彼女は残念そうに応えた。

「そういう友だちって、身近にいないんです。有栖川君がミステリファンだというのも知らなかったぐらいですから」

うんうん、と望月は頷く。

「そう。ミステリのファンって、実は世間では少数派なんや。だからこそ、うちにきませんか？　もー嫌というほどその手の話ができますよ」

そこで嫌そうな顔をしてどうする。彼女が戸惑いの表情を見せかけたところで、黙っていた江神さんが口を開いた。

「時間や」

望月が怪訝《けげん》そうに、「えっ？」と聞き返す。

「彼女はさっきから時計を気にしだしてる。——三講目があるんでしょう？　どうぞ行ってください。また暇な時に遊びにきてくれたらうれしいですね。入部するかどうかは別にして」

「あ……はい」

彼女は恐縮したように頭を下げた。バッグを取って腰を上げるので、僕も一緒に立つ。同じ国際私法の授業に出るのだ。

「失礼します」

再び一礼して歩きだす彼女に続こうとしたら、望月に右手首を摑まれた。何事かと思うと、「あの子を口説き落とせ」と命じられた。そして、そんなに女子部員が欲しいのか、と僕が思ったのを見透かしたように付け加える。

「可愛い女の子やから目の色を変えてるわけやないぞ。いや、それもあるけど、それだけではない」

「他に理由があるんですか？　ああ、珍しい本を貸してもらえそうやから」

「俺があまりにも即物的な人間みたいやないか」

「違うんですか？」

「清らかな心で聞け。性別も本もどうでもええんや。俺の直感が告げるところでは、彼女を逃したら今年は一人も入らんような気がする。うちのサークルの命運が懸かってると思うてかかれ」

大きなミッションを任されたものだ。僕は曖昧《あいまい》に頷いて、彼女を追った。

有馬麻里亜は、向こうからくる通行人を最小限の動きでかわしながら歩いていく。そのくせ、誰もこなくなると右に左に体が流れる。考え事をしているからああなるのだろうか。後ろ姿を見ていたかったが、すぐに追いついた。

「あの長髪の人……江神さんって、ＯＢなの？」

肩を並べてキャンパスに向かいながら、彼女はまずそう尋ねてきた。いいや、そうではない。推理研の頼もしくも謎めいた部長なのだ、と僕は紹介する。そのえも言われぬ人格の味わいは、一年間をともにしたぐらいでは計り知ることができない、とも。そんな抽象的な表現では何も伝わらなかったらしく、彼女は「ふぅん」と言うだけだった。

信号を渡って、西門をくぐる。

「紳士的で、どことなくミステリアスな雰囲気は感じたわ。あんな名探偵がいてもいいかも」

「事実、名探偵や。去年の夏に――」

僕は慌てて唇を結んだ。

「去年の夏がどうかしたの？」

噴煙と火山弾。

満月とナイフ。

血と灰。

忘れられない情景の数々が、光の速さで脳裏をよぎった。しばらく意識の表層に出てこなかった場面までが、スライド写真のごとく甦る。

あの悲劇的な事件のことはセンセーショナルに報道されたが、巻き込まれた学生たちの実名は公《おおやけ》になっていない。ニュースで流れたのはせいぜい大学名だけで、僕たちは固く口を閉ざしてきた。それなのに今、つい弾みで洩らしそうになるとは。危ないところだった、と安堵しかけたのだが——

僕は、不意に強い感情の昂《たかぶ》りに襲われた。これまで守ってきた沈黙を破り、ありのままを打ち明けたい、という衝動だ。時間が経過するにつれて心の傷は癒えてきていたが、秘密の重さは一向に軽くならない。吐き出したい。僕は、ずっと誰かに聞いてもらいたかったのだ。その相手に、ガールフレンドでも恋人でもないけれど、この聡明そうなクラスメイトを選ぶのは正しいのではないか？　きっと妥当だ。それに、彼女を推理研に誘うのなら、あれを隠してはおけない。

「どうかした？」

彼女は、僕の異変を見逃すほど鈍感ではなかった。

「去年の夏、四人で合宿と称してキャンプに行った。矢吹山に」

それだけで驚かせたようだ。

「いつのこと？　噴火の前よね？」

「キャンプ三日目に噴火した。下山するまでに、向こうで知り合った仲間が何人も死んだ。

……知ってるよね？」

彼女の足が止まる。ちょうどチャペルの前だった。

「何人かは、殺されたって聞いたわ。みんな学生で、犯人も……」

犯人という言葉が、やりきれないほど生々しかった。彼女はじっと僕の目を見据えている。まるで、この瞳の奥に焼きついた死の風景を遠望するかのように。

軽はずみに言うのではなかった、と後悔する。こんなことは、やはり充分な信頼関係を結んでいる友人なり恋人にしか話してはいけない。僕は相手を間違えたのだ。

謝ろうとしたのだけれど、「ごめん」と言ったのは彼女だった。動揺している。

「……あそこに座ってもいい？」

楡《にれ》の木陰のベンチを指す。僕たちは並んで腰を下ろした。

「いきなり変な話をして悪かった。聞く義理なんかないのに」

詫びなくていい、と彼女は言った。

「いいのよ。びっくりしたけれど。——今日は有栖川君の隠された真実をたくさん知る日ね」

聞く義理のない話だ。

「それで、江神さんがどうしたの？」クラスメイトはまっすぐ僕を見ながら、「あの部長さんが、名探偵みたいな推理で犯人を突き止めたわけ？」

そうだ、と答えた。けれど、だから彼が偉くて立派なわけではない。話し始めてしまったからにはきちんと伝えよう、と僕はたどたどしい説明を試みる。やりきれない悲劇ではあったが、それに終止符を打ったのが江神さんだったから、僕たちは——犯人も含めて——ほんの少しだけ救われたのだ、と。

うまく伝わったとは思えない。

「そんな怖くてつらい経験をしたのに、ミステリが楽しく読めるの？」彼女はストレートに尋ねてきた。「怒らないでね。嫌みや皮肉で訊いてるんじゃないから」

睫毛《まつげ》が微《かす》かに顫《ふる》えていた。長くてきれいな睫毛だ。

「読める。山から帰ってしばらくしたら普通に読めたよ。ミステリ以外の小説や映画の方が、ものによってはよっぽどきつい」

何故、どんなふうに、と問われることを恐れたが、彼女は追及しなかった。

「事件のことを学校で誰かに話した？」

「いいや。初めて君にしゃべった。迷惑やったね」

「平気だから気にしないで。――大変だったね」

短い言葉が、胸に沁《し》みた。

僕たちの前を通過していく学生の波も、やがて途切れた。午後の授業が始まったようだ。彼女は立とうとせず、ぽつりとこぼす。

「名探偵がいても、やっぱり悲しい出来事は止められないんだ」

それはそうだ。名探偵とは、起きてしまった悲劇に幕を引く者にすぎないのかもしれない。けれど――僕はついさっき、江神さんのおかげで少し救われたと言ったが、その気持ちは当事者ならぬ彼女には理解できないだろう。悲劇の幕を引くのにも、おそらく適当な人間とそうでない人間がいるのだ。

四月の風が、がらんとなったキャンパスを吹き抜ける。僕たちは、しばらく無言のままだった。女の子と二人きりの場面でこんなにも長い沈黙は経験がなかったので、不思議な気分だ。もう少しだけ味わっていたかったけれど、いつまでもこうしているわけにはいかない。このクラスメイトを解放してあげなくては。

「聞いてくれてありがとう。――うちのサークルに無理に入部することはないよ。当たり前やけど」

と、彼女は赤煉瓦《れんが》のチャペルを見上げ、笑みを浮かべた。

「ねえ」僕に向き直り、「有栖川君が好きなミステリ作家って、誰?」

3

翌日の昼休み。

青いダンガリーシャツの袖をまくり、白いスカートを穿《は》いた彼女がラウンジに現われた。『ナイン・テイラーズ』を携えて。

望月は拝みながら受け取っていたが、幻の名作が読めることよりも、彼女が推理研に幾許《いくばく》かの興味を示してくれたことを喜んでいるらしい。織田はすかさず自販機のコーヒーを――彼女の分だけ――買ってきたりする。僕が入部した時にはなかったサービスだ。

「そのノートを見せてもらっていいですか?」

彼女がリクエストすると、江神さんは「くだらないよ」と笑いながら手渡した。実際にくだらないものだ。めいめいが読んだ本の寸評やら、独り言とも日記ともつかない雑文を書き散らしているだけ。部外秘と表紙に明記しておきたい代物なのだが、彼女にとっては面白かったようだ。時々、くすりと口許を押えて笑う。その度に僕たちは、何が受けたのだろうか、と目顔で尋ね合った。

「つまらん文章ばっかりですけど、中には含蓄《がんちく》のあるものも……いや、そんなのあったかな。なかったかな」

望月がごちゃごちゃと言う。彼女の感想が聞きたいのだ。やがて託宣が下る。

「私、こういうの好きです」

おお、経済学部コンビは中腰になって掌《てのひら》をぶつけ合う。どのあたりが気に入ったのか、僕にはよく判らなかった。

「よければ有馬さんも何か悪戯《いたずら》書きしていってください」織田が相好を崩す。「記念にサインだけでも」

「でも、部員でもないのに書き込むのは気が引けます。まだ、入ろうかどうしようかと迷っているので」

「幽霊部員でも歓迎しますよ」

江神さんの落ち着いた声に心が動いたのか、彼女は「はい」と頷いた。それでは、と白いページを開いて、フルネームと住所を書く。予想されたことではあるが、僕以外の三人が驚きの声をあげた。有馬麻里亜。上から読んでも下から読んでもアリママリア。

「誕生日が聖母マリアと同じだから、という理屈をつけて、祖父が命名したんです。パズルや言葉遊びが好きだったもので」

それは初対面の時に聞いていた。僕が注目したのは住所だ。クラスの簡単な名簿が出回っていたが、彼女がどこに住んでいるのか意識して見たことはない。高野とあった。〈フローラル・ヴィラ〉とはまた洒落《しゃれ》た名前のところに住んでいる。女子大生専用のマンションなのかもしれない。そう言えば、彼女の実家は東京の成城《せいじょう》——どのへんか知らないが高級住宅地らしい——だと聞いたことがある。お嬢様なのだろう。

「高野か。文誠堂の近くやな」

望月の言葉に、「よく行きますよ」の返事。

「ああ、そう。親爺さんに本をプレゼントしてもらったことは？」

「本をいただいたことはありませんけど……ご馳走になったことならあります」

またも気前のいい話だ。あの店主は季節はずれのサンタクロースなのか？　昨日は寄らずに帰ったけれど、本当に行ってみるべきかもしれない。

「どんなシチュエーションでご馳走になったの？」

織田が砕けた口調になって訊く。

「ヴィラの友だちと近くの喫茶店でランチを食べていたら、あそこのご主人が居合わせて、私たちが気づかないうちにお勘定を払ってくれていたんです。奢っていただく理由もなかったので後でお店に行ってみると、『女子大生に奢るのは趣味やから』と笑っていました」

「女子大生に甘いだけやない。僕にも太っ腹でしたよ。ほら、ここを読んでみて」

文誠堂で古本をもらった一件を、望月は昨日ノートに書いていた。彼女はそれに目を通して小首を傾げ、口の中で小さく「やっぱり変」と呟いた。

「親爺さんは、女子大生だけに奢るんやないよ」織田が言う。「可愛い女子大生と、みすぼらしい男子学生に優しいらしい」

「誰がみすぼらしいんや！」と望月の手刀が飛ぶ。

「そんなのじゃないようです」

彼女は真剣なまなざしで言った。何か合点がいかないようだ。

「文誠堂のご主人は──溝口《みぞぐち》さんというんですけれど──、最近、おかしいという評判を耳にします。誰に対してもやけに気前がいいんです。私の友だちが店の前を通りかかった時、中学生の男の子たちに『お金はええよ』と漫画を何冊もあげるのを見ているし、夜な夜な近所の居酒屋だのスナックにやってきて、理由もないのにお客さん全員に椀飯《おうばん》ぶるまいをすることもあるそうです」

「何や、それ？」思わず僕は言った。「春の陽気でおかしくなったみたいやな」

「そう噂してる人もいる。まともじゃないって」

うーん、と誰かが唸っている。望月だった。

「きたな。これはミステリやと思わんか？　われわれが挑戦すべき謎や」

女子大生を除く三人は、やれやれと顔を見合わせた。また始まった。

「謎と言えば謎かもしれませんけれど、溝口さんには悩みがあるんだと思います。それを紛らわすために無駄遣いをしているんでしょうね」

「でもね、有馬さん――」

「『あの親爺さんは、半年前に娘さんが亡くなってから変なんだ』と喫茶店のマスターが話していました」

一緒に暮らしていた独身の娘さんを交通事故で喪《うしな》い、溝口氏は独りきりになった。夫人とは十年以上前に死別していたので、どれほど気落ちしたことか。大丈夫だろうか、という周囲の危惧は徐々に現実のものになる。温和だった溝口氏の態度が、とても棘々《とげとげ》しく攻撃的に変化していったのだ。

「そうかな。穏やかな親爺さんに見えたけど」

「私もそう思うんだけど……お隣の家とすごく揉めているの。以前から仲が悪かったんだけれど、娘さんが大喧嘩にならないように止めていたんだって。その歯止めが完全にはずれてしまったわけでしょ。頻繁《ひんぱん》に怒鳴り合っていて、『そのうち事件にでも発展しなければいいけどね』とマスターは心配していたわ」

「隣家とは何が原因でそんなに揉めているのかな？」

江神さんも興味をそそられたようだ。

「マスターがぼそぼそと話してくれたところから推察すると、お隣がひどく失礼なことをしたらしいんです。詳しい事情は知りません」

話を聞いているうちに、望月はおとなしくなっていた。謎だミステリだと騒ぎ、遊びで首を突っ込むべき問題でないと察したのだろう。無邪気な先輩ではあるが、充分に思慮深いではないか。ところが、今度は織田が穿鑿《せんさく》を始めた。

「孤独な溝口さんは隣人とのトラブルでむしゃくしゃしてるわけや。で、その不快さと孤独を紛らわすために相手かまわず散財をしてる。それが有馬さんの見解やね。せやけど、それはあんまり筋が通ってないんやないかな」

「そうでしょうか？」

「不自然やと思う。無駄遣いをして憂《う》さ晴らしをする、というのは理解できるで。ただ、そのやり方がおかしい。俺やったら好きなものを買いまくったり、豪勢な旅行をしたり、酒池肉林にひたって発散させるけどなぁ。いや、俺に限らず誰かてそうするでしょう。他人に奢りまくるというのは、ちょっとズレてる」

望月の目に好奇の色が戻ってきた。そうだよ、おかしいよ、と気づいたらしい。

「信長」と相棒に愛称で呼びかけ、「判らんもんやな。君に何かを説得される日がくるとは思うてなかったわ」

「お前が成長したわけや。——どうや、アリス？」

「つい納得させられてしまいました。信長さんの言うのに一理ありますね。もしかすると、溝口さんは何か後ろめたいことがあるのかも。それで自罰のために他人に奢りまくっている、という見方は成立しませんか？」

彼女は人差し指を立て、そっと顎に当てた。

「それは何とも……。溝口さんに後ろめたいことがあるかどうかも判らないじゃない。贖罪《しょくざい》の意識から散財するということは、そのお金は悪いことをして稼いだものだから、とか考えてるの？　善良そうな小父《おじ》さんなんだけれど」

「いや、そこまでは言うてない」

根拠もないまま想像を広げすぎてもまずいか。

「推理小説研究会って、いつもこんなふうなんですか？」

彼女は江神さんに尋ねる。古書店主の散財もさることながら、それをゲームのように語り合う僕たちのことも不思議がっているのだろう。

「よくある。やめられない癖みたいなもんか。聞き流してくれたらええ」

彼女が、ちらりと僕を見た。何が言いたいのか見当がつく。

――この程度のことで推理ごっこをしてる。矢吹山で噴火と連続殺人に巻き込まれただの、江神さんが犯人を突き止めただの、みーんな嘘じゃないの？

とんでもない。そんな大胆な作り話で君を騙そうとするほどの演技力はない。

「そんなことは措いて」部長は話題を変える。「今晩、みんなで飯でも食いにいくか。よかったら有馬さんも一緒にどうです？　こいつらの素晴らしい本性が判る」

懐が心許なかったのだが、彼女が「はい」と応じたので付き合わないわけにはいかない。不意の出費はつらいものだ。織田は手放しで喜んでいる。

「有馬さんが入部すると決まったわけではないけど、その前夜祭かな。幽霊部員としての新歓コンパということでもええ。——えーと、どこにしようかな。いつも俺らが行くようなむさ苦しい店では申し訳ないし」

難題に解答を与えたのは望月だ。

「高野に〈サライ〉っていう無国籍創作料理の店がある。有馬さんなら知ってるでしょう?」

彼女は頷く。「あそこやったら味も雰囲気も、ついでに値段も合格やないかな。有馬さんの下宿にも近いから、帰りも安心やろうし……」

何が言いたいのか判った。

「文誠堂に寄れるって言いたいんでしょ?」

「お、それもそうやな。アリスも行ってみたいんやな」

白々しい。

4

五講目が終わってから再びラウンジに集合し、タクシーで高野へ向かった。割り勘にすればバス代と大して違わないのだ。四人が乗った車の後を、織田がバイクでついてくる。鴨川を渡り、東大路通が北大路通とぶつかる交差点で降りた。店に予約を入れていた時間より十五分ほど早い。

「先に文誠堂を見てみますか？」

路肩に停めたバイクに檸檬《れもん》色のヘルメットをしまいながら、織田が江神さんにお伺《うかが》いをたてる。ちょっと覗くだけなら時間調整にいいだろう。

古本屋に向かう途中に〈フローラル・ヴィラ〉があった。白亜の低層マンションだ。エントランスにはタイルで白い薔薇《ばら》が描かれ、窓にはフリルのついたカーテンが掛かっていたりする。できてまだ三年とたっていないだろう。淡いピンクの霧に包まれているような瀟洒《しょうしゃ》な建物だ。

「私、ここに住んでるんです」

やはり女子大生専用のマンションで、もちろん全室エアコン完備だという。望月が溜め息をついた。

「有馬さんが男やったら、熱帯夜に涼みにいかせてもらえたのに」

「残念ですね。うちは男子禁制で、父親でも部屋に入れません」

残念なことが重なった。文誠堂にシャッターが下りていて、本日休業の札が出ていたのだ。彼女によると、最近は臨時休業が多いらしい。

「しゃーないな」織田が踵《かかと》で地面を蹴る。「引き返しましょうか。親爺さんは、またどこかで誰かに親切を施してるのかもしれへん。ねぇ」

ねぇ、と声を掛けられた江神さんはというと、腰に手を当てて右隣の住宅――左隣は小さな駐車場だ――を見ていた。低いブロック塀で囲まれた木造の二階家で、表札には印旛《いんば》とある。文誠堂と同じく築三十年にはなるだろう。

「昔は羽振りがよかったけれど、今はそうでもない、か」

部長が独り言つのに望月が反応する。

「シャーロック・ホームズめいた推理ですね。ブロック塀の細工や窓枠の凝った意匠から推察すると、新築当時はなかなかのものだったけれど、補修が行き届いてない点からすると今は経済的に余裕がない、ということでしょう?」

「推理というほどのものやない。常識的な観察や。最近になって中古物件を買《こ》うたんかもしれへんしな」

それはホームズへの批判と誤解されかねない発言だ。

溝口氏とバトルを繰り広げているらしい印旛家だが、別段変わった点はない。地味な老夫婦がひっそりと暮らしているといった印象を受けた。

「ここに住んでるのはどんな人?」

〈フローラル・ヴィラ〉の住人に訊いてみる。

「六十歳ぐらいの夫婦」彼女は声をひそめて、「いつも二人揃って、ぶすっと不機嫌そうな顔をして歩いてるの。見た目だけでは判断できないけど、ちょっと陰険な感じ。よそ見をしながら走ってきた小さな子供がぶつかったって、その子のお母さんにわめき散らしてるのを見たこともある」

「戻ろうか」

その家の前で住人の噂話をするのはまずいと思ったか、江神さんが通りの方へ歩きだした。黄昏《たそがれ》も過ぎて、あたりは暗くなってきている。

「そう聞いたら、溝口さんとのトラブルも隣の家に非があるように思えてくるぞ」

僕が言うと、彼女はやんわりと打ち消した。

「深い事情があるのかもしれないから、先入観を持たないようにしてね。事実はミステリより奇なり、という入り組んだ背景がないとも限らないし」

望月を上手に刺激するような表現をする。食事の席で活発な議論が展開されることだろう。

そのモチ先輩が選んだ〈サライ〉は、確かに女性連れで入るのに適当なレストランだった。店内はさして広くないものの、東南アジアの工芸品や民具がいたるところに飾ってあって異国情緒が漂い、メニューも中華風、ベトナム風から和風までバラエティ豊かで、ドリンクやデザートの種類も多い。僕たちはたっぷり時間をかけて単品を選んでからビールで乾杯する。

まずは彼女への質問攻めが始まった。出身地はどこか、どうして京都の大学にきたのか、他のサークルには入っていないのか等々。彼女は繰り出される質問を要領よくさばいていった。東京出身、京都に漠然とした憧れがあった、いくつかのサークルに入ったがどれも興味が持続しなかった等々。そのあたりは聞いたことがあったが、僕たちが名前を知っている文具メーカーの専務が父親だ、というのは初耳だった。「お嬢なんや」と望月が言うと、令嬢は苦笑する。

「本物のお嬢様なら、生活費を稼ぐために本屋さんのレジでバイトしたりしないと思いますよ」

来週の土曜日から河原町の京林堂《きょうりんどう》で働くのだという。京都随一の大型書店だから、僕たちもよく行く店だ。

「へぇ、あそこのレジでね」織田が牛蒡《ごぼう》のサラダを口に運びながら、「今度覗きにいくわ。ディック・フランシスの競馬シリーズを全巻カウンターに積み上げて『カバーをつけてください』って言いに」

「いや。案外そんなのより、『ミステリマガジン』や『EQ』にカバーをつけてくれって言う方がダメージがあるんやないか?」

「望月さん、ひどい。新米アルバイト店員をいじめにこないでくださいね」

令嬢は快活に笑ってビールを呷《あお》り、小ジョッキを空にした。クラスのコンパで飲みっぷりを見て——未成年だからまずいのだが——、なかなかいける口であることは知っていた。今夜はピッチが早いようだが。

食事とビールが進むにつれて座はますます和《なご》んでいき、望月は部長の肩を叩きながら「ところで、江神さんが何歳か判る?」と質問したりする。二十七歳という正解を聞いた彼女は、「クイーンが傑作を四連発した齢《とし》ですね」とマニアックに応えた。四連発とはもちろん、『エジプト十字架の謎』『ギリシア棺の謎』『Xの悲劇』『Yの悲劇』だ。

「ええ切り返しやなぁ。惚れぼれする。もっと飲もう」

「飲みますっ」

唇の泡をなめ取りつつ、彼女は空いた二杯目のジョッキを持ち上げた。すでにほろ酔いらしく、目の周りがほんのり赤く染まっている。

歓談が一時間ほど続いただろうか。ドアが開いて、髪の薄い男が背中を丸めて入ってきた。どこかで見た顔だと思っていると、具だくさんのシーフード冷麵を食べていた望月が箸を止めて、こそこそと囁《ささや》いた。

「文誠堂の親爺さんが、きた」

僕たちは会話を中断して、溝口氏の様子を窺《うかが》う。古書店主は、斜め奥の二人掛けテーブルに着き、アルバイトらしい女子店員に生ビールと飲茶《ヤムチャ》を二点オーダーする。軽めの夕食だ。

「そろそろ例の問題について考察しようとしてたのに、やりにくなったな」

織田が言う。みんな声のトーンを落としてしゃべり始めた。しかし、七つあるうち五つまでテーブルが埋まった店内はざわついていたし、BGM——何故かXTCだ——も流れていたため、こちらの会話が溝口氏まで届くとは思えない。

「離れているから聞こえませんよ。考察してみますか?」

「さっきアリスが何か言うてたな。えーと」織田は眉間を揉む。「そうや。親爺さんの気前のよさは、何かに対する贖罪ではないか、という説。仮にそうやとしたら、誰に詫びているんや? これまで集まった情報によると不特定多数に奢ってるみたいやけど」

「不特定多数ということは、社会と言い換えることもできる。なぁ、アリス」

望月が冷麵を片づけながら言う。

「単なる思いつきで言うただけなんですけど。……考えてみたらそれも不合理やなぁ。社会に向けて償いがしたいんやったら、近所で奢って回るよりも慈善団体に寄付でもする方がよっぽど有意義です」

「なるほど」織田が頷く。「俺はこんな想像もしてたんや。親爺さんは実は不治の難病に罹《かか》ってて、未来がないんやないか、と。それで自暴自棄に散財してるんやないかと考えたんやけれど……。実物を見たら、ええ血色してるやないか」

「見た目だけでは判らない健康上の理由なのかもしれませんけどね。せやけど、もし致死性の病気に冒《おか》されてるんやとしたら、ラウンジで信長さんが言うてたように自分の快楽のためにお金を使うと思いますよ。店なんか畳んでしもうて」

今度は望月が「案外、真相はシンプルかもな。厄払いでもしてるんやないか?」

この推測には織田が「どう見ても厄年は過ぎてるぞ。それに、厄払いにはそれなりの作法があるはずやのに、やってることが無秩序すぎる」

「市長選に立候補しようとしてるとか——」責められる前に僕は自爆スイッチを押した。「あり得ませんね。それやったら違う金の撒き方がありますもん」

「あぁー」

僕の隣で令嬢がおかしな声を発した。

「何やねん?」

「嫌なことを考えついちゃった」

そして、自分のおでこをパンと叩く。「言えよ」と肘で突いた。

「不埒《ふらち》な仮説だなぁ。恥ずかしいけど、言うね。——有栖川君が贖罪説を唱えた時、溝口さんのことを善良そうな小父さんって私は言ったわよね。その口から反対のことを言うのを許して。何故、彼は近辺にいる不特定多数の人に気前よくふるまうのか？　それは、これから犯す悪事への前もっての贖罪なのかも。つまり、これから皆さんにご迷惑をおかけしますから、あらかじめ来《きた》るべき損害の埋め合わせをしておきます……だなんて、変よね」

変にもほどがある。

「却下して。——じゃあ、不特定多数に奢ってるように見えて、実は意外な法則が隠されている、というのは？」

望月が拍手した。

「われわれが見逃してる失われた環《わ》がある、というわけやな。最高に盛り上げてくれるやないの、有馬さん。しかし、そんな法則なんてないやろう」

「ありませんよね。となると残る可能性は……天のお告げ」

天啓が飛来したのか、はたまた辻占い師に妄言を吹き込まれたのか。溝口氏は自分の持っているものをすべて他者に分け与えるべし、という強迫観念に取り憑かれたのではないか、という新説だった。絶対にないとは言えないが、リアリティが稀薄だ。それに無条件の喜捨ならば、やはりもっと意味のある金の使い方をするものではないか、という反論が出された。

「判らないいな」

拗《す》ねたように言ってから、彼女は上目遣いに部長を見る。この人は名探偵だったわよね、とでも思ったか。

「江神さんは、どうお考えになりますか？」

箸を休めて煙草を吸っていた長髪の賢者は、ふっと煙を頭上に吹き上げた。

「真面目な答えは用意してないけれど、何かしゃべろうか。俺が思うに、溝口氏の行為は散財や椀飯ぶるまいと言うより、蕩尽《とうじん》と呼ぶのが適当やないかな。まるで財産を無意味に使い尽くそうとしてるみたいやろ。無意味であることがポイントかもしれん」

望月が「蕩尽……無意味……」と復唱している。

「そう。人間が無意味に金を使うやなんて、珍しいことでもない」

「たとえばどんな場合でしょう？」と言ってから、彼女は答えを思いつく。「見栄ですか？」

「適切な例やな。もちろん、虚栄のために贈答品を贈るという行為には、自分の度量の広さを見せることで相手の好感を呼び込んだり、財力や権力を誇示して心理的に相手より優位に立ちたい、名誉や威信を獲得したい、という立派な目的——すなわち意味——がこびりついてるんやけれどな。つまり、『どうぞ』と差し出された気前のいいプレゼントにはメタ・レベルの意味が存在するけれど、贈られた品——石鹸でもバスタオルでもええ——そのものには、大した意味はない。贈与というのは力の誇示であり、人格の誇張であり、つまるところ投資や」

望月がしきりに頷いている。

「文化人類学というか、経済人類学っぽい話になってきましたね」

法学部生の出番ではなさそうだ。

「確かに、お中元やお歳暮の季節になると親がぼやくな」織田が言う。「同じものをダブってもろうたり、似たようなものを交換し合うたり、もったいないと」

江神さんは煙草の灰を落としながら続ける。

「相互にプレゼントをし合うのは贈与やのうて交換やな。儀礼的交換。下心のある者同士が奮発し合う競合的な儀礼的交換もあるけど、その場合は均衡が重んじられるのが普通や。今、問題にすべきは贈与。いや、その極端な形の蕩尽やな。破壊と呼んでもええ」

「ポトラッチですね」望月が身を乗り出す。「ほら、北米インディアンの一部の部族にそんな習慣があるというやないですか。競合関係にある部族の首長に、お返しが不可能なぐらいばんばん贈り物をして恥をかかせるとか、宴席でご馳走をふるまうだけでなく、食物や毛皮を火にくべて招待客に見せびらかすとか。カヌーや装飾品の銅板を壊したり、自分の奴隷を殺したり、果ては家に火を放つにまで至ることがあったらしい」

「相手を圧倒するために、自分の家を灰にしてしまうんですか?」

信じられない愚行ではないか。

「それは競合的な相手に向けて行なわれる蕩尽やろう」江神さんはゆったりとした口調で言う。「ポトラッチには色んな形態がある。圧倒すべき相手もないまま、無私無欲をアピールするための蕩尽をどう解釈するか、については諸説ある。有名な『贈与論』を書いたマルセル・モースは、それは本質的に神への供犠《くぎ》であると考える。破壊された財産はこの世から消えて、誰のものでもなくなるやろ。それは神の許に送り出されたんや」

さすがにこの人は、色んな本を読んでいるな。

「大事なものを破壊することが、どうして神様へのお供えになるんですか？」麻里亜嬢が言う。

「神様……というか宗教って、えてして実利を取りますよね。うーん、こんな言い方はバチ当たりかな。とにかく、そんな無駄遣いをせず、浄財だのお布施だのの形で寄進した方がお恵みがありそうに思いますけれど」

「寺社や教会にとってはその方がありがたいやろうけど、神や精霊は別や。媒介者なしの直接取引もあり得る。かけがえのない自分の財産を破壊すれば、供犠の象徴的な側面にちゃんと応えられるわけや。——では、そもそも何故、神に供犠という贈与を行なうのか？　もちろん、超自然的存在にプレゼントを贈ることで反対給付が得られる、という期待が根底にあるからや。簡単に言えば、神の庇護やら天の恵み」

「神様はお返しをしてくれる、と人間は考えずにいられないんですね」と彼女。

「そう希《ねが》うことで、神と交流が持てるんやないか。供犠を捧げることは、超自然的存在と交換をしたことになる。万物の真の所有者は神である、とするならば、その神と交換を行なわないことは非常に危険である、と人間は考えるんや」

そんな気分は僕にはさらさらないと思うのだが、心の裡《うち》をよくよく探ればどこかで見つかるのかもしれない。

静かなる熱弁を終えた江神さんはビールで喉を潤して、ひと言。

「で、何の話やったかな?」

望月と織田がガクッと肩を落とした。

「溝口氏は何故あんなに気前がいいのか、ですよ」

「ああ、そうやったな、アリス。——要するに、判らん。周囲を圧倒して優位性を獲得するためか、神からの見返りを期待してポトラッチに励んでるんやろう」

僕は隣を見る。煙に巻かれたクラスメイトは、ぽかんとしていた。

議論が白熱しているうちに、溝口氏が席にいないのに気がついた。店内を捜すと、もう食事をすませてレジで勘定をしている。どうしたことか、マスターらしきネクタイ姿の男性が困惑した様子だ。やがて彼は、店中に届くように大声を張り上げた。

「皆様、ご歓談中に失礼いたします。こちらのお客様より、皆様全員のお食事代を持ちたい、というお申し出がございました。勝手にお受けするわけにはまいりませんので、お伺《うかが》いいたします。不都合だ、という方はおいでですか?」

どういうことだ、とざわめきが起きた。前例を知っている僕たちでさえ、呆気《あっけ》に取られる。

江神さんが手を上げた。

「貧乏学生には大変ありがたいお話ですが、どうしてわれわれに奢ってくださるんですか?理由も判らないままご馳走になるわけにはいきません」

気前のいい男は、鷹揚《おうよう》に答える。

「変人の気紛れや。わしのために払わせてんか」

「それでは気持ちが治まらないんです。本当の理由は何ですか？」

溝口氏は、まいったなと頭を掻《か》く。ほころばせた口許から欠けた前歯が覗く。

「つまらんことやわ。ギャンブルで大当たりをしたんで、そのお裾分けやがな。それをせんとツキが落ちるんでな。せやから、わしを助けると思うて出させてぇな」

奥の席から「ご馳走になります！」という野太い声が飛んだ。会社員らしい男女三人連れの一人が叫んだのだ。それがきっかけになり、他のテーブルからも感謝の言葉が送られる。江神さんはどうするのか、と見守っていると——

「では、ご馳走になります」

そして、僕たちにお礼を言うよう促した。予期しない展開になった。

「ほな、そういうことで」

と言ってから、古書店主は望月に顔を向けた。

「あんたはうちに買物にきてくれる人やね。ああ、そっちのお嬢さんも店で見かけたことがある。またきてや。欲しい本があったら無料で進呈するよって。特別サービスを実施中や」

二人は返す言葉をなくしていた。

溝口氏が精算をすませて出ていくなり、店内では「得したな」「でも、なんで？」「ええやんか」「競馬で当てたんやな」「株やろ、バブルの見本や」といったやりとりが乱れ飛んだ。

「最後は素直に奢られましたね。江神さんなら、もっと食い下がって理由を尋ねるかと思うたのに」

織田は少し不満そうだ。

「しつこく訊いてもギャンブラーの縁起担ぎで押し通されたやろう。それより、奢られてどんな気分や？」

「正直なところ、金欠なんで助かったんですが……。何かすっきりしませんね。圧倒されたというほどでもないけど」

「有栖川君と同じで、もやもやした気分が残ります。私、二度目だからなおさらなのかしら。他のお客さんは屈託なく喜んでますね。文化人類学、敗れたり？」

江神さんは「しっ」と人差し指を立ててから、その指で自分の後ろのテーブルを示す。そして、右手を耳に翳《かざ》して、聞け、というジェスチャーをした。三十代ぐらいの女性二人が話している。

「あそこなら土地だけで五千万は下らなかったはずね」

「うん。でもね、それを破格の安さで投げ売りしたそうなのよ。謂《い》わば、溝口さんに最初に気前よく奢ってもらったのは不動産屋さんだったのよ。変な話よねぇ。破格の安さと言っても何千万という金額よ。でも、あんな調子で湯水のように使っていたらあっという間になくなるだろうな。まるで人生の始末をしようとしてるみたい」

事情通同士の会話らしい。最初に気前よく奢ってもらったのは不動産屋だ、というのは驚きだ。

「それ、怖い表現ね。明日の新聞に溝口さんが自殺した、なんて記事が載ってたらどうしよう」

「自殺はないわ。すごく元気で、エネルギッシュな感じだもの。娘さんが亡くなった時は大丈夫かしら、と心配したけれどね」

「じゃあ、不治の病とか」

「元気だって言ってるじゃない。それにこの前、風邪でうちにきた時に健康保険証を見たら、ここ一年は歯医者にもかかっていなかったわよ」

片方の女性は看護婦かもしれない。

「ギャンブルの縁起担ぎと言ってたけれど――」

「嘘でしょ。博打が大嫌いな人よ。遊び知らずの堅物で、不器用な人なんだから。あれは土地を売ったお金だってば。なんで無駄遣いするのかしらね」

「無駄遣いだけじゃないみたい」

「え、どういうこと?」

「郵便局でどこかに募金をする手続きをしてるのを見た人がいるの。ユニセフだかユネスコだかに。局員が『ご金額に間違いはありませんね?』って、繰り返し確認していたそうよ。書き間違いかと思うほどの額だったらしい。無駄に使ってばかりでもないんだわ」

新情報だ。

「判らないわね。捨て鉢な感じがする。お金というものに復讐してるみたい」

「お金が仇《かたき》か。――ところで、お隣とはまだ揉めてるんでしょ。あれは何が本当の原因なの?」

「印旛さんが悪いっていう噂ね。何年前だったか、溝口さんの娘さんに縁談があったのね。娘さんが相手の男性にぞっこんで、先方も彼女を気に入って話がまとまりそうになったんだけど、それを印旛さんが台無しにしたと聞いたわ。質《たち》のよくない嘘が先方に伝わるようにしてね。娘さんはものすごく傷ついて、それ以来、男性と付き合おうともしなくなった」

「ひどい。印旛さんて人は、どうしてそんなことを？」

「溝口さんとは昔から反《そ》りが合わなかったらしいけれど、それだけじゃなくて、性格的なものらしいわ。夫婦揃って、あそこは変だってご近所の評判でね。他人のささやかな幸せが大嫌いで、そんなものを見ると無茶苦茶にしたくなるみたい」

「異常者じゃない」

「大きな声では言えないけれど、アブノーマルだと思う。同じ町内で怪しい匿名の手紙が出回ったことがあるのね。『お宅のご主人に愛人がいる』とか『奥さんは浮気をしている』とか、いやらしい中傷が書いてあるんですって。受け取ったのが仲のいいご夫婦ばかりだったからか、家庭内でトラブルにならずにすんだけれど。逆に、そういうご夫婦に波風を立てようとする人がいる、と評判になったの。犯人は判らずじまい。でも、手紙の筆跡が印旛さんのに似ていたらしいわ。やりかねない、とみんな思ってる」

「よかった。うちの近所にはそんな人がいなくて」

異常者という言葉まで出るか。どうやら彼女らは溝口氏に同情的らしい。

「おまけにケチなのよね。旦那さんが風邪をこじらせて、肺炎になりかかってから診察にきたことがあるけど、それでも『高い注射や薬はいらん』ってうるさかったこと」

「もしかして、溝口さんはそんなケチくさい印旛さんへの当てつけにお金をばら撒いてるのかも」

「まさか。それなら相手が見てる前でばら撒くでしょ。ピントはずれよ」

「とすると、やっぱり心の病かしら。家族がいたら禁治産者にされそうよねぇ」

とうとう彼女らも匙《さじ》を投げた。今や町のミステリに発展しつつある。

「失礼ですが、ちょっとお訊きしていいですか？」

不意に江神さんが振り向いて声を掛けた。二人連れは反射的に「はい」と応える。探偵は何を尋ねるつもりなのか、と僕は耳をそばだてた。

「印旛さんという方は、何をなさっているんですか？」

赤い口紅をした小太りの女性——看護婦らしき人——が答えてくれる。

「染色家……だったかしら。そこそこ腕のいい染め物職人さんだったんだけれど、体を壊して隠居しているみたいです。昔の作品を家中に飾っているとか」

「ご家族は夫婦二人だけなんですね？」

「ええ。娘さんが醍醐《だいご》の方に嫁いでいて、週末になると泊まりがけで孫に会いに行く、という呑気な暮らしをしています」

「溝口さんは、土地を売り払ったということですが、いつ売却したんでしょうか？」

「三ヵ月ほど前だったかしら。それ以来、奇行が目立つようになったんです。——あなた方、どちらかのお知り合い？」

「溝口さんの顔見知りという程度です。──あの方が近所の飲食店で誰彼かまわず奢ったり、ユニセフだかユネスコだかに募金をしたりする以外に、どんなお金の使い方をしているかご存じですか?」

細身のもう一人の女性が知っていた。

「加賀《かが》かどこかの温泉で豪遊してきた、という話はしていました。印旛さんを除いたご近所にお土産を配っていたみたい」

「旅行は自分のための出費ですね」

「他人のためばかりに使ってるんでもないわけよ」もう一人が笑う。「お金をぱーっと使いたいのなら世界一周でもしてくればいいのに。そう思うでしょう? でも、それはできないのよね、あの人。乗り物が苦手だから。それでせいぜい加賀温泉。私に任せてくれたら、五千万円ぐらい三日できれいに片づけてあげるのに」

「あーら、私なら一日でOKよ」

けらけらという笑い声が、溝口を嘲《あざけ》っているかのようだった。

ゆっくりと食事を終えて、店を出たのは九時半近く。〈フローラル・ヴィラ〉の前まで令嬢を送っていった。

「今日はありがとうございました。とても楽しかった。また誘ってください」

ぺこりと頭を下げて、エントランスに入っていく後ろ姿を見送りながら、「ええ娘《こ》やないか」と望月が洩らした。「クイーンもしっかり読んでるし」

織田は、僕の肩を拳で叩く。

「同じクラスにあれだけの人材がおったのに、今まで放置してたとは。お前の目は節孔か」

「そんなこと言われても……。私はミステリファンですって、顔に書いて歩いてる人間はいませんからね」

江神さんが取り成してくれる。

「もうええやないか、信長。幽霊会員の新歓コンパのつもりやったけれど、多分、あの幽霊には足が生えるやろう」

「そうなってほしいですね」今度は望月に背中を叩かれた。「よし。今晩はうちに泊まれ、アリス。最近のブックハンティングの成果を拝ませてやるから」

「今日はお疲れ」とバイクに向かいかけた織田が、ふと白いマンションを振り仰ぐ。僕たちもつられて視線をやったちょうどその時、二階の一室に明かりが灯《とも》った。

織田のバイクが走り去ると、残る三人はそれを追うように南へ歩きだす。春の宵の散歩だ。大学近くにある望月の下宿までは三十分ぐらい。西陣の江神さんのねぐらまでも、一時間はかからないだろう。

5

新歓コンパらしきものの翌日。

彼女は授業の合間を縫って、十分ほどラウンジに立ち寄ってくれた。挨拶をしただけに等しく、「江神さんによろしく」と言って去った。部長だけが不在だったのだ。

望月と織田は、満足げだった。

「あとは『入部します』のひと言だけやな。時間の問題やろう」

「せやな。しかし、安心するのはまだ早い。詰めを誤らんようにせんと」

蕩尽する古書店主の謎について、三人の間で話題に上らなくなった。前日までは挑戦すべき不可解な難問だと思っていたが、冷静になってみると大した謎ではない。京都御所に鵺《ぬえ》が出現したわけでもなければ、金閣寺が一夜にして真っ赤に変わったわけでもないのだ。男が一人、自分の金を好き勝手に浪費しているだけのことで、誰かが迷惑をこうむっているわけでもない。探偵ごっこのネタとしては、いかにも弱かった。

「溝口さんの件ですけれどね」

試しにそう切り出すなり、二人の先輩は「ああ」と気のない返事をする。

「あのポトラッチ親爺か。人恋しくて、あんなことをしてるんやないかな」

「せやから厄払いやって」

こんな調子だ。僕たちは、もうこの問題について頭を悩ませるのに飽きてきていたのだ。その日、江神さんは姿を見せずじまいだったけれど、おそらく部長とて同じだろう。

さらにその翌々日の金曜日。やはり江神さんは現われず、彼女の方は五講目が終わってからやってきた。そして、ベンチに腰を下ろすなり僕たち三人に言う。

「江神さんは何をしているんですか？」

「何をって」望月が「知らん。昨日も今日も顔を出してないで」

「昨日の夜、うちのマンションの近くで見かけました。うちの近くと言うより、文誠堂の周辺と言うべきかな。道路を隔てて離れたところから見たので、声を掛けなかったんですけれどね。で、今朝、モーニングを食べに行きつけのお店に入ったら、マスターが話していたんですよ。『髪の長い学生風の男がきて、文誠堂さんのことを色々と訊かれた。あの人の噂は広がってるんだね』と。尋ねてみたら、どうも江神さんらしい。溝口さんの身辺を洗っているんですか？」

江神さんがそこまで真剣に古書店主の謎に取り組んでいるとは知らなかった。聞き込み調査にかかりきりで、ラウンジにこられないのかもしれない。

「おいおい、どういうことや。あの人、暇を持て余してるんやな」

「あの謎に、そこまで夢中になれるとはな。好奇心が強すぎへんか？　俺なんか、ぼちぼち頭から追い払いかけてたわ」

望月と織田も呆れ気味だ。

「なんだか私、江神さんの行動の方が不思議に思えてきました」

彼女が全員の思いを代弁したところで、僕ははっとした。ラウンジの入口に当の部長が現われたからだ。右手に重そうな紙袋を提げている。

「ああ、みんな集まってるな」

江神さんは、どさりと荷物をテーブルに置いた。中腰になって覗き込むと、箱入りの本がたくさん入っている。

「親爺さんにもろてきた。『いらんかったらご自由に処分してください』と押しつけられたんや。重かった重かった」

取り出して見せてくれた。ミステリも交じっているが、歴史書や思想書が多い。『熊野考』『日本人の源流』『道教と中國社會』だの、『田中美知太郎《たなかみちたろう》全集』『ショーペンハウアー全集』の端本《はほん》だの。

「文誠堂に行ってたんですか?」望月が本の山を横目に訊く。「有馬さんに見られてますよ、部長。昨日からあの界隈で聞き込み調査をしていたそうですけれど」

江神さんは、まるで悪びれない。

「気になったんで、ちょっと単独調査をな。ついさっき店に行って、本人にあらためて疑問をぶつけてみた。返事は同じじゃ。『ギャンブルのツキを落とさないための縁起担ぎですよ』の一点張りで、とても納得がいかん。ノラリクラリとはぐらかされて、しまいにはこんな手土産を持たされてしもうた。正面突破は無理やな」

「そこまで言うんやったら、ほんまに縁起担ぎやないですか?」

織田が言うのを江神さんはあっさりと否定した。

「土地を叩き売ったのが縁起担ぎのはずないやろう。奇行はまだ続いてるぞ。俺が行った時、親爺さんは何をしてたと思う? 店にあった本を段ボール箱にせっせと詰めてたんや。奥の棚がほとんど空っぽになってるので、『店を畳むんですか?』と訊くと、『いいえ。これは図書館に寄贈するんです』と言うやないか。確かに図書館宛ての送り状がそばにあったわ。店の蔵書の一番良質な部分を寄贈して、どうするっていうんや」

「うーん」望月は唸って、「やっぱり閉店するんですよ。『いいえ』と否定したのは、まだそれを公にしたくない事情があるんやないですか?」

「そうかな。俺には別の筋書きが想像できる。もしそれが的中してたら、やばいぞ」

「やばいようなことがこれから起きるんですか?」

彼女は表情を曇らせた。江神さんは、片頰を撫でながら頷く。

「俺の妄想やったらそれでええんやけれど、最悪の事態に備えておくべきやろうな。まだ間に合う。それが起きるとしたら、明日の土曜日やろう。店のめぼしい本は処分がすんだようやし、天気予報では晴れるそうやから」

「明日、何が起きそうなんですか?」

彼女の問いに直接答えず、部長は独白するように言った。

「何のために人は蕩尽するのか、について学者は色々な説を唱えるけれど、こんな金の使い方があるとは思わんかった。最初に金を発明した人間も想定してなかったやろう」

経済学部を代表して望月が発言する。

「溝口さんが蕩尽してるのは単なる貨幣ではない。もっと別の、呪術的な意味を帯びた何かである、とか文学的なことを言いたいんですか? それは穿《うが》ちすぎやないですか。貨幣には、限定された機能しかありませんよ。マルクスの分類によると、価値尺度、流通手段、そして富の集積などを目的とした貨幣としての貨幣の三つです。これに超越的な意味を付け加えようとする宗教学者もいるでしょうが——」

江神さんは大きくかぶりを振った。そんなことを言っているのではない、と。

「難しい議論は必要ない。俺の頭にあるのは奇妙な論理やけれど、それは小学生にでも理解できる性質のものや」

「では、その奇妙な論理というのを教えてください」

僕がせがむと、部長は条件をつけた。

「そこまで言うんやったら話す。やばいことを阻止したいんや。もし俺の奇妙な論理を聞いて納得がいかんかった時も、手伝ってくれるか?」

イエスと答えずにいられようか。

6

かくして土曜日の夜。

真っ昼間は何事もないだろう、という江神さんの判断に基づき、推理研の男四人は夕食をすませてから文誠堂を見張ることにした。今日が書店でのアルバイトの初日だという幽霊部員は、仕事を終えてから合流するそうで、十時近くになるとのこと。張り込みに先立ち、江神さんは文誠堂の周囲を一周して僕たちに現場の地理を説明した。

「左隣の駐車場はL字形になっていて、溝口さん宅を北側と西側から包んでる。東側は印旛さんの家で、さらにその右隣は取り壊しを待っているかのような四階建ての空きビル。この立地が曲者《くせもの》やと俺は思う」

僕が気にしていたのは、どこから文誠堂を見張るのか、ということだった。監視に都合のいい喫茶店などは近くにない。ずっと電柱の陰に身を隠しているわけにもいくまい。それを質《ただ》すと、江神さんは黙って空きビルを指差した。

「ここに無断で入って見張るんですか？　それはちょっと……」

「下見はすませてる。ここは絶好のポジションやぞ。四階の一番北側の部屋からは、溝口さん宅の裏口が丸見えやから、交替で窓の向こうに注目してたらええ。それにトイレが使える。——建造物侵入になるって？　そこは学生のすることなんやから目を瞑《つむ》れよ」

「学生自身がそんな言い方をするのはふしだらでは……」

「俺の不吉な妄想は、今や君の頭にも宿ってるんやろ。それやったら、ここでUターンして家に帰る方が不道徳ではないかな、アリス君？」

部長はとぼけたことを言いながら、僕の背中を押した。ビルの一階入口には鍵が掛かっていたが、その脇の階段はノーガードだ。戸締まりをしていないオーナーにも責任はあるのだ、と開き直ることにした。

四階には、かつて事務所だったらしき部屋が三つあった。どの部屋も空っぽで、鍵は掛かっていない。通りに面した手前の部屋に望月と織田が、一番奥の部屋に江神さんと僕が陣取ることにした。言うまでもなく、溝口宅の表と裏を同時に見張るためだ。

「まだ九時前や。もしかすると徹夜になるかもしれんから気長にいこう。ただし、肝心な場面を見逃すことのないように」

江神さんの注意を聞いてから二手に分かれる。長丁場を覚悟した。奥の部屋にはスプリングが飛び出したソファが一脚だけ遺《のこ》されていたので、窓辺に運んで浅く腰掛ける。そうするだけで溝口宅の裏口を見張ることができるのだから、張り込みとしてはいたって楽だ。

平穏のまま四十五分が過ぎた。

「そろそろ有馬さんがくる頃やろう。角のあたりで待っててやれ」

「諒解」と僕は階段を駆け下り、北大路通まで出る。五分とたたないうちに、彼女は早足でやってきた。手に提げているビニール袋には、コンビニで調達した食料と飲み物が入っているのだろう。アルバイトのためなのか、張り込みに備えてなのか、珍しくジーンズを穿いている。

「お疲れ。バイトはどうやった？」

「忙しくて、思ったより大変だった。それより……」

心配しなくても、まだ何も始まってはいない。

「徹夜になるかもしれん、と江神さんが言うてたから、適当なところで切り上げたらええよ」

「徹夜はきついな」と親指を噛んで、「ずっと電柱の陰に立ってるんでしょう？」

そんなことを妙齢の乙女にさせられるわけがない。僕は「いいや」とだけ言ってビルに案内した。立ち入る許可を得ているのか、と彼女が尋ねることはなかった。

僕たちが入ると、江神さんは「替わってくれ」と言って部屋の隅に移動した。煙草の火が外から見えないところで一服するためだ。「私が」と彼女が志願した。

三十分おきに交替することになった。残りの二人はリラックスして、買い込んできた夜食やお菓子を食べたり、望月たちの様子を見に行ったりする。交替のルールを決めてから二度目の監視役が僕に回ってきたのは、ちょうど零時だった。

「朝まで付き合うことはないよ。ねぐらは近いんやから、いつでも帰ったらええ」

ソファを離れて伸びをしている彼女に言うと、「これじゃ帰れない」とのこと。好奇心というより、義務感に駆られているかのようだった。

一方、僕はというと、太陽が昇るまで見張っていても何も起きはしないのではないか、という気がしてきていた。江神さんが心配するような劇的な出来事に、そうそう遭遇できるものでもないだろう。今夜がその日だという保証もないし。部長の洞察力を軽んじるつもりはないが、変化のない眺めに倦《う》んできた。後ろの二人も、雑談のネタが尽きたのか口数が少なくなっている。

数日前、チャペルの前で彼女は言った。

——名探偵がいても、やっぱり悲しい出来事は止められないんだ。

それはそうだ、と思った。しかし今、江神さんは悲しい出来事を止めようとしている。その推理が的中していれば事件を阻止できるはず。そうなることを祈った。

見張りを続ける僕の背中で、二人は黙ったままでいる。静かだった。が、やがて片方が静寂の池に小石を投げた。

「江神さん。有栖川君から聞いたんですけれど……」

「ん、何を？」

彼女は言い淀んでいる。去年の夏の話を始めるつもりなのだ。知らないふりをしたままではサークルに溶け込めない、と思ったのか？　どんなやりとりになるのだろう、と僕は緊張で身を硬くした。

「山のことか？」

江神さんから水を向けたのに返事がない。彼女は黙って頷いたらしい。

「詳しい話が聞きたい、とかいうんじゃないんです。ただ、私は知っていると——」

「あっ」

僕の声が会話を中断させた。

文誠堂の裏口が開き、黒い影が出てきたのだ。暗い上に距離があるが、猫背の主人であることは間違いない。江神さんが窓辺に飛んできた。

「何か持っている。モチと信長に報せろ！」

はい、という返事をさせる間もなく、部長は階段にダッシュしていた。残された僕たちは、経済学部コンビに急を告げる。

「江神さんの推理が的中したわけか⁉」

「信長、アレを持ってこい！」

ソレを抱えた織田を先頭に階段を駈け下りる。真夜中の町に人影は皆無だった。駐車場へ向かい、L字形の敷地内を回って文誠堂の裏へ。どれだけ走っても先に飛び出した江神さんの背中は見えなかった。

裏口にたどり着いた時、僕たちが見たのは向かい合った古書店主と江神さんのシルエットだった。すでに何か言葉のやりとりがあったようだ。どかどかと駈けつけた一団を振り向いた店主が、織田を見て呻《うめ》いた。

「そんなものまで用意してたんかいな」

そんなものとは、江神さんの指示で彼が下宿から持ち出してきた消火器だ。溝口氏の足許には青いポリタンクが置いてあった。江神さんの読みは正しかったのだ。

「わしの負けや。千里眼で見られとったようやから」

暗がりに目が慣れるにつれ、彼の表情が見えるようになった。思ったよりも落ち着いた様子だ。安堵のせいなのか、妙にさっぱりとした顔をしている。

「狐に抓《つま》まれたみたいや。わしが放火しようとしていることが、なんであんたらに判ったんやろう？」

江神さんは答える。

「判ったというより、空想してしまったんです。溝口さんが無意味な浪費を繰り返しているのを知って、何故そんなことをするのだろう、とあれこれ考えているうちに浮かんだ空想です。虚栄のためでもなく、快楽のためでもなく、贖罪のためでもなく、人が自分の持てるものを放出し尽くそうとしている様は、私にとって到底無視できない謎でした。金というものについてこんなに思索したことは初めてと言ってもいいでしょう。何か形而上学《けいじじょうがく》的な目的があるのではないか、と疑いもしましたが、最後に到達したのはいたって単純な答えです。——あれは、無一文になるための蕩尽だったんですね？」

店主はうな垂れるように頷いた。

「しかし、無一文になるというのは恐ろしいことですから、素寒貧《すかんぴん》になって何かいいことがあるのか、について引き続き考えなくてはなりませんでした。想像力の鍛錬になった気がします。無一文になった自分を思い描いてみると、たった一つだけ手に入るものが浮かんだ。失えるだけ失ったなら、人は逆説的に無敵になるということ。自分の部屋を空っぽにしておけば、空き巣が入っても何も盗られるものがない」

織田たちのゼミに、空き巣に入られてそんな負け惜しみを吐いた学生がいたのを思い出した。

「ない袖は振れない、というわけです」

「せや。わしは自分の袖を引きちぎるために、ありったけの金を捨てたったんや。家だけを残し、最大の資産の土地を二束三文で叩き売って得た金を、三ヵ月かけて使い切ってやった。遊びを知らん人間やから苦労したわ」

古書店主は自嘲めいた笑みを浮かべた。

「ない袖は振れない、という言葉が用いられる場面はかなり限定されている。他者から金銭の支払いを要求されるか、借金を頼まれてノーと答える場面です。しかし、意地でも弁済したくない債務なんて変なものを溝口さんが抱えているとは聞かないし、絶対に応じたくない借金の依頼ならきっぱり拒絶すればいい。では、どうして？——閃いたのは、これは意地でも弁済したくない債務がこれから生じると見越しての行為ではないのか、という突飛な仮説です。その債務とは、損害賠償」

謎を解く鍵は、文化人類学でも哲学でも経済学でもなく、法学にあったのだ。民法第七百九条〈故意又は過失に因りて他人の権利を侵害したる者は之に因りて生じたる損害を賠償する責に任ず〉。

「わしが隣と揉めてることも耳に入っていたようやな。卑劣な奴らなんやで、ここの夫婦は」

憎々しげに隣家を顎で指す。「娘の幸福を奪《うば》うたことを、絶対に赦《ゆる》すわけにはいかん」

「だからと言うて、家に火をつけて燃やしていいわけないでしょう」

消火器を抱いたまま織田が気色ばんだ。溝口氏は顔を伏せてポリタンクに視線を落とした。

「あんたの言うとおり。わしは魔物に取り憑《つ》かれたんや。奴らが奪っただけのもんを奪い返すことは不可能でも、目にもの見せてやる、と憎しみを滾《たぎ》らせているうちに、突拍子もないことを思いついてしまった。命までは奪わんが、物心両面にできるだけの打撃を加えてやろう。それには、奴らが大事にしている想い出の品々もろとも家を燃やしてしまうに如《し》くはない。二軒隣は空きビルやし、裏は駐車場やから延焼の被害が出るとしたらうちの家だけなのも好都合やと思えた」

決行の日に選ばれたのは、晴れた土曜日の夜。

「あいつらは、娘の嫁ぎ先で可愛い孫に添い寝をしとる間に家を失うんや。怒り狂って金銭的な償いを求めても、取れるものはほとんどない。刑務所へは喜んで行ってやる。地団駄踏んで悔しがりよるやろうと考えたら痛快で……。妄執と言うしかありませんな」

わが家、わが店が燃えることも覚悟していたから、売り物を無料でふるまったり図書館に寄贈したりしたのだ。すべて江神さんが読んだとおりだ。

「あんたらのおかげで、最後の一線を越えずにすんだことに感謝します。憑き物が落ちた。せやけど、自分の愚かさが招いたこととはいえ、あまりにも仰山《ぎょうさん》のもんをなくしてしもた。店が遺ったから商売は続けられるかもしれんけど……」

店主は力なく顔を上げ、わが家に目をやる。慰めの言葉は見つからなかった。あまりにも多くのものを失い、憎い夫婦の隣での生活が明日からも続く。

「私がいただいた本はお返しします」

江神さんがそう付け加えた時――

「失わずにすんだもののことを考えてください。たくさんあります」

たまりかねたように、有馬麻里亜は言った。

「奥さんやお嬢さんとの想い出が詰まった家も、焼けずに遺りました！」

店主は何度も頷く。細い糸をたぐって、希望を引き寄せようとしているのかもしれない。それは、どこかにあるはずだ。取り返しのつかない事態は回避できたのだから。

僕の傍らで、赤い髪の女の子はぽつりと言った。

「……名探偵が、悲劇を未然に防いだのね」

7

〈フローラル・ヴィラ〉の前まできたところで、彼女は踵を合わせて背筋を伸ばし、頭を下げた。

「皆さん、送っていただいて、ありがとうございます。今夜は貴重な経験をしました。いつまでも忘れないと思います」

黒い瞳はその新しい経験を誇るかのように炯々《けいけい》と輝き、声からは興奮を抑えていることが窺えた。

「冒険に付き合うてくれて、こっちこそ感謝してる。おかげでうまくいった。ありがとう」

そんな江神さんの言葉を受けて、彼女は言う。

「正式にお願いします。推理小説研究会に入部させてください」

待望の瞬間が訪れた。しかも、入ってあげてもいいではなく、入部させてください、だ。

「歓迎するよ」

部長は短く言い、他の三人も喜びを表現した。それを聞いた彼女は、また「ありがとうございます」と言う。

「これから勢いで歓迎会をしたいところやけど、それはまたあらためて。体が冷えたやろうし、今夜はゆっくり休み」

江神さんは、ヴィラをちらりと見て言った。

「冷えるどころか温まりました。——じゃあ、今日はここで。おやすみなさい」

身を翻《ひるがえ》して白い建物の中に消えていく。その姿が見えなくなったところで、僕は言った。

「幽霊に足が生えたみたいですね」

すると織田が応える。

「江神さんの名推理が効いたか」

望月の見解も同じだ。

「やろうな。探偵がいてる推理研なんて、よそにはないから。江神さんの功績はあまりに大きい」

そして探偵は、くわえ煙草でポケットをまさぐりライターを捜していた。

新入生勧誘シーズンが過ぎていく。彼女が推理研に誘えるような友だちはおらず、初々しい入部希望者が僕たちのサークルを覗きにくることもないまま四月が終わる。

それでもいい。ちゃんと仲間が増えたのだから。

僕たちが親しみを込めて彼女を「マリア」と呼ぶようになった頃、五月の風が吹き始めていた。

単行本版あとがき

大学生の有栖川有栖（アリス）を語り手に、江神二郎を探偵役にした長編を、これまで四作発表してきた。本書はそのシリーズ初の短編集である。このシリーズは、長編五冊と短編集二冊で完結させるつもりでいるのだが、本書のような著書はもう二度と出せないだろう。というのは――

ここに収録した九作の短編のうち最も古いのは、一九八六年に『無人踏切』（鮎川哲也《あゆかわてつや》・編）というアンソロジーに採られた「やけた線路の上の死体」（私の記念すべきデビュー短編）で、最も新しいのは二〇一二年七月に書き下ろした作品だから、二十七年越しでまとめた短編集ということになる。五十三歳の私が、これと同じ年月をかけた本を再び作れるとは思えない。そんなに時間がかかったのは、気紛れのようにぽつりぽつりと書いてきたからにすぎないのだが。

長編第三作の『双頭の悪魔』を書いた後、このシリーズは五部作でまとめるのがよさそうだ、と考えた。その時点でいくつか短編も書いていたので、五部作がめでたく完結した後、江神たちの〈卒業アルバム〉として短編集を編もう、とも。

しかし、何とか長編第四作『女王国の城』は出せたものの、五作目がいつになるやら予定が立たない。また、短編集を〈卒業アルバム〉にするためには、アリスが英都大学推理小説研究会（ＥＭＣ）に入部してからシリーズの完結にいたるまでのエピソードを時系列で並べなくてはならないのに、まだ多くの欠落がある。それを埋めていくとかなり厚い本になってしまいそうだったので、短編集は二冊に分けることにし、有馬麻里亜がＥＭＣに加わるまでを本書にまとめた。

これ以降のエピソードを書いた短編がすでに二作発表ずみなのだが、第二短編集に収める。その本が本当の〈卒業アルバム〉になるだろう。

あとがきで書いても手遅れかもしれないが、この短編集は巻頭から順に読まれることを想定している。前の八編に伏線がばら撒かれていて、それが最後に鮮やかにつながる、という形式ではないのだけれど。彼らとともに、春からまた春へと四季をめぐっていただけますように。

もう一つお断わりを。この短編集は長編を呑み込んだ形になっていて、「やけた線路の上の死体」以降で言及される矢吹山キャンプ場での事件は、長編第一作の『月光ゲーム』で語られている。

書き下ろしを除く八編のうちの多くは、雑誌掲載→アンソロジーに収録→その文庫化といったように何度か活字になっており、漫画化されたものもある。本書を手にされた方にとって既読のものがいくつかあったかもしれない。シリーズの熱心な読者から、「短編は単行本にまとまっていないので、図書館で古い雑誌を捜して読んだ」と言われたりもした（申し訳ありません）。今さらながらの寄せ集め本に見られかねないが、それぞれ独立していた物語を〈一つの物語〉に構築し直す過程で、八編すべてに加筆・訂正を施している。真新しい物語としてお読みいただければありがたい。

前記のとおり、「やけた線路の上の死体」で私はひとまず世に出た。同志社大学推理小説研究会の機関誌「カメレオン」に載った素人の作品（後に全面的に改稿）が、学生の同人誌までチェックしていた評論家の山前譲《やままえゆずる》さんの目に触れ、鮎川哲也先生に紹介されたのがきっかけだ。その鮎川先生にご推挽《すいばん》いただいた『月光ゲーム』で長編デビューに至った。作家生活二十四年目にして、やっと最初の第一作を自著に収められたわけで、新人作家に戻ったような気もする。

書き下ろした「除夜を歩く」は、アリスと江神が語り合い、延々と歩く場面が描きたくて書いた。〈一つの物語〉にするための主題曲のような一編でもある。歩きながら語る何かが必要だったので、本格ミステリ論めいたものを盛ったが、その内容に関して熱い議論がミステリファンの間で始まるのを期待したわけではない（話のタネにしていただいても結構だが）。

作中で江神は「お前はなんでそんなにミステリが好きなんや？」とアリスに問い掛ける。子供の頃からミステリが大好きだったくせに、私自身、それに対して会心の回答を持たない。同じような話ばかりなのに、何がそんなに面白いのか、と思うこともある。ある種の謎だ。その謎について考えることも含めて私はミステリが好きだから書き続けているのだろう。

作中の時代設定がバブル経済末期というのはいかにも古めかしい。四半世紀ほどもかけて短編集を作っていたら、そうなってしまった。「こんな大学生活もあったんだな。就職氷河期の今とは大違いだ」と若い読者に思われそうだが、語り手のアリスは私より十歳下であり、これは私の大学時代の懐古でもない（だから実は書きにくい）。作者としては、普遍的な青春の物語になっていることを希《ねが》うばかりである。

最後に謝辞を。

各短編を発表する際、ご担当いただいた編集者の皆様に感謝いたします。どの作品にも、一緒にお仕事をした想い出があります。

装幀の大路《おおじ》浩実《ひろみ》さんには、今回もハイセンスな表紙をいただきました。感激です。

校閲に骨が折れたであろう本作を丁寧にチェックし、重要な指摘をいくつもくださった内山《うちやま》文江《ふみえ》さん、加藤《かとう》美恵子《みえこ》さん、東京創元社製作部校正課の田中《たなか》睦美《むつみ》さんにも篤《あつ》く御礼申し上げます。

そして、大変お世話になった東京創元社編集部の井垣《いがき》真理《まり》さん、ご担当いただいた神原《かんばら》佳史《よしふみ》さんに深甚な謝意を表します。

そして、お読みいただいた皆様へ。

ありがとうございます。

二〇一二年八月二十四日

有栖川有栖

文庫版あとがき

二〇一二年に上梓した親本のあとがきで、本書は「二十七年越しでまとめた短編集」なので「五十三歳の私が、これと同じ年月をかけた本が再び作れるとは思えない」などと書いている。まったく迂闊《うかつ》な人間だ。その時点で、すでにいくつかの未収録短編が手許にあったのを失念していた。

江神二郎を探偵役とするこのシリーズは、そこで書いたとおり本書に続く第二短編集――『江神二郎の××』というタイトルになるのだろう――をもって完結する予定なのだが、そちらに収録する作品のうち最も古いものは一九九三年に発表した「老紳士は何故……?」(アンソロジー『競作 五十円玉二十枚の謎』所収)である。現時点で、シリーズを締め括《くく》る最後の短編を二〇一九年までに脱稿できるとは思えず、おそらく今度は三十数年越しの本になってしまうだろう。

まるで鍾乳石《しょうにゅうせき》が育つみたいなスローペースで書いているな、と自分でも呆れてしまう。そんなふつつかなシリーズだが、この先も見捨てず最後までお付き合いいただければ幸いだ。

雑誌掲載時から数えて三度四度と校正を経てきた作品もあるので、文庫化にあたって大きく加筆・訂正する箇所はなかったものの、文章には細かな修正を加えた。キリがないから、これをもって完成形としたい。

第二短編集には、望月周平を語り手とした「望月周平の秘かな旅」という作品が収録されるが、織田光次郎と有馬麻里亜の視点で描いた作品も書いてみたい。さすがに謎の人・江神二郎が語り手となることはない、とは思うけれど……さて、どうなるか。

ＥＭＣのメンバーは、ある本が落ちたことをきっかけにしてアリスが加わり、名探偵を目の当たりにしたマリアが入部を決めてやっと五人になったが、実は隠れた部員がもう一人いる。このシリーズをお読みいただいている、あなただ。

装幀の大路浩実さん、編集部の井垣真理さん、ご担当の神原佳史さんには単行本に引き続いて大変お世話になりました。あらためて感謝を捧げます。

二〇一七年三月十三日

有栖川有栖

アリス賛歌

皆川博子

先ず、声高らかに言います。

本格ミステリを読むのは楽しい！

しかし（と、トーンを落とし）、書くのは難しい。一作書くだけでも難しい。

どういうジャンルにしろ、創作は楽ではありませんが、本格を謳ったミステリは読者の一定の期待に応えねばなりません。不可解な謎。それをあくまでも論理的に解きほぐす鮮やかな推理。何らかの意外性。ミスディレクションは面白いけれど、アンフェアな叙述は許されない。

さらに欲を言えば、探偵役にもワトスン役にも魅力が欲しい。

書き続けるのは、さらに難しい。常に高水準を保ち、読者に愛されて書き続けるとなったら、至難のわざです。

一九八六年、短編「やけた線路の上の死体」が鮎川哲也先生の編纂になる『無人踏切』に収録されてデビュー、一九八九年、書き下ろし長編『月光ゲーム』が〈鮎川哲也と十三の謎〉の一冊として刊行され、長編デビュー、そうして今年――二〇一七年――の一月に、長編『狩人の悪夢』が刊行され、数えればおよそ三十年にわたって、有栖川有栖さんはその至難な道を、先駆者の一人として再開拓し、進んでこられたのでした。偉業です。

長編、短編を途切れることなく著しながら、二〇〇〇年に設立された〈本格ミステリ作家クラブ〉の初代会長をつとめられ、本格ミステリ復興の最初の旗を掲げた綾辻行人さんと共同でテレビドラマ「安楽椅子探偵」の原作を創られ、また有栖川有栖創作塾の塾長さんとして、ミステリと限らず創作を志す人に力を貸すなど、読者、愛好者、創作者をひろげる活動をも続けておられます。

今さら私が言うまでもありませんし、もう、その話はいいよ、と言われそうでもありますが、有栖川さんがデビューされた当時は、ミステリにおいてもリアリズムが偏重され、中間小説誌に載るミステリ短編は風俗小説にいくらか殺人風味を添えた程度の作品が氾濫し、本格ミステリの流れは途絶えそうになっていたのでした。六〇年代半ばから七〇年代にかけて、その抑圧は強力でした。

それを一変させたのが、有栖川有栖さん、綾辻行人さんや法月綸太郎さんたち、本格ミステリを熱愛する若い方々でした。

今はもう、新本格だ、社会派だという呼称は無意味になりました。社会のありように厳しい目を向けた作品も、本格の醍醐味に徹した作品も、そのヴァリエーションも、警察ものも、SFと融合した作も、多様なミステリが愛好されています。そういうふうに変えたのが、〈新本格派〉と呼ばれた方々と、先行し後続する本格ミステリの書き手の方々でした。先行する偉大な作家の一人に泡坂妻夫さんがおられます。泡坂さんの作品が直木賞の候補になったとき、選評の中には、〝よくできているが、最後のミステリの部分がよけいだ〟という意味の言葉がありました。ミステリを書くのはやめて、普通の小説に徹せよという忠告まであったのでした。〈新本格派〉と呼ばれる方々への当初の風当たりの激しさは記憶に強く残っています。当事者の有栖川さんたちは、誹謗《ひぼう》をまるで意に介さず、のびのびと書きたいものを書かれ、多くの若い読者に歓迎されたのでした。それをバックアップした少数の編集者の方々の力もありました。本格ミステリの厳しい冬の時代と、それを春に変えた若い力の動きをまざまざと体感してきた私としては、この三十年に感慨深いものがあります。

有栖川有栖さんの短編デビュー作も長編デビュー作も、英都大学推理小説研究会（ＥＭＣ）の部長江神二郎が探偵役、部員の一人（作者と同名の）有栖川有栖（以下アリス）くんがワトスン役です……などと、言及するまでもありませんね。

学生アリスと江神部長の長編は現在のところ四作あって、どれも、クローズドサークルで起きる連続殺人という定型を使っています。『月光ゲーム』『孤島パズル』『双頭の悪魔』そうして『女王国の城』。黄金期の海外ミステリが紹介され始めたころのナイーヴな読者と異なり、今では読者はいろいろな手段を知ってしまっている。それでもなお、作家アリス・シリーズともども文庫が版を重ね、新しい読者が増えているのは、有栖川有栖さんの諸作がいかに新鮮な魅力を備えているかの証《あかし》です。

本格ミステリの短編を著すのは、長編よりさらに難度が高いと私には思えます。よけいな寄り道をしている余裕はない。限られた枚数の中で、謎とその論理的な解決が必須であり、しかも小説としての潤いも求められる。

学生アリス・シリーズの短編を初めて一冊にまとめたのが、二〇一二年に親本が刊行された本書です。

四月に英都大学に入学したアリスは、中井英夫の『虚無への供物』（！）を拾ったのをきっかけに、勧誘されてEMCに入部します。部員の下宿でノート盗難事件が起き（「瑠璃荘《るりそう》事件」）、江神部長が論理的に解明するのですが、ネタばらしになりそうだけれど、アリスがつけ加えた一言。〈名探偵も他人を信じることができる〉これはしびれます。

そうして五月の中頃、アリスはハードロックが響く音楽喫茶に入り（「ハードロック・ラバーズ・オンリー」）、常連らしい若い女性と知り合い……。山川方夫《やまかわまさお》にも通じるひっそりしたやさしさが滲んで、ほんの数ページの掌編なのですが、赤い傘やハンカチとともに、心にしみいります。

酷暑の夏休み、EMCの部員四人――江神部長、アリス、そして望月、織田――は、招かれて望月の実家を訪ねたところ、轢死《れきし》事件に遭遇、検視によって、轢《ひ》かれたのは、死体であることが判明します（「やけた線路の上の死体」）。なぜ、死体をわざわざ線路上に置き、轢かせたのか。本格ミステリ作家有栖川有栖の記念すべきデビュー作であり、江神二郎とアリス、モチさん、信長さんのデビュー作でもあります。

九月も終わるころ、かつて江神さんといっしょにEMCを立ち上げ、今は社会人になっている先輩——江神さんは自発的（?）に留年している——が見せた写真。山桜の花びらに包まれ、オフィーリアのように川の流れに身を横たえた、命なき少女（「桜川のオフィーリア」）。ミレイの絵を思わせる情景です。少女は先輩の幼なじみでした。先輩の友人が、この写真を持っていた。死せる少女の写真を撮ったのは友人なのか。少女を死なせた者以外に、撮れる者はいない。友人が犯人なのか。何のために。ロジカルに結論にたどりついた後、アリスは思います。〈僕たちは江神さんとともに、その体をそっと流れに戻してあげられたのかもしれない。／名探偵は、屍肉喰らいではない。〉

江神さんとアリスの魅力は、このフレーズにも満ちています。端正なロジックによって事件の真相に迫っていきながら、江神二郎が人間の心の奥深くを探る目には、人間が理論だけでは割り切れない自己撞着や矛盾を抱えた存在であることを識る者の、生《せい》の不条理への許容と慈しみがあり、それはすなわち作者有栖川有栖さんが持つ目です。

「桜川の……」は、〈川に死体のある風景〉というテーマで六人の作家が競作した、その中の一編ですが、『江神二郎の洞察』の中で、たいそういい位置におさまっています。

収録作は初出順ではなく、アリスが英都大学に入学、EMCに入部してから翌年の春進級するまでの丸一年余を、季節の移り変わりとともに配してあります。

この「桜川の……」とそれに先立つ「やけた線路の……」の間に、アリスたちは長編第一作『月光ゲーム』の事件に遭遇し、また、オフィーリアのような少女と関連する宗教団体〈人類教会〉は、長編『女王国の城』の舞台になります。作者あとがきの言葉を借りれば、〈短編集は長編を呑み込んだ形〉になっています。短編、長編が絡まり合って江神&アリス・クロニクルを作っていく案配は、ミステリファンには嬉しい趣向です。

「除夜を歩く」では、江神とアリスの間でミステリの本質論が交わされ、そうして年が明け、昭和は平成に変わります。

平成元年の四月、無事進級したアリスと無事留年した江神。短編集の最後の最後に、有馬麻里亜が入部します。長編第二作『孤島パズル』第三作『双頭の悪魔』の最重要人物が、ここで登場し、短編は長編に連鎖していきます。

このシリーズは、さらに長編一作と短編集一冊が刊行される予定と親本あとがきにあり、学生アリスと作家アリスの間をつなぐリンクが再びあらわれるのだろうか、江神二郎と火村英生の共演はあるのだろうか、などと、楽しく妄想しています。

本格ミステリの炬火を掲げてトップを走り続けるアリスに、ささやかですけれど、力を込めたエールを贈ります。

初出一覧

瑠璃荘事件　「メフィスト」二〇〇〇年九月号（講談社）
ハードロック・ラバーズ・オンリー　「小説新潮」一九九六年七月号（新潮社）
やけた線路の上の死体　『無人踏切』一九八六年（光文社文庫）
桜川のオフィーリア　「ミステリーズ！vol.13」二〇〇五年十月（東京創元社）
四分間では短すぎる　「小説新潮」二〇一〇年九月号（新潮社）
開かずの間の怪　「野性時代」一九九四年一月号（角川書店）
二十世紀的誘拐　「野性時代」一九九四年八月号（角川書店）
除夜を歩く　書き下ろし
蕩尽に関する一考察　「ミステリーズ！vol.01」二〇〇三年六月（東京創元社）
江神二郎の洞察（単行本）　二〇一二年十月

検印
廃止

著者紹介 1959年4月26日，大阪市生まれ。同志社大学法学部卒業。89年1月『月光ゲーム』でデビュー。2003年『マレー鉄道の謎』で第56回日本推理作家協会賞，08年『女王国の城』で第8回本格ミステリ大賞を受賞。本格ミステリ作家クラブ初代会長を務めた。

江神二郎の洞察

2017年5月31日 初版

著者 有《あり》栖《す》川《がわ》有《あり》栖《す》

発行所（株）東京創元社
代表者 長谷川晋一

162-0814/東京都新宿区新小川町1-5
電話 03·3268·8231-営業部
03·3268·8204-編集部
URL http://www.tsogen.co.jp
振替 00160—9—1565
暁印刷・本間製本

乱丁・落丁本は，ご面倒ですが小社までご送付ください。送料小社負担にてお取替えいたします。

ISBN978-4-488-41407-8 C0193

孤島に展開する論理の美学

THE ISLAND PUZZLE ◆ Alice Arisugawa

孤島パズル

有栖川有栖

創元推理文庫

◆

南の海に浮かぶ嘉敷島に十三名の男女が集まった。
英都大学推理小説研究会の江神部長とアリス、初の
女性会員マリアも、島での夏休みに期待を膨らませる。
モアイ像のパズルを解けば時価数億円のダイヤが
手に入るとあって、三人はさっそく行動を開始。
しかし、楽しんだのも束の間だった。
折悪しく台風が接近し全員が待機していた夜、
風雨に紛れるように事件は起こった。
滞在客の二人がライフルで撃たれ、
無惨にことされていたのだ。
無線機が破壊され、連絡船もあと三日間は来ない。
絶海の孤島で、新たな犠牲者が……。
島のすべてが論理《ロジック》に奉仕する、極上の本格ミステリ。